ASSASSIN'S CREED ODYSSEY

GORDON DOHERTY

ASSASSIN'S CREED ODYSSEY

Tradução
Rodrigo Tavares de Moraes Abreu

1ª edição

Galera

RIO DE JANEIRO
2021

CIP-BRASIL. CATALOGAÇÃO NA PUBLICAÇÃO
SINDICATO NACIONAL DOS EDITORES DE LIVROS, RJ

D677a

Doherty, Gordon, 1978-
   Assassin's creed : Odyssey / Gordon Doherty ; tradução Rodrigo Tavares de Moraes Abreu. – 1. ed. – Rio de Janeiro : Galera Record, 2021.

   Tradução de: Assassin's Creed: Odyssey
   ISBN 978-85-01-11954-4

   1. Ficção escocesa. I. Abreu, Rodrigo Tavares de Moraes. II. Título.

21-69959

CDD: 828.99113
CDU: 82-3(410.5)

Camila Donis Hartmann – Bibliotecária – CRB-7/6472

Título original:
Assassin's Creed: Odyssey

Copyright © 2018 by Gordon Doherty
Copyright © 2021 Ubisoft Entertainment.

Assassin's Creed, Ubisoft, Ubi.com e a logo da Ubisoft são marcas registradas ou não registradas de Ubisoft Entertainment nos Estados Unidos e/ou em outros países.

Todos os direitos reservados.
Proibida a reprodução, no todo ou em parte, através de quaisquer meios.
Os direitos morais do autor foram assegurados.
Texto revisado segundo o novo Acordo Ortográfico da Língua Portuguesa.

Essa é uma obra de ficção. Nomes, personagens, lugares e acontecimentos são produto da imaginação do autor ou são usados de forma ficcional. Qualquer semelhança com eventos, lugares ou pessoas vivas ou mortas é mera coincidência.

Direitos exclusivos de publicação em língua portuguesa somente para o Brasil adquiridos pela
EDITORA RECORD LTDA.
Rua Argentina, 171 – Rio de Janeiro, RJ – 20921-380 – Tel.: (21) 2585-2000, que se reserva a propriedade literária desta tradução.

Impresso no Brasil

ISBN 978-85-01-11954-4

Seja um leitor preferencial Record.
Cadastre-se em www.record.com.br e receba informações sobre nossos lançamentos e nossas promoções.

Atendimento e venda direta ao leitor:
sac@record.com.br

Para minha família.

Glossário

Abaton Salão no Templo de Asclépio onde os doentes dormiam.

Ádito O santuário mais interno de um templo grego.

Agoge A famosa escola de Esparta para meninos a partir dos sete anos de idade, que os forçava a suportar adversidades extremas e a nutrir um enorme amor pelo estado espartano. Os meninos permaneceriam ligados à escola de muitas formas até completarem trinta anos, quando finalmente seriam considerados verdadeiros esparciatas.

Andron Aposento do lar grego destinado ao entretenimento de homens.

Archon Líder.

Auloi (sing. aulos) Flautas de guerra espartanas.

Bakteriya O peculiar cajado em forma de T carregado pelos oficiais espartanos.

Enomotia Um bando leal de trinta e dois soldados espartanos que muitas vezes eram parentes ou tinham laços próximos. Eles acampavam, comiam e marchavam juntos.

Éforo Estadista espartano eleito anualmente. Era responsabilidade dos éforos declarar guerra, determinar quantos dos raros regimentos espartanos marchariam para a batalha e se responsabilizar pelos dois reis de Esparta.

Exomis Túnica de um ombro, normalmente usada por homens.

Gerúsia O conselho espartano de anciãos.

Hetaerae Cortesãs respeitada que serviam à deusa Afrodite.

Himácio Traje antiquado usado por homens que deixava a maior parte do peito nua.

Hippeis A guarda real espartana.

Hoplita Soldado de infantaria pesada da Grécia Clássica.

Keleustes Mestre dos remadores a bordo de uma trirreme.

Khaire Cumprimento.

Kothon Caneca que os espartanos costumavam usar para beber sua amada sopa negra, prato tradicional da região.

Kybernetes Timoneiro de uma galé.

Lochagos Oficial encarregado de um *lochos*.

Lochos Regimento espartano.

Malákas! Desgraçado!

Misthios Mercenário.

Navarco Almirante.

Pancrácio Esporte similar aos atuais boxe e luta livre.

Peltast Soldado de infantaria levemente armado que carregava um suprimento de dardos e atacava o inimigo da margem da batalha.

Porpax Compartimento de couro ou metal dentro de um escudo. Aquele que o usava enfiava o braço dentro do compartimento e seu escudo se tornava praticamente uma parte de seu corpo.

Skiritae Sujeitos livres que não eram cidadãos de Esparta, mas viviam perto das Montanhas Skiritis e compunham recrutamentos especiais espartanos. Eles se distinguiam como batedores e vigias noturnos, bem como desempenhando um papel vital de tropas de apoio nas batalhas.

Stola Longo vestido plissado.

Estratego Diretor militar.

Estrígil Apetrecho usado para esfoliar a pele depois do banho.

Simposiarca Pessoa encarregada de orquestrar um simpósio.

Taxiarco Oficial encarregado de um regimento ateniense.

Thorax Armadura para o corpo.

Triearchos Capitão de uma trirreme.

Prólogo

**ESPARTA
INVERNO DE 451 A.C.**

Por sete verões eu carreguei um segredo dentro de mim. Uma chama, calorosa e verdadeira. Ninguém mais podia vê-la, mas eu sabia que estava lá. Quando eu olhava para minha mãe e meu pai, sentia que ela brilhava mais forte. E, quando observava meu irmãozinho, percebia seu calor em todas as partes do meu corpo. Um dia ousei descrever aquela sensação para minha mãe.

— Você fala de amor, Kassandra — sussurrou ela, seus olhos inquietos como se temesse que alguém pudesse ouvir. — Mas não o tipo que um espartano conhece. Espartanos devem amar apenas a terra, o estado e os deuses. — Ela apertou minhas mãos e me obrigou a fazer um juramento. — Nunca revele seu segredo para ninguém.

Em uma noite de inverno no meio de uma forte tempestade, nós estávamos sentados juntos em volta da lareira de nossa casa, em frente a um fogo crepitante, o jovem Alexios nos braços de nossa mãe, eu sentada aos pés de nosso pai. Talvez nós quatro carregássemos aquela mesma chama dentro de nós. Era reconfortante acreditar nisso, pelo menos.

E então nosso santuário caloroso e tranquilo foi penetrado pelo som de unhas arranhando a porta.

A respiração lenta e constante do meu pai parou. Minha mãe puxou o pequeno Alexios para o peito e encarou a porta como se só ela pudesse ver um demônio parado nas sombras.

— Está na hora, Nikolaos — gritou uma voz que lembrava um pergaminho crepitante, do lado de fora.

Meu pai se levantou, jogando seu manto vermelho-sangue sobre o corpo musculoso, sua barba preta espessa escondendo qualquer expressão em seu rosto.

— Espere só mais um pouco — implorou minha mãe, se erguendo também e esticando o braço para acariciar seus longos cachos escuros.

— Para que, Myrrine? — retrucou ele, empurrando a mão dela. — Você sabe o que tem que acontecer esta noite.

Então ele girou na direção da porta, agarrando sua lança. Vi a porta se abrir com um rangido, a chuva gelada castigando meu pai ao sair. O vento uivou e trovões rugiram no céu enquanto saíamos atrás dele — pois meu pai era o nosso escudo.

E então eu os vi.

Eles estavam virados em nossa direção, em um arco como o de uma foice. Os sacerdotes, de peito nu, usavam coroas de flores na cabeça. Os éforos de túnicas cinzentas — homens mais poderosos que até mesmo os dois reis de Esparta — seguravam tochas que cuspiam e rugiam na tempestade. Os cabelos grisalhos e longos do éforo mais velho sacudiam ao vento, o topo calvo de sua cabeça cintilando à luz da lua enquanto ele nos contemplava com olhos vermelhos, seus velhos dentes enfileirados em um sorriso perturbador. Ele virou de costas, silenciosamente nos convocando a segui-lo. Nós os seguimos pelas ruas de Pitana — meu lar e uma das cinco aldeias sagradas de Esparta —, e eu já estava completamente encharcada e congelando antes mesmo de alcançarmos os arredores da vila.

Os éforos e os sacerdotes seguiram marchando pela Terra Baixa, zumbindo e cantarolando para a tempestade enquanto se moviam. Eu usava minha meia-lança como meu pai usava a sua, como uma bengala, a parte cega esmagando ruidosamente o xisto a cada passo. Uma inquietação estranha percorria meu corpo só de segurar a lança quebrada: um dia ela havia pertencido ao Rei Leônidas — o rei-campeão de Esparta há muito falecido. Toda alma na Lacônia venerava nossa família porque o sangue de Leônidas corria em nossas veias. Minha mãe era de sua linhagem, e, por conseguinte, eu também era, assim como Alexios. Nós éramos os descendentes do grande homem, o herói dos Portões Quentes. Mas era meu pai o meu verdadeiro herói: quem me ensinava a ser forte e ágil — tão brava quanto qualquer garoto espartano. Apesar disso, ele nunca me ajudou a desenvolver a força mental de que eu precisaria para o que vinha pela frente. Existiria, em toda Hellas, algum tutor que pudesse me ajudar?

Nós pegamos um caminho sinuoso subindo uma montanha na direção das paredes cinzentas do Monte Taigeto, marcadas por desfiladeiros bruscos, seus cumes elevados cobertos de neve. Não havia nada em nossa estranha jornada que fizesse sentido. Algo parecia muito errado. As coisas estavam assim desde que minha mãe e meu pai tinham viajado para Delfos no outono para falar com o Oráculo. Eles não compartilharam comigo as palavras da venerada profetisa, mas o que quer que ela tenha lhes dito devia ser desolador: meu pai estava tenso desde então, irritável e distante; minha mãe parecia à deriva a maior parte do tempo, seus olhos vidrados.

Naquele momento, ela andava com os olhos fechados por longos períodos, a chuva correndo como riachos por suas bochechas. Ela abraçava Alexios com força, beijando o pequeno embrulho de trapos a cada poucos passos. Quando viu meu olhar ansioso em sua direção, ela engoliu em seco e me entregou a trouxinha.

— Carregue seu irmão, Kassandra... — falou ela.

Eu prendi a meia-lança ao meu cinturão, segurei Alexios e o mantive perto do meu peito enquanto subíamos pela trilha, agora extremamente íngreme. O trovão encontrou sua voz, ribombando em algum lugar próximo, e raios cortaram o céu. A chuva se transformou em gelo e eu criei uma pequena cobertura com a beira do cobertor de Alexios para manter seu rosto seco. Sua pele — perfumada com óleo adocicado e o aroma reconfortante do cobertor de lanugem — estava tão quente contra o meu rosto congelado. Suas mãos fracas roçavam o meu cabelo. Ele balbuciava e eu arrulhava em resposta.

Finalmente chegamos a um platô. No lado oposto ficava um altar de mármore de veios azuis, marcado pelo clima e pelos anos. Uma vela derretia ali, ao lado de um pote de óleo, uma jarra de vinho misturado com chuva congelada e um prato de uvas.

Minha mãe parou com um choro engasgado.

— Myrrine, não seja tão fraca — disse meu pai, perdendo a paciência.

Eu podia sentir um fogo se erguendo dentro dela.

— Fraca? Como você pode me chamar de fraca? É preciso coragem para confrontar os seus verdadeiros sentimentos, Nikolaos. Homens fracos se escondem atrás de máscaras de bravura.

— Esse não é o modo de Esparta — rosnou meu pai.

— Juntem-se diante do altar — disse um dos sacerdotes, seu peito magro coberto de gelo derretido.

Eu não gostava da visão daquela mesa antiga... nem da beira do platô ou do abismo escuro como a noite que espreitava além dela — um poço de sombras mergulhando nas entranhas da montanha.

— Agora, a criança — disse o éforo mais velho, seu aro de cabelos dançando ao vento, seus olhos como carvão em brasa. Ele esticou as mãos ossudas na minha direção e então eu entendi, um manto sombrio de percepção se acomodando sobre meus ombros. — Entregue o menino — repetiu ele.

Meu palato ardia com o pavor, toda a umidade da boca desapareceu em um piscar de olhos.

— Mãe? Pai? — implorei aos dois, um de cada vez.

Minha mãe deu um passo na direção de meu pai, colocando a mão suplicante em seus ombros largos. Mas ele ficou parado ali, impassível, como uma estrutura de pedra.

— O Oráculo se manifestou — gemeram os sacerdotes em uníssono. — Esparta cairá... a não ser que o menino caia em seu lugar.

O horror tomou conta de mim e segurei o pequeno Alexios com força, dando um passo para trás. Meu irmãozinho era saudável e forte — não havia justiça em condená-lo ao destino cruel que se abatia sobre bebês espartanos fracos ou deformados. Foi isso o que o Oráculo decretou na viagem que meus pais fizeram para vê-la? Quem era ela para condená-lo dessa forma? Por que meu pai não estava cuspindo nessa ordem nefasta, sacando sua lança contra esses velhos homens deploráveis? E quando ele acabou agindo foi apenas para empurrar minha mãe para longe, jogando-a no chão como um trapo.

— Não... não! — Minha mãe chorava enquanto dois sacerdotes a afastavam. — Nikolaos, por favor, faça alguma coisa.

Meu pai olhava para o infinito.

Um dos sacerdotes se aproximou de mim por trás, me segurando pelos ombros. Um segundo arrancou Alexios dos meus braços e entregou o pequeno embrulho ao éforo mais velho, que segurou meu irmão como um tesouro:

— Poderoso Apolo, aquele que oferece a verdade, Atena Poliachos, Grande Protetora, olhai por nós, que nos curvamos à sua vontade, humildes, gratos por sua sabedoria. Agora... o menino morrerá.

Ele ergueu Alexios sobre a cabeça, passando pelo altar e seguindo até a beira do abismo.

Minha mãe caiu sobre os joelhos com um choro abafado que partiu meu coração.

Enquanto o corpo do éforo ficava tenso, se preparando para arremessar meu irmão para sua morte, um relâmpago cortou o céu, sincronizado com um rugido monstruoso de trovão. Foi como se o raio tivesse me atingido: eu senti a mais tremenda descarga de energia e injustiça. Gritei com toda a minha força, me desvencilhando das mãos do sacerdote que me imobilizava. Disparei como uma velocista, desesperada, enlouquecida, braços esticados na direção do meu irmão. O tempo desacelerou. Meu olhar cruzou com o de Alexios. Se pudesse ter capturado aquele momento em âmbar e vivido ali por toda a eternidade, eu teria feito isso — nós dois vivos, conectados. E naquele instante eu ainda tinha a esperança de pegá-lo, de impedir sua queda. Até que dei um passo em falso, tropecei e senti meu ombro atingir a lateral do corpo do velho éforo deplorável. Ouvi uma série de engasgos, vi o éforo se debatendo, observei enquanto caía da beira do abismo... com Alexios nos braços.

Os dois mergulharam na escuridão, o grito do éforo se dissipando como o guincho de um demônio.

E então... silêncio.

Caí sobre os joelhos à beira do precipício, tremendo, enquanto blasfêmias maníacas se erguiam atrás de mim.

— Assassina! Ela matou o éforo!

Encarei o abismo, perplexa, a chuva congelada batendo em meu rosto.

I

Água escorria por suas bochechas. Por trás dos olhos fechados, ela ouviu e viu tudo aquilo novamente com uma claridade vívida e terrível. A linhagem de Leônidas desonrada, maculada. Vinte anos eram o suficiente para algumas pessoas esquecerem suas dívidas, aceitarem seus defeitos ou se reconciliarem com o passado.

— Não para mim — sussurrou Kassandra, a lança quebrada reverberando em suas mãos.

Ela espetou a arma na areia ao seu lado, com força, e as lembranças se esvaíram.

Seus olhos se abriram lentamente, se ajustando ao brilho forte da manhã de primavera. As águas cerúleas que envolviam a costa leste de Cefalônia cintilavam como uma bandeja de joias. As ondas corriam até a areia, se desfazendo em um gorgolejo delicado e refrescante que se estendia até onde Kassandra estava sentada e deslizava sobre seus pés descalços. Os borrifos de sal vinham em nuvens suaves, se condensando e refrescando sua pele. Gaivotas voavam e guinchavam no céu sem nuvens, enquanto um cormorão mergulhava nas águas em uma explosão de gotas cristalinas. Seguindo para leste, perto do horizonte enevoado, galés atenienses se moviam em um comboio infinito. Elas eram como sombras, deslizando pelo azul-escuro das águas profundas na direção do Golfo de Corinto para auxiliar no bloqueio de Mégara. As velas brilhantes se estufavam como os pulmões de titãs, e de vez em quando o vento do mar carregava o gemido de cordas e toras de madeira e os gritos guturais dos muitos guerreiros a bordo. Mais cedo naquele mesmo ano, a própria Cefalônia tinha sido incorporada à esfera ateniense, assim como havia acontecido com a maioria das ilhas. E, assim, a guerra crescia como um cancro. Uma pequena voz dentro de Kassandra dizia que ela deveria se importar com a luta colossal que se espalhava por toda Hellas, agitando o grande caldeirão de ideologias e fomentando disputas entre cidades que um dia foram aliadas. Mas como poderia fazer isso? Ela não se importava com a orgulhosa Atenas. E, do outro lado... a inabalável Esparta.

Esparta.

O mero pensamento estilhaçava o delicado idílio da costa. Ela olhou de soslaio para a velha meia-lança de Leônidas. A ponta de ferro ornamentada, os detalhes complexos no cabo e a haste desgastada e desbotada por anos de manutenção. Sempre lhe pareceu adequado que a única coisa que havia sobrado de seu passado difícil fosse um objeto quebrado.

Um guincho estridente invadiu seus pensamentos e a fez olhar para cima a tempo de ver o cormorão emergir das águas com uma cavala prateada em seu bico; mergulhando em sua direção, vinha uma águia-gritadeira. O cormorão guinchou novamente, apavorado, soltou seu prêmio parcialmente mastigado e então mergulhou sob as ondas para se proteger. A águia tentou apanhar o cadáver do peixe com suas garras, mas sua refeição também acabou levada pelo mar. Com um poderoso e desolado berro, a enorme ave deu uma volta e planou na direção da praia, pousando com uma corrida suave sobre a areia e parando ao lado de Kassandra. Ela sorriu involuntariamente, pois a maldita lança não era a única coisa que restava do passado.

— Nós já falamos sobre isso, Ikaros. — Ela riu. — Você deveria trazer uma cavala para eu assar para a minha refeição da tarde.

Ikaros a encarou, seu bico amarelo como um ranúnculo e seus olhos atentos lhe emprestando a expressão desaprovadora de um velho.

— Entendo. — Ela arqueou uma sobrancelha. — Foi culpa do cormorão.

A barriga de Kassandra roncou, relembrando-a das longas horas que tinham passado desde que comera pela última vez. Com um suspiro, ela arrancou a lança de Leônidas da areia. Por um instante viu seu reflexo sem brilho na lâmina. Rosto largo com pouco humor em seus olhos castanhos e uma trança espessa de cabelos avermelhados caindo sobre o ombro esquerdo. Ela vestia uma *exomis* marrom-escura — uma veste masculina presa sobre um dos ombros —, surrada e triste. Só de segurar a lança, as lembranças já voltavam à vida mais uma vez. Ela então prendeu a arma ao cinturão de couro, se levantou e virou de costas para o mar.

Mas algo chamou sua atenção, fazendo-a parar. Era uma coisa estranha — o tipo de coisa que se destaca por sua irregularidade, como um bêbado se comportando: ao longe, na bruma do mar, uma galé cortava as ondas. Uma de centenas, mas esse barco não estava contornando os promontórios distantes na direção do Golfo de Corinto. Em vez disso, seguia diretamente para Cefalônia. Kassandra estreitou os olhos e contemplou a vela branca — ou, mais especificamente, a cabeça de górgona com olhar fixo e assustador pintada nela. Era uma imagem horrível: lábios verde-acinzentados que se abriam para revelar presas, os olhos brilhando como carvão em brasa enquanto o ninho de cobras que servia como cabelo da criatura parecia se contorcer a cada lufada de vento que impulsionava as velas. Kassandra encarou aquela imagem aterrorizante por algum tempo, a lenda da Medusa se erguendo das profundezas da memória: uma mulher que um dia havia sido bela e forte, traída e amaldiçoada pelos deuses. Uma ponta de empatia se agitou dentro dela, como uma centelha de fogo. Mas havia algo mais; ela não via nenhum sinal da tripulação naquele barco estranho, mas tinha certeza de que estava sendo observada daquele convés. Por um instante, o frescor agradável dos borrifos do mar e do vento se tornaram importunos, assustadores.

Crianças espartanas nunca devem ter medo do escuro, do frio ou do desconhecido, entoou uma voz vinda de sua memória enterrada. A voz *dele*. Ela cuspiu na areia, virando de costas para o mar e para o barco estranho. As lembranças insultantes dos ensinamentos de seu pai eram tudo o que restava de sua família outrora orgulhosa. Comerciantes de passagem traziam com eles histórias desoladoras sobre a linhagem interrompida de Leônidas. Myrrine, desalentada, havia tirado a própria vida, diziam eles, levada à morte pela perda de não apenas um, mas de ambos os filhos. *Por causa do que fiz naquela noite*, Kassandra pensou.

Ela saiu da praia, caminhando por dunas e tufos de grama alta dobrados pelo vento, e subiu por uma trilha pedregosa. Isso a levou até uma pequena elevação com vista para a costa e ao abrigo simples de pedra que era o seu lar. As paredes revestidas de branco cintilavam na luz do sol, as hastes e os trapos amarrados que serviam como uma espécie de toldo rangiam e se debatiam no vento leve; a oliveira solitária farfalhava e balançava. Verdilhões bebericavam uma poça de água parada ao lado de uma coluna de pedra quebrada, chilrando em uma cantoria. A algumas horas de caminhada da cidade litorânea de Sami, Kassandra poderia passar dias com pouco contato com transeuntes. *O lugar perfeito para uma mulher esgotar seus dias e morrer sozinha*, divagou ela. Então parou para se virar novamente na direção do mar, olhando para o borrão longínquo do continente. *Como as coisas poderiam ter sido*, se perguntou, *se o passado não tivesse sido tão cruel?*

Ela se virou novamente para seu lar, se curvando para entrar pela porta baixa, a brisa marítima constante se esgotando. Ela olhou para o aposento único à sua volta: uma cama de madeira, uma mesa, um arco de caça, um baú com coisas básicas — um pente de marfim quebrado e um velho manto. Não havia grades ao redor da costa de Cefalônia nem correntes nos punhos ou tornozelos de Kassandra, mas a pobreza era sua carcereira. Ninguém, a não ser os homens ricos da ilha, podia ao menos sonhar em ir embora.

Ela se sentou sobre um banco junto à mesa, servindo um copo de água de uma cratera de barro, então desfez o embrulho de couro que tinha preparado mais cedo. Um pão pequeno — duro como uma pedra —, uma tira do tamanho de um dedo de carne de lebre salgada e um vaso de barro contendo três azeitonas pequeninas estavam ali. Uma refeição patética. Sua barriga uivou em protesto, exigindo saber onde estava o resto.

Ela ergueu os olhos e encarou a janelinha nos fundos da casa, vendo o buraco recém-cavado no solo. Até ontem, seu poço de suprimentos continha dois sacos de trigo e uma lebre salgada inteira, uma rodela de queijo de cabra e uma dúzia de figos desidratados. Alimento suficiente para cinco ou seis dias. Mas então ela voltou da pescaria infrutífera a tempo de ver dois bandidos fugindo ao longe com sua comida. Eles tinham quase um quilômetro de vantagem em relação a ela, e Kassandra estava faminta demais para persegui-los, então foi dormir de barriga vazia. Distraída, ela passou o polegar pela lâmina da lança de Leônidas: perfeitamente afiada. Sentiu a camada externa da pele se abrir e sussurrou o nome de seu atual opressor — aquele que tinha enviado os ladrões.

— Que o fogo o amaldiçoe, Ciclope.

Voltando-se para sua refeição escassa, ela pegou o pão e o mergulhou em um pouco de óleo para amolecê-lo, então o levou até a boca. Um novo ronco de barriga a fez parar — mas não vinha dela. Kassandra olhou para a porta. A menina parada ali olhava fixamente para o pão como um homem olharia para um colar de ouro.

— Phoibe? — chamou Kassandra. — Eu não vejo você há dias.

— Ah, não se preocupe comigo, Kass — disse Phoibe, examinando as unhas sujas de terra, colocando os cachos do cabelo escuro atrás das orelhas e mexendo na barra puída de sua *stola* amarelada.

Kassandra olhou da menina para o pão e então para o parapeito da janela, onde uma forma escura apareceu voando. Ikaros a encarou com aquela mesma expressão de esperança, os olhos arregalados, sua afeição direcionada à fatia de lebre salgada. *Nem comigo*, foi o que ela ouviu quando Ikaros guinchou.

Com um sorriso nada convincente, Kassandra se afastou da mesa, jogando a carne para Ikaros e o pão para Phoibe. Os dois se transformaram em pelicanos naquele instante, cada um devorando sua refeição escassa com deleite. Phoibe, uma órfã nascida em Atenas, tinha apenas doze anos. Kassandra a vira pela primeira vez pedindo esmola nas ruas perto de Sami três anos antes. Ela lhe deu algumas moedas naquele dia enquanto se dirigia à cidade. Na volta, ela pegou a pequena nos braços e a carregou para casa, alimentando-a e permitindo que dormisse no abrigo. Observá-la fazia Kassandra se lembrar do passado, de memórias distantes daquele calor aconchegante e delicado dentro dela, daquela chama interior que há muito havia sido apagada. *Não é amor*, ela garantiu a si mesma, *eu nunca serei tão fraca novamente*.

Ela suspirou e ficou de pé, pendurando seu arco no ombro e pegando um odre de couro.

— Venham, vamos comer enquanto caminhamos — disse, pegando as azeitonas e as colocando na boca. A carne macia e salgada e o óleo rico eram sedutores, despertando suas papilas gustativas, mas incapazes de saciar sua fome. — A não ser que queiramos que essa seja nossa última refeição, devemos visitar Markos. — *O canalha*, acrescentou ela internamente enquanto prendia os protetores de couro nos braços. — Está na hora de cobrar algumas dívidas.

* * *

Eles se dirigiram para o sul, seguindo uma trilha castigada pelo sol que acompanhava os despenhadeiros da costa, até dobrar em direção ao interior. O calor ficava mais intenso à medida que o meio-dia se aproximava, e eles cortaram caminho por um prado salpicado de violetas — o ar carregado com o aroma dos campos de orégano e limão selvagem. A grama alta batia em suas pernas, borboletas cruzavam seu caminho em lampejos de carmesim, âmbar e azul, cigarras cantavam no calor e, para todos eles, a guerra e o passado não poderiam estar mais distantes, até que a estrada chegou ao fim e eles avistaram Sami. A cidade portuária era um labirinto sem muros de barracos e casas simples pintadas de branco em volta de um conjunto elevado de casarões de mármore. Homens ricos conversavam e bebiam vinho nos terraços e varandas. Cavalos e trabalhadores de peito nu cobertos de suor davam duro nos becos estreitos e no mercado movimentado, transportando produtos agrícolas e troncos de pinheiro na direção do porto. Lá, embarcações de transporte lutavam por espaço no cais de pedra pálida de onde os materiais deviam ser enviados para os estaleiros e depósitos de suprimentos das forças militares atenienses. Sinos badalavam, chicotes estalavam, música de liras se erguia, assim como nuvens pálidas de fumaça dos templos. Kassandra só entrava na cidade quando precisava — para conseguir comida ou suprimentos que ela não podia obter de outras formas.

E para executar os trabalhos que Markos arranjava para ela.

Misthios, era como a chamavam. Mercenária. Às vezes levava mensagens, às vezes acompanhava carregamentos de mercadorias roubadas... com mais frequência, no entanto, fazia o que tão poucos conseguiam. Seu coração endurecia enquanto ela pensava sobre sua tarefa mais recente — em um covil próximo ao porto, onde um grupo de bandidos notórios estava escondido. A lança de Leônidas tinha sido manchada de vermelho naquela noite, e o ar ficara carregado com o fedor de vísceras dilaceradas. Cada matança era como uma semente espinhosa de culpa que fincava raízes em seu âmago... Mas nada do que ela tinha feito para Markos se comparava ao carvalho contorcido semeado naquela noite de sua juventude à beira do abismo e às duas mortes que tinham mudado sua vida para sempre.

Ela sacudiu a cabeça para evitar que as memórias a dominassem e pensou então em sua bolsa vazia. Markos tinha mais uma vez se esquivado de pagá-la quando Kassandra retornou para relatar a ele sobre seus esforços bem-sucedidos no esconderijo junto ao porto. Quanto ele devia a ela agora? A mercenária sentiu os pelos em sua nuca se eriçarem. *Ele é um canalha, um cafajeste, um sujo...*

Outra lembrança veio cambaleando por seus pensamentos tortuosos — seus primeiros momentos nessa ilha verde, vinte anos antes. O dia em que Markos a encontrou na praia de pedra no norte da cidade, carregada para a terra firme ao lado de sua jangada quebrada. Ela se lembrava do rosto marcado e oleoso do homem e de seus cabelos pretos encaracolados e sebosos enquanto ele a observava.

— Você *é* um peixe esquisito — falara ele, com uma risada, batendo nas costas de Kassandra enquanto ela vomitava a água salgada que estava alojada em seus pulmões e seu estômago.

Ele a tinha alimentado por algum tempo, mas parecia ansioso para se livrar da garota... até que notou quão ágil e forte ela era.

— Quem em toda Hellas a treinou dessa forma? Eu poderia achar alguma utilidade para alguém como você — comentara.

Os pensamentos se esvaíram conforme deixavam Sami para trás. Phoibe saltitava na frente, olhando para Ikaros ao alto enquanto brincava com uma águia de brinquedo feita de madeira, produzindo sons estridentes. Quando eles chegaram a uma bifurcação na trilha, Phoibe desceu correndo pelo caminho mais à direita.

— Estamos quase lá — gorjeou ela por cima do ombro.

Kassandra observou o que estava mais adiante da menina, perplexa. Aquela rota levava ao Monte Ainos. Uma estátua imponente e desbotada pelo sol se erguia sobre aquelas montanhas rochosas: Zeus, o Deus do Céu, apoiado sobre um joelho, segurando um raio em sua mão erguida. O solo que rodeava as ladeiras mais baixas era enriquecido por minerais carregados pelas chuvas; vinhedos decoravam a base da montanha, cada um forrado de videiras verdes, depósitos de pedra prateada e pequenas casas de tijolos vermelhos.

— Pare de pular que nem uma cabra, Phoibe — gritou Kassandra para ela, apontando para a trilha mais à esquerda. — A casa de Markos é mais à frente. Perto da baía ao sul e...

Suas palavras se perderam quando ela viu Phoibe seguir acelerada até o vinhedo mais próximo. A propriedade sempre estivera ali, mas o sujeito vestindo um manto verde e branco, junto aos produtos colhidos, não.

— Markos? — sussurrou ela.

— Ele me pediu para não contar para você — informou Phoibe quando Kassandra a alcançou na beira do vinhedo.

— Tenho certeza de que pediu — resmungou Kassandra. — Fique aqui.

Ela passou sorrateiramente por dois trabalhadores podando as plantas no terraço mais baixo. Eles nem perceberam sua aproximação, ou a de Phoibe — bem atrás dela, desobediente como sempre. Enquanto se embrenhava pelas videiras, ouviu Markos brigando com um trabalhador que claramente o conhecia bem.

— Nós — começou ele, fazendo uma pausa para reprimir um soluço —, nós vamos cultivar uvas do tamanho de melões — insistiu, antes de jogar a cabeça para trás e beber um longo gole do que evidentemente era um odre de vinho quase sem nenhuma água.

— O senhor vai matar a videira, Mestre Markos — argumentou o trabalhador, empurrando seu chapéu de sol de aba larga para trás. — Não podemos permitir que o fruto cresça esse ano ou no próximo, ou os talos vão acabar se curvando e partindo. O terceiro ano será o momento para a colheita.

— Anos? — balbuciou Markos. — Como, por Hades, vou conseguir pagar... — Ele se calou quando Kassandra emergiu das videiras. — Ah, Kassandra.

Markos sorriu, abrindo os braços efusivamente, quase atingindo o trabalhador bem-intencionado.

— Você comprou um vinhedo, Markos?

— Apenas os melhores vinhos para nós de agora em diante, minha menina — sussurrou ele, girando para apontar para tudo à sua volta e quase perdendo o equilíbrio.

Phoibe, que sumia e reaparecia entre as videiras próximas, soltou uma risada e então partiu mais uma vez atrás de Ikaros. O pássaro começou a guinchar, agitado, mas a mente de Kassandra estava presa em outros assuntos.

— Não quero suas uvas ou seu vinho, Markos — insistiu Kassandra.
— Phoibe e eu precisamos de comida, vestes, roupas de cama. Eu quero as dracmas que você me deve.

Markos se encolheu um pouco então, mexendo na abertura do seu odre de vinho.

— Ah, a *misthios* de sempre. — Ele riu de forma nervosa. — Bem, entenda, haverá um curto atraso na entrega dessas moedas para você.

— Curto como três anos, ao que parece — respondeu Kassandra, seca.

Ela levantou os olhos para Ikaros, que voava em círculos, agora guinchando desesperadamente. Uma sensação de crescente inquietação a perturbava: a águia não costumava ficar tão agitada quando brincava com Phoibe.

— Quando as uvas se transformarem em vinho — disse Markos, interrompendo seus pensamentos —, eu terei dinheiro em abundância, minha cara. Primeiro, preciso garantir que pagarei meu empréstimo para comprar esse lugar. Eu estou, hum, levemente atrasado em minhas parcelas, entende?

— Bastante atrasado — disse o trabalhador próximo distraidamente, enquanto voltava a cortar e amarrar videiras. — E o Ciclope não gosta de pagamentos atrasados.

Markos disparou um olhar furioso de repreensão contra as costas do homem.

— Você pegou dinheiro emprestado com o Ciclope? — Kassandra arfou, se afastando de Markos como se ele estivesse infectado com uma doença. — Isso — ela apontou para tudo ao redor deles — foi financiado por *ele*? Você arranjou um pesadelo para si mesmo, Markos. Você é louco? — Ela olhou à sua volta para as encostas cintilantes em verde e dourado do Monte Ainos, preocupada com a distância que sua voz podia ter percorrido. — Os homens do Ciclope saquearam os meus suprimentos ontem à noite. Ele já me odeia. Ele matou muitos homens nessa ilha e colocou a minha cabeça a prêmio. O Ciclope sabe que você e eu trabalhamos juntos. Se atrasar seus pagamentos para ele, então eu serei a primeira a sofrer.

— Não exatamente — disse uma voz rouca, atrás dos dois.

Kassandra se voltou para a floresta de videiras. Havia dois desconhecidos parados ali, com um grande sorriso no rosto. Um deles, cuja cara mais parecia uma pera amassada, segurava uma Phoibe paralisada de medo, tampando sua boca com uma das mãos e, com a outra, mantendo uma adaga encostada em sua garganta. Kassandra agora reconhecia a dupla: os mesmos que tinham roubado seu poço de mantimentos na noite anterior. *Ikaros, por que não dei ouvidos a você?*, ela se repreendeu, percebendo que a águia ainda estava circulando, guinchando alarmada.

— Tente qualquer gracinha e a garganta da menina já era — falou o segundo homem, batendo com uma espada curta contra a palma da mão livre, sua testa se projetando como um penhasco, mantendo seus olhos na sombra. — Markos acumulou uma dívida bem grande, mas você também, *misthios*: você afundou um dos barcos do meu mestre, matou um comboio dos seus homens... amigos meus. Então o que você acha de vir conosco, hein? Resolver esses assuntos do jeito que o meu mestre achar melhor?

Kassandra sentiu o sangue congelar em suas veias. Ela sabia que ir com eles significaria a morte para ela e, na melhor das hipóteses, escravidão para Phoibe. Mas resistir poderia significar a morte para todos eles ali mesmo.

Um momento tenso se passou e Kassandra não se moveu.

— Parece que a *misthios* não está disposta a vir por bem — grunhiu o homem da testa protuberante. — Vamos mostrar a ela que estamos falando sério.

O coração de Kassandra congelou. *Observe o seu oponente*, sussurrou Nikolaos das brumas do passado. *Seus olhos entregarão suas intenções antes de eles ao menos se moverem.*

Ela viu o brutamontes que segurava Phoibe olhar na direção da menina e as articulações da mão que segurava a adaga ficarem brancas. Tudo aconteceu em um único reflexo visceral: Kassandra saltou para a frente, simultaneamente soltando e levantando a lança de seu cinturão pela corda amarrada a ela, usando-a como um chicote. A parte achatada da ponta da velha lança atingiu a têmpora do brutamontes com força. Os olhos do homem giraram em suas cavidades, sangue escorreu de suas narinas e ele desabou como uma pilha de tijolos que perdeu o apoio. Phoibe se afastou com dificuldade, chorando. Kassandra puxou a corda da lança, segurando a arma por sua haste dessa vez, manejando-a como um verdadeiro hoplita faria.

O homem da testa protuberante a encarou, titubeante, simulando um movimento para a esquerda e então atacando pela direita com um rugido. Kassandra apoiou todo o seu peso em um dos pés e deixou o adversário passar direto. Quando ele derrapou e voltou em sua direção, a mercenária ficou de cócoras e rasgou a barriga do homem com sua lança. Ele deu alguns passos cambaleantes, em seguida olhou para baixo, confuso, enquanto uma massa retorcida de tripas azul-acinzentadas escorria e se esparramava sobre o chão de terra. Ele olhou para a cavidade que restava em sua barriga com um sorriso confuso, então para Markos e Kassandra, antes de cair com o rosto no chão.

— Pelas bolas de Zeus — berrou Markos, passando as mãos por seus cachos oleosos e caindo sobre os joelhos enquanto olhava fixamente para os dois cadáveres. — O Ciclope vai me matar com toda certeza agora.

Phoibe estava chorando, e Kassandra a abraçou com força, beijou o topo de sua cabeça e colocou as mãos sobre os ouvidos da menina para protegê-la da discussão.

— Nós vamos enterrar os corpos. Ninguém vai saber o que aconteceu com eles.

— Mas ele vai descobrir — resmungou Markos. — Você precisa aprender: hoje você pode cortar as duas cabeças da besta, mas amanhã quatro outras vão surgir para tomar o lugar delas. E a ira do Ciclope será triplicada. Como com qualquer tirano, você deve obedecer a suas ordens plenamente... ou então destruí-lo. Você não entende? — Ele fez um movimento desdenhoso com a mão. — Não sou um tutor. Talvez um dia você encontre alguém melhor.

— E talvez você devesse guardar esse odre de vinho e deixar sua mente desanuviar. Você precisa encontrar uma forma de devolver o dinheiro do Ciclope.

Os olhos arregalados de Markos vasculharam o éter diante dele, seu rosto gradualmente murchando com o desespero. Então, como se atingido por um raio invisível, o homem deu um solavanco, se ergueu e se aproximou em passadas pesadas para segurar Kassandra pelos ombros e sacudi-la:

— É isso, existe um jeito.

— Um jeito de ganhar um saco de moedas de prata nessa ilha? Duvido. — Kassandra o afastou.

Os olhos de Markos se estreitaram.

— Prata não, minha cara. Obsidiana.

Kassandra o encarou, sem expressão.

— Pense. O que o Ciclope mais valoriza? Seus homens, sua terra, seus barcos? Não. Seu olho de obsidiana. — Ele apontou enlouquecidamente para um de seus próprios olhos. — Ele inclusive o decorou com veios de ouro. Nós roubamos o olho, então o vendemos... em algum lugar no continente, talvez, ou para comerciantes que estejam de passagem. *E aí* conseguiremos nossos sacos cheios de moedas de prata. O suficiente para pagar pelo meu vinhedo, o suficiente para pagar o que devo a você. Para alimentar Phoibe — uivou ele, encantado por ter finalmente encontrado um raciocínio altruísta.

— *Nós* roubamos o olho do Ciclope?

— Ele nunca o usa. É valioso demais. Ele o deixa em casa.

— A casa dele é como um forte — retrucou Kassandra de forma seca, pensando no covil muito bem vigiado em uma pequena península que brotava do oeste da ilha. — Skamandrios foi a última pessoa a tentar invadir o local. Ele nunca mais foi visto desde então.

Os dois pararam para refletir sobre o *misthios* com cara de fuinha, Skamandrios, pensando nas centenas de castigos que ele pode ter sofrido. Queimar, esfolar e desmembrar gradualmente eram alguns dos métodos favoritos do Ciclope para executar seus inimigos. Skamandrios não era exatamente uma grande perda para a sociedade, mas ele se orgulhava de sua furtividade e rapidez. A Sombra, como alguns o chamavam.

Kassandra sacudiu a cabeça para limpar a mente.

— Mas voltando ao assunto... *nós* roubamos o olho?

Markos se curvou um pouco e deu de ombros de um jeito um tanto patético.

— Você é a *misthios*, minha cara. Eu só a atrapalharia. Para essa tarefa é vital, *vital*, que você não seja descoberta.

— Estou mais preocupada com a possibilidade de ser capturada — respondeu Kassandra.

— Ele não vai pegar você, o Ciclope não está no covil. — Markos balançou um dedo. — Como você sabe, quase todas as galés privadas dessa ilha foram convocadas a se juntar à frota ateniense. A *Adrestia* é uma das únicas que restaram. O Ciclope saiu para caçar, e aquela galé é a presa. Ele guarda algum rancor do *triearchos* do barco, ouvi dizer.

Phoibe se desvencilhou de Kassandra.

— O que está acontecendo? — perguntou.

— Nada, minha jovem menina — respondeu Markos depressa. — Kassandra e eu estávamos apenas discutindo quanto dinheiro eu devo a ela. Ela tem só um último trabalho para fazer para mim, então receberá tudo. Não é isso, minha cara? — perguntou ele a Kassandra.

— Então poderemos comer como rainhas todas as noites? — indagou Phoibe.

— Sim — respondeu Kassandra em voz baixa, passando a mão pelo cabelo da garota.

— Excelente — sussurrou Markos. — Vocês ficarão aqui esta noite e desfrutarão de uma refeição completa: tainha frita, polvo, pães recém-saídos do forno, iogurte, mel, pistache e várias crateras de vinho. E depois terão uma cama confortável e um bom descanso. Amanhã você pode seguir seu caminho. — Então ele cochichou para que Phoibe não ouvisse: — E lembre-se de que você não deve ser vista, ou nós três vamos...

Ele passou um dedo sobre a garganta e deixou a língua cair para fora da boca.

Kassandra se recusou a deixar Markos fugir de seu olhar azedo.

2

Apesar da cama quente e macia prometida, Kassandra não dormiu um segundo sequer, preocupada com a tarefa que tinha pela frente. Observou a ponta de sua lança — apoiada ao lado da cama e iluminada por um facho de luar — durante o que pareceu horas, até que decidiu se levantar enquanto ainda estava escuro. Phoibe, que dormia encostada nela, não se moveu. Ela beijou a cabeça da menina antes de se levantar da cama, se vestir e sair escondida do vinhedo, encarando a noite fresca no campo. Ela permaneceu próxima à costa oeste. No breu logo antes da alvorada, ela ouvia gatos-selvagens sibilando e uivando e mantinha a mão sobre o arco de caça enquanto andava. O sol logo rompeu no horizonte e abriu suas asas ardentes sobre a ilha, avançando sobre as montanhas e os prados. De um ponto elevado, ela viu a ilha vizinha de Ítaca, imersa no calor crescente. Os escombros do antigo Palácio de Odisseu ficavam sobre um monte ali, fachos de luz atravessando aquela ruína fantasmagórica. A mercenária contemplou o palácio destruído como sempre fazia. E quem conseguia evitar? Aquele era um monumento melancólico a um herói há muito falecido, um aventureiro que tinha viajado ao redor do mundo e voltado, lutando em uma grande guerra com sua inteligência e também com suas armas. Kassandra olhou de relance para os arbustos de Cefalônia com um desprezo renovado. *Pare de sonhar. Você nunca vai sair dessa maldita ilha. Aqui você vive e aqui morrerá.*

Ela seguiu andando e logo chegou ao nível do mar na acidentada península ocidental que se estendia pela água como um espinho. Ela agachou como uma caçadora e se hidratou, o canto das cigarras cada vez mais intenso, assim como o calor, enquanto Kassandra estudava o terreno. O esconderijo do Ciclope ficava sobre um monte natural com o topo plano a pouco menos de um quilômetro de distância, perto da ponta da península. O complexo que se espalhava era um esconderijo apenas no nome — o Ciclope não precisava se esconder de ninguém. Um muro baixo cercava a propriedade, grama e gerânios cor-de-rosa brotando das pedras desgastadas. Do lado de dentro, uma mansão se erguia, imponente com suas telhas de terracota, a fachada de mármore pálido e as colunas dóricas pintadas de ocre e azul-claro. A mercenária contou seis capangas sobre os muros externos, andando de um lado para o outro ao longo dos adarves brutos, observando o campo. Dois homens estavam parados feito estátuas do lado de fora do portão oriental, e ela podia ver uma estrutura similar também na parede ao norte. Pior ainda, Kassandra percebeu, havia pouco no caminho entre ela e os muros da propriedade que pudesse camuflar sua aproximação — apenas alguns ciprestes e oliveiras, mas a maior parte da vegetação era composta de arbustos baixos e finos — e quatro outros homens circulavam nesse espaço aberto, usando chapéus de abas largas para proteger seus olhos do sol. Eles vigiavam em busca de qualquer movimento, completamente visíveis tanto para os outros homens no solo quanto para aqueles sobre os muros. As sentinelas eram como uma fronteira, bloqueando o terreno em forma de espinho como se fosse o país do Ciclope.

Não havia forma de passar.

Sempre há um jeito, cuspiu Nikolaos.

E então ela olhou para o norte, além dos arbustos e das encostas de pedra que levavam até o mar. As águas cristalinas batiam delicadamente na faixa estreita de cascalho naquele local. Seus lábios tremeram com ódio e aceitação ao perceber que Nikolaos tinha razão. Passando o dedo na rolha de seu odre, Kassandra o virou de cabeça para baixo e deixou a preciosa água escorrer para a terra dourada e ressecada.

Mantendo-se abaixada e atenta à mais próxima das quatro sentinelas, Kassandra traçou cuidadosamente seu caminho até a costa. Lá, embrulhou sua lança e seu arco em couro lubrificado e prendeu as duas armas às costas, antes de entrar nas águas revigorantes do mar raso. Quando a água chegou à altura de seu peito, ela mergulhou, esticando os braços e batendo as pernas para cortar as águas, indo para oeste ao longo da margem da península, em direção à ponta. Algas e peixes pequeninos roçavam em suas pernas e barriga até ela chegar à parte mais profunda. A cada duas braçadas, a mercenária levantava os olhos na direção da costa à sua esquerda. Nenhum sinal do vigia mais próximo. De repente, golfinhos saltaram, fazendo barulho nas águas profundas. Ela ouviu o som de botas perto da costa e viu a ponta de um chapéu de aba larga vindo investigar. Enchendo o peito de ar, Kassandra afundou. Pelo azul ondulante, ela viu os golfinhos nadando como ela. Olhando na direção da costa, viu as canelas do guarda entrando no mar para observar melhor. Notou o contorno distorcido do homem e o formato da lança que ele segurava contra o peito. Mas ele não entrou mais do que até a altura dos joelhos: não tinha visto nada além de golfinhos brincando e parecia satisfeito em ficar ali parado desfrutando da luz do sol... tudo isso enquanto o ar nos pulmões de Kassandra começava a arder. Se voltasse à superfície agora, ela estaria morta. Se não voltasse, o mesmo destino a esperava. Pontos pretos apareceram e se espalharam por sua visão enquanto o ar vencido escapava de seus lábios em uma lufada de bolhas, como ratos fugindo de um barco naufragando. A mão fria do pânico tentava segurá-la, mas, calmamente, Kassandra tirou o polegar da boca de seu odre repleto de ar, encheu o pulmão e seguiu nadando, revitalizada.

Ele a observava de longe, vendo como a mercenária não tinha se apressado para traçar sua aproximação do covil do Ciclope. Agora ele a observava emergir graciosamente, bem próxima da ponta da península e do portão norte da propriedade, não muito longe do local de onde ele a encarava. Até agora, ela estava correspondendo à sua reputação.

— E logo veremos se é tão hábil e mortal quanto alegam — divagou o observador, cruzando os braços e deixando um sorriso se abrir em seu rosto.

Kassandra subiu em uma plataforma rochosa plana e aquecida pelo sol. Ela seguiu pela encosta pedregosa, se escondendo atrás de arbustos enquanto caminhava abaixada. Depois de cerca de uma centena de passos largos, a mulher já estava quase seca por causa do sol. Ao se aproximar do muro norte da propriedade, ela se posicionou atrás de uma rocha e então espiou para avaliar os dois guardas que ladeavam o portão. Eles vestiam coletes de couro, e um deles usava uma bandana vermelha. Um segurava uma lança na diagonal, sobre o peito, e o outro carregava um pequeno machado em seu cinto. Pelo portão, Kassandra não viu nenhum movimento em volta da casa em si, ninguém patrulhando o terraço lá em cima ou parado junto à entrada. O Ciclope tinha levado a maior parte de seus homens consigo, ela percebeu. O muro externo era a chave. Se conseguisse passar pelos vigias dali... ela estaria em uma área desprotegida. Teria que lidar com as sentinelas do portão, mas como fazer isso sem alertar todos os mais de dez homens que caminhavam pelos adarves? Ela ouviu um farfalhar delicado a seu lado e seu coração quase saiu pela boca com o susto.

— Ikaros, pelo amor dos deuses! — sussurrou.

Ikaros olhou para ela com uma expressão séria, então levantou voo. Kassandra se escondeu, espiando por cima da rocha para ver a águia-gritadeira planar na direção do portão. Os dois vigias não perceberam a presença da ave até Ikaros estar próximo e, com uma batida de asas, ele avançou sobre a cabeça de um deles, as garras estendidas para arrancar a bandana vermelha de sua cabeça.

— *Malákas!* — gritou o guarda, passando a mão na cabeça e berrando para a ave enquanto ela acelerava para dentro da propriedade. A dupla entrou correndo atrás de Ikaros. Alguns dos homens no alto do muro riam e zombavam enquanto assistiam ao espetáculo.

Os olhos de Kassandra permaneceram nas costas dos dois guardas distraídos à medida que ela se levantava e disparava abaixada, os passos muito leves. Exatamente quando a mercenária passou pelo portão, a dupla desistiu de perseguir Ikaros e virou de volta na sua direção. Como se tivesse sido atingida pelo golpe de um boxeador invisível, Kassandra se jogou para a direita para sair do campo de visão dos guardas, pousando em um emaranhado de tojos selvagens que brotavam perto da base do muro. O arbusto se acomodou ao seu redor, e ela segurou o ar até seus pulmões arderem, observando por entre folhas enquanto os dois vigias passavam direto por ela... e voltavam a suas posições junto ao portão. Os outros homens no muro também se viraram para o exterior. E Kassandra estava do lado de dentro, sem ter sido vista.

Com o coração acelerado, a mercenária olhou de soslaio a casa. A entrada principal a chamava como uma boca sombria, os pilares vermelhos gêmeos ladeando a entrada como presas sangrentas. Ela foi se movendo pelo complexo, se escondendo atrás de carroças, barris espalhados, montes de feno e galpões de madeira até ficar a uma distância de uma flechada curta. Suas pernas tremiam, prontas para disparar para o interior. Eram apenas as experiências amargas que a mantinham presa ali, agachada: *Não dá para ver absolutamente nada lá dentro*, pensou. *Pode ser que tenha uma dezena de homens do Ciclope parada naquelas sombras.* Ela olhou para o alto, então — o terraço na cobertura tinha uma porta para o andar superior. Rastejando para a frente, ela segurou uma vinha de trepadeira e subiu pela parede da casa. Um pé escorregou, chutando o telhado de terracota da varanda. Uma telha rachou e deslizou, girando na direção do solo. Kassandra soltou uma das mãos da vinha e a pegou, suspirando aliviada.

Furtividade, sussurrou Nikolaos em sua cabeça. *Um espartano deve ser ágil e silencioso como uma sombra.*

— Não sou espartana. Sou uma pária — rosnou ela para afastar a voz, então saltou sobre a balaustrada de mármore.

O portal em forma de arco que levava ao andar de cima da casa era tão sombrio quanto a entrada principal. Ela respirou fundo e entrou cuidadosamente, uma das mãos posicionada perto da haste da lança e a outra estendida para que conseguisse se equilibrar, no caso de precisar rolar ou pular para fugir de algum ataque. Por um instante, Kassandra ficou cega pela escuridão, sua cabeça girando em todas as direções e sua trança cortando o ar como um chicote. Em sua mente, a mercenária via sentinelas com rostos nefastos a atacando, lâminas prateadas golpeando... e então seus olhos se acostumaram e ela viu apenas um aposento silencioso e deserto. As paredes pálidas estavam cobertas por tinta brilhante, recriando uma cena de batalha na qual um campeão com apenas um olho triunfava sobre muitos inimigos menores. Havia uma enorme cama em um dos cantos do quarto, revestida com luxuosos cobertores de seda. *Nada aqui*, pensou — até se virar e ver o plinto de mármore de Paros junto à lareira do aposento. Os troféus apoiados sobre ele fizeram seu sangue congelar.

Três cabeças dessecadas, apoiadas sobre suportes de madeira como elmos de batalha em forma de prêmio. Kassandra caminhou até elas com cuidado, como se de lá pudessem surgir corpos prontos para atacá-la. Mas esses três estavam mortos havia muito tempo. Uma das cabeças era de um homem com dentes podres e cabelos compridos que tinha obviamente morrido sentindo dor, considerando o rigor mortis fixado em seu rosto. A outra era de um rapaz jovem cujo nariz havia sido arrancado com uma serra, considerando o caos em que tinha se transformado o centro do seu rosto agora sossegado. A terceira, de uma mulher de meia-idade, estava travada em um grito em vão, boca aberta como se berrasse: *Atrás de você!*

Uma tábua do assoalho rangeu.

Kassandra girou, sacando sua lança parcialmente, o pavor a atingindo como uma língua de fogo.

Nada.

Seu coração disparou. Será que havia imaginado o barulho? Ela devolveu a lança ao cinturão e olhou de relance para as cabeças mais uma vez. Nenhuma delas era de Skamandrios, tinha certeza disso. Talvez o safado houvesse roubado o que quer que estivesse procurando e conseguido escapar — fugido para o norte para viver uma vida de rico, talvez. O pensamento lhe deu certa coragem. Kassandra caminhou devagar até a entrada do quarto, com confiança. Na porta, colocou a cabeça para fora para olhar ao redor. Não viu nada à esquerda, nada à direita, mas bem em frente... *dois guardas!*

Ela esticou a mão na direção da lança novamente, apenas então percebendo que os "guardas" eram, na verdade, apenas armaduras. Couraças de bronze, elmos e grevas provavelmente roubados das ruínas do velho palácio em Ítaca. Teias de aranha tinham se acumulado dentro dos elmos como rostos flácidos.

Séria, ela cruzou o vão da escada, examinando as duas portas adiante. Uma delas tinha que ser a caixa-forte do Ciclope. A maioria das pessoas da ilha dizia que ele dormia sobre o seu ouro, e isso era a coisa mais próxima da ideia. Kassandra se aproximou da porta mais à esquerda e girou a maçaneta lentamente. Com um estalo, a porta se soltou e rangeu conforme se abria. O som fez surgir a sensação de milhares de ratos com patas geladas correndo dentro da barriga de Kassandra. Ela prendeu a respiração por um momento, mas ninguém do lado de fora ouvira o barulho. Aliviada, olhou para dentro do quarto. Nada — apenas paredes de madeira resistentes, nuas ou rebocadas, e um chão simples de madeira.

Nem uma peça de mobiliário, exceto um velho armário surrado na parede da direita. Ele não tinha portas e estava vazio.

Dando um passo à direita, a mercenária girou delicadamente a maçaneta da segunda porta, que se abriu silenciosamente, revelando um relance de ouro. Um facho de luz do sol entrava por uma abertura circular estreita no teto. Partículas de poeira flutuavam preguiçosamente na luz dourada, que iluminava uma coleção valiosa de espólios: baús de marfim cheios de moedas e amuletos; um banco coberto de argolas, pratos e taças de prata; uma estante enfeitada com lazuritas de um tom extremamente hipnotizante. Opalas, ônix, esmeraldas, colares de contas de ametista. Um arco de guerra ornamental decorado com eletro. E ali, no fundo do aposento, bem onde a luz se transformava em sombra escura novamente, estava o olho. Kassandra lambeu os lábios secos. A peça estava apoiada em uma base de cedro, fixado para encará-la com sua pupila dourada. Esse era o maior de todos os tesouros, mais valioso do que um bolso cheio, ou mesmo um saco cheio de moedas ou pedras preciosas. Tudo o que tinha que fazer era cruzar o aposento, passando pelas outras riquezas... e pegar o olho.

Hora de pegar esse olho!

Ela deu um passo para a frente e então parou. Foi uma sensação levíssima que a interrompeu: um cheiro de algo inconsistente. Por trás do odor de metal e graxa, um cheiro de... morte, podridão. Seus olhos desviaram para a esquerda e para a direita. A pedraria na ponta esquerda do batente da porta estava arranhada, como se um artesão viesse tirando lascas para criar um padrão de pontos. A borda direita do portal era revestida de cedro em vez de pedra. Os olhos de Kassandra se estreitaram. Posicionando-se de cócoras, ela esticou seu arco por cima da soleira cuidadosamente. Com um golpe delicado, pressionou a ponta do arco contra a primeira tábua do assoalho dentro do aposento.

Com um zunido, os painéis de cedro da direita do portal de repente explodiram em movimento e uma lufada de ar agitado. Kassandra caiu para trás, puxando seu arco contra o peito enquanto uma massa disparava pelo portal e atingia a pedraria na esquerda com um tinido metálico e uma chuva de faíscas. Ao se erguer, ela contemplou o dispositivo: uma cama de espinhos de ferro, da altura da porta inteira, que a teria cortado ao meio se ela tivesse pisado naquela tábua. A mercenária olhou fixamente para o cadáver desamparado de Skamandrios, emaranhado nos espetos. Ele era mais esqueleto do que carne, apenas trapos rígidos de pele pendurados nos ossos. Um espinho tinha perfurado sua têmpora, outro o seu pescoço, vários o seu peito e seus membros.

— Pelo menos foi rápido para você, Sombra — disse ela, sem emoção.

A armadilha tinha sido acionada e a passagem para a caixa-forte estava bloqueada. Kassandra deu um passo para trás, contrariada, e ouviu uma conversa abafada de dois guardas do lado de fora, se aproximando da casa.

— O sol está esquentando. Eu vou cuidar dos cavalos no estábulo e você tranca a casa — disse um deles para o outro. — O Mestre volta esta noite, ele não ficará feliz se os quartos não estiverem frescos o suficiente para ele.

Um momento mais tarde, a mercenária ouviu os passos dos homens no andar de baixo e os estalos firmes de portas e janelas sendo fechadas e trancadas.

Não dá tempo, percebeu Kassandra, sua respiração acelerando. Ela tinha que sair, mas não podia ir embora sem pegar o olho. Fechou a porta para esconder a armadilha acionada, então olhou para o vão superior da escada à sua volta. Não havia outra entrada para a caixa-forte. Ela pensou na abertura no teto — talvez pudesse subir até o telhado e descer para o cômodo por lá. Não, a abertura era pequena demais até mesmo para uma criança passar. Seus pensamentos giraram até se fixarem no primeiro aposento do andar novamente. *Por que um bandido rico e sedento por poder como o Ciclope teria um quarto vazio em casa?*, ela se perguntou, olhando à sua volta para confirmar que todo o restante do lugar — o andar de cima, pelo menos — estava enfeitado com troféus e adereços. Então parou diante da porta aberta do primeiro quarto e tocou nas tábuas da entrada com seu arco. Não havia armadilhas. Do lado de dentro, ela se virou para ficar de frente para a parede compartilhada com a caixa-forte e examinou o armário surrado e sem portas com desconfiança. Colocando uma das mãos de cada lado do armário, Kassandra o empurrou o mais silenciosamente possível para um lado e olhou para a portinhola de madeira que tinha sido revelada. Com o coração disparando de expectativa, ela girou a maçaneta e rastejou para dentro do quarto dourado, desconfiando que cada movimento poderia acionar uma lâmina escondida que a atacaria ou a derrubaria sobre um poço escondido forrado de espinhos. Mas não havia mais nada. Ela tirou a obsidiana do pedestal, sentindo o peso frio da pedra em sua mão, sabendo que aquilo pagaria suas dívidas e as de Markos. Enquanto voltava para o patamar da escada, pronta para refazer o caminho até o quarto e descer pela hera, a euforia começou a se expandir dentro do seu estômago. Até que ouviu um suspiro.

— Só falta o quarto, e então o andar de cima está pronto — murmurou o guarda para si mesmo pela abertura em um velho elmo de couro que cobria a maior parte do seu rosto.

Kassandra pressionou as costas contra a parede, mantendo-se nas sombras, observando enquanto o guarda lentamente entrava no quarto antes dela. Ouviu um barulho de cortinas sendo fechadas e então o baque forte de uma corrente. O guarda saiu do quarto novamente e seguiu para o andar de baixo.

Ela o seguiu como uma sombra, descendo os degraus em sincronia com ele para disfarçar seus passos, e assim se aproximando da entrada principal. Se ele trancasse a porta enquanto ela ainda estava lá dentro... Seu estômago embrulhou ao imaginar uma quarta cabeça na prateleira de mármore no andar de cima.

Bem naquele momento, o guarda deixou suas chaves caírem. Enquanto parava para apanhá-las, Kassandra deu mais um passo. As tábuas rangeram, o guarda se assustou e então se ergueu com um salto, girando em um só movimento. Seu rosto se contorceu em um sorriso funesto ao erguer seu machado, seus lábios se abrindo para gritar para os companheiros. O berro nunca saiu — com um só movimento, Kassandra pegou e arremessou a pequena faca enfiada na ponta da proteção de seu braço. Ela voou em linha reta e perfurou a garganta do homem, que caiu com uma espuma cor-de-rosa saindo do ferimento. Kassandra segurou o corpo do homem para reduzir o barulho. Ela olhou para ele por um momento — suas chaves, seu traje, a porta, o caminho para a liberdade.

O observador acompanhou enquanto o guarda saía vagarosamente da casa e cruzava o terreno, coberto por um manto preto. Ele ouviu o guarda falar algo para o outro posicionado no portão do muro externo e depois seguir em direção ao campo. Uma empolgação de pura expectativa tomou conta dele: ela era tudo, tudo o que eles esperavam que ela fosse. O observador se inclinou para a frente em seu ponto de observação como um corvo, sem piscar.

Kassandra ouvia sua própria respiração bater como uma série de ondas dentro do confinamento do elmo de couro. Pior, o guarda que ela havia matado e de quem tirara o traje claramente vinha mastigando alho cru havia um ano, considerando o fedor. Ela fez o possível para caminhar de uma maneira despreocupada — e quase entediada —, se afastando da propriedade do Ciclope e entrando no campo coberto de arbustos, batendo com a lâmina do machado roubado do guarda contra a palma da mão. Sua desculpa tinha sido simples:

— Vou fazer o reconhecimento lá fora. Tenho certeza de que vi algo lá quando estava no andar de cima da casa.

A outra sentinela no portão estava muito exausta com o calor do meio-dia para perceber seu esforço questionável de imitar uma voz grave e rouca.

Kassandra entrou em um canteiro de pinheiros e juníperos e sentiu a sombra cobri-la — a bênção da invisibilidade e do frescor. O ar estava temperado com o aroma de pinheiros e era agradável caminhar no tapete macio de agulhas caídas. Mais adiante, ela viu uma clareira com um vislumbre de ondas azuis ao longe. A costa. Uma leveza se ergueu em seu peito como uma fumaça perfumada, intoxicando-a com a promessa do sucesso próximo enquanto a mercenária entrava na clareira.

O som lento e constante de um par de mãos aplaudindo interrompeu sua caminhada, fazendo o medo de todos os deuses aflorar dentro dela.

— Excelente, *excelente* — falou uma voz.

Kassandra virou a cabeça na direção da figura sentada sobre um tronco caído na linha de árvores da clareira. O sujeito lembrava uma gaivota, com cabelos castanhos finos penteados para a frente, seu corpo coberto por uma túnica branca impecável, decorada com uma tira prateada vívida, seu pescoço e seus punhos magros carregados de adornos. Um homem rico, ela percebeu imediatamente, e que não era daquela ilha.

— O Ciclope de Cefalônia raramente perde algum de seus tesouros conquistados a muito custo — disse o homem, seu peito sacudindo com uma risada.

Kassandra tremeu. Havia algo no tom dele — excessivamente familiar e presunçoso. E a forma como ele a olhava, os olhos esquadrinhando seu corpo. Não era um olhar carnal, mas era igualmente desejoso e libidinoso.

— Afaste as mãos do machado. Você não tem motivo algum para ter medo de mim.

Kassandra não deixou seu olhar vacilar; se recusou a piscar e com certeza não abaixou o machado roubado. Ikaros mergulhou do céu naquele momento para se empoleirar em seu ombro, guinchando para o homem desconhecido. Como uma caçadora, Kassandra absorvia cada centelha de sua visão periférica. Não havia outras pessoas atrás das árvores, ela percebeu. Mas notou algo mais: descendo o morro, em uma pequena enseada, havia um barco ancorado bem próximo a um píer de madeira. A cabeça de górgona horrenda na vela a encarava enquanto tripulantes a bordo a içavam.

— Quem é você? — perguntou Kassandra, os dentes cerrados.

— Sou Elpenor de Kirra — respondeu o sujeito calmamente.

Kirra?, pensou Kassandra. *A passagem para Delfos, o lar do Oráculo.* Ela sentiu uma vontade enorme de cuspir.

— Vim atrás de você porque ouvi coisas ótimas a seu respeito. A *Misthios* de Cefalônia — continuou Elpenor.

— Você encontrou a pessoa errada — rosnou Kassandra. — Existem vários mercenários nesta ilha.

— Nenhum com as suas habilidades, Kassandra — retrucou o homem, com o timbre de uma lápide se arrastando sobre um túmulo. — Uma velocidade sobrenatural de mente e corpo.

Ela arrancou da cabeça o elmo de couro fedido e o arremessou na grama próxima, sua trança antes escondida caindo sobre seu peito.

— O que você quer de mim? Fale de uma vez, ou enfio esse machado no seu peito.

Elpenor riu, seu corpo ossudo sacudindo com satisfação.

— Quero oferecer a você uma vasta soma de riquezas, Kassandra. Mais do que o dobro do valor desse olho de obsidiana que você pegou do Ciclope.

Ela moveu uma das mãos para a bolsa, verificando se o olho ainda estava ali. Estava. *Mas o dobro do valor?* Uma quantia como aquela permitiria que pagasse o Ciclope e comprasse uma boa casa para Phoibe. Mais ainda, aquilo quebraria as correntes da pobreza que a mantinham naquela ilha. Ela poderia ir a qualquer lugar, fazer qualquer coisa. A ideia a fez vibrar de pavor e fascínio. Então, quando percebeu novamente como o homem olhava vorazmente para seus braços nus, ela enrijeceu e, com a cabeça erguida, olhou mais uma vez para ele:

— Eu não me deito com homens por dinheiro. Além do mais, você é velho e eu poderia quebrá-lo.

Elpenor arqueou uma sobrancelha.

— Não é seu corpo que quero. Não dessa forma, pelo menos. Venho lhe oferecer uma recompensa em troca de uma cabeça.

— Você já tem a própria cabeça — zombou Kassandra.

Elpenor abriu um sorriso.

— A cabeça de um guerreiro. Um general espartano.

Kassandra sentiu o mundo se mover debaixo de seus pés.

— Ele é conhecido como o Lobo — completou o homem.

Kassandra se recompôs, ignorando as gotas de suor que corriam por suas costas.

— Generais sangram como qualquer outro homem. — Ela encolheu os ombros. — Espartanos também, apesar de sua arrogância inapropriada.

— Então você aceita o contrato?

— Onde ele está?

— Do outro lado do oceano. Na terra mais cobiçada do mundo grego.

Os olhos de Kassandra se estreitaram. Ela seguiu o olhar do homem, passando por cima de seu próprio ombro e seguindo para leste. A mercenária pensou na bruma sobre o mar e na constante procissão de galés atenienses, deslizando até o Golfo de Corinto para reforçar o cerco de...

— Megaris? Ele está em Megaris?

Elpenor assentiu.

— No cabo de guerra entre Esparta e Atenas, a cidade de Mégara e sua faixa estreita de terra são a corda. Atenas quer os portos gêmeos para completar seu laço naval ao redor de Hellas. Esparta quer a terra para usá-la como ponte para Ática.

— Então ele está *dentro* do bloqueio ateniense? — balbuciou Kassandra, dando um passo para trás.

— O Lobo e suas tropas seguiram por terra a partir da Lacônia e agora continuam em direção a Pagai, o porto ocidental de Mégara.

— Por que você quer vê-lo morto? — perguntou ela.

— A guerra se espalha e... o Lobo está do lado errado.

Kassandra lançou um olhar frio na direção do homem.

— Como posso saber que você está do lado certo?

Ele tirou uma bolsa de sua túnica e a sacudiu. O tinido denso de dracmas atravessou a clareira.

— Porque sou eu quem está pagando. — O homem jogou a bolsa de moedas na direção da mercenária. Ela a agarrou no ar, agradavelmente surpresa com seu peso. — Faça o que mando, *misthios*, e você terá dez vezes isso.

O sorriso que ele abriu drenava todo o humor de seus olhos.

Ela o encarou.

— Vou precisar de um barco para atravessar aquele bloqueio. Se me der o seu, eu aceito — sugeriu ela, apontando com a cabeça na direção da galé com a cabeça de górgona.

Sendo bem sincera, Kassandra só havia estado no mar uma vez antes como *misthios* — contornando a Cefalônia em uma embarcação de carga podre para levar peles roubadas para um dos contatos de Markos.

— Minhas velas não podem ser vistas nas vizinhanças quando isso acontecer, *misthios* — respondeu Elpenor, com um ar conclusivo.

— Mas, sem um barco, o contrato de nada vale. Atenas esgotou as frotas de todos os seus aliados há anos. Fez com que fossem forçados a pagar o tesouro da Liga de Delos para que pudesse avolumar a própria armada. Sobraram poucas galés em condições de navegar em mãos privadas, e nenhuma de Cefalônia seria suficientemente rápida para atravessar um bloqueio.

Elpenor torceu o nariz.

— É demais para você, *misthios*? Será que superestimei suas habilidades?

Quando Kassandra hesitou para responder, o homem se levantou e virou de costas para ela, dando um passo na direção das árvores e da trilha que levava morro abaixo, até seu barco.

— Nada é demais para mim, velhote — gritou ela em resposta. — Você receberá a cabeça do Lobo na hora certa.

Ele parou, olhando para trás por cima do ombro com olhos semicerrados.

— Ótimo. Venha me encontrar no Pouso do Peregrino, em Kirra, quando terminar.

Kassandra caminhou pela orla, voltando para o vinhedo de Markos. As estranhas palavras de despedida de Elpenor dançavam em seus pensamentos como sementes de sicômoro. Naquele momento, tudo parecia nebuloso e irreal. Ela nunca tinha ido a Kirra. Nunca tinha encontrado o Lobo. Nunca tinha se aventurado além das águas costeiras de Cefalônia. Não nos últimos vinte anos. *Que tola*, Kassandra se repreendeu. *Por que você não pode aprender a rejeitar contratos suspeitos? Markos e seus malditos esquemas e agora essa armadilha em forma de serviço.* Ela riu alto e o som a surpreendeu.

— Esse Lobo está em segurança. Nunca sairei dessa maldita ilha.

A mercenária se arrastou por algum tempo. Logo contornou um cabo rochoso e chegou à areia pálida da Baía de Kleptos. Ela parou para encher seu odre em um riacho costeiro, então o ergueu para saciar sua sede, mas a água nunca tocou seus lábios.

— Eu juro que não falei uma palavra que fosse mentira. Por favor, não a leve embora!

O grito se propagou pela baía, a voz grave e desesperada.

Kassandra se agachou e protegeu os olhos do sol. A princípio, viu apenas ondas cheias de espuma branca, aves marinhas voando e algumas cabras selvagens mastigando a grama alta. Foi só em uma segunda varredura que avistou a trirreme junto à praia, mais adiante na baía, a popa apoiada na areia e a proa balançando na água. Era menor do que as galés de guerra atenienses e o barco com a cabeça de górgona de Elpenor, mas parecia esguia e bem construída, pintada de preto perto da quilha e de vermelho ao redor da amurada. A popa se erguia em um rabo de escorpião curvo, e da ponta surgia um aríete de bronze cintilante, com olhos pintados dos dois lados.

— A *Adrestia* é tudo para mim — lamentou a voz.

— *Adrestia* — sussurrou Kassandra.

A Deusa da Retribuição... e o nome desse barco? Ela sentiu arrepios em suas costas enquanto repassava o nome repetidamente na cabeça. *A Adrestia, a Adrestia*, repetiu, mexendo os lábios silenciosamente, estalando os dedos, incapaz de se recordar de por que o nome lhe parecia tão familiar.

Havia movimento também, em todo o convés. Formas minúsculas de homens. Bandidos, amarrando tripulantes ajoelhados, batendo naqueles que tentavam se levantar. Havia um homem mais velho, dobrado por causa do gigante que segurava sua cabeça sobre um grande vaso de barro. O sujeito imobilizado se contorcia e se debatia em vão. Kassandra ouviu o grito gorgolejante e desamparado novamente:

— Deuses, poupem a minha vida, poupem o meu barco!

O grito terminou em um gorgolejo frenético enquanto o gigante mergulhava a cabeça do homem no vaso, água e espuma se derramando pelas bordas. Agora sua visão estava aguçada como a de uma águia. Kassandra viu quem o gigante realmente era e se lembrou de quando tinha ouvido falar da *Adrestia*. As palavras de Markos ecoaram em sua mente:

A Adrestia é uma das últimas embarcações que restaram na ilha. O Ciclope saiu para caçar, e aquela galé é a presa.

3

Barnabás gritava em vão, bolhas passando por seus ouvidos enquanto o ar escapava de seus pulmões, o gemido abafado de suas súplicas subaquáticas soando estranho, de outro mundo. Suas mãos, amarradas nas costas, estavam quentes com o sangue onde as cordas tinham rasgado a pele. A água subia por seu nariz e inundava sua boca, invadindo sua garganta como uma serpente. Essa era a pior parte: o momento em que o ar já havia abandonado seus pulmões, em que seu corpo implorava para que ele os enchesse novamente com ar fresco, enquanto a mão carnuda e pesada do Ciclope o mantinha ali, impedindo sua respiração. Clarões eram seguidos por manchas pretas como tinta de lula, crescendo, se espalhando, se juntando e roubando sua visão. Era o fim, percebeu. Desta vez, o Ciclope não o deixaria levantar a cabeça para respirar. Caronte, o Barqueiro o receberia. Por dentro, o marinheiro chorava e, dos confins de suas lembranças, sua vivida trajetória passava diante de seus olhos em lampejos, como uma tocha crepitante. Ele viu a ilha arenosa em que ficou à deriva quando era um jovem marujo — viu o balanço do oceano naquela manhã quando estava morrendo de sede... viu a *coisa* gigantesca e cintilante que tinha se erguido das ondas. Miragens por causa do sol, tinham alegado as pessoas que o salvaram, desconsiderando a sua história.

De repente, tudo mudou. A água rugiu e então se afastou conforme a mão carnuda puxava sua cabeça para cima. O longo cabelo castanho salpicado de branco e a barba, agora encharcados, sacudiam como os tentáculos de um polvo, jogando água em todas as direções. O ar cristalino parecia ensurdecedor, e sua cabeça doía por causa do brilho da luz do sol. Ele piscou, arfando e com ânsia de vômito, e levantou os olhos na direção do gigante que o segurava, o olho solitário o encarando de volta.

— Seus lábios frouxos estão ficando um pouco azuis, Barnabás — zombou o Ciclope com uma gargalhada.

— O que eu disse... — tossiu o marinheiro — ... não tinha a intenção de ser uma afronta a você. Eu juro pelos deuses.

— Você fala muito nos deuses — observou o Ciclope, pressionando novamente a parte de trás da cabeça de Barnabás. — Está na hora de você *finalmente* conhecer um deles, velhote. Hades espera por você!

— Nã...

A súplica parcial de Barnabás terminou com um mergulho e a boca cheia de água. De volta ao abismo salgado, à visão escurecida, aos pulmões ardentes. Dessa vez ele viu sua primeira missão como *triearchos*, quando levou sua tripulação até uma ilha em busca de um tesouro antigo. Eles não haviam encontrado nada a não ser um labirinto de cavernas. Vagaram durante dias por aquelas passagens subterrâneas escuras, perdidos. Não encontraram tesouro algum. Mas Barnabás tinha visto algo, certa noite, enquanto os outros dormiam. Era uma... criatura. Bem, uma sombra, pelo menos: de uma enorme besta, com ombros largos e chifres, observando--os enquanto dormiam. Assim que ele a avistou, a fera desapareceu. Seria um resquício de sonho? Foi isso o que seus homens falaram quando ele tentou lhes contar sobre a criatura. Mais tarde, porém, ele encontrou rastros parcialmente apagados e as marcas de cascos divididos. Barnabás encheu o pulmão de água e sentiu seu corpo afrouxar enquanto a vida lhe escapava. A luta estava quase no fim. Então...

— O que houve, seu velho desgraçado? — perguntou o Ciclope desdenhosamente, mais uma vez puxando a cabeça de Barnabás do vaso. — Os seus deuses estão silenciosos? Ou eles disseram para você ir embora?

Os bandidos que vigiavam a tripulação amarrada explodiram em gargalhadas.

— Acabe com ele! — bradou um.

Barnabás sentiu a pressão na parte de trás de sua cabeça novamente. Ele nem se deu o trabalho de encher os pulmões de ar, sabendo que aquilo apenas tornaria seu fim mais longo e doloroso.

— Por que vocês não vieram me socorrer? — sussurrou ele para os céus.

A próxima coisa que Barnabás viu foi a água no vaso indo em sua direção...

— Deixe-o em paz! — exclamou uma voz no outro lado da baía.

A mão do Ciclope congelou. Barnabás olhou fixamente para a água do vaso, seu nariz a um dedo de distância da superfície. Com a cabeça travada naquela posição, ele virou os olhos para o lado. O que viu fez um arrepio de fascínio correr por seu corpo. Ela atravessava a baía confiante, alta, ágil e forte, armada com um arco de caçador, um machado e uma meia-lança estranha. Suas feições cinzeladas pareciam firmes, seus olhos encobertos em uma expressão sinistra; e, sobre seu ombro, estava a visão mais maravilhosa. Uma águia. Uma ave dos deuses. Lágrimas se formaram nos olhos de Barnabás. Quem era aquela filha de Ares?

— Eu não vou pedir de novo, Ciclope — bradou ela, areia voando à sua volta como uma bruma.

O gigante de um olho só tremeu de raiva, então um rugido grave saiu de seus lábios antes de ele jogar Barnabás de lado como um trapo usado.

O Ciclope de Cefalônia a encarou da popa do barco, seu rosto há muito mutilado e o buraco oco que um dia havia abrigado seu olho direito comprimidos em uma expressão de irritação permanente. Seus membros fortes como carvalho estavam tensos, brilhando com suor, seu torso se avolumando debaixo de seu *thorax* de couro adornado com bronze.

— *Misthios* — disse ele com a voz arrastada, seu rabo de cabelos pretos balançando no vento como uma chama viva, enquanto Kassandra parava a vinte passos do barco. — *Misthios!* — gritou ele novamente, sem acreditar.

Kassandra ficou parada com os pés afastados e os ombros nivelados, Ikaros apoiado em seu ombro. *Demonstre poder*, rugiu Nikolaos em sua mente. O que ela esperava que o Ciclope e seus homens não pudessem ver era que suas mãos tremiam como as cordas de uma lira sendo dedilhada. Mas ela tinha que encará-lo — depois de anos evitando esse selvagem e seus capangas, ela *tinha* que encará-lo, para acabar com o poder que ele exercia sobre ela, Phoibe e Markos... sobre toda a Cefalônia. E para conseguir aquele maldito barco.

— O que você está fazendo aqui? — bradou o Ciclope. — Eu mandei meus homens me trazerem você amarrada.

— Eles estão mortos. Eu vim sozinha, para confrontá-lo... *Ciclope.*

O Ciclope deu um soco na balaustrada.

— Não me chame assim — rugiu ele, e gesticulou para que quatro de seus homens fossem atrás dela.

Os capangas saltaram por cima da balaustrada e aterrissaram na beira do mar, cercando-a por ambos os lados. Enquanto eles caminhavam em sua direção, a mente de Kassandra zumbia.

— Você tem apenas um ouvido além de um olho, Ciclope? Eu falei que vim para confrontar *você*, não seus homens.

Os lábios do Ciclope se contorceram, então ele moveu um dedo para dar ordens a seus quatro homens:

— Arranquem as pernas dela para que ela nunca mais possa andar, depois arrastem-na até o barco, que eu vou arrancar sua cabeça assim que tiver acabado de afogar esse velho bêbado.

Enquanto ele virava parcialmente na direção de Barnabás, Kassandra tirou o olho de obsidiana da bolsa e o ergueu para que fosse iluminado pelo sol.

— Veja o que encontrei na sua casa.

O Ciclope girou novamente para encará-la, seu olho saudável se expandindo como uma lua. Ele soltou uma risada grave e diabólica.

— Ah, você vai pagar caro por isso...

Ele e seus seis outros homens saltaram do barco, cercando a mercenária como um laço. Dez homens *e* o Ciclope? *Bravura e estupidez muitas vezes andam lado a lado*, sussurrou Nikolaos. *Lute sabiamente, nunca dê um passo maior do que as pernas.*

A mercenária ouviu um balido agressivo às suas costas, e assim viu surgir o próximo passo de seu plano. Ela se virou para o bode pastando logo ali.

— Talvez eu devesse guardar o olho em segurança — sugeriu ela, apontando para o traseiro do bode e levantando o rabo do animal.

O Ciclope congelou, perplexo.

— Você não ousaria!

Kassandra sorriu em resposta, colocando o olho em sua boca para umedecê-lo e então o enfiando bem fundo no ânus do bode. A cabeça do animal se ergueu com um balido assustado e confuso, então a mulher deu um tapa em suas ancas, o fazendo disparar entre dois dos homens do Ciclope, seguindo pela baía na direção do horizonte.

O Ciclope uivou.

— Peguem o maldito bode, peguem o meu olho — gritou.

Três capangas partiram atrás da criatura.

Três desgraçados a menos para enfrentar, pensou ela.

O Ciclope e os outros sete agacharam, como felinos prontos para atacar, encarando Kassandra.

— Uma bolsa de prata para aquele que rasgar a garganta dela — soltou ele com a voz arrastada.

Kassandra segurou o machado do guarda roubado no covil do Ciclope com uma das mãos e a lança de Leônidas com a outra, observando, esperando o primeiro se mover. O bandido com a expressão mais assustadora — careca, com brincos de ouro pesados e um kilt de couro — se mexeu um pouco. Quando ele a atacou, Kassandra ergueu a lança e o machado em um X para se defender, mas o golpe a fez recuar na direção dos que vinham por trás. Ela girou para ficar de frente para o esperado ataque que surgiria dali, então viu a sombra de Ikaros, que mergulhava para enfiar as garras nos olhos do brutamontes atrás dela, salvando a mercenária da foice de aparência assustadora. Ela girou para encarar seu próximo agressor, esquivando-se e então golpeando o machado contra seu ombro, abrindo uma fenda profunda e derramando sangue escuro. O inimigo caiu para trás e ela viu o próximo vindo em sua direção. Ela dobrou seu corpo para evitar o movimento da espada que a ameaçava e enfiou a ponta da lança de Leônidas em seu rosto. Ele caiu com um gemido animalesco, sua cabeça partida como um melão. Outros dois investiam sobre ela agora. Um cortou seu esterno com um golpe de lança e o outro quase esmagou sua cabeça com uma clava pesada de ferro. Eram muitos... e o próprio Ciclope estava esperando seu momento de dar o golpe fatal. *Um espartano deve ter os olhos de um caçador, ver tudo, não apenas o que está diante dele*, Nikolaos a repreendeu. Com sua visão periférica, ela percebeu algo no convés da *Adrestia*: a verga do barco e a corda que a mantinha no lugar — uma ponta amarrada à balaustrada. Enquanto os dois capangas que a atacavam gritavam, ela se abaixou, evitando seus golpes combinados, e arrancou o machado do peito aberto do primeiro que havia matado. Ao se levantar, arremessou o machado na direção do barco. Ela não esperou para ver se sua mira tinha sido boa, girando para bloquear outro ataque. A próxima coisa que ouviu foi o baque do machado atravessando a corda e se alojando na tora, o ranger da madeira, o rugido do Ciclope a atacando, a lâmina pesada certeira, preparada para rasgar sua barriga. Então a sombra de algo passou sobre sua cabeça. A verga — agora livre — girou no mastro, a corda se debatendo acima de Kassandra. Ela saltou para agarrar a corda molhada e se segurou a ela com toda a sua força, bem no momento em que a lâmina da espada do Ciclope acertava o espaço que ela antes ocupava. A corda carregou Kassandra pelo ar, e ela deu um coice no Ciclope, esmagando seu nariz com o calcanhar, depois girou como uma pedra em uma catapulta, se afastando do círculo de bandidos e voando na direção do barco. Ela soltou a corda e bateu contra a balaustrada da embarcação, logo subindo para o convés. Correu até Barnabás e cortou as cordas que o prendiam, depois as dos tripulantes mais próximos. Eles se levantaram com um salto, em pânico.

— Preparem-se — advertiu ela para a tripulação, virando na direção da popa e da praia.

Kassandra ouvia a ira ofegante do Ciclope enquanto via as cordas arremessadas da praia se prendendo em trincos e toras e então se retesando conforme o selvagem e seus capangas subiam a bordo. A tripulação jogou ganchos e varas de um lado para o outro, então correu para a balaustrada da popa para atacar os homens que subiam, derrubando alguns no mar feito pedras. Mas o Ciclope era forte demais. Ele alcançou a balaustrada e rasgou o pescoço de um dos tripulantes, que tombou nas águas rasas. Ele e três capangas conseguiram subir a bordo. Quando o gigante de um olho só investiu na direção de Kassandra, Barnabás, aflito e desarmado, se colocou em seu caminho, e o Ciclope preparou sua lâmina para eliminar o homem. Kassandra pegou uma vara de pesca — com uma ponta de metal afiada — e a arremessou através do convés, mirando no gigante. O dardo improvisado atingiu o peito do Ciclope, que foi jogado para trás, e o pregou ao mastro. O olho saudável do criminoso se acendeu com ira e descrença, antes de um fio de sangue escuro escorrer de sua boca, seguido por um suspiro entrecortado. Finalmente, ele tombou, morto.

Os poucos capangas que ainda lutavam passaram a recuar, boquiabertos, de repente sem confiança. Eles pularam do barco e saíram correndo pela baía.

— O Ciclope de Cefalônia está... morto? — gaguejou um tripulante.

— A ilha está livre do seu terror — murmurou outro.

Ainda encharcado e um pouco enlameado, Barnabás surgiu diante de Kassandra. Ele a encarou e em seguida caiu sobre um dos joelhos, como um manto que vai ao chão. Ele olhava para ela com fascínio e reverência. Bem naquele instante, Ikaros desceu e pousou em seu ombro.

— Filha de Ares?

— Kassandra — respondeu ela, gesticulando para ele se levantar e então olhando para os corpos espalhados e o vaso de barro. — Eu tinha ouvido falar de certo ressentimento entre o Ciclope e o *triearchos* deste barco. Não imaginava que era tão sério.

Barnabás se ergueu com um longo suspiro.

— O que aconteceu com o Ciclope foi um mal-entendido, digamos assim. Eu estava em Sami recentemente desfrutando de uma refeição na taverna das docas. Quando digo uma refeição, estou me referindo a um balde cheio de vinho. Fui ficando muito animado e decidi contar aos locais uma história de uma viagem passada, sobre algo que vi nas ilhas... enquanto estava terrivelmente bêbado, admito, mas *realmente* vi aquilo: uma criatura horripilante, indescritivelmente feia. Eu mencionei as palavras "monstro de um olho só", e nosso amigo ali se levantou derrubando a mesa. Ele achou que eu estava falando dele e me seguiu quando sai da taverna. Tivemos a sorte de fugir das docas de Sami antes que ele pudesse nos alcançar. Mas parece que ele ficou atento à minha próxima escala, porque, assim que atracamos aqui, ele e seus homens apareceram.

— Sim, o Ciclope tende... tendia a levar esse tipo de coisa para o lado pessoal. — concordou Kassandra, com um sorriso.

O rosto bronzeado de Barnabás relaxou de alívio quando ele olhou para o corpo do Ciclope e então para o vaso de barro:

— Depois de passar a maior parte da minha vida no mar, seria absolutamente vergonhoso me afogar em um vaso. Eu devo minha vida a você. Nós todos devemos. Mas nunca poderei recompensá-la a não ser com minha lealdade.

— O uso de seu barco por um tempo seria recompensa suficiente — respondeu ela.

— Uma jornada? — perguntou ele. — Eu a levarei a qualquer lugar, *misthios*. Até a borda do mundo, se for necessário.

A *Adrestia* deixou a Baía de Kleptos para trás e deu a volta na ilha até chegar ao porto de Sami. Lá ela permaneceu ancorada por algum tempo enquanto os homens de Barnabás juntavam forragem e suprimentos para o percurso que se apresentava, a tripulação subindo e descendo a prancha com sacos carregados em seus ombros. Kassandra apoiava um cotovelo na balaustrada do barco, sua mente já no mar, o burburinho das docas, os guinchos das gaivotas e o som das canecas se chocando nas tavernas próximas incessantes à sua volta.

Passos leves surgiram atrás dela, sacudindo o píer.

— Estou pronta — disse Phoibe, ofegante. — Juntei todas as minhas coisas.

Os olhos de Kassandra se fecharam com força e a mercenária lutou para extinguir a chama que ardia dentro dela.

— Você não vai — rebateu friamente.

Os passos desaceleraram.

— Se você vai, eu vou — respondeu Phoibe, em um tom seco.

— O lugar para onde vou não é adequado para uma criança — disse Kassandra, se virando lentamente para olhar para a menina e agachando para ficar na sua altura. Agora ela podia ver que o tom seco era apenas um disfarce. Lágrimas se acumulavam nos olhos de Phoibe. — Você precisa ficar na ilha. O Ciclope se foi agora. Você e Markos estarão seguros.

Ela olhou por cima do ombro de Phoibe. Markos estava no píer, entretido em uma discussão com um comerciante vesgo, tentando lhe vender um burro sarnento com o lombo careca.

— Um cavalo de batalha — alardeou ele — adequado para um general.

O homem parou por um instante e olhou de volta para Kassandra, lhe oferecendo um breve meneio de despedida. *Cuide dela*, a mercenária moveu os lábios silenciosamente para ele. Outro meneio ligeiro como o de uma criança repreendida.

Ela sentiu algo sendo pressionado contra a sua mão. A águia de madeira de brinquedo de Phoibe.

— Então leve Chara com você — disse a garota. — Aonde quer que vá, Chara estará com você. E eu também... de certa forma.

Kassandra sentiu mãos invisíveis apertando sua garganta e um choro tentando passar pela fresta. Mas fechou os dedos em volta da águia de brinquedo e reprimiu a emoção com um suspiro frio.

— E eu tenho algo para você — sussurrou, colocando o olho de obsidiana do Ciclope na palma da mão de Phoibe. A cena na Baía de Kleptos havia sido um grande truque. Por um instante, a mercenária se perguntou se o pobre bode teria conseguido expelir a pedrinha que ela havia enfiado em seu traseiro. — Guarde isso com você. Não deixe Markos ficar sabendo. Se você tiver problemas, venda e use as moedas com sabedoria.

Phoibe examinou o olho, boquiaberta, então o colocou em sua bolsa.

— Adeus, Phoibe — disse Kassandra, se levantando.

— Você vai voltar um dia, não vai? — suplicou Phoibe.

— Não posso prometer isso para você, Phoibe, mas espero que nos encontremos novamente.

Gritos ecoaram pelo barco enquanto o que restava dos suprimentos era trazido a bordo e preparavam a prancha para ser recolhida. Phoibe recuou, sorrindo, chorando. Ela saltou do barco e seguiu na direção de Markos. Kassandra virou as costas para ela, apertando a águia de brinquedo em sua mão.

A *Adrestia* partiu para o mar a remo. Barnabás andava de um lado para o outro no convés. Diferentemente daquele dia em que ela havia salvado sua vida, ele não mais parecia um gato afogado. Vestia uma *exomis* azul-clara com ombros brancos, seus cachos longos e espessos penteados para trás e sua barba modelada em pontas bifurcadas. Ele era um homem maduro bonito, corpulento e forte. Depois de um tempo, gritou para seus homens:

— Guardar remos, içar velas.

Os tripulantes eram como esquilos, subindo pelo mastro, puxando cordas. Com um estrondo similar ao de um trovão distante, que ia crescendo ao se aproximar, a vela branca como uma nuvem da *Adrestia* rolou da verga para revelar um brasão carmesim de uma águia em voo. A vela recebeu o vento forte, se enchendo como o peito de um gigante, e o barco deslizou para leste em velocidade, espirros de água do mar encharcando todos a bordo de vez em quando, uma trilha de espuma branca se formando no encalço deles.

Barnabás parou ao lado de Kassandra, cabelos voando ao vento da jornada.

— Quando o Ciclope me segurou debaixo d'água, eu rezei aos deuses. E então você veio...

Kassandra riu de forma seca.

— Você chamou e eu respondi.

— E você lutou como uma Rainha Amazona, como uma irmã de Aquiles! Tudo isso enquanto a águia de Zeus voava em volta da sua cabeça — continuou Barnabás. Ikaros, seguindo o barco, guinchou em reconhecimento. Barnabás estava vidrado, os olhos brilhando com fascínio. — Em minhas viagens, encontrei pessoas que alegavam ter o sangue dos deuses em suas veias. Mas dizer coisas assim não vale de nada. São os atos que demonstram a verdadeira face da pessoa.

Ela desviou os olhos para o convés, tímida. O lugar estava vazio e arrumado, havia apenas uma pequena cabine logo abaixo da popa, em forma de rabo de escorpião, e vários nichos que a tripulação parecia preferir, os homens sentados na verga com as pernas balançando. Alguns estavam dormindo na sombra perto da proa, usando mantos enrolados como travesseiros, outros cantavam enquanto limpavam as balizas e alguns jogavam cinco-marias junto à balaustrada. Trinta homens no total, ela contou.

— Cada um deles é um irmão para mim — disse Barnabás, percebendo o olhar de Kassandra. — E você pode contar com eles em qualquer circunstância. Mas devo perguntar: por que, de todos os lugares a que eu poderia levá-la... Por que Megaris?

Ele olhou para onde o barco se dirigia: as águas vastas do Golfo de Corinto.

— No porto local de Pagai há um enorme prêmio.

— E o coração da guerra, *misthios* — replicou Barnabás. — As terras de Megaris estão repletas de falanges espartanas, e as águas estão cobertas de galés atenienses. Os barcos não serão um problema, pois, embora a *Adrestia* seja pequena e antiga, ela é ágil e fácil de virar, além de ter um bico afiado. Mas, mesmo assim, nós chegaremos à costa bem quando crescem os rumores de que Péricles está liderando o exército ateniense até Megaris para confrontar e destruir os regimentos espartanos. Que prêmio poderia valer o risco de colocar os pés em uma terra tão dividida pela guerra?

— A cabeça de um general espartano — respondeu ela.

Os tripulantes próximos arfaram.

— Fui contratada para matar aquele que é conhecido como o Lobo — explicou Kassandra, sua confiança crescendo conforme a trirreme cortava as águas profundas.

Barnabás soprou uma lufada de ar e riu sem humor, como alguém faria ao observar um penhasco lambuzado de óleo que deveria ser escalado.

— O Lobo? Você aceitou uma tarefa complicada, *misthios*. Dizem que Nikolaos de Esparta tem ombros de ferro, dorme com sua lança na mão e com um olho aberto. E seus guarda-costas também são como demônios...

Kassandra ouviu as palavras de Barnabás sumirem em um apito ensurdecedor. Pegou a própria voz dizendo:

— O que você falou?

E ela viu a expressão confusa nos rostos do capitão e dos tripulantes próximos que vieram ajudá-la quando suas pernas tremeram. Kassandra os dispensou, segurando a balaustrada do barco e se inclinando para olhar para o fundo do mar.

O Lobo é Nikolaos de Esparta? Fui enviada para matar meu pai?

Enquanto observava a *Adrestia* seguir para o mar, avançando na direção do Golfo de Corinto sob o poder dos ventos, Elpenor passou a mão na estranha máscara em suas mãos, sorrindo silenciosamente para si mesmo. Ele viu o pequeno vulto de Kassandra na popa. Orgulhosa, corajosa, poderosa a princípio. Então ele quase sentiu o golpe esmagador assim que foi desferido, observando-a cair sobre um joelho, afastando os homens com gestos.

— Ela sabe... — sussurrou ele. — Começou.

4

— Levantar velas! — gritou Barnabás.

Enquanto o grande brasão da águia era recolhido, vinte homens se posicionaram nos bancos forrados com couro que se estendiam nos dois lados do barco, cada um deles pegando um remo feito de tronco de pinheiro, erguendo-o e passando por um laço de couro e pelos toletes. Com choques ritmados, os remos encontraram as ondas.

Megaris estava à vista. A jornada estava quase no fim.

Empoleirada na proa, Kassandra examinava a floresta de galés atenienses adiante. Velas listradas se agitando, mastros de pinho e cascos pintados com piche. Cada uma das poderosas embarcações estava repleta de hoplitas cintilantes, arqueiros, atiradores, *peltasts*. Alguns ainda carregavam corcéis tessálios, suas cabeças cobertas com sacos para impedir que entrassem em pânico ao ver o oceano. Um exército flutuante entre a *Adrestia* e o nebuloso interior de Mégara, além do próprio porto de Pagai.

— Tenho que confrontá-lo — sussurrou ela para si mesma. Aquele era um mantra que vinha ecoando em seus pensamentos nos últimos dois dias de viagem, à medida que se acostumava com a verdadeira identidade do Lobo. — Mas não há como passar por aquele bloqueio.

Os barcos estavam dispostos em fileiras de quatro ou cinco. Ela viu os grupos de *peltasts* de túnicas brancas a bordo das duas trirremes mais próximas se virarem da terra bloqueada para observar a pequena embarcação que disparava na direção de sua flotilha como um rato atacando uma alcateia de leões. Eles gritavam e apontavam, seu comandante berrando para que erguessem os dardos e mirassem. Kassandra olhou para Barnabás e seus homens atrás dela, pronta para dizer a eles para dar meia-volta, que aquilo tinha sido um erro. Talvez pudessem seguir para o norte ou sul e atracar em qualquer um dos lados do Golfo de Corinto. De lá, talvez demorassem apenas cerca de um mês para ir por terra até Pagai e...

— *Kybernetes* — rugiu Barnabás, antes que ela pudesse dizer uma palavra. — Vire... vire... *vire!*

Sob a sombra do rabo de escorpião da galé, o timoneiro de pele negra retinta, chamado Reza, segurou os dois remos do leme duplo, seus ombros poderosos tremendo com o esforço, se inclinando para a esquerda para fazer o barco contornar para a direita. Ele rugiu com o esforço, até que dois tripulantes correram para acrescentar peso à tarefa.

Com um chiado de agitação na água, a galé se inclinou bruscamente para a direita, cortando as ondas. Kassandra se segurou à balaustrada para se equilibrar. Uma lâmina de água a engoliu, encharcando também o convés, e a mercenária viu os dardos soltos dos *peltasts* atenienses atingirem a espuma do rastro da *Adrestia*, inofensivos. A galé voltou ao seu rumo e Kassandra olhou com assombro para a trirreme ateniense solitária diante deles, a proa da *Adrestia* encarando sua lateral. Barnabás a tinha avistado em meio a todos os outros barcos: um ponto fraco no bloqueio.

— Eeee: *O-opop-O-opop-O-opop...* — cantava o *keleustes* cada vez mais rápido, batendo com vontade o punho na palma da outra mão enquanto caminhava pelo convés.

Cada repetição fazia os remadores puxarem e levava a *Adrestia* a uma velocidade ainda mais incrível, o bico de bronze disparando na direção da lateral da galé ateniense solitária. Os olhos de Kassandra se arregalaram, e a expressão no rosto dos atenienses era de choque.

— Preparem-se! — rugiu Barnabás.

O mundo explodiu em um estrondo de toras partidas. Kassandra sentiu seus ombros quase saltarem de suas juntas enquanto a *Adrestia* guinava; o céu escureceu por um instante com nuvens de gravetos. Atravessando um coro de berros, a *Adrestia* passou, as duas metades da galé ateniense destruída se abrindo como portas, o grande mastro caindo, a tripulação se agarrando às toras de madeira para se salvar. A comoção desapareceu tão rápido quanto tinha surgido.

Kassandra olhou para trás na direção do caos de água, espuma e destroços espalhados, certa de que o restante da frota ateniense viria atrás deles.

— Eles não nos seguirão — garantiu Barnabás. — Não arriscarão chegar tão perto da costa para pegar um barco pequeno.

A costa, pensou ela, olhando na direção da baía de seixos e dos despenhadeiros de Pagai. Uma rajada de espinhos gélidos penetrou seu coração ao perceber que não havia nenhuma desculpa agora. Kassandra estava ali... e ele também. Ela vasculhou o litoral, seu coração batendo forte. Nada.

O barco se aproximou de um trecho deserto da costa, deslizando sobre os seixos. Kassandra saltou sobre a baía, observando a terra deserta. *Onde está você, Lobo?*

Uma arfada desesperada próxima enviou uma descarga de terror por seu corpo. Um guerreiro ateniense, do navio que eles tinham dividido ao meio, caminhava com dificuldade nas águas rasas até a praia, ofegante, cuspindo, sua *exomis* azul e branca encharcada. Por toda a costa ela viu outros — centenas deles, nadando dos destroços para a praia. Alguns usavam seus escudos como boias, e a maioria também carregava armas. Aqueles nos outros barcos do bloqueio afastado comemoraram. Por um instante, parecia que os atenienses tinham uma improvável base de operações na baía.

Até que, da floresta de pinheiros, surgiu um bando carmesim.

Kassandra se jogou atrás de uma moita de tojo e observou à medida que um *lochos* espartano — um regimento de cerca de quinhentos homens, um quinto da cada vez mais rara elite de Esparciatas — emergia das árvores. Eles seguiam com seus mantos vermelhos esvoaçantes, suas barbas e seus cabelos amarrados em tranças apertadas, caminhando em uma formação compacta de passos sincronizados de pés descalços na direção da praia. Seus elmos brilhavam no sol do fim da tarde, seus escudos revestidos de bronze marcados com ícones vermelhos da letra lambda, suas lanças erguidas como os dedos de carrascos, apontando acusatoriamente para os atenienses carregados pelo mar.

Eles caíram sobre sua presa em silêncio, rostos contorcidos com malícia, lanças se estendendo para perfurar peitos, esguichos de sangue borrifando sobre o confronto, gritos que se erguiam dos atingidos. Aqueles atenienses que ainda nadavam ou rastejavam nas águas rasas foram impiedosamente atingidos pelas pontas cegas de bronze da base das lanças espartanas. Quando um bando de cerca de sete atenienses ousou resistir, um entre os espartanos surgiu, movendo-se como um pesadelo da vida real. Kassandra via apenas lampejos dele, seu manto *tribon* vermelho esvoaçante, sua cabeça e seu rosto protegidos por um elmo coríntio antiquado, sua lança brilhando na luz do sol do fim da tarde. Cada um dos sete foi morto por ele, todos destroçados. Em poucos momentos, as centenas de sobreviventes do barco destruído tornaram--se apenas restos de cadáveres, flutuando em uma sopa sangrenta. O silêncio tomou conta da baía, deixando apenas o som das ondas batendo delicadamente na praia.

Ela o viu por inteiro finalmente e soube que aquele era o Lobo, pois vestia os adornos de um general: uma pluma transversal, vermelho--sangue como seu manto coberto de restos dos inimigos. Ela olhou para a abertura em T na frente de seu elmo, procurando o rosto, lembranças do passado a flagelando como chicotes de fogo. Seu coração disparou, a lança de Leônidas parecendo tremer em sua mão.

Os homens em volta do Lobo ergueram suas lanças para ele.

— *Arru!* — bradaram, solenemente.

A aura e o número de guerreiros a atingiu com a realidade gélida. Aquela não era a hora de atacar. Kassandra soltou a lança e jogou seu manto sobre ela, assentando o fogo dentro de si. Ela observou enquanto o Lobo se aproximava de um oficial mais jovem e colocava a mão em seu ombro.

— Você lutou bem, Stentor — ela o ouviu dizer.

Com aquilo, o general espartano, seu pai... sua presa, se virou e foi embora da baía, seguindo na direção de uma trilha que subia os despenhadeiros da costa, alguns homens caminhando ao seu lado.

Kassandra olhou para trás por cima do ombro, vendo Barnabás observar tudo, ansioso. *Espere aqui*, ela moveu os lábios silenciosamente para ele, então se levantou de trás do tojo e se aproximou dos soldados espartanos. Aquele chamado Stentor a notou primeiro e se moveu para bloquear seu caminho.

Ele era um pouco mais velho que ela: tinha pelo menos trinta anos, Kassandra estimou, levando em conta que parecia ser um oficial. Ele a encarou, impassível, sua barba preta contornando lábios finos, seu nariz como uma lâmina. Ele era forte e magro... talvez magro demais — os tributos cobrados pela guerra e pela fome? Sua boca se contorceu, carregada de palavras ácidas de desafio, até ele notar a *Adrestia*, atracada ali perto, então olhar para os atenienses mortos e depois para o mar onde estavam os restos flutuantes do barco.

— Vocês... vocês partiram aquela galé ao meio? — concluiu ele, a declaração pontuada pela distensão e a ruptura de um tendão enquanto um abutre arrancava um olho da cabeça de um ateniense ao lado deles.

— Ela estava no meu caminho — respondeu Kassandra, igualando o tom lacônico de Stentor.

Ela notou um lampejo de respeito nos olhos do oficial e seguiu seu olhar orgulhoso até o topo dos despenhadeiros juntos à costa: lá no alto estava o Lobo, olhando para a baía, seu manto tremulando na luz incandescente do pôr do sol. Ele repousava seu peso sobre um cajado *bakteriya*.

Ela percebeu que o estava encarando por tempo demais. Stentor percebeu a mesma coisa.

— O que você quer com o Lobo? — perguntou ele, irritado, sua voz de repente carregada de desconfiança.

Kassandra fingiu indiferença:

— Eu vim para... servi-lo.

— Então você é uma *misthios*. E acha que precisamos de ajuda? Você não acabou de testemunhar o que aconteceu com esses tolos atenienses? Mégara não está ainda nas mãos de Esparta?

— Por enquanto — respondeu ela. — Mas ouvi dizer que Péricles de Atenas planeja montar uma grande ofensiva terrestre nessa região.

O lábio superior de Stentor se curvou em uma das pontas.

— Tenho certeza de que vocês vencerão a maioria das batalhas — continuou Kassandra, antes que ele pudesse xingá-la —, mas uma mercenária não seria útil para certas coisas? Peço apenas um lugar em seu acampamento e um porto seguro para os homens do meu barco enquanto estou aqui.

Stentor bufou de forma seca.

— Você quer nos servir? Você realmente acha que eu deixaria uma mercenária chegar perto do meu pai?

Ele olhou na direção do Lobo enquanto falava aquilo.

— Você é o... filho do Lobo? — perguntou Kassandra, sua voz falhando.

— Ele me adotou pouco depois de seus dois filhos morrerem — explicou Stentor. — Ele foi meu mentor e me treinou. É graças a ele que sou um *lochagos*, líder desse regimento. Ele é tudo para mim, ele é tudo o que quero ser. Eu o seguiria até os portões do submundo.

— Eu apenas peço a oportunidade de fazer o mesmo — disse ela.

O guerreiro olhou para Kassandra com desconfiança, examinando-a da cabeça aos pés, como um mercador avaliando um pangaré, antes de bater com uma das mãos na palma da outra, sua decisão tomada.

— Não. Nenhuma *misthios* entrará em nosso acampamento ou chegará perto do Lobo — insistiu ele. — Muitos dos seus já espreitam no continente, trabalhando para os atenienses... — Ele franziu o nariz. — Hyrkanos e seus trastes contratados vêm destruindo nossas carroças de suprimento, roubando o pão de nossos homens. Outros estão atrás da cabeça do meu pai e da recompensa que vem com ela. O Lobo já tem muitos espinhos em suas patas. Ele não precisa de mais nenhum. Até onde sei, você poderia ser um deles, poderia estar aqui para matar o meu pai. — Ele olhou para ela com a expressão séria por um bom tempo. — Então vá, durma em seu barco e seja grata por eu deixar que você fique com sua cabeça, desconhecida.

Um delicado tinido de lanças sendo erguidas atrás dela lhe disse que estava na hora de ir embora. Kassandra se curvou parcialmente e recuou, indo na direção do frágil santuário da *Adrestia*.

Após uma refeição de sardinhas salgadas assadas e pão, acompanhada por um vinho bem diluído, Kassandra se deitou para dormir perto da proa do barco. Um silêncio lúgubre baixou sobre a baía. Ela não conseguia descansar, apesar de seus músculos doloridos e da mente enevoada, então se sentou sobre a balaustrada, abraçando os joelhos contra o peito, Ikaros se limpando ao seu lado na luz de uma lua de foice que iluminava as águas. Ela observou o anel de luzes de tochas nas galés atenienses e o brilho alaranjado no alto do despenhadeiro, onde os espartanos estavam acampados. Ali, naquele limbo da praia, ela estava cercada por um convés repleto de marinheiros que roncavam e pelos cadáveres imóveis e fétidos dos atenienses mortos logo ao lado. As armaduras tinham sido removidas, mas eles não foram enterrados.

Seu coração congelou quando ela ouviu batidas de remos na água. Um ataque noturno? Mas tudo que viu foi um barquinho vindo do bloqueio na direção da costa, e Kassandra observou atentamente enquanto dois atenienses sem armaduras desembarcavam e seguiam na direção do acampamento espartano. Homens corajosos, homens *mortos*, certamente, pensou. Mas eles voltaram pouco depois, e em seguida uma equipe maior de atenienses desarmados remou até a praia para se juntar a eles e ajudar a cavar túmulos na areia para enterrar seus mortos, tendo recebido anistia para isso de seus inimigos mais cruéis.

Kassandra encarou o acampamento espartano. O Lobo estava na beira do penhasco, observando o sepultamento, emoldurado pelo céu escuro e uma poeira prateada de estrelas. *Você sem dúvidas se congratula por mostrar essas migalhas de honra,* falou ela para si mesma com ódio. *Mas onde estava sua honra naquela noite na montanha?*

Durante a lua seguinte, a *Adrestia* permaneceu atracada perto de Pagai, e Kassandra começou a ganhar a confiança dos espartanos. Durante o dia, ela seguia os batalhões enquanto eles marchavam de um lado para o outro, defendendo as poucas boas baías e atracadouros toda vez que os atenienses tentavam desembarcar ou rechaçando os ataques da infantaria pelo norte. Duas vezes ela ajudou a mudar o rumo da luta. Primeiro ao se empoleirar sobre uma pedra perto da praia e enviar, por cima das cabeças dos espartanos que ali aguardavam, prontos para a batalha, flechas flamejantes contra as velas das trirremes atenienses que se aproximavam, as embarcações sendo consumidas pelas chamas antes mesmo de chegarem à praia. Stentor tinha olhado furiosamente para ela como um abutre que via seu cadáver ser roubado. Então, alguns dias depois, ela tinha se infiltrado na batalha novamente, surgindo do meio do mato para derrotar um campeão ateniense. Stentor a havia recompensado com um discurso e sua lâmina parcialmente desembainhada.

— Fique longe dos meus soldados. Fique longe do meu pai — cuspiu ele.

Mas ela podia ver as olheiras profundas debaixo dos olhos do líder e os passos enfraquecidos dos soldados espartanos. Apesar de seu orgulho e de sua reputação de rir diante da fome, as carroças de suprimentos perdidas significavam que muitos não comiam alimentos sólidos há quase meia lua.

A confiança dos espartanos era como um cadeado de ferro pesado. Grãos eram a chave, ela percebeu. Kassandra se levantou, desceu silenciosamente do barco e seguiu para o interior.

* * *

No alto do penhasco, um círculo de tochas delineava o acampamento espartano. Sentinelas estavam de pé, vigilantes e sem expressão em seus rostos, as bases de suas lanças espetadas na terra, de modo que as hastes ficavam eretas como estacas. Alguns *Skiritae* — atiradores de dardos experientes e vigias noturnos destacados, que não eram espartanos de sangue puro, mas soldados que desfrutavam de algum nível de consideração — estavam sentados em árvores e em pontos elevados no campo ao redor. Dentro do acampamento, soldados espartanos estavam sentados em volta de fogueiras, soltando gargalhadas profundas, bebendo a sopa escura e dolorosamente rala de suas canecas *kothon* ou afiando suas lanças. Alguns estavam nus, os hilotas passando óleo em seus corpos magros com cuidado e então raspando a sujeira que os tomava.

Stentor estava sentado junto ao fogo no coração do acampamento, cansado, com fome e irritado. Incapaz de descansar, ele havia se levantado na escuridão e levado alguns outros guerreiros insones consigo até a fogueira para passar o tempo.

— Cantem os versos de Tirteu para mim — grunhiu ele. — Uma de suas canções de guerra.

Os dois esparciatas magros sentados à sua frente tossiram e se endireitaram, para então começar uma interpretação terrível de uma canção escrita cerca de trezentos anos antes por um dos maiores poetas de Esparta. O rosto de Stentor se fechou de tristeza.

— Parem com isso, antes que a sombra do grande homem se levante e arranque suas línguas.

Ele olhou para a *Adrestia* lá embaixo, se agarrando à praia como um molusco. A *misthios* irritante estava ali havia quase duas luas agora — durante todo aquele verão extremamente quente. Sua interferência em batalhas recentes tinha roubado a glória de suas vitórias, e ainda com o uso de um arco — uma arma tão não espartana! Um dia ele havia caminhado até a baía para assistir ao treinamento de seus homens na areia. Eles se alinhavam em falanges opostas e marchavam em direção a seus oponentes em uma batalha simulada. Ele havia gargalhado grosseiramente e aplaudido enquanto os soldados se enfrentavam, derrubando os oponentes no chão ou conseguindo mortes encenadas. No fim, restou apenas um soldado de pé depois de uma demonstração grandiosa, o resto atordoado e gemendo. Stentor comemorava com orgulho ao se aproximar do campeão... até ver que debaixo daquela túnica vermelha espartana e do elmo de bronze não estava um homem da Lacônia. Era ela. *Ela!*

Ele havia repreendido seus homens como um titã vingativo por deixarem que ela treinasse com eles, por darem a ela uma lança e um escudo espartanos. *Mas ela os merece, senhor*, rebateu um dos soldados. *Ela foi habilmente treinada com as técnicas espartanas por alguém que ela se recusa a nomear.*

Um dos homens que a mercenária tinha derrotado arriscou algumas investidas, agarrando-a e tentando beijá-la. O tal agora estava sentado no canto do acampamento, ainda cuidando de um maxilar quebrado e dos testículos doloridos. O mais estranho é que, no último mês, os *Skiritae* tinham reportado movimentos incomuns de sua parte à noite — ela adentrava bastante no continente, vagando pela escuridão. *O que é você, misthios?*, ele se perguntou.

De qualquer forma, havia problemas mais sombrios se aproximando. As afirmações da *misthios* tinham sido precisas: Péricles de Atenas *estava* movendo uma poderosa força de hoplitas para o sul em uma tentativa de acabar com o controle de Esparta sobre essa terra, então o *lochos* espartano logo marcharia para norte com o objetivo de interceptá-los — os aliados já tinham sido até convocados. Stentor passou os dedos pelo cabelo; as conversas sobre heróis atenienses... sobre os numerosos inimigos, sobre o que muitos sussurravam que certamente seria uma famosa derrota espartana... corroíam seu ânimo, assim como a fome que fincava as garras em sua barriga vazia.

Crunch-crunch-crunch. Passos, rápidos, vindo por entre as tendas em sua direção.

A cabeça do *lochagos* se ergueu rapidamente.

— Guardas! — exclamou.

Uma sombra apareceu perto da fogueira, caminhando de forma decidida até ele. Stentor se ergueu, levando a mão até a espada curta, quando a sombra parou e arremessou um objeto pesado em sua direção. O objeto pousou perto do fogo e se rompeu. Trigo precioso se derramou da saca.

Todos os olhos se voltaram para o alimento como se aquilo fosse ouro. Stentor levantou o olhar conforme a sombra entrava em seu campo de visão. A mercenária adotava a postura de uma caçadora, seu arco inclinado para baixo e seus olhos fixos nele.

— *Misthios?* — rosnou Stentor.

— Hyrkanos está morto. Ao longo da última lua eu o rastreei. Esta noite, eu me infiltrei em seu acampamento e o matei, e também seus homens. Mais uma dezena de carroças de grãos roubados está lá: você e seus soldados podem comer e recuperar a força a tempo do ataque terrestre ateniense.

O *lochagos* ficou parado, de pé, encantado e enfurecido.

— Então você nos traz a salvação novamente? — perguntou ele, ardendo de raiva. — Você gostaria que nos curvássemos e a exaltássemos?

— Não peço nada além de uma audiência com o Lobo — respondeu a mercenária calmamente.

A ira de Stentor amainou e uma ideia brilhante começou a bruxulear em sua mente. Eles precisavam de todas as lanças que pudessem juntar.

— Muito bem. Há uma forma de assegurar tal encontro. Quando marcharmos para o norte para enfrentar as falanges atenienses. — Ele apontou um dedo para ela. — Você, *misthios*, marchará na minha *enomotia*, no meu bando jurado. Eu lhe darei o meu aval. Você treinou bem na baía. Mas luta simulada na areia não é maneira de medir um guerreiro. Você deve provar seu valor como hoplita, como parte da parede de aço, na batalha *verdadeira*.

Os dois espartanos sentados junto ao fogo caíram na gargalhada ao ouvir a ideia.

Stentor desejou que a mercenária desmoronasse com a perspectiva de uma batalha real. *Corra, misthios, vá embora!*

Kassandra o encarou.

— Se você me der uma lança e um escudo, lutarei como uma espartana deve lutar.

A risada desdenhosa de Stentor se transformou em um olhar frio.

Nuvens de poeira se erguiam sobre Megaris como serpentes rivais, se aproximando à medida que os dois grandes exércitos marchavam para a batalha. Barnabás havia se comportado como uma mãe preocupada naquela manhã, tentando dar a Kassandra uma quantidade maior de pão e se assegurando de que ela tinha água suficiente.

Agora, depois de uma marcha em direção ao norte de Pagai que durou metade da manhã, ela se perguntava se algum dia o veria novamente. Dentro do elmo, o sangue passava como trovões por seus ouvidos, sua respiração batia como ondas e o fedor de suor se espalhava pelo ar. Os ombros volumosos dos espartanos à sua esquerda roçavam em seu braço a cada passo, o escudo preso com uma corda às suas costas pressionando seus ombros e a haste da lança de hoplita ralando a palma de sua mão. Ela tinha deixado a lança de Leônidas na *Adrestia*, sabendo que não poderia ser vista com aquela arma para que o Lobo não reconhecesse a lança nem a filha. Ela olhou para a linha de frente da *enomotia* de Stentor: trinta e dois homens barbados com rostos que pareciam de pedra. O Lobo também marchava com eles. O restante do bando marchava como a cauda de uma enorme cobra carmesim, acompanhando-os. Reforços haviam sido convocados entre os aliados do Peloponeso: de Tebas, Corinto, Mégara, Fócida, Lócrida — encorpando o exército do Lobo até quase sete mil homens. Os *Skiritae* iam na frente como uma vanguarda, junto de um contingente de cavaleiros beócios. O vasto campo era deixado para trás enquanto as tropas marchavam milha após milha. Montanhas rochosas, planaltos arborizados.

E então eles viram o muro de ferro que os esperava na grande área deserta adiante.

Aço, bronze, túnicas e bandeiras azuis e brancas. As brigadas de Atenas se espalhavam como o próprio horizonte. *Quase dez mil*, estimou Kassandra. Eles explodiram em um tumulto de gritos e zombarias.

Comandos concisos foram ouvidos do lado espartano. A cauda da coluna se moveu para a dianteira, formando uma larga linha de frente para se igualar à ateniense, deixando os espartanos do Lobo à direita, os aliados no centro e os *Skiritae* ancorando a esquerda. O som de botas cessou, substituído por um chiado de madeira e metal à medida que cada homem levava seu escudo à frente, para formar um muro de bronze e emblemas em cores vivas — os aliados do Peloponeso com brasões de relâmpagos, cobras e escorpiões. Kassandra também tirou seu escudo das costas, passando seu antebraço esquerdo pelo compartimento *porpax* de bronze no interior e segurando a correia de couro junto ao punho. O escudo era como uma parte de seu corpo agora.

De repente fez-se o silêncio, rompido apenas por uma delicada rajada de vento. Então veio um balido cansado. Um sacerdote espartano de cabelos brancos arrastou um bode pelas linhas, parando em frente ao Lobo. Kassandra encarou o velho mirrado: a coroa de louros em volta de sua cabeça e os ombros magros e nus. Memórias daquela noite voltaram em disparada. Ele entoou um cântico para o céu e levou uma lâmina ao pescoço do animal aterrorizado, suplicando aos deuses em favor deles, antes de mover o braço bruscamente para trás. O bode se debateu e caiu, sangue esguichou de seu pescoço rasgado.

Quando o animal ficou imóvel, o sacerdote declarou que os deuses estavam satisfeitos. O Lobo ergueu a mão e cada uma das lanças se ergueu, como dedos de ferro apontando para os atenienses no outro lado da planície.

Um espartano desarmado atrás de Kassandra ergueu um conjunto de *auloi* — flautas bifurcadas que saíam de sua boca como as presas de marfim de um elefante —, puxou o ar e soprou. Um gemido grave e apavorante saía das flautas, ecoando por toda a planície. A pele de Kassandra se arrepiou, o som do "Hino a Castor" desenterrando lembranças há muito guardadas: de banquetes na infância, de tempos melhores. Ao olhar para as linhas atenienses do outro lado do campo, ela percebeu que sua boca tinha ficado completamente seca, e sua bexiga tinha se inchado até o tamanho de um melão maduro demais. Ela sabia que podia enfrentar e derrotar qualquer um dos homens de lá, um contra um. E, maldição, o próprio Lobo não a tinha treinado infinitamente na arte da guerra em formação de falange durante a infância, mostrando a ela como se portar, como ser forte e intransponível, quando avançar, quando atacar? Kassandra não havia mostrado àqueles espartanos que treinavam na baía como era habilidosa e digna? Ainda assim, uma guerra de verdade era algo novo para ela, estranho... desconcertante.

— Está com medo, *misthios*? — provocou Stentor, posicionado ao seu lado. Quando Kassandra não olhou em sua direção, ele continuou: — Marchar para a batalha é como correr com correntes nos tornozelos. Você não pode se virar e fugir, a não ser que busque desonra. Você não pode desviar e se esquivar como em uma luta contra um inimigo solitário. Você é parte de um muro, parte da máquina espartana. E parte do muro você permanecerá. Isso não é um exercício. Você lutará e vencerá neste campo... ou lutará e morrerá. — Ele suspirou e riu. — Mas você deveria celebrar, pois aqueles que vivem à beira da morte são aqueles que vivem mais.

— Você quer que eu fuja — sussurrou Kassandra em resposta. — Eu não vou fugir.

— Talvez não. Mas pode ser que aprenda algo me observando, pois hoje eu conquistarei a glória para o Lobo. Eu serei o seu campeão. Será *comigo* que ele vai querer se encontrar quando o dia acabar!

A mercenária olhou para ele de soslaio, se perguntando se seria melhor não dizer mais nada. Mas não conseguia evitar ponderar sobre o que poderia ter acontecido. Se aquela noite na montanha nunca tivesse acontecido, será que Stentor ao menos estaria ali? Será que poderia ser ela em seu lugar? Ou talvez Alexios? As palavras seguintes fugiram antes que Kassandra pudesse impedi-las:

— O Lobo... Se eu cair hoje, nunca terei a chance de conhecê-lo. Conte-me sobre ele.

Stentor a encarou com uma expressão férrea.

— Sobre seus guardas, suas rotinas? Você gostaria disso, não é mesmo? Você acha que eu me esqueci de que você é uma *misthios*?

Ela suspirou, virando a cabeça em sua direção.

— Não, eu quero dizer... Como ele é como pai?

O exterior de ferro de Stentor se despedaçou. Ela viu pela primeira vez um garoto dentro dos olhos do homem. Ela o compreendeu naquele único olhar também. O *lochagos* não falou nada. Tão rápido quanto seu olhar tinha mudado, ele voltou à sua fisionomia fria e odiosa. As flautas continuavam tocando, e Kassandra percebeu que não haveria mais conversa. Ela quase deu um pulo quando ele finalmente respondeu.

— Ele é forte. Afetuoso também. Um bom pai, eu diria. Apesar de haver momentos em que parece não acreditar nisso. Momentos em que um olhar distante toma conta dele. Baixa uma tristeza, como uma névoa fria. — Stentor soltou uma risadinha, seu comportamento espartano vacilando novamente. — Mas todos nós temos arrependimentos, imagino.

— Sim, temos — concordou Kassandra, seu coração endurecendo, olhando para o Lobo.

E alguns deles serão reparados antes do que se imagina.

O gemido medonho das flautas cessou. As vaias e os gritos obscenos dos atenienses cessaram também.

Muitas centenas de oficiais dos dois lados gritaram para o avanço. Como um enorme braço derrubando tudo que estava sobre uma mesa, os espartanos e seus aliados partiram em um ritmo que surpreendeu Kassandra. Era uma marcha sincronizada, sim, mas também rápida e em completo silêncio. Enquanto os aliados cantavam ou gritavam, os espartanos permaneciam calados, olhando fixamente, cheios de ódio. A distância entre as duas linhas se encolheu rapidamente. Kassandra viu o regimento ateniense vindo na direção deles — um bando de hoplitas com túnicas brancas como nuvens, o ombro da direita em azul-safira. Seu taxiarco usava um elmo ático com crista, um velho *thorax* de bronze e botas de couro branco com ouro incrustado, e liderava um vibrante grito de guerra enquanto eles se aproximavam.

— *Elelelelef! Elelelelef!*

Os batimentos de Kassandra aceleraram como um cavalo de corrida. Agora a resposta para a pergunta de Stentor sobre ela estar com medo era definitivamente *sim*. A mercenária batia o pé a cada passo, determinada a não se render ao pavor arrepiante enquanto as pontas das lanças atenienses se aproximavam, se aproximavam, e então...

Crash!

As pontas letais arranharam seu escudo, tirando seu fôlego, algumas passando perto de sua cabeça e outras descendo na direção de suas canelas. Por toda a linha, um estrépito de ferro e bronze soou, como presas metálicas rangendo. Alguns homens empurravam suas lanças para deslocar o escudo de um oponente, permitindo que o camarada ao seu lado atingisse o inimigo nas costelas. Centenas caíram dessa forma naqueles primeiros momentos, gritos encharcados de sangue e o som de entranhas caindo no chão se erguiam sobre a luta ensurdecedora. Uma lança arranhou a bochecha de Kassandra e arrancou uma mecha solta de seu cabelo. Ela sentiu o próprio sangue quente escorrer pelo rosto, sentiu o cheiro e o gosto nos lábios. O taxiarco ateniense golpeava sua lança velozmente contra ela, provavelmente a considerando um elo fraco. Presa no muro de hoplitas espartanos, tudo o que Kassandra podia fazer era ficar atrás de seu escudo e atacar de volta o oponente.

— Vejam... os espartanos trouxeram uma vadia para a luta! — rugiu o oficial com descontração, exatamente quando um fedor terrível de entranhas soltas se erguia pela linha de batalha, acompanhado de um chuvisco quente de sangue.

A lança do homem se quebrou graças aos seus esforços, assim como muitas outras lanças nos dois lados. Com as presas que rangiam quebradas, as linhas opostas se aproximaram até que os escudos se encontrassem com um trovão abafado. Kassandra se viu frente a frente com o oficial ateniense, ela e todos os outros espartanos agora presos em um jogo de empurra contra o inimigo numericamente superior.

— Vou arrancar suas tetas, cadela espartana — rosnou o oficial ateniense, sua saliva pingando no rosto de Kassandra. — E depois vou arrastar seu corpo atrás do meu cavalo por uma milha.

Stentor estava bem ao lado dela, seu rosto preto com o sangue seco.

— Desembainhe sua espada, *misthios* — rosnou o *lochagos*, fazendo o mesmo e enfiando sua lâmina curta na garganta do ateniense que ele empurrava.

Kassandra viu o taxiarco se mover para atacá-la primeiro, mas suas reações aguçadas saíram vencedoras: ela sacou a pequena lâmina curva que havia recebido naquela manhã e a enfiou, com força, no olho do taxiarco fanfarrão. As provocações do homem se tornaram um guincho dolorido e então ele desapareceu. Outro ateniense rapidamente tomou o seu lugar, e os dois lados permaneceram travados, empurrando e pressionando com toda a força até que, com uma série de uivos molhados e moribundos, chegou o momento. Os atenienses deram um passo para trás, então dois. As corajosas canções de guerra se transformaram em gritos de desespero. O volume de suas tropas tinha fracassado no intuito de derrotar a famosa determinação espartana. As linhas se desintegraram, grandes filas de atenienses fugindo em disparada, se livrando de seus escudos. Kassandra sentiu a grande pressão desaparecer. Stentor ria enquanto os cavaleiros beócios se aproximavam por um flanco para garantir a retirada, enquanto *peltasts* corriam pelo outro flanco arremessando dardos sobre os poucos regimentos atenienses que ainda mantinham posição.

— A dança da guerra está quase acabada — bradou Stentor triunfantemente. — Vê como os atenienses nos temem? Péricles foge para se esconder em seu Partenon, cercado por dramaturgos e sofistas. Ele sabe que os dias de Atenas em Mégara estão contados. E que a própria Atenas será a próxima!

Mas, enquanto a previsão atrevida soava, Kassandra viu algo na linha espartana: o Lobo, ferido e separado de seus conterrâneos, cercado por quatro bravos atenienses. *Não, ele é meu!*, rugiu ela internamente. Sem um momento de hesitação, a mercenária disparou, golpeando seu escudo contra a parte de trás da cabeça de um ateniense e apunhalando um segundo no torso. Ele caiu como uma pedra. O terceiro ateniense saltou e se retesou para arremessar sua lança contra o Lobo. A lança nunca saiu de sua mão, pois Kassandra enfiou a espada em suas costelas, atravessando seu *exomis*, sua pele, suas cartilagens e seus ossos, afundando a lâmina em um dos pulmões. Ele caiu com espasmos de agonia, levando a arma consigo. O Lobo finalizou o último agressor com um golpe do ornamento do escudo no rosto — quebrando o nariz do inimigo, então desferindo um golpe ágil e preciso com sua lança na garganta do homem. O ateniense caiu com a cabeça sacudindo e a língua pendurada.

Kassandra caiu sobre os joelhos, ofegante, as mãos desprovidas de armas e com o Lobo bem à sua frente. Ele a encarou por um momento antes de seus homens o cercarem. Daquela forma solene e misteriosa, eles novamente ergueram suas lanças e fizeram o campo de batalha deserto tremer com um grito poderoso.

Enquanto os aliados explodiam em celebração continuada, os espartanos permaneceram silenciosos, aquele grito solitário sua única extravagância. Eles apenas plantaram as bases de suas lanças na terra e beberam tranquilamente a água de seus odres, alguns falando em voz baixa.

Matar ou morrer por sua pátria, um dia Nikolaos havia ensinado à filha, *esse é o seu dever. Nós fazemos isso sem pompa ou espetáculo.*

Um grupo tirou, com calma, as armaduras de alguns cadáveres atenienses. Afundaram lanças na terra em uma moldura em forma de X, em seguida decorando a estrutura com os peitorais, os elmos e os escudos

dos inimigos. No fim, a estrutura parecia um hoplita ateniense de quatro cabeças. Um simples e silencioso monumento à vitória. As moscas se acumulavam sobre o tapete de corpos destroçados em um burburinho crescente, e logo carcarás começaram a se aproximar.

Um soldado emergiu do círculo dos homens do Lobo.

— Você é a *misthios*?

Ela levantou os olhos, balançando a cabeça positivamente.

— O Lobo ficou impressionado com seus esforços hoje. Quando nos recolhermos ao acampamento em Pagai, ele solicita que vá até ele — disse o homem.

Kassandra percebeu Stentor observando de rabo do olho, o rosto sombrio de raiva.

Naquela noite, o ar estava espesso com o fedor sulfuroso que precede uma tempestade e os céus começavam a estalar e gemer, ansiosos para explodir. Kassandra falou pouco conforme voltava da batalha e subia a bordo da *Adrestia*. Evitando as investidas de Barnabás, que tentava examinar seus cortes e hematomas, ela simplesmente pegou sua meia-lança, prendeu a arma em seu cinturão e se virou para olhar para os penhascos da costa, para o acampamento espartano e o promontório próximo ao qual tinha sido convocada.

— Voltarei logo — rosnou. — Esteja pronto para partir sem demora... Nossas vidas dependerão disso.

Assim, ela desceu para a baía e caminhou na direção da trilha que seguia até o alto do penhasco, seu manto preto tremulando no vento cada vez mais forte e sua trança balançando atrás dela. No alto do despenhadeiro, Kassandra seguiu até o promontório... e congelou.

Lá estava ele, de pé, virado de costas para ela, observando o oceano escuro e agitado de forma taciturna, como se fosse um velho inimigo. Ela se aproximou de general, o coração batendo forte. Ver seu manto vermelho-sangue se contorcendo no vento acendeu uma fagulha de memória. *A caminhada morro acima*, pensou. *Até Taigeto...*

Kassandra notou mechas brancas nos cachos de cabelo preto que saíam de seu elmo e reparou que a pequena extensão de canela visível debaixo da barra de seu manto *tribon* revelava pernas musculosas e envelhecidas. Fortes, mas cansadas.

Ela não fez nenhum barulho enquanto se aproximava, mas o general sentiu sua presença, sua cabeça se inclinando apenas um pouco para baixo e para o lado.

É certo que ele ouviu, a mercenária sussurrou para si mesma. *Ele é espartano, treinado para ser sorrateiro desde que nasceu.*

Kassandra parou.

O Lobo se virou para ela lentamente.

Uma trovoada rugiu sobre eles.

Ele a examinou através do visor em forma de T de seu elmo com o mesmo olhar lacônico que Stentor obviamente havia aprendido com ele. Seu corpo, nu debaixo do manto, estava coberto de cicatrizes, incluindo um talho com um curativo recente que tinha sido adquirido na batalha contra os atenienses na planície árida. Os anos não tinham sido generosos. *E eu também não serei*, prometeu Kassandra a si mesma.

— Então você é a sombra que vem seguindo o meu exército há meses — começou ele. — Venha, conte-me de você, por que luta tão bem e tudo sem receber nenhuma recompensa.

A voz do pai era profunda como ela se lembrava, mas tinha afrouxado um pouco com a idade.

Kassandra olhou nos olhos do general, que cintilaram com o primeiro raio — um espinho pontudo que iluminou a baía. *Por que você não se lembra de mim?*, ela fervia de raiva por dentro. *Depois de tudo que fez?*

— Minha confiança é difícil de conquistar, como pode perceber. Mas agora que você a tem, terá também muitas recompensas a ganhar e...

O vento uivou, soprando o manto de Kassandra como um estandarte de guerra, revelando seu cinturão e a meia-lança de Leônidas.

O Lobo se calou. Outro clarão de relâmpago atrás de Kassandra revelou os olhos do general por inteiro agora: arregalados, olhando fixamente para ela, incrédulos.

— Você... — balbuciou ele.

A mão de Kassandra se moveu na direção da velha lança e, assim que ela a tocou, o passado a tomou em suas garras.

* * * *

Encarei o abismo escuro, desejando com todas as minhas forças que aquilo não fosse real. A chuva fina gelada que caía sobre mim dizia o contrário. Alexios estava morto.

— Assassina! — O berro estridente do sacerdote cortou a tempestade glacial como uma foice. — Ela matou o éforo!

— Ela amaldiçoou Esparta, condenou todos nós à catástrofe prevista pelo Oráculo — gritou outro.

Silêncio... Então:

— Ela deve morrer em retribuição. Nikolaos, você deve arremessá-la também... Você tem que fazê-la pagar por sua desonra.

Senti dedos gélidos subindo por minhas costas. Tirando os olhos do abismo, vi minha mãe se debatendo, ainda contida por um velho, e meu pai, com seus ombros poderosos caídos e o rosto dilacerado pelo horror.

— Ela. Deve. Morrer — gemeu um sacerdote com o rosto cadavérico. — Se ela viver, você será levado para o exílio, Nikolaos. A desonra o seguirá como um espírito. Sua esposa o desprezará.

— Não! — berrou Myrrine. — Não dê ouvidos a eles, Nikolaos.

— Até mesmo os hilotas cuspirão no seu nome — continuou o sacerdote. — Faça o que um verdadeiro espartano faria.

— Por Esparta! — uivaram muitos outros.

— Não! — esganiçou-se minha mãe, quase sem voz.

Naquele momento, eu não queria nada além de estar com eles todos junto ao fogo em nossa casa, que tudo aquilo fosse um maldito pesadelo. Meu pai caminhou na minha direção, a torrente de exigências perversas se derramando sobre seus ombros, as súplicas da minha mãe sendo absorvidas. Abri os braços para que ele me acolhesse. Ele me protegeria, me defenderia — eu sabia disso tanto quanto sabia que Apolo, deus do Sol, se levantaria a leste todas as manhãs. Ele parou diante de mim, deu um longo suspiro e olhou não em meus olhos, mas para além do meu rosto, para a eternidade. Naquele instante, eu juro que vi o brilho em seus olhos piscar e se apagar.

Meu pai segurou meus punhos, suas mãos como duas garras de ferro. Arfei enquanto era erguida. Ele deu um passo na direção do abismo, e senti meus pés rasparem a borda e então nada mais.

— Não... não! Olhe para mim, Nikolaos — berrou minha mãe. — Não é tarde demais. Olhe para mim!

— Pai? — gemi.

— Perdoe-me — disse ele.

E então ele soltou. Meu pai, meu herói, decidiu me soltar.

Minhas mãos agarraram o ar. Mergulhei na escuridão, vendo seu rosto desaparecer, ouvindo o grito final de minha mãe rasgar sua alma. Durante algumas respirações, foi uma queda sem peso, na mesma velocidade da neve, um vento estrondoso em meus ouvidos, e depois tudo acabou.

Então da escuridão eu acordei. Um guincho agudo me sacudiu primeiro, depois uma bicada delicada em meu rosto. Abri os olhos. Pude ver a cintilação da tempestade no céu, os poucos flocos gelados de neve fina que chegaram até ali embaixo caindo em meu rosto. No solo do abismo protegido, tudo parecia estranhamente silencioso. Será que aqueles eram os primeiros momentos de minha eternidade como uma sombra?

Então uma pequena cabeça de pássaro se inclinou sobre mim. Coberta com uma penugem branca e olhos com um contorno cinzento... Um espécime patético. Eu me esquivei quando ele tentou me bicar novamente. Uma pancada seca de algo se movendo debaixo de mim e uma dor horrenda em meus ombros e em uma das pernas me disseram que eu não era uma sombra. Eu estava viva. De alguma forma, eu estava viva. Eu me sentei. O pássaro cambaleou sem jeito até ficar sobre a minha coxa. Um filhote de águia-gritadeira, percebi. Levantei a pequena criatura, segurando-a em minhas mãos, chorando, desejando acordar daquele pesadelo. Quando meus olhos começaram a se ajustar, vi o "cascalho" seco sobre o qual eu estava caída como o que realmente era: um canteiro de ossos. Crânios sorridentes, esmagados e rachados, caixas torácicas penduradas em afloramentos retorcidos, trapos de roupas também. Com um terror frio e descontrolado, percebi que quase todos aqueles eram esqueletos de crianças. Os descendentes indesejados de Esparta. Fracos ou imperfeitos demais, os anciãos haviam julgado.

— Alexios? — gemi, sabendo que ele devia estar ali embaixo também. Ao menos aninhar seu corpo em meus braços teria significado algo. — Alexios?

Nada.

Coloquei o filhote de águia no solo e fiquei de joelhos, sem apoiar peso sobre minha perna avariada, rastejando sobre aquele poço de ossos, tate-

ando onde a escuridão não me permitia ver. Então senti uma coisa: algo macio e ainda quente.

— Alexios? — chamei, chorando.

A luz de um relâmpago mais acima revelou o cadáver imóvel e esmagado do éforo — seu rosto travado em um berro e a parte de trás de sua cabeça calva quebrada como um ovo. Dei um salto para trás, horrorizada, tentando pegar um osso — como se precisasse de algo para me proteger daquele miserável morto. Ainda assim, ergui diante de mim não um osso, mas a meia-lança de Leônidas.

Encarei a lâmina, cheia de ódio, consternada, perdida. Cambaleei pelo canteiro de ossos, procurando o corpo de Alexios em um transe... até que ouvi o som de ossos se movendo em um corredor rochoso próximo e vi uma sombra alta. Alguém estava vindo. Se me vissem ali, viva depois de tudo o que havia acontecido, eles me matariam. Então peguei o filhote de águia e fugi... de Esparta, do passado e de todo o seu horror.

O Lobo de Esparta se preparou, mãos erguidas para impedir o ataque da filha.

— Como pode ser? — perguntou ele, arfando.

Kassandra respondeu com um ataque ágil, sua lança girando na direção da garganta do Lobo. Foram apenas seus instintos espartanos que o salvaram, ao tirar uma espada curta da cinta em seu braço e bloquear o golpe da filha com ela. Ele estremeceu, seus calcanhares no precipício, os olhos se voltando para o acampamento espartano atrás de Kassandra enquanto o trovão ribombava sobre eles.

— Zeus ruge por mim — grunhiu ela —, ninguém vai escutar se você gritar por socorro.

Os braços do Lobo se ergueram para ele se equilibrar, e Ikaros mergulhou para roubar sua espada. O general arfou, em um movimento que o jogou em direção à queda mortal.

Kassandra esticou o braço para segurá-lo pela garganta, a ponta da lança encostada à lateral de seu corpo, mantendo o pai sob a ameaça dupla da morte.

— Agora, *Lobo* — cuspiu ela, empurrando o general um pouco mais para trás —, a justiça pode ser feita.

— Mate-me então — disse ele, com um engasgo rouco. — Mas antes de fazer isso, há algo que você deve saber. Eu amei você e seu irmão como se fossem verdadeiramente meus... Mas vocês nunca foram.

Os trovões rugiam à sua volta e uma tempestade começou.

— O que você quer dizer?

Kassandra empurrou um pouco a ponta da lança, tirando sangue do torso do Lobo.

— Isso é algo que você deve perguntar à sua mãe.

Kassandra sentiu sua alma congelar.

— Minha mãe está... viva?

Nikolaos se esforçou para balançar a cabeça positivamente.

— Ela se perdeu de mim e eu dela, mas ela está viva. Foi embora de Esparta naquela mesma noite. Para onde, eu não sei. Encontre-a, Kassandra, e assegure-se de dizer a ela que eu nunca me perdoei pelo que aconteceu. Mas a cada passo que você der, precisa estar atenta — orientou ele, a voz falhando, seus olhos enlouquecidos. — Fique atenta às cobras na grama. — Ele apertou a mão de Kassandra que segurava a lança, empurrando a ponta da arma um pouco mais fundo em sua própria carne. — Agora... acabe com isso.

No fim, um relâmpago se contorceu no céu e, no elmo coríntio de bronze do Lobo, Kassandra viu seu próprio rosto refletido. O gelo havia tomado seu coração; a mão que agarrava a garganta do pai agora afrouxava para deixá-lo cair, o braço da lança se retesando para golpeá-lo. A chave para libertar vinte anos de injustiça engaiolada estava finalmente em suas mãos.

5

A cidade portuária de Kirra suava no calor de junho, o brilho do mar ofuscante, as montanhas pálidas que se erguiam atrás dela, deslumbrantes. As trilhas que formavam veios naqueles declives estavam pontilhadas de peregrinos que iam até o topo para visitar Delfos e sua famosa habitante: o Oráculo, a Pítia, a guardiã da sabedoria de Apolo, a profetisa de toda Hellas.

O cais de Kirra era uma confusão de fedores e cores espalhafatosas. Não era possível ver a água no porto graças às centenas de balsas, esquifes e pequenos barcos particulares que balançavam ali, amontoados. Marinheiros corriam pelos conveses e erguiam apressadamente os mastros de um barco atracado em um ancoradouro particular, prendendo sua horrível vela com a cabeça de uma górgona. Peregrinos desciam aos montes por pranchas de desembarque e seguiam pelo porto, papeando e cantando, olhando ao redor, maravilhados. Mercadores tagarelavam e gritavam, oferecendo suas estatuetas e bugigangas "sagradas" aos transeuntes. Crianças locais saltavam de balsa em balsa, vendendo bebidas geladas aos visitantes sedentos. Colunas de fumaça se erguiam e sinos retiniam constantemente enquanto a multidão andava pelas ruas e alcançava a trilha dos peregrinos.

Do atracadouro particular, abrindo caminho pelo formigueiro como um barco seguindo contra a maré, vinha uma liteira dourada.

Elpenor era um homem cruel — o tipo que gostava de ver seus amigos fracassarem. Ele pesou o saco de moedas apoiado ao seu lado na liteira. Talvez desviasse esses fundos para seus crescentes negócios pesqueiros.

— Eu poderia comprar três novos barcos para minha frota — ronronou —, ou... poderia pagar aqueles pilantras sem dentes no porto para afundar doze dos barcos de Drakon.

Drakon havia sido seu melhor amigo desde a infância; a esposa e as filhas do homem inclusive chamavam Elpenor de "tio". Antes, a família de Drakon era pobre — quase pedintes —, e Elpenor tinha prazer em lhe dar algumas moedas de seus ganhos comerciais. O prazer não vinha de ajudá-los, mas da sensação de controle. Sem suas pequenas doações, eles poderiam passar fome. Aquilo o empolgava na época. Mas Drakon vinha sendo excessivamente espalhafatoso a respeito de sua gradual mudança de sorte: encontrar um local cheio de pargos no meio do mar e usar seu pequeno esquife patético para buscar generosas quantidades do peixe durante meses. Drakon tinha se gabado sem parar de seu novo barco, depois de sua frota crescente e da riqueza que ele havia adquirido através dela, e já não precisava mais da caridade de Elpenor.

— Decisão tomada. — Elpenor sorriu com uma ponta de veneno. — Espero que você saiba nadar bem, Drakon.

Suas narinas se expandiram com nojo quando um cheiro de cebola e regiões íntimas não lavadas se ergueu dos peregrinos de peitos nus parados do lado de fora da taberna, zurrando rudemente com seu próprio humor de baixo calão. *Vão para as montanhas, paguem suas dívidas e deem o fora*, ele amaldiçoou todos. Elpenor bateu as mãos uma vez para apressar seus carregadores.

— Andem. Quero estar na minha casa antes do meio-dia, antes de o fedor se tornar intolerável.

Eles abriram caminhou por um labirinto de vielas apertadas e finalmente chegaram à ponta da cidade, passando pelos portões de ferro de sua propriedade. A liteira foi abaixada e Elpenor se levantou, ouvindo o gorgolejo delicado do chafariz, sentindo o cheiro doce da camomila em seus jardins. Ao entrar em casa, tirou seus sapatos caros de couro e desfrutou da sensação fria do chão de mármore branco contra as solas dos pés. Ele ouviu os dois homens escravizados da liteira se afastando lentamente e se virou para um deles, estalando os dedos.

— Você, despeje um pouco de óleo adocicado na banheira. — Seu olhar se tornou carnal. — E espere por mim lá dentro. É melhor você me satisfazer dessa vez. Não quero ter que machucá-lo de novo.

O escravo olhou fixamente para o vazio, balançou a cabeça uma vez e fez o que foi ordenado.

Elpenor entrou em seu escritório, decorado com bustos e assentos acolchoados, uma lareira de um lado e uma colunata no outro, aberto para os jardins para permitir que os encantadores sons da natureza entrassem. Ele foi até a cratera preta e laranja-escura sobre a mesa e se serviu de uma taça de vinho e de água gelada. Ficou levemente desapontado com o fato de a cratera não estar vazia, pois isso lhe roubou uma razão para açoitar a menina cuja função era manter seu lar estocado com boas bebidas e comidas.

— Agora, para os negócios do dia — falou para si mesmo, bebendo o líquido fresco com um suspiro satisfeito.

Elpenor girou sobre os calcanhares na direção de uma escrivaninha de freixo polido sobre a qual ficavam suas moedas e suas tábuas de pedra. Mas deu apenas um passo naquela direção e congelou.

Um elmo de oficial espartano estava sobre a mesa, olhando para ele, a crista transversal vermelha aberta como a cauda de um pavão. Metade do elmo era bronze cintilante e a outra metade estava encrostada com sangue seco.

— Primeiro, você vai me pagar — disse uma voz vinda das sombras atrás da colunata.

Elpenor respirou fundo, vendo-a agora. Ela andou até ficar visível, seu rosto coberto de sombras. Parecia diferente daquele momento em Cefalônia, na última primavera. Mais magra, mais alta, mais confiante em seu modo de andar.

— E depois você vai me contar o motivo — continuou ela, com a fala lenta e ofegante.

— O motivo? — rebateu Elpenor.

— Não faça joguinhos comigo. Você sabia quando me enviou naquela missão. Você *sabia* que havia me enviado para arrancar a cabeça do meu pai.

Elpenor a observou com olhos encobertos e um sorriso que se abria.

— Se você soubesse, *misthios*, teria aceitado o contrato? — perguntou ele, abrindo uma gaveta sob a mesa e levantando um pequeno saco de moedas, sem tirar os olhos dela. Ele jogou as moedas sobre a escrivaninha desdenhosamente.

— Acredito que alguns demônios não devem ser perturbados — respondeu Kassandra, caminhando com cuidado até a escrivaninha como se estivesse desconfiada de uma armadilha.

— Mas quando você mexe no vespeiro, tem que enfrentar o enxame — falou Elpenor, com um sussurro conspiratório. — Ele não era o seu pai *verdadeiro*, era?

Os lábios de Kassandra se contorceram, revelando uma expressão bestial.

— Você vai me contar tudo, sua cobra. Por que me enviou para matá-lo?

Elpenor deu de ombros, deixando o corpo cair sobre um banco acolchoado com um suspiro afetado, bebendo seu vinho enquanto passava a mão em uma estátua de mármore de Ares ao lado do banco, o deus da guerra segurando uma lança de bronze.

— O Lobo era um general brilhante. Ele não demoraria a destrinchar as estratégias e as defesas de Atenas... E não há lucros em uma guerra rápida, não é mesmo?

— Como você sabia sobre o passado dele e o meu? — sussurrou Kassandra, pegando a bolsa de moedas e caminhando na direção do velho.

— Eu adoro teatro. Um grande general arremessa os próprios filhos de um penhasco a mando do Oráculo... é uma tragédia atemporal.

Ele soltou uma risadinha.

— Você se diverte com as coisas mais estranhas — disse Kassandra. — Talvez dê uma última risada quando eu afundar minha lança em seu peito.

— Calma, calma, *misthios*, deixe-me explicar. — Elpenor levantou sua taça para beber novamente. Seus olhos obscureceram momentaneamente, e ele olhou para a colunata. Seu olhar encontrou o de um guarda, que rapidamente entendeu o que estava acontecendo. *Excelente*, pensou Elpenor, enquanto o brutamontes vestido de couro vinha dos jardins, seguindo na direção de Kassandra sem ser visto, como um leopardo perseguindo uma gazela. — O Lobo lhe contou sobre seu pai biológico e sua mãe, imagino.

Kassandra assentiu uma vez, olhando por cima do nariz enquanto se aproximava.

— Então é simples — continuou ele. — Eles serão os seus próximos dois alvos.

A mercenária recuou.

— O que você falou?

— Você me ouviu, *misthios*. Você já provou ser uma assassina de progenitores. Por que a apreensão agora?

— A princípio, achei que você era um patife desalmado, agora sei que é muito pior — disse ela. — Por quê? Por que eu faria o que você pede?

— Então a resposta é não? — perguntou Elpenor, se inclinando para a frente no banco, olhos arregalados como se esperasse uma revelação.

— Nunca — respondeu Kassandra entre dentes cerrados.

— Que pena. Você poderia ser útil para mim — lamentou Elpenor, então balançou a cabeça uma vez para o guarda que se aproximava por trás da mercenária.

Com um movimento único, Kassandra girou o quadril, sacando, carregando e disparando seu arco. A flecha acertou o guarda no olho bem quando ele investia sobre ela na tentativa de golpeá-la. O homem se debateu e bateu com a cabeça na lareira apagada, onde ficou caído, os pés se contraindo.

Elpenor tirou a lança de bronze das mãos de mármore de Ares, balançando a arma na direção da mercenária. Ele ouviu um barulho límpido de algo sendo fatiado e viu suas duas mãos e a lança girarem no ar, a meia--lança de Kassandra brilhando em um facho de luz do sol. Ele encarou os cotocos perfeitamente talhados no fim dos dois pulsos: osso branco, tutano, sangue... cada vez mais sangue. Elpenor caiu sobre os joelhos, gemendo.

— O que você fez?

Kassandra apertou a mão sobre a boca do homem e o empurrou de volta contra o banco.

— Não demora muito até você morrer por causa do sangramento. Eu posso salvá-lo, mas quero respostas.

Elpenor sentiu uma agonia flamejante em seus antebraços a princípio, depois a umidade quente do sangue escorrendo. Então... um frio crescente. Ele assentiu, fraco, e a mercenária tirou a mão de seus lábios.

— Você é uma tola, Kassandra. Só saiu com vida de Cefalônia por minha causa. O Culto a queria morta. Eu disse que você seria mais útil viva.

O rosto de Kassandra se enrugou, cheio de ódio.

— O Culto... *quem*?

Elpenor sentiu uma última vitória ali, à beira da morte. Ele seria o mestre dela, afinal, ridicularizando a mercenária com seu último suspiro.

— Vá, como o Lobo um dia fez... e pergunte ao Oráculo — disse ele, rindo, antes de deslizar para um infinito sombrio e gelado.

Kassandra se afastou do cadáver acinzentado, anestesiada. Distraidamente, pegou mais algumas bolsas de moedas de uma gaveta na escrivaninha de Elpenor, em seguida abriu um baú de madeira para encontrar uma túnica de seda que certamente alcançaria um bom preço e uma máscara de teatro de aparência perversa, mas que provavelmente era valiosa. Enquanto agachava para escapar antes que mais guardas chegassem, ela viu o homem ajoelhado junto à banheira interna, pálido de medo e olhando fixamente para ela, tendo visto tudo. Kassandra jogou para ele uma das bolsas de moedas.

— Vá para longe desse lugar — disse.

A mercenária ouviu o homem e os outros poucos miseráveis que viviam ali fugindo na direção do porto. Ela, no entanto, se virou na direção das montanhas que se erguiam e das multidões de peregrinos se aglomerando no alto daquelas montanhas. Suas coxas logo começaram a doer conforme ela subia o morro, sua cabeça baixa, nuca queimada pelo sol, mente pesada com mistérios. Por todo o inverno anterior, o qual tinha passado escondida nas ilhas com Barnabás e sua tripulação, ela havia ensaiado seu confronto com Elpenor. Agora estava tudo acabado, e Kassandra não tinha nada além de dois sacos de moedas e algumas vestimentas elegantes — inúteis se comparados com as respostas de que ela precisava.

A mercenária olhou por cima do ombro na direção da mansão do patife, bem abaixo de onde estava. A cidade de Kirra era agora apenas um borrão de atividade — o labirinto de ruas e becos como uma avenida decorada com um mosaico, abraçando as águas verdes do Golfo de Corinto. Ali em cima, o calor era seco e abafado, a poeira grudava no fundo da garganta e fazia seus olhos arderem. Ela se sentia uma tola: subindo até Delfos, até o Templo de Apolo, até o maldito Oráculo, como se fosse de fato encontrar alguma resposta lá. Mas não havia outro jeito. O Lobo não tinha contado a ela sobre seu verdadeiro pai ou sobre o paradeiro de sua mãe, e agora sobrava apenas a zombaria final de Elpenor e as palavras notoriamente abstratas da profetisa.

Ikaros guinchou, se inclinando e planando acima dela. Kassandra apertou os olhos para o alto. Ele virou e disparou pela rocha pálida e pela mata adiante. Uma guirlanda de nuvens escondia as partes mais elevadas, o calor começava a se misturar com um frescor. Naquela parte, um vale verde elevado se revelava, as laterais se abrindo em riachos e cobertas por pinheiros e ciprestes.

Sobre um platô com vista para o vale abaixo estava empoleirado o Templo de Apolo, como uma águia em seu ninho. O lar do Oráculo. Colunas dóricas prateadas sustentavam uma cobertura de telhas vermelhas e estorninhos entravam e saíam de seus ninhos nas arquitraves pintadas com cores brilhantes. Aquele, segundo alguns, era o centro do mundo, o coração neutro de toda Hellas. O santuário dos deuses, onde espartanos e atenienses eram apenas homens.

A grande fila de peregrinos subia contornando templos e santuários menores, se contorcendo até chegar à grande entrada. Mascates apareciam nas laterais do comboio de peregrinos como ondas na beira de regiões costeiras, levando placas de marfim e colares de contas.

Quando os vendedores se juntaram à sua volta, Kassandra ignorou todos, olhando fixamente para o templo antigo, pensando sobre o que havia acontecido no Monte Taigeto tantos anos antes. *Tudo segundo o seu comando*, ela moveu os lábios de forma ressentida sem produzir som algum, pensando no Oráculo cujas palavras venenosas tinham sido seguidas. *Você vai me dar respostas hoje, profetisa, ou eu guardarei a minha lança em seu coração.*

A ira crescente esmaeceu quando a mercenária esbarrou no homem à sua frente.

— Perdão — murmurou ela, percebendo que a fila tinha parado.

Ela olhou para a trilha, que dava três voltas até chegar ao platô. Uma hora dolorosa passou com apenas poucos passos adiante.

Aqueles que esperavam perto dela estavam cheios de resmungos e conspirações:

— Esse lugar mudou — reclamou um.

— Dizem que tem pessoas sendo mandadas embora sem explicações — comentou outro.

— Há guardas por todo lado também. Tem algo acontecendo — praguejou um terceiro.

Bem naquele momento, Kassandra ouviu uma voz vivaz e familiar mais acima no platô, próxima do começo da fila. Ela inclinou a cabeça para trás para olhar para cima.

— Diga a eles, *diga a eles*! — gorjeou Barnabás.

O capitão tinha ido até ali enquanto ela seguia para a casa de Elpenor, e parecia que havia encontrado um amigo — alguém da sua idade, com um *exomis* que ia até a altura dos tornozelos, um emaranhado de cabelo castanho preso por uma faixa azul que impedia as mechas de caírem sobre seu rosto envelhecido. Ele parecia apavorado com os pedidos de Barnabás.

— Pode falar mais baixo? — murmurou o homem.

— Mas você viajou ainda mais e até mais longe do que eu — insistiu Barnabás. — Por toda a Jônia. Você viu até uma fênix, não viu?

— Não — respondeu o outro sujeito, balançando as mãos para desapontar aqueles na fila que estavam escutando a conversa. — Era apenas uma gaivota com as penas da cauda pegando fogo.

O rosto de Barnabás se fechou, e ele subiu em um banco de pedra para se dirigir à fila, apontando um polegar para o próprio peito:

— Bem, *eu* vi uma fênix um dia. Juro que vi. De uma cidade em chamas ela se ergueu, voou até as alturas e...

— Cagou na sua cabeça? — Um peregrino robusto com tom de voz alto riu. — O que mais? Você foi perseguido pela Esfinge? Ou talvez tenha sido cortejado por um Minotauro cheio de paixão?

Os olhos de Barnabás se arregalaram. Ele estalou os dedos, apontando para o homem, animado:

— O Minotauro, sim! Havia um conjunto de cavernas onde eu estava procurando tesouros...

Mas suas explicações apressadas foram encobertas quando o homem que zombava dele colocou os dedos junto à cabeça como chifres e correu em círculos em volta do banco, mugindo. Gargalhadas explodiram por todo lado. O rosto de Barnabás enrubesceu. Seu amigo o puxou para o chão para poupá-lo de mais constrangimento.

Kassandra abriu caminho pela fila que se contorcia, ignorando os xingamentos e os ganidos enquanto passava, se aproximando de Barnabás.

Havia apenas umas poucas dezenas de pessoas à sua frente na fila até a entrada do grande templo.

— *Misthios.* — Ele se curvou para ela, algumas mechas de seu cabelo molhado de suor grudadas no rosto ainda vermelho. — Achei que você tinha ido ver alguém.

— Eu fui. Eu o vi.

— Mas eu não esperava vê-la até voltar ao barco. Quando perguntei se você queria vir até o Oráculo comigo, você me disse para fazer uma viagenzinha e fazer amor comigo mesmo... ou outras palavras com esse mesmo significado.

— As coisas mudaram. Tenho que falar com o Oráculo — explicou ela, levantando um braço quando Ikaros planou para pousar em sua braçadeira.

— Então você pode se juntar a mim no meu lugar na fila, claro — disse Barnabás, chegando para o lado para acomodá-la —, supondo que meu amigo aqui também concorde.

O outro homem fez um gesto com a mão, concordando sem muito estardalhaço.

— Kassandra, Heródoto. — Barnabás apresentou os dois. Quando Heródoto encarou Kassandra, Barnabás tentou explicar. — Você sabe, a *misthios* sobre quem eu estava lhe contando.

— Entendi — respondeu Heródoto, cauteloso.

— Enquanto sou um viajante, Heródoto é um historiador — explicou Barnabás. — E que vida ele viveu: liderou a revolta contra o Tirano de Halicarnasso, então velejou até quase todos os cantos do mundo antes de estabelecer seu lar em Atenas. De alguma forma, ele encontra tempo para escrever suas aventuras. Cada uma delas tem como título nada menos que o nome de uma das nove Musas.

— Você não me contou que ela era espartana — comentou Heródoto. Kassandra arqueou uma sobrancelha.

— Ah, dá para notar. — O homem sorriu timidamente. — A postura orgulhosa e o olhar férreo e arrogante.

Enquanto ele a examinava, Kassandra não pôde deixar de notar seus olhos se arregalando e as pupilas encolhendo quando o homem notou a meia-lança, parcialmente escondida debaixo de seu manto. O rosto dele empalideceu, como alguém que tinha acabado de ver o próprio fantasma. A mercenária ajeitou suas vestes para esconder a arma.

— Não sou filha de lugar nenhum — respondeu ela, emudecendo.

— Nós todos nascemos em algum lugar, minha cara — disse ele, seu rosto se esticando e acentuando as linhas de idade. — E não suponha que sou tendencioso contra os espartanos. Há muito a se admirar, assim como a abominar, nas características da orgulhosa raça de guerreiros da Lacônia e nos atenienses. O que mais me incomoda neste momento é que suas diferenças se transformaram em guerra. Apesar de toda a glória dos dias em que os dois lados permaneceram em harmonia, lutaram e venceram os inumeráveis persas, as coisas chegaram a esse ponto. — Heródoto olhou para o pórtico sombrio do templo e para a porta alta: dois guardas faziam a vigilância ali, protegidos por coletes de couro preto, escudos pintados de preto e elmos iguais. — Pelo menos aqui temos um refúgio de neutralidade — completou.

Os olhos de Kassandra se estreitaram. Para todo o mundo, aquilo tinha soado como uma pergunta.

Bem naquele momento, Reza, o timoneiro, gritou do vale abaixo.

— *Triearchos* — chamou, balançando as mãos. — Problemas no porto de Kirra. Estão pedindo uma taxa para atracarmos. Precisamos que o senhor volte lá.

Barnabás suspirou.

— Depois de um dia inteiro na fila? Sério? — Ele deixou os ombros caírem e suspirou novamente. Kassandra lhe deu um punhado de dracmas do saco de moedas de Elpenor. — É muita generosidade sua, *misthios*. — Barnabás inclinou a cabeça em agradecimento. — Vejo você no barco — completou, caminhando lentamente na direção oposta à fila.

Kassandra enviou Ikaros para acompanhá-lo do alto. Ela foi deixada sozinha com Heródoto, e logo a fila andou.

— Reis viajam até essa parte do mundo para consultar o Oráculo. Ela pode começar guerras e terminá-las — divagou o velho historiador. — O que você busca hoje?

— Resolução — respondeu Kassandra, colocando a mão sobre o peito.

Heródoto sorriu tristemente, balançando a cabeça.

— Eu busco... a verdade. Apesar de temer que não vá gostar dela quando a possuir.

— Próximo — gritou um dos guardas.

Heródoto se curvou parcialmente:

— Sinto que você deve ir antes de mim, minha cara.

Kassandra inclinou a cabeça um pouco para o lado em agradecimento — notando mais uma vez o olhar do homem para a parte de suas roupas que cobria a lança de Leônidas — e seguiu adiante. Os olhos dos dois guardas vestidos de preto seguiram seus passos. Ela alcançou o interior sombrio e sentiu o ar espesso com uma doçura nauseante. De arandelas de cobre baixas e largas montadas sobre tripés, fitas de fumaça de mirra e olíbano se erguiam como fantasmas.

Quando ela chegou ao ádito, no coração do templo, estava quase tão escuro quanto a noite. Imagens de mármore de Poseidon, Zeus, das moiras e do próprio Apolo a encaravam do alto, iluminadas pelo sinistro brilho das arandelas. Ela quase se encolheu quando viu duas "estátuas" que eram, na verdade, mais sentinelas vestidas de preto. Mas ainda mais desconcertante era o vulto encolhido sentado sobre um banco de três pés no centro da câmara. Ela usava uma longa túnica branca e cordões de contas, sua cabeça enfeitada com uma guirlanda balançando, perdida nos pilares de fumaça perfumada que se erguiam de potes reluzentes posicionados no chão de ladrilhos à sua volta.

Kassandra olhou para o Oráculo, ódio se avolumando em seu coração. Talvez não houvesse nenhuma resposta ali, mas poderia haver algum tipo de resolução — os guardas tinham sido suficientemente tolos para deixar que ela entrasse com suas armas. Agora a mulher-serpente pagaria pelas palavras amaldiçoadas que tinham destruído sua vida e... Os pensamentos espiralados cessaram quando a cabeça da mulher se ergueu. Ela era jovem — anos mais nova que Kassandra —, não uma velha bruxa como ditava a tradição. O Oráculo na verdade fazia Kassandra se lembrar de uma Phoibe adolescente. O ódio logo se dissipou. O Oráculo que havia ditado as exigências lúgubres tantos anos antes agora estava morto, aparentemente.

— Entre na luz de Apolo, a luz que ilumina as sombras. — A menina soltou um suspiro gutural, gesticulando para o brilho delicado dos potes incandescentes. — O que você deseja saber, viajante?

— Eu... eu busco a verdade sobre meu passado. Talvez meu futuro também. Quero saber sobre meus pais, o paradeiro deles.

A cabeça bamboleante do Oráculo desacelerou um pouco.

— Quem pede a Apolo tal sabedoria? — bradou ela, contradizendo seu corpo franzino.

Kassandra encarou a profetisa, ciente de como aquilo era tolo, enojada por saber que não teria nenhuma resposta e agora nem a satisfação da vingança.

— Nasci na terra de Esparta. Meu irmão foi arremessado das montanhas e eu também. Agora, não tenho ninguém, nada.

O Oráculo ficou imóvel. Seus olhos se levantaram para encontrar os de Kassandra. Ela parecia diferente, como se tivesse acordado. Mas quando seus olhos viraram na direção do guarda mais próximo, ela voltou ao estado de transe, a cabeça balançando novamente.

— Você encontrará seus pais... no outro lado do rio.

Os sentidos de Kassandra se aguçaram. Sua mente começou a trabalhar com o pouco conhecimento que tinha da região. O Rio Pleistos passava ali perto. Será que seus pais estavam lá?

— Quando seus dias chegarem ao fim e você pagar Caronte, o Barqueiro, para cruzar o Estige, você se reunirá com eles na outra margem.

O coração de Kassandra encolheu à medida que a esperança se despedaçava. Um silêncio se fez. Os guardas se moveram com impaciência.

— Seu tempo acabou — grunhiu um deles.

— Eu me despeço de você — disse ela ao Oráculo.

Bem quando Kassandra se virou para ir embora, um grito vindo de fora ecoou pelo templo, e logo veio o som de um vaso se quebrando.

— Problemas! — gritou um dos guardas do lado de fora.

Os dois que estavam no interior se olharam, então correram para o exterior.

Kassandra fez menção de segui-los, mas uma voz a interrompeu.

— Espere — sussurrou o Oráculo.

Por um instante, Kassandra não reconheceu a voz — fraca, assustada, podada dos tons afetados e teatrais de momentos atrás.

— Eles caçam a criança que caiu da montanha... — sussurrou o Oráculo.

A pele de Kassandra se arrepiou. Ela deu um passo na direção da garota.

— O que você disse?

— O Culto caça a menina que caiu.

A mente de Kassandra vacilou. Ela agarrou o Oráculo pelos ombros e a sacudiu.

— Quem, onde eles estão? — Kassandra via as lágrimas nos olhos da menina agora, e percebeu que as coisas não iam bem naquele lugar. Ela soltou os ombros da garota. — Posso ajudá-la se você me ajudar.

— Não posso ser ajudada — balbuciou o Oráculo. Seus olhos se arregalaram ao ouvir passos atrás de Kassandra. — Eles estão voltando. Você deve ir.

— Você, volte aqui — rosnou um dos guardas.

— O Culto planeja se encontrar hoje à noite, na Caverna de Gaia — disse o Oráculo, enquanto Kassandra recuava meio passo. — Lá você pode encontrar as respostas que procura.

— Eu falei para *voltar aqui*!

Um guarda segurou os ombros de Kassandra e a carregou para a entrada. Ela não lutou. Outro agarrou o Oráculo e o arrastou para as sombras nos fundos do templo.

Kassandra franziu a testa quando a luz severa do dia caiu sobre ela novamente.

— O Oráculo não atenderá mais hoje — bradou o guarda por cima da cabeça de Kassandra, enquanto a empurrava para fora.

Um gemido generalizado se ergueu na fila. Quando o barulho diminuiu, Kassandra ouviu um uivo ritmado e avistou o homem alto que tinha zombado de Barnabás. Ele estava agora caído no chão, preso por um guarda do templo enquanto um segundo chutava incansavelmente sua virilha. Os olhos e a língua do pobre homem estavam saltando de seu rosto.

— Estoure o outro e então acabamos — gritou o guarda que segurava o homem no chão, com um riso diabólico.

— Parece que esse imbecil desajeitado quebrou uma ânfora votiva — disse Heródoto, alcançando Kassandra e a levando para longe. — Tsc! — completou, com um brilho malicioso no olhar.

Kassandra olhou de Heródoto para o homem no chão e então para a ânfora despedaçada, e novamente para Heródoto.

— Ele... não, *você*...

— Sim, sim, fale baixo. Tenho direito a uma mentira de vez em quando... não sou persa, afinal de contas. Quebrei o vaso porque achei que isso poderia lhe dar a chance de falar mais abertamente com o Oráculo.

A mercenária o viu olhar para a lança novamente, e mais uma vez a cobriu com seu manto.

— Os sacerdotes e os protetores lá dentro têm a reputação de interferir, cantar e basicamente atrapalhar — continuou Heródoto.

A testa de Kassandra se enrugou.

— Sacerdotes, protetores? Não havia nenhum lá dentro. Apenas dois guardas com armaduras pretas.

O rosto de Heródoto empalideceu.

— Continue.

— O Oráculo falou de trivialidades sem sentido e possibilidades vagas até os guardas saírem para lidar com a comoção, e *então* ela começou a me dizer coisas que pareciam significativas.

— Começou?

— Antes que terminasse, os guardas voltaram e a tiraram do seu banco, arrastando-a como uma escrava até os confins do templo.

O rosto de Heródoto esmoreceu até ele se parecer mais com um homem de setenta verões.

— Então os rumores são verdadeiros. O Oráculo realmente está sob o controle deles.

— Deles? — perguntou Kassandra.

— Eu lhe falei que vim aqui em busca da verdade — disse o homem. — Bem, eu a descobri, e é uma verdade sombria. Você não compreende? Toda Hellas gira em torno da palavra do Oráculo. Esparta e suas centenas de aliados na Liga do Peloponeso. Atenas e seus muitos apoiadores na Liga de Delos. Cada uma das cidades-estados neutras. *Todos* fazem o que o Oráculo aconselha. A guerra pode estar em curso entre os dois grandes poderes, mas se *eles* estão controlando o Oráculo, então *eles* serão os vitoriosos. Imagine que poder *eles* terão se *eles* controlarem as palavras que saem da boca do Oráculo.

— Heródoto, pelo amor de todos os deuses, me diga quem são *eles*.

Os olhos do homem verificaram se havia alguém por perto.

— O Culto de Cosmos — disse, sua voz um pouco mais do que um sussurro.

Um arrepio subiu pela espinha de Kassandra como se ela tivesse sido tocada por mãos geladas e mortas.

— O Culto.

— Eles são como sombras. Ninguém sabe quem são os membros, pois se encontram em segredo e usam máscaras para proteger sua identidade. Só vi um Cultista uma vez, e em uma noite escura. Com a máscara, ele parecia um demônio e... — O queixo caiu quando ele viu Kassandra tirar de sua bolsa de couro a máscara de teatro sinistra de Elpenor, o nariz torto e pontudo, as sobrancelhas franzidas em uma carranca, a boca travada em um sorriso perverso. — Por Apolo! — sussurrou Heródoto, empurrando a máscara de volta para a bolsa e olhando ao redor novamente. — Onde você conseguiu isso?

— Acho que já conheci um Cultista — disse Kassandra. — E preciso conhecer os outros. O Oráculo me contou apenas fragmentos de informação. — Sua mente girou, então ela estalou os dedos. — Ela disse que o Culto deve se encontrar hoje à noite, na Caverna de Gaia. Onde em toda Hellas fica isso?

Heródoto passou o braço pelo dela e a levou para longe do templo, descendo os degraus e seguindo a longa trilha sinuosa que saía do platô.

— A Caverna de Gaia fica em algum lugar debaixo do monte onde está esse templo. Aqui é um lugar crivado por uma colmeia de cavernas naturais, vastas e como labirintos.

— Então voltarei hoje à noite — declarou Kassandra, vendo as doze ou mais aberturas pequenas e escuras na encosta da montanha. — Tudo o que peço é que você fique de vigia para mim enquanto eu estiver lá dentro.

Heródoto soltou um longo suspiro.

— Muito bem. Mas você deve me prometer uma coisa: que sairá de lá viva. Gosto de você, Filha de Lugar Nenhum. Não faça eu me arrepender disso.

6

Grilos cantavam no ar fresco da noite. Em algum lugar nas partes arborizadas do vale elevado, ursos rosnavam e javalis procuravam alimento. O local estava quase deserto. Os milhares de peregrinos tinham dispersado e apenas alguns poucos permaneciam ali, acampados e cantando com leveza ao redor de fogueiras. Sobre o monte do templo, homens escravizados e servos se arrastavam silenciosamente, limpando, varrendo e arrumando tudo sob a luz das tochas. Dezenas de guardas com armaduras pretas caminhavam de um lado para o outro atentamente.

Kassandra escalou até uma pequena plataforma de pedra e então jogou uma corda para Heródoto. O homem contradisse reclamações anteriores sobre ter um problema nas costas para alcançá-la sobre a plataforma. Eles se viraram para a abertura baixa da caverna na encosta rochosa. O lado de dentro era pura escuridão.

— Essa tem que ser uma entrada — matutou ela, então se virou para Heródoto. — Você não acha?

O historiador deu de ombros.

— É uma colmeia aí dentro, *misthios*, isso é tudo o que sei.

Ela sentiu o peso da bolsa de couro que guardava a túnica e a máscara. Se esse túnel realmente levava até a Caverna de Gaia, então ela teria que vesti-las lá dentro para poder permanecer anônima. Seu arco, sua lança e suas braçadeiras chamariam atenção demais, percebeu. Relutantemente, Kassandra desafivelou as braçadeiras e o cinturão e tirou o arco e a aljava de suas costas, se sentindo nua sem o equipamento. Heródoto segurou seu arco sem cerimônia, mas quando ela lhe deu a lança, ele engoliu em seco e se recusou a tocá-la — em vez disso, estendeu sua bolsa de couro e pediu à mercenária que colocasse a arma ali dentro.

Ela não falou nada sobre aquilo.

— Se eu não voltar até a alvorada, vá embora, certo? E diga a Barnabás para ir embora também e se esquecer de mim.

Heródoto assentiu e Kassandra se abaixou para entrar no túnel. Era um espaço tão apertado que ela precisou engatinhar, mas, mesmo assim, estalactites arranhavam suas costas. O buraco começou a se parecer com uma toca depois de um tempo; Kassandra era forçada a se arrastar sobre a barriga. Não havia como voltar. E muito pouco ar. Por um momento, ela imaginou Heródoto caminhando alegremente de volta a Kirra para vender sua lança enquanto ela se contorcia em um túmulo escuro. Então, de repente, o solo se inclinou e ela deslizou sobre uma encosta rochosa. A mercenária se viu nas margens de uma bolha de luz alaranjada e ouviu os ecos guturais de diversas vozes fortes e confiantes. Sombras se moviam em algum lugar atrás de uma coluna natural de pedra. Ela se apressou a jogar o manto bordado de Elpenor sobre seus ombros e colocou a máscara, logo antes de dois vultos passarem por ela. Parecia que eles estavam flutuando, graças às túnicas que iam até o chão.

— Não se demore aí — disse um, sua máscara, exatamente igual à de Elpenor, olhando maldosamente para ela. — O artefato foi apresentado. Corra, ou você perderá a chance de segurá-lo.

— Eu não perderia essa chance por nada — respondeu ela, sua voz abafada atrás da fenda da boca da máscara idêntica.

A dupla passou deslizando por ela, conversando sobre contratar regimentos e utilizar mercenários no trabalho que vinha pela frente. Ela os deixou andar por algum tempo antes de segui-los por um corredor de pedra. Tochas crepitavam e cuspiam fagulhas e, de vez em quando, ela passava por câmaras que haviam sido talhadas na pedra. Algumas tinham camas ou mobília, mas todas estavam vazias. Até que, pelo portal de uma logo à frente, saiu uma baforada de vapor, junto com um grito que deu um nó apertado em seu estômago. Kassandra desacelerou, certa de que não queria ver o que tinha causado o grito, mas, conforme passava pela porta, não conseguiu evitar olhar. Havia um Cultista grande lá dentro, sua respiração pesada atrás da máscara, seus ombros se avolumando sob a túnica sem mangas e seus braços cobertos com pelos pretos encaracolados. Em uma das mãos carnudas, ele segurava um atiçador sobre um braseiro crepitante até o instrumento ficar com a ponta incandescente. Diante dele estava um pobre coitado murcho e quebrado, amarrado a uma moldura vertical, a cabeça pendendo para a frente, um fio de fluido pingando de seu rosto escondido.

— Nós o contratamos para matar Fídias de Atenas — disse o brutamontes mascarado com a voz arrastada. — Nós o pagamos bem. Você fracassou em sua tarefa e quase acabou em uma maldita cadeia ateniense por isso. Bem, era melhor ter ido para lá, seu tolo.

Ele agarrou o cabelo do homem amarrado e puxou sua cabaça para trás para revelar um rosto parcialmente arruinado. O lado direito era uma confusão sangrenta, a cavidade ocular, um buraco escuro e vazio. O brutamontes ergueu o atiçador e levou a ponta esbranquiçada ao olho que havia sobrado no rosto do homem. O olho se arregalou e girou para todos os lados, como se tentasse escapar da cabeça — mas não havia escapatória. Com um chiado e um fedor de carne chamuscada, seguidos de um estalo, o olho explodiu em um borrifo de líquido branco e sangue que se espalhou pelo aposento e atingiu Kassandra junto à porta. Ela teve que se segurar para não se contorcer ou vomitar. O selvagem mascarado se virou e a viu, gritando por cima dos berros do homem torturado:

— Perdão. Vou serrar a cabeça desse desgraçado e então mando um dos meus escravos limpar a sua túnica.

— Muito bem — respondeu ela —, mas seja rápido. O artefato está à mostra.

Satisfeita com sua compostura, ela seguiu caminhando pelo corredor rochoso até ele se abrir em uma câmara ampla, o chão de pedra polido e entalhado com símbolos. Alguns Cultistas estavam ali, todos com aquelas máscaras de teatro idênticas e de aparência perversa, ocupados em discussões. Ela não ousou se juntar a um dos grupos. Mas ali, ajoelhada sozinha diante de um altar de pedra no fundo do aposento, estava uma Cultista de cabelo preto longo, com uma característica mecha branca.

Aproximando-se e observando, Kassandra quase desmaiou ao ouvir uma voz atrás de si.

— Esqueça a timidez. Reze com Chrysis — disse o homem mascarado, muito magro. — Ela não se importa com a companhia.

Kassandra assentiu em agradecimento, então imitou os gestos daquela que chamavam de Chrysis, ajoelhando e se curvando para o altar à sua frente, mãos apertadas contra o peito.

— Ah, sim, você também sente? — perguntou a Cultista por trás da máscara, com uma voz rouca. — Tudo o que alcançamos agrada aos deuses. Nós ganhamos tanto controle. Reza é tradição. Tradição é controle. As massas abaixam suas cabeças em reza para um poder superior... e *nós* somos o poder superior. Isso não é motivo de orgulho?

Enquanto Chrysis falava, o som de uma serra e um último berro sufocado vieram da câmara de tortura do brutamontes lá atrás, seguido pelo baque abafado de um objeto caindo no chão.

— Meu orgulho transborda — sussurrou Kassandra, percebendo que ela só poderia esperar estar que realmente estivesse agindo como eles agiam, fingindo que os horrores que aconteciam na câmara de tortura não eram reais.

— O Oráculo é a nossa chave para a grandeza — continuou Chrysis. — Já há quatro gerações que sua voz é nossa.

As palavras ressoaram na mente de Kassandra como se houvessem batido com um martelo em um sino. *A ordem de jogar meu irmãozinho da montanha não veio da profetisa... mas desses desgraçados.*

— Por meio dela, nós ganhamos tanto — continuou Chrysis. — Logo controlaremos toda Hellas. Deixem que os dois lados tenham a sua guerra enquanto comandamos ambos. Ainda assim, o Oráculo não é nada comparado ao... — Ela fez uma pausa, tremendo como se tivesse sido tocada pela mão de um amante invisível. — Ao artefato.

— O artefato sagrado — disseram três passantes mascarados que ouviram a conversa.

— O artefato sagrado — entoou Kassandra obedientemente.

— E o nosso campeão logo estará aqui — disse outro. — Aquele que pode desvendar seu poder... ver o passado, o presente e o futuro.

— Será um grande momento — comentou Kassandra, então se levantou e caminhou lentamente pelo aposento, tentando entender algo das sete ou oito vozes que conversavam.

Duas pessoas discutiam ardentemente, um homem e uma mulher. Ela descobriu seus nomes rapidamente: Silanos e Diona.

— Esqueça a mãe — disse Diona, com um gesto de pouco caso. — Ela é velha e inútil agora.

— Mas eu estou quase conseguindo a mãe — rebateu Silanos. — É nela que devemos manter nosso foco.

A máscara de Silanos girou para encarar Kassandra.

— Você. O que você acha? Devemos caçar a mãe de nosso campeão ou a irmã?

A garganta de Kassandra ficou seca como areia.

— Eu... — balbuciou ela.

— Que nada, a resposta é nenhuma das duas — interrompeu um terceiro, de algum lugar atrás dela. — Ambas são elusivas. Péricles de Atenas não é. Ele anda por aí com seu elmo emplumado, como o alvo de um arqueiro. Vamos arrancar seu coração e mutilar os atenienses e seu jeito caótico e desordenado. Ou talvez instalar um líder que se encaixe melhor em nossos objetivos.

Os três então começaram a discutir entre si, e Kassandra aproveitou para sair do círculo.

Ela continuou a andar, passando por um portal que levava a uma antessala. A rocha na parede oposta tinha sido entalhada na forma gloriosa e aterrorizante de uma cobra chifruda encapuzada, se erguendo do solo, a boca aberta e as presas à mostra, seus olhos em formato de nichos ocupados por duas velas brilhantes. Um homem mascarado estava de pé diante dela. Kassandra se aproximou para ver o que ele estava fazendo, então abafou uma arfada quando o viu erguer os punhos até as presas e passar a pele na ponta da pedra. O sangue cobriu sua pele e pingou sobre uma calha de pedra debaixo da boca da cobra. O homem inclinou a cabeça para trás, soltando um suspiro de prazer. Sua euforia se dissipou e sua cabeça girou na direção de Kassandra. Seus olhos — um escuro e o outro claro — se moviam por trás dos buracos dos olhos na máscara, a esquadrinhando.

— Não deixe as presas secarem, vá em frente, faça uma oferenda — disse ele, recuando e colocando ataduras nos dois cortes acidentados em seus pulsos.

— Hoje não — respondeu ela, firme.

— Vá logo e agradeça por ser apenas sangue o que devemos oferecer. Deimos exigirá que arranquemos nossas mãos em breve. Quanto mais rápido tivermos o restante da linhagem dele, mais rápido poderemos nos livrar de nosso campeão e de seu jeito caótico e grosseiro.

O silêncio de Kassandra pareceu evocar desconfiança.

— É melhor você não estar pensando em contar a Deimos — disse ele, se aproximando. — Se ele souber, se renderá completamente ao seu lado animal. Ele é uma arma viva. Um corcel impetuoso que não pode ser domado. Poder e caos em um corpo. Ele é tudo de que o Culto precisa e tudo contra o que o Culto luta. Se ele souber que estamos prestes a capturar sua mãe... — O homem deixou as palavras morrerem com uma risada sombria. — Bem, digamos apenas que não desejo que meus pesadelos se tornem realidade.

— Nem eu — concordou Kassandra, de repente sentindo o ar naqueles antros subterrâneos ficar frio.

Ela saiu da antessala e seguiu Chrysis, Silanos e Diona, todos agora adentrando mais no complexo. Mil vozes gritaram na cabeça de Kassandra: conversas sobre terras sendo controladas pelo Culto de Cosmos, homens oferecendo seu próprio sangue, o próprio Oráculo de Delfos nas mãos dessas criaturas. Ela vagou em um transe até uma grande câmara e sentiu um zumbido profundo e reverberante sacudi-la até os ossos. Era a sensação que tinha toda vez que tocava sua antiga — e ausente — lança de Leônidas. Mas agora parecia diferente, mais forte. *Muito* mais forte.

Enormes estalactites desciam do teto alto da caverna, e dezenas de vultos com mantos e máscaras salpicavam um círculo de pedra polida no centro do aposento: o brutamontes torturador se juntou a eles, assim como aquela chamada Chrysis e o outro com as ataduras nos pulsos. Outros três entraram apressados atrás de Kassandra e se posicionaram ali. Cada um deles cantava notas longas e profundas em um zumbido constante, e apenas quando o som vacilou levemente e alguns deles olharam em sua direção é que Kassandra percebeu que eles esperavam que ela se juntasse aos outros no círculo. A mercenária caminhou até um espaço vazio e se juntou à formação. O canto infinito preencheu a caverna e fez sua pele se arrepiar. Seus olhos encararam o plinto de mármore com veios vermelhos no centro do círculo, uma pequena pirâmide dourada sobre ele.

O artefato.

A *misthios* dentro dela imediatamente avaliou a peça e imaginou o que aquilo poderia comprar. A guerreira dentro dela queria avançar e desafiar cada um daqueles patifes mascarados — assassinos de seu irmãozinho, destruidores de sua vida — para uma luta mortal. Seus punhos se cerraram debaixo da túnica, amaldiçoando Heródoto por permiti-la deixar suas armas para trás. Mas então Kassandra percebeu que era a própria pirâmide que estava ressoando, fazendo a câmara tremer, enviando aqueles impulsos estranhos através dela.

Um dos Cultistas se aproximou do plinto, esticando o braço com grande reverência para colocar a mão sobre o artefato. Os outros murmuravam e suspiravam com inveja, alguns se movendo impacientemente, ansiosos por sua vez. Kassandra tinha certeza de que o objeto continha uma vela ou lamparina em seu interior, pois ele brilhava com uma luz dourada delicada.

— Estou vendo: correntes invisíveis em volta dos pescoços e dos tornozelos de todos os homens e mulheres. A morte da luz caótica. O corredor estreito do pensamento, de pura devoção, pura *ordem*.

Os demais se ergueram em um murmúrio de apreço. Mais três se aproximaram para falar o que viam, um de cada vez, antes de Chrysis sussurrar para Kassandra:

— Só funciona totalmente quando o campeão o toca ao mesmo tempo que um de nós. Ele vê nossos pensamentos e nos permite ver mais longe. Mas ainda é uma coisa maravilhosa colocar a mão sobre o artefato sozinha. Vai você, você deve tentar.

Kassandra engoliu em seco, agradecida pela máscara, e em seguida se aproximou do centro do círculo. Ela esticou o braço, a mão pairando sobre a ponta da pirâmide. Seu coração disparou, o burburinho de vozes sacudiu o ar à sua volta, suor rolou por suas costas apesar do frio, e então...

Crash!

Uma porta no fundo da caverna foi aberta com força. Com um estrondo, pinos e parafusos voaram das dobradiças e a porta pendeu, quebrada. Um vulto alto e encorpado saltou para dentro da câmara e pousou em uma posição agachada, balançando de um lado para o outro como um animal enlouquecido. Suas pernas e seus braços eram talhados com músculos, e ele vestia uma armadura peitoral branca com tiras douradas pendentes e uma capa branca. As ondas de cabelo escuro e espesso estavam presas no topo da cabeça e caíam sobre as costas. Ele não usava máscara, e seu rosto bonito era marcado por uma expressão de raiva indomada. Um guerreiro. Um campeão. *Deimos?*

— Há um traidor entre nós — rosnou ele. — Existem quarenta e dois de nós e estou contando quarenta e dois aqui. Mas como isso pode acontecer quando um dos nossos está caído frio e morto em Kirra?

Ele ergueu uma cabeça decepada e a jogou para longe no chão.

Kassandra encarou a cabeça enquanto ela rolava até parar, terror se erguendo da sola de seus pés e por todo o seu corpo como uma maré gelada. *Elpenor?* Mas ela não tinha arrancado sua cabeça. Esse animal deve ter profanado o corpo para apresentar um argumento.

— Quem é o traidor? — gritou ele, sua voz como um tambor de guerra. — Removam suas máscaras!

A mente de Kassandra acelerou, terror crescendo em seu coração.

— Não é assim que agimos, Deimos. Nós optamos por permanecer anônimos entre nós — disse um Cultista.

O pânico de Kassandra diminuiu um pouco, e então Chrysis se manifestou:

— Vamos todos mostrar nossa devoção para com o Culto ao colocar a mão sobre o artefato junto com nosso campeão, como sempre foi a forma correta. Deimos verá o que cada um vê e identificará qualquer segredo que a pessoa carregue.

Deimos desceu os degraus em frente à porta e entrou no círculo.

— Muito bem — rosnou ele, olhando de cima a baixo para Kassandra, que já estava junto à pirâmide. — Você, vá em frente. Toque o artefato e me diga o que você vê. Não pode mentir, porque eu também verei — disse ele, colocando a mão em uma face da pirâmide.

Kassandra olhou fixamente para o campeão. Seus olhos castanho--dourados estavam brilhando com ódio. Por um momento, ela viu sua própria destruição neles. Mas o que poderia fazer? Ela deixou sua palma cair e repousar sobre a face oposta da pirâmide. Nada. Por um momento, ela sentiu um impulso forte de rir daqueles tolos. O que aconteceu a seguir foi como um coice de mula em sua cabeça.

Seu pescoço se arqueou e uma luz branca piscou em sua mente. Não era como aqueles momentos em que a lança invocava lembranças do passado. Aquilo era real. Ela podia sentir o gosto do ar do outono, o cheiro das samambaias úmidas, podia ouvir o canto dos pássaros na Floresta de Eurotas.

Ela estava nas terras de Esparta.

Eu caminhava furtivamente pelas samambaias sob um céu da tarde encoberto, observando o javali rechonchudo à minha frente, pensando na deliciosa refeição em que ele se transformaria — e em quão forte eu seria considerada, com apenas sete verões de idade — se eu o matasse sozinha. Ajoelhei, recuei minha lança, segurando-a enquanto soltava o ar, alinhando sua ponta ao flanco do javali. Mas então dúvidas surgiram em meus pensamentos: será que deveria esperar? Será que deveria arremessar? Ou será que...

Com um brilho prateado, outra lança voou sobre minha cabeça e afundou na terra, assustando o javali. A fera guinchou e foi embora. Eu me levantei com um salto e girei para encarar o atirador misterioso.

— Quem está aí? — gritei. — Saia.

Minha mãe emergiu das árvores, aninhando o bebê Alexios.

— Hesitação só apressa... — começou minha mãe.

— ... o túmulo — resmunguei, percebendo que tinha fracassado na lição. — Eu sei. Papai ficará decepcionado quando souber que ainda não estou pronta.

— Você está se aperfeiçoando e é tenaz. Mas a habilidade mais importante é saber quando agir. — Ela andou de um lado para o outro, colocando Alexios sobre uma árvore caída e arrancando da terra a lança que havia arremessado. — Talvez esteja na hora de você ganhar isso.

Eu peguei a lança. Deslumbrante, ela refletiu a luz cinzenta. Que arma maravilhosa. A haste estava quebrada, mas o comprimento era perfeito para mim.

Quando toquei a lâmina em forma de folha, senti um calafrio estranho, um alvoroço por dentro.

— Eu... eu senti alguma coisa.

— Ah, é? — disse minha mãe, sorrindo.

Eu a toquei de novo e mais uma vez uma sensação estranha se apossou de mim.

— Essa não é uma lança comum.

— *Não, não é. Ela carrega consigo uma longa linhagem de poder. E uma linhagem de heróis. O mesmo sangue que corre em você e em mim, em nossa família. E um dia, há muito tempo, no Rei Leônidas.*

— *Essa é... era... a lança do Rei Leônidas?* — *balbuciei.*

Ela sorriu, acariciando meu rosto.

— *Leônidas tinha muita coragem e fez um enorme sacrifício em Termópilas. Você compartilha seu sangue e a força que ele possuía. Nós somos capazes de sentir algumas coisas acontecendo à nossa volta. Somos rápidos como leões para reagir contra o perigo. Esse é o dom da nossa família. Mas nem todos entendem isso. Alguns reconhecem o poder que carregamos e o querem para si. Eles tentarão tomá-lo de nós.*

— *Eu não permitirei* — *disse, com a coragem despreocupada de uma criança.*

— *Eu sei* — *respondeu minha mãe.* — *Você é uma guerreira.*

Envolvi a lança com uma tira de couro, sentindo que devia tratá-la com muito cuidado. Eu a coloquei em minha aljava. Quando ouvi o céu rugir, olhei para cima.

— *Uma tempestade está se aproximando* — *disse minha mãe, pegando Alexios no colo.*

Estranhamente, desde que minha mãe e meu pai tinham voltado de sua visita ao Oráculo no outono, eu vinha me sentindo daquela forma, como se uma tempestade se aproximasse. Minha mãe percebeu minha inquietação e colocou Alexios em meus braços. Eu me senti imediatamente calma, beijando sua testa e olhando para seus olhos castanho-dourados brilhantes...

A mão de Kassandra se ergueu da pirâmide e ela arfou. Enquanto a memória desbotava, ela olhou fixamente para Deimos. Ele a estava encarando de volta, os olhos castanho-dourados agora arregalados, grandes como luas. Não havia dúvida...

Alexios?, ela mexeu os lábios sem produzir som, estupefata.

A cabeça dele sacudiu em descrença, seus lábios mal se movendo: *Kassandra?*

Ela deu um passo para trás, suas pernas dormentes.

— Bem? — chiou um Cultista. — O que você viu, Deimos? Podemos confiar nessa aí?

Silêncio.

— Responda a pergunta, Deimos — pediu outro.

Nada.

Uma fração de segundo depois, outro Cultista se aproximou, suspirando.

— Então deixe-me tentar agora. Não tenho nada a esconder.

Isso pareceu tirar Deimos de seu transe. Com um rugido, ele agarrou a parte de trás da cabeça do Cultista e golpeou seu rosto mascarado contra a ponta da pirâmide. Com um baque abafado, a máscara se partiu. Sangue borrifou, o corpo se sacudiu e então tombou. A pirâmide continuou imaculada e dourada, sem ter sofrido absolutamente nenhum dano, mas o rosto do Cultista estava uma bagunça completa. Alguns dos outros Cultistas recuaram, gemendo, mas um pequeno grupo deles se aproximou.

— O que você está fazendo, Deimos? — gritaram eles, se juntando ao redor do homem.

Kassandra se afastou, voltando até a entrada da câmara, em seguida se virou... e disparou como uma gazela, chocada, abalada. Ela não sentiu nada enquanto corria até o túnel secreto e rastejava por ele, como em um borrão.

Ela mal ouviu as palavras de Heródoto ao emergir na noite, arfando ao surgir na plataforma rochosa do lado de fora da caverna, se curvando e se encostando à parede de pedra do despenhadeiro.

— Minha cara, o que aconteceu?

Ela levantou os olhos arregalados na direção do historiador.

— Ele está lá dentro. Ele é o campeão deles.

— Quem, minha cara?

— Meu irmão. Alexios.

Na escuridão da noite, a *Adrestia* partiu de Kirra. Reza e os outros poucos tripulantes manejavam as velas e o leme. Barnabás estava de pé na proa, um pé sobre a balaustrada, observando o escuro como se fosse um velho inimigo. De vez em quando, ele olhava na direção da traseira do barco, buscando uma decisão de Kassandra, mas ela ainda estava perdida em seus pensamentos.

Sentada ao lado da pequena cabine, ela segurava a mão que tinha tocado a pirâmide, olhando para o vazio. O que pensava que era realidade tinha sido jogado no chão e se estilhaçado em milhares de fragmentos.

Heródoto, sentado a seu lado, cortava fatias de uma maçã com cuidado, erguendo cada uma delas até a boca lenta e metodicamente. Mais uma vez ele ofereceu a ela um pedaço e mais uma vez ela recusou. Heródoto então jogou o pedaço de maçã para Ikaros, que o apanhou e o devorou com leve desdém.

— Havia muitos deles, todos mascarados — disse ela, em voz baixa. — O Oráculo é deles e os deuses falam para as pessoas por meio dela, e a pirâmide está na raiz disso tudo. Eles têm um exército de espiões e guerreiros. Eles controlam quase toda Hellas. Tudo.

— Então é pior do que eu imaginava — divagou Heródoto. Ele fitou a noite por algum tempo. — Se Péricles está em perigo como você alega, devemos ir até Atenas.

Ela virou os olhos na direção do historiador.

— Depois de todas as coisas que vi e ouvi lá dentro, por que eu deveria me importar com ele? Meu irmão está vivo, mas o Culto o transformou em algo... *horrível*. Eles querem matar minha mãe. Este é o meu barco e Péricles não significa nada para mim. É apenas mais um general ganancioso e sanguinário.

— Sanguinário? Você não conhece o homem — rebateu Heródoto. — Essa guerra foi imposta a ele.

Kassandra olhou para Heródoto amargamente.

— Um general que não se deleita com a guerra? Improvável. — Ela pensou nos boatos e rumores que tinha ouvido nas tabernas sujas perto de Sami. — Alguns dizem que ele arquitetou esse conflito sob um pretexto de paz para que pudesse reunir e ostentar a invencível marinha de Atenas e gozar de sua glória. Aqueles barcos jamais seriam desafiados pela patética marinha espartana, mas os hoplitas espartanos dominam a terra, sem adversários à altura e sem medo da fraca infantaria ateniense. Mas enquanto Péricles for bajulado pelo que acontece no mar, quem se importa com a guerra interminável?

— Talvez. Ou talvez ele tenha percebido que a guerra era inevitável e tenha agido da melhor forma possível. — Heródoto deu de ombros.

— Você não está me convencendo. Por que eu deveria me importar com esse distante rei de Atenas?

Heródoto riu com vontade.

— Atenas não tem rei. Péricles serve o povo. E sua posição não é nem um pouco confortável: há muita gente à espreita nas sombras de Atenas, pronta para tomar o seu lugar. Se o Culto está conspirando contra ele, isso poderia transformar o que tem sido uma guerra tensa, porém nobre, em um desastre caótico e sanguinolento para todos.

Kassandra o encarou, ainda sem se convencer.

— Muito bem — continuou Heródoto. — Mas pergunte a si mesma isto: se você está fugindo de seu irmão, então será que não está procurando sua mãe?

Ela balançou a cabeça positivamente.

— E onde você irá encontrá-la? Hellas é vasta.

— Imagino que você tenha uma sugestão — rebateu Kassandra, direta.

— E você sabe qual é — respondeu o historiador. — Atenas é o centro do nosso mundo, minha cara. Ao contrário de Esparta, com suas fronteiras fechadas e seus costumes atrasados, Atenas busca comerciantes, mercadores e viajantes como eu. Grandes mentes cuidam dos assuntos por lá. Mentes com posse de muito conhecimento. Se existe uma pista do paradeiro de sua mãe, ela está nas ruas de...

— Atenas — gritou Kassandra, suficientemente alto para Barnabás escutar.

Ele a saudou e berrou a ordem para sua tripulação. A vela da *Adrestia* grunhiu e o barco girou, alterando seu curso para seguir para o mar aberto em uma longa viagem ao redor do Peloponeso, na direção de Ática.

Heródoto se deitou para dormir. Kassandra se levantou e ficou de pé na popa, observando a espuma atrás da trirreme se desfazer no encalço do barco. Sob a luz prateada da lua, o resto do mar era um lençol intacto de delicados picos, e o céu, uma cobertura de um índigo profundo, salpicada com incontáveis estrelas. Kassandra ficou olhando por uma eternidade. Quando seus olhos começaram a ficar cansados, ela piscou. Uma onda parecera maior, mais alta, diferente, como se algo estivesse cortando a água lá atrás. *Outro barco?* Ela ouviu um canto de baleias distante, atraindo seu olhar em uma direção diferente. Ao voltar novamente para o rastro da *Adrestia*, o barco fantasma não estava em lugar algum. Kassandra balançou a cabeça, sabendo que o cansaço estava mexendo com seus sentidos.

Quando virou de costas para a popa, Heródoto estava acordado e sentado novamente. Ele olhava fixamente para o arco e a lança de Kassandra, encostados contra a cabine.

— Você olha para minha lança como se fosse uma assombração. — Ela riu.

O historiador levantou os olhos na direção de Kassandra sem um traço de humor em seu rosto.

— A Lança de Leônidas. Assim que eu a vi com ela na fila do templo, soube que você tinha sido atraída até lá, assim como eu.

Ela se sentou de frente para ele com um suspiro profundo.

— Sou da linhagem de Leônidas. Alguns dizem que eu *envergonhei* a linhagem. — Uma lembrança das vozes dos Cultistas serpenteou por sua mente naquele momento. *Quanto mais rápido tivermos a linhagem, mais rápido poderemos nos livrar do jeito caótico e grosseiro de Deimos.* Ela ergueu a lança, examinando-a. — Ela fala comigo às vezes, como nada jamais falou... até essa noite.

— Aquela coisa que você descreveu, na Caverna de Gaia. O artefato dourado — entendeu Heródoto, seus olhos voltados para o céu da noite como se procurasse assombrações os observando.

Kassandra assentiu.

— Aquilo dominou minha mente e meu coração, me levou de volta para tempos passados de uma forma que nunca experimentei antes. Tão nítido e visceral. — Ela abaixou a lança e deu de ombros. — O que torna a pirâmide dourada e minha lança tão especiais?

Heródoto adotou uma expressão aflita e empalideceu.

— A lança e a pirâmide são especiais, Kassandra... mas não tão especiais quanto você.

— Não entendo.

Ele olhou para a proa, acenando para chamar Barnabás.

— Logo você entenderá.

* * *

Debaixo de um céu de verão nublado, a *Adrestia* se aproximou de uma passagem costeira cercada por montanhas gigantescas de rocha escura, cobertas por florestas. Kassandra sentiu um calafrio na espinha quando olhou para o alto. *Termópilas. Um local de heróis ancestrais.*

— Você está feliz com essa parada adicional, *misthios?* — perguntou Barnabás.

— Você confia em Heródoto, então eu também confio. Logo seguiremos para Atenas.

Ela sorriu, então saltou para a areia molhada. Heródoto desceu com a ajuda de uma escada de corda. Ela e o historiador caminharam pela margem, pegando uma trilha sinuosa que levava às montanhas.

— Esta é a trilha pela qual Efialtes levou os persas — comentou Heródoto, seus olhos apertados, úmidos.

Ele a levou até um pequeno mirante com vista para a baía. Um pouco mais acima na encosta da montanha, rastros fracos de vapor sulfuroso se erguiam de aberturas de cavernas. Os Portões de Hades, alguns diziam. Os Portões Quentes, diziam outros.

— Aqui, os persas atacaram os espartanos e seus aliados. Aqui foi onde tudo acabou para o seu grande ancestral.

Eles chegaram a uma desgastada estátua de leão, coberta de líquen amarelado, as feições da fera suavizadas pelos fortes ventos costeiros. O nome do rei espartano ainda estava visível, entalhado no plinto de pedra abaixo.

— Desembainhe sua lança e a segure. Deixe que ela fale com você — disse Heródoto.

Kassandra ergueu a meia-lança e a segurou com as duas mãos. Nada.

— Isso é besteira. Ela só fala comigo quando deseja. Não faz sentido tentar forçar...

Bang!

Flechas caíam como neve fina, o céu escurecido por elas. À minha volta, hoplitas caídos, trespassados por hastes, gritando. Guerreiros de capas vermelhas lutavam como lobos, berrando para que seus aliados continuassem, permanecessem fortes. Tão poucos deles, e tantos do bando de homens de pele marrom que os atacava por todos os lados — descendo pela trilha da montanha, se amontoando na costa, uma parede móvel de escudos de vime e lanças afiadas. O flautista espartano que tocava o hino de resistência caiu, dilacerado por uma lança persa.

— Enviem os Imortais! — soou um grito estranho e rouco do comando persa.

Eles vinham aos milhares, golpeando e perfurando os defensores, abrindo aquela fresta para o sul e para o coração de Hellas. Por fim, restava apenas um pequeno grupo de espartanos com mantos vermelhos. Eles continuaram lutando, perdidos na dança da batalha. Eu o vi então — mais velho do que havia imaginado, seu corpo coberto de cortes e molhado de sangue, carregando o peso de uma nação em seus ombros cansados... e a lança inteira em suas mãos.

— Leônidas? — sussurrei.

Durante os momentos finais da luta, o rei-herói olhava para o éter e para mim. Diretamente para mim. Uma nova tempestade de flechas caiu. Três o atingiram, mas ele continuou lutando, bloqueando e golpeando uma multidão de Imortais — sua lança se partindo em duas no processo. Outras duas flechas perfuraram seu pescoço, fazendo com que caísse sobre um joelho. Então uma derradeira penetrou seu esterno. O campo de batalha ficou silencioso e o Rei Leônidas de Esparta rolou de lado, morto.

Kassandra piscou. O litoral calmo, deserto e irregular diante dela não tinha nenhum corpo e nenhum sangue, apenas Heródoto sorrindo com tristeza.

A mercenária soltou a lança.

— Por que você me trouxe até aqui?

Heródoto suspirou.

— Porque você falou de vergonha e de não ser digna de sua linhagem. Isso não é verdade, Kassandra. Você é herdeira dele em cada pedacinho seu, apesar do que pode ter acontecido no passado. — Ele se abaixou para apanhar a lança, usando a bolsa de couro novamente para não ter que tocá-la, e a devolveu a Kassandra. — Essa lança e o objeto que você viu debaixo do templo do Oráculo... eles não foram feitos por um dos nossos.

— Então foram feitos pelos persas?

Heródoto riu em silêncio.

— Então pelos deuses? — tentou ela.

A risada de Heródoto cessou.

— Não exatamente. Eles foram criados por um povo que veio antes. Antes de Hellas, antes da Pérsia, antes da Guerra de Troia, antes do dilúvio... antes mesmo do tempo dos homens.

Kassandra o encarou, sem compreender.

Heródoto gesticulou para que ela se sentasse. Ele tirou da bolsa um pão e o dividiu em duas partes, dando metade a Kassandra.

— Não escrevi sobre isso em minhas histórias para que as pessoas não achem que sou louco. Algumas já acham, mas eu encontrei coisas, Kassandra, coisas estranhas — disse ele enquanto comiam, olhando para a antiga passagem costeira. — Certo verão, conheci um andarilho. Um sujeito baixo e roliço que atendia pelo nome de Meliton e que passou seus dias velejando no Egeu em um barquinho, sem lar e sem destino. Ele me contou de suas aventuras, algumas ainda mais loucas do que as histórias de Barnabás. Deixei todas elas passarem, mas houve uma que chamou minha atenção, pois, diferentemente de todas as outras, ele contou essa sem um pingo de traquinagem em seus olhos e com uma voz sussurrada e temerosa.

Kassandra parou de mastigar e indicou com a cabeça que Heródoto continuasse.

— Ele tinha naufragado quando jovem no litoral de Tera, aquela ilha que é como uma casca quebrada, destruída por um vulcão muito, muito tempo atrás. Agora aquela ilha é estéril e lúgubre, nada além de cinza e podridão. Mas ele conseguiu sobreviver lá por muitos meses comendo larvas e moluscos. Uma noite, Meliton foi acordado por um tremor estranho no solo.

— O vulcão? — sussurrou Kassandra.

— Não, o vulcão está morto há muito tempo, como tudo o mais na ilha. Era muito mais estranho que isso, *misthios* — respondeu Heródoto, seus olhos ficando sombrios. — Enquanto o chão balançava, ele viu uma luz forte brilhando na noite em algum lugar no topo escuro da ilha. Não podia ser o fogo de um vulcão, pois a luz era pura e dourada. Ele caminhou com dificuldade pela escuridão na direção dela. O dia nasceu antes que alcançasse o ponto e, quando chegou lá, viu apenas uma encosta de pedra simples e escura. Ele demorou alguns instantes para notar as marcas.

— As marcas?

— Entalhados na pedra escura, gravados habilmente, estavam símbolos e sequências estranhos. Pedi a Meliton para descrevê-los para mim o melhor que pudesse, então ele os desenhou na terra. — Enquanto falava, Heródoto usou um dedo para traçar formas geométricas na terra sobre a qual estavam sentados. — Isso — disse ele, batendo com o dedo na terra — é a sabedoria de Pitágoras.

Um tremor percorreu as costas de Kassandra.

— Sim. — Heródoto balançou a cabeça, percebendo que ela compreendia a magnitude daquilo. — O filósofo, o teórico político, o matemático... uma das mentes mais brilhantes a ter agraciado Hellas. Ele era um dos poucos que compreendia as coisas que vieram antes da humanidade.

— Mas dizem que a sabedoria de Pitágoras se perdeu — disse ela, se lembrando de uma conversa embriagada sobre o tópico em uma taberna de Cefalônia. — Que ela morreu com ele, há mais de sessenta anos.

— Eu também achei que tinha desaparecido. — Heródoto apontou para a lança. — E essa gravação é um mero fragmento. Mas você sabe o que poderia significar se a sabedoria dele fosse recuperada por completo? Se as pessoas de hoje pudessem obter o conhecimento para produzir coisas como a sua lança, ou o artefato que você viu na caverna dos Cultistas? E se eu lhe dissesse que o Culto vem procurando os escritos perdidos de Pitágoras?

O tremor na pele de Kassandra se transformou em um calafrio gélido.

— Por todos os deuses, isso não pode acontecer.

— Leônidas disse o mesmo. Ele conhecia apenas pedaços do todo, mas o suficiente para perceber que quem tentasse controlar esse antigo conhecimento para usar como uma espada devia ser combatido. Você é da linhagem dele, Kassandra, e é por isso que você e sua família devem ser salvas. Nesse jogo sombrio que tão poucos compreendem, nosso mundo por si só está correndo perigo. — Ele se afastou e caminhou lentamente na direção da *Adrestia*, gesticulando para que Kassandra ficasse onde estava quando ela tentou segui-lo. — Espere um pouco aí. Pense sobre o que eu falei.

Ela ficou lá por uma hora, sentada junto ao leão e olhando para a baía, imaginando quantos ossos jaziam sob as areias. A mercenária deu algumas migalhas de pão a Ikaros, distraída, comendo um pouco também. Tremores de inquietação e fascínio se erguiam dentro dela enquanto Kassandra tentava compreender as palavras de Heródoto. *Mas, raios, historiador, suas respostas vêm na forma de milhares de perguntas*, pensou ela, com uma risada cansada.

— Está na hora de ir a Atenas encontrar algumas respostas de verdade. Ela suspirou, se levantando.

Tum... pow!

Com um só movimento, Kassandra pulou para trás e caiu agachada, encarando a flecha que tremulava no chão junto a seus pés. Seus olhos varreram o topo do morro acima dela. Nada. Então a mercenária o viu, olhando para ela fixamente, como um deus, em cima de uma plataforma de pedra.

— Deimos? — gritou.

Aquela sensação estranha no barco, os picos agitados na noite. Seus instintos estavam certos: eles *tinham* sido seguidos.

Ele não falou nada, simplesmente se virou e se afastou da beirada do cume, desaparecendo. Kassandra observou a plataforma elevada, então se jogou contra a encosta. Logo já tinha subido metade do caminho, escalando até o ponto em que vira Deimos. Ela hesitou por um momento antes de se erguer até a plataforma e ficar sobre os joelhos. Ele estava lá, esperando por ela, virado de costas.

— Você me seguiu até aqui?

— Eu me lembro de você — falou ele. — Eu era um bebê, mas me lembro de você me segurando.

Aquela chama morta há tempos se acendeu em seu coração, bruxuleando dentro da gaiola de ossos.

— E eu nunca me esqueci como era segurá-l...

— Meus pais me condenaram a ser arremessado da montanha — interrompeu o irmão, impassível. — Mas foi você... *você* quem me empurrou junto com o velho éforo para a nossa morte. Eu vi. O artefato dourado me mostrou.

— Não — começou Kassandra. — Eu tentei salvá-lo. Você precisa acreditar em mim, Alexios. Eu não fazia ideia de que você tinha sobrevi...

Ele se virou para encará-la, o vento marítimo soprando mechas de seu cabelo escuro sobre o rosto sinistro.

— Alexios morreu naquela noite. Deimos foi o nome dado a mim pela minha *verdadeira* família.

Kassandra inclinou a cabeça para trás com desprezo, a chama bruxuleante em seu peito se apagando.

— Descobri no seu maldito simpósio na caverna que estamos fazendo a mesma coisa. Procurando nossa mãe.

A cabeça de Deimos se inclinou um pouco para o lado.

— Se você está procurando por ela, significa que também foi abandonada.

— Mesmo abandonados, nós sobrevivemos. Podemos voltar a como as coisas eram. Precisamos apenas encontrá-la.

— Não preciso dela.

— Seus Cultistas pensam diferente — disse Kassandra, sem emoção. — Myrrine é o próximo alvo deles.

O irmão permaneceu em silêncio por um tempo.

— O Culto nos quer porque somos especiais — respondeu ele de forma dura. — Mas você sabe disso agora, certo?

Ele apontou na direção do leão.

— Então você não se juntará a mim para encontrá-la? — perguntou Kassandra, dando um passo para trás.

— Nem você se juntará a mim? — rebateu ele.

— Eu não serei parte do... *Culto* — cuspiu a mercenária.

Houve um silêncio tenso.

— Mas você não pode fugir deles. Você está indo para Atenas — disse Deimos, finalmente. — Ou, pelo menos, é o que sua rota sugere. Bem, o Culto já está lá. Quando você chegar, diga a Péricles e sua escória elitista que eles são os próximos.

O irmão recuou para uma pequena abertura de caverna, desaparecendo em uma nuvem de vapor sulfuroso.

— Alexios? — gritou Kassandra.

— Não me siga, irmã. — A voz dele vinha do interior da caverna. — Agradeça por eu deixá-la viver... por enquanto.

7

O ar sobre o porto de Pireu estava impregnado com o fedor de marinheiros suados e estrume, com o cheiro de pão assado e peixe grelhado e o perfume inebriante de vinho. Tanta gente, pensou Kassandra. Gritos vinham de todas as direções, cães latiam, gaivotas guinchavam, pessoas barganhavam e conversavam, soldados vestidos de branco e azul embarcavam e desembarcavam das galés de guerra enfileiradas, enquanto carroças repletas de sacos de grãos balançavam, saindo de depósitos de suprimentos e seguindo para o porto de bandeira branca.

Ela desceu da *Adrestia* para o atracadouro, seu olhar como que encantado pela visão de um tesouro, atraído, por cima de muitas cabeças, para a paisagem a cerca de três quilômetros dali: a famosa cidade de Atenas. Um mar de telhados vermelhos, de onde a acrópole se erguia como uma ilha de mármore, tomada por templos e monumentos espetaculares — do tipo que Kassandra nunca vira antes, não em Cefalônia, nem em suas viagens e certamente não em Esparta.

O Partenon cintilava, as estruturas prateadas de pedra e as pinturas lustrosas ofuscantes na luz do sol. A grande estátua de bronze de Atena reluzia como uma chama, seu rosto solene e arrogante, lança erguida como uma sentinela.

O caminho para a cidade a partir daquele porto era estranho: um passeio público estreito que se estendia por aqueles três quilômetros, como um braço da cidade que se esticava para agarrar e dominar o trecho mais próximo do litoral. Pedreiros e homens escravizados se aglomeravam como formigas, posicionando os últimos blocos sobre muros estranhos erguidos dos dois lados do passeio, seus formões batendo em um ritmo ininterrupto.

— Venha, *misthios* — chamou Heródoto, convocando Kassandra enquanto se encaminhava pelo passeio.

Ela olhou para trás e viu Barnabás, Reza e alguns tripulantes de outro barco ocupados com uma espécie de aposta — que Ikaros não conseguiria arrancar um anel do dedo do capitão do outro barco. Ikaros saltitava de um pé para o outro, como se estivesse extremamente motivado a ganhar a aposta para os homens da *Adrestia*.

Kassandra sorriu e os deixou onde estavam. Ela e Heródoto seguiram pela estrada, os longos muros criando uma sombra agradável. Um velho pedinte cantarolava para quem quisesse ouvir:

— Não aprendemos com Troia, os hititas e os assírios? Grandes muros trazem poderosos destruidores.

Kassandra então notou como aqueles muros eram brutos — instáveis e construídos às pressas, feitos de paralelepípedos, cascalho, pedaços quebrados de arquitraves e coisas parecidas, contrastando completamente com o esplendor de mármore brilhante e as belas ameias da cidade que esperava no fim do caminho.

Heródoto percebeu que ela observava.

— As Longas Muralhas, como são chamadas, são feias, porém muito convenientes — explicou. — Elas mantêm os Espartanos, tão inábeis no cerco, do lado de fora, e permitem que os grãos continuem a chegar dos barcos até a cidade. Você achava que Péricles era sorrateiro? Bem, ele é, nesse sentido. Esparta não pode invadir Atenas nem fazer com que morra de fome.

— Essa é a estratégia de Péricles? — perguntou a mercenária. — Onde está a glória nisso?

— Glória? Ah, você é realmente uma espartana. — Ele riu.

Eles alcançaram uma parte do trajeto em que as duas margens estavam ocupadas por vilas de cabanas e tendas abarrotadas com pessoas de rostos imundos que os encaravam. Logo estavam passando por cima de homens adormecidos, abrindo caminho através de aglomerações de famílias e comunidades inteiras.

— Nunca vi tanta gente amontoada entre muros antes — murmurou Kassandra.

— O povo do campo — sussurrou Heródoto. — Eles são os que mais têm dificuldades para seguir a sabedoria de Péricles. Eles tiveram que abandonar seus lares nos campos e vales e vir para cá para viver como indigentes.

O caminho ficava mais inclinado ao chegar à cidade de Atenas em si, e eles cruzaram alas de casarões pintados com cores vivas, que se erguiam ao redor da acrópole como adoradores. Lá estava a ampla ágora, construída em volta de uma estátua de Irene e Pluto, Paz e Riqueza — um sonho improvável, do jeito que as coisas caminhavam. O entreposto comercial estava lotado de barracas, gado, mascates vendendo ovos de avestruz pintados, especiarias e havia até um sujeito que segurava um fígado bovino pingando sangue como se fosse um prêmio. Por todo lado, as ruas transbordavam de corpos suados, o ar carregado com o odor dos sujos, e o burburinho geral soava tenso, à beira de uma confusão. Kassandra notou as sentinelas no topo das belas ameias altas da muralha da cidade: hoplitas atenienses, exatamente como aqueles que ela tinha enfrentado e derrotado em Megaris. Eles pareciam ocupados, apontando e discutindo sobre algo que acontecia no campo. *O que estava do lado de fora que os preocupava tanto?*

Sem nem notar, Kassandra tinha vagado até um lado da ágora. Heródoto a interrompeu com a mão firme.

— Por ali não, *misthios* — disse ele, olhando para a direção em que ela estava seguindo com um semblante de repulsa. Kassandra viu o complexo triste e sombrio que ficava no fim da ágora. De dentro saía um gemido desesperado. O choro de um homem que não tinha esperança. — Ali é a cadeia. É para lá que os homens são enviados para serem esquecidos.

A expressão em seu rosto quando encarou o local fez Kassandra tremer. Mas Heródoto rapidamente a guiou para uma direção diferente, fingindo um sorriso animado.

— Não, venha por aqui. Para cima, até a famosa Pnyx, *misthios*. — Heródoto a conduziu até a escada de mármore branco que levava ao topo da acrópole. — Pois é lá que vamos encontrar nossas respostas.

Os degraus estavam cheios de guardas, e também de outras pessoas debatendo, discutindo entre si. As disputas se tornaram mais ruidosas — como o zumbido de vespas — ao alcançarem o platô no alto. A dupla foi saudada primeiro pelo olhar silencioso da estátua de bronze de Atena, Kassandra quase torcendo o pescoço enquanto erguia os olhos, maravilhada com o monumento colossal. Em uma praça aberta sob a sombra parcial do Partenon, a Assembleia estava a todo vapor. Tudo aquilo parecia tão não espartano, tão estranho para Kassandra: milhares de homens vestidos com túnicas caras, muitas cabeças calvas brilhando no sol, sacudindo os braços no ar, uivando em protesto uns para os outros. Não... para um homem. Um pobre homem de pé sobre um plinto.

— Lá está o homem que procuramos — disse Heródoto. — Péricles, General de Atenas.

Kassandra olhou para o homem. Ele certamente não era um rei, vestido de forma simples com uma túnica comum, suas mechas de cabelo grisalho, uma barba bem aparada e um nariz largo. Ele tinha a idade de Heródoto, mas se portava como alguém que não havia deixado seu corpo se deteriorar tão rápido.

— Por quanto tempo carregaremos essa fraude em nossos ombros? — rugiu o opositor mais barulhento, um homem mais jovem de cabelos ruivos, olhos escuros e barba pontuda, que caminhava pela base do plinto batendo com o punho na palma da mão a cada passo, apontando, em um gesto acusatório, o dedo para Péricles de vez em quando. — Exatamente como no impasse de Córcira, Péricles novamente se distingue como o mestre da ponderação, da hesitação e da conciliação insatisfatória. Ele vê mérito em ferir aliados e encorajar inimigos.

— E aquele ali marchando em volta de Péricles é Cléon, o demagogo. Ele diz às pessoas o que elas querem ouvir, mesmo que seja fantasia. De todos os inimigos com que Péricles se digladiou em batalhas e em debates, adversário algum foi páreo para esse — explicou Heródoto.

Cléon continuou o ataque:

— Ele extinguiu todas as frotas das cidades nas ilhas, extorquiu delas sua prata e agora trata os cofres sobre esse monte como seus! Veja como ele favorece a construção do Templo de Atena Nice em detrimento do bem-estar de seu povo. Esse não é o comportamento de um *rei*?

Ele cuspiu a palavra como se ela fosse venenosa. Quando as pessoas se manifestaram em concordância, Cléon ergueu as mãos repetidas vezes, como se quisesse alimentar as chamas, balançando a cabeça e também gritando.

— Quero que a obra do templo continue para manter a moral elevada — respondeu Péricles calmamente, assim que o clamor diminuiu. — Não busco construir nenhum palácio de rei aqui. Não ordenei a tomada do ouro das mansões, inclusive a minha, e dos santuários para financiar a nossa frota?

A resposta de Cléon foi meramente uma bufada debochada enquanto ele buscava mudar de abordagem:

— Nossa frota? Nossa *poderosa* frota que esvazia os cofres com seus esforços desprezíveis? Nada além de mordiscar a costa do Peloponeso? Depois de seus esforços calamitosos em Megaris, você evita uma batalha verdadeira e nobre em terra, enquanto as nossas fazendas e os nossos lares ancestrais são reduzidos a nada. Nós, nascidos do solo, devemos agora assistir enquanto ele se transforma em cinzas.

— Em cinzas? — perguntou Kassandra, franzindo a testa.

Heródoto percebeu, colocou a mão sobre seu ombro e guiou seu olhar para o lado, para observar da acrópole o nevoeiro de verão dos campos de Ática. Lá, no calor escaldante, ela viu as montanhas prateadas que dominavam a maior parte da terra; mas, nos preciosos trechos de solo plano e arável, viu coisas terríveis. Ela piscou duas vezes para se assegurar de que seus olhos não a estavam enganando. Não estavam. No lugar do que um dia tinham sido fazendas e plantações de trigo, jardins de limoeiros e oliveiras, havia manchas recentes de cinzas e destroços de mármore e tijolo. Salpicadas por ali estavam áreas vermelhas — como poças de sangue. Então ela viu o que elas realmente eram.

Espartanos com mantos vermelhos, acampados e bloqueando o acesso da cidade ao campo. Observando, esperando, suas lanças piscando no sol forte. Conquistadores do campo agora apenas em busca de uma maneira de derrubar os muros e invadir a cidade. *Stentor?*, ela moveu os lábios, se perguntando se ele estava lá fora, liderando o cerco no lugar do Lobo.

— Não me traz nenhum prazer ver nosso campo arrasado — rebateu Péricles. — É um sacrifício necessário. Vocês não percebem? Não devemos oferecer paz aos espartanos, pois eles tratarão tal atitude como o berro de uma ovelha encurralada, e isso apenas os encorajará. Mas não podemos entrar em batalha direta. Eles já não provaram repetidamente que sua falange não tem adversários à altura? A resposta está aí. As Longas Muralhas nos salvarão: os barcos trarão peixe do mar do norte e grãos dos reinos litorâneos. Deixem que Esparta bata com seus punhos em nossos muros. Eles *não podem* vencer.

O rosto de Cléon se abriu com puro deleite.

— Nem. *Nós*. Podemos! — Ele bateu com as costas de uma das mãos na palma da outra a cada palavra.

O povo reunido explodiu em uma tempestade de gritos em acordo. Péricles resistiu a tudo aquilo como uma estátua.

— Cléon tem razão — bradou um homem. — Nossa cidade está uma imundice fétida e não há previsão de fim para essa maldita guerra.

— Verdade — concordou Cléon. — E essa não é a primeira vez em meses... *meses!*... que o poderoso Péricles se dignou a realmente participar de nossa reunião sagrada? Será que ele acredita que não está sujeito ao nosso escrutínio?

Mais gritos insultantes.

Sem ser convidado, Cléon subiu no plinto. Ele jogou uma dobra solta de sua túnica cor de safira sobre o braço e continuou sua diatribe, golpeando sua mão livre no ar como um machado enquanto falava. Silenciosamente, Péricles desceu para permitir que seu rival discursasse. A fala demorou uma eternidade, e só quando a multidão se cansou do assunto a Assembleia voltou sua atenção para o próximo tópico do debate: um ostracismo.

— Anaxágoras, amigo de Péricles, está diante de vocês aqui hoje sob a acusação de heresia.

Cléon apontou para um velho na multidão. Gritos de repulsa se ergueram.

— Ele alegou que o sol não era o próprio Apolo... mas uma bola de matéria incandescente!

Os gritos se transformaram em zombarias estridentes.

Anaxágoras fez um som de desaprovação e gesticulou com a mão no ar como se espantasse abelhas com irritação, então apontou para o sol como se a verdade estivesse evidente para qualquer um com olhos.

Um sujeito passou segurando uma saca. Cada homem na Assembleia colocou na saca um pedaço de vaso quebrado para marcar seu voto. Péricles depositou sua peça exatamente quando Heródoto levava Kassandra em sua direção. À medida que se aproximavam, ela notou que a expressão dura como a de uma estátua que ele mantinha sobre o plinto havia desaparecido, substituída por uma de cansaço e abatimento.

— Velho amigo? — disse Heródoto.

Péricles levantou os olhos e seu rosto se animou novamente, como um homem vendo o sol depois de dias de chuva. Ele e Heródoto se abraçaram. Kassandra observou o historiador sussurrar algo no ouvido do governante. O rosto de Péricles ficou sério por um momento, antes de ele balançar a cabeça e agradecer. Quando se separaram, Péricles se virou para Kassandra:

— E essa é?

— Kassandra. Uma amiga — respondeu Heródoto. — Escutei dos homens do cais que você pretende realizar um simpósio hoje à noite. Kassandra busca a sabedoria de seus camaradas mais próximos. Será que ela poderia participar?

— Depois do que você acabou de me contar, velho amigo — disse Péricles —, eu seria um tolo se convidasse uma desconhecida, uma *misthios*, ainda por cima, para o meu lar.

Heródoto se inclinou para sussurrar em seu ouvido novamente.

Péricles olhou fixamente para Kassandra por algum tempo. Com o que quer que o historiador dissera, as coisas mudaram em seu favor.

— Você pode participar — disse o governante. — Não pode trazer suas armas... mas seria altamente recomendado que viesse armada com sua perspicácia.

O *andron* com paredes de mármore era uma floresta de colunas polidas, decoradas com brasões em vermelho vivo. Videiras cor de esmeralda caíam como cortinas dos pilares e do teto, e vasos de buganvílias roxas e limoeiros decoravam os cantos. O chão era uma confusão de cores: um mosaico de uma cena em que Poseidon se erguia de um mar azul junto a um cardume de criaturas prateadas, tudo entre um arquipélago de tapetes de seda persa em vermelho pôr-do-sol, dourado tom de mel e azul de lazulita. O ar estava carregado com o aroma de peixe assado, carnes grelhadas e, acima de tudo, vinho forte.

Cidadãos se juntavam em grupos, ocupados em discussões e debates acalorados. Risadas e arfadas de surpresa flutuavam pelo aposento como ondas. Homens recostavam-se contra colunas, penduravam-se nas muradas das varandas, balançando, rindo com vontade, rostos corados pelo vinho. Uma lira e um alaúde se combinavam para preencher o salão com uma melodia doce, porém enérgica, e cada refrão parecia ser marcado pelas risadas estrondosas de grupos e pares que iam de um lado do aposento para o outro, ou pelo barulho de uma ânfora que alguém deixava cair, seguida de uma saudação calorosa.

Ao ouvir um desses estrépitos logo atrás dela, Kassandra instintivamente levou a mão até seu cinturão para pegar a lança — então ajeitou a barra de sua *stola* azul ateniense, amaldiçoando a ausência das armaduras e armas de mercenária.

— Você deveria ser o simposiarca, não? — perguntou ela, com um olhar malicioso. — Aquele que *impede* que eles fiquem bêbados demais.

A seu lado, Heródoto deu de ombros:

— Em teoria. Uma tarefa bastante semelhante a agarrar um lobo raivoso pelas orelhas. — Ele gesticulou com sua taça ainda não preenchida na direção dela, mostrando-lhe a criatura horrível coberta de furúnculos pintada no fundo do interior. — A ideia é eles beberem mais devagar para não serem os primeiros a ver a monstruosidade no fundo da taça. Aparentemente, dá azar.

Kassandra deu uma olhada ao redor. Todos pareciam muitíssimo interessados naquele azar. Ela viu um sujeito virar sua taça para terminar a bebida e fez uma careta para a coisa pintada na base do recipiente.

— Aquilo é...

— Um pênis enorme, raivoso e inchado? — Heródoto terminou por ela. — Sim, Príapo ficaria orgulhoso. Supostamente, os tipos diplomáticos daqui deveriam ser reservados e cautelosos demais para inclinar a taça tão para trás a ponto de revelar a imagem. Mas...

Ele não precisou falar mais nada, pois o bêbado segurou a taça sobre a virilha como se a imagem do pênis fosse sua. Ele fez uma dancinha e uma dezena de outros homens explodiu em risadas.

— Parece errado, não? — observou Heródoto. — O campo está em chamas, as ruas estão abarrotadas de refugiados... e aqui em cima os homens que deveriam estar encaminhando a cidade para a segurança enchem a cara de vinho e apuram suas mentes. Mas você viu como é fora da cidade. Os espartanos estão aqui e estamos encurralados dentro desses muros como cães. No fim do mundo, quem dita como as pessoas deveriam se comportar? — questionou ele, e logo jogou a cabeça para trás com uma gargalhada. — Estou ficando dramático, algo que é melhor deixar para os especialistas no assunto. — Heródoto apontou para alguns dos presentes. — Para falar a verdade, Péricles promove esses encontros não porque é fã de multidões, mas para que as vozes mais altas de Atenas continuem a seu favor. E nem todas as mentes aqui estão tomadas pelo vinho. Vá, converse com aqueles que não estão cambaleando ou vomitando. Essas são as pessoas em que Péricles verdadeiramente confia, aquelas que carregam o destino de Atenas nos ombros. — Ele entregou a Kassandra uma cratera de vinho e uma de água. — Fique com isso e, antes de pedir informações a qualquer um, encha suas taças. Quem pedir uma boa quantidade de água para diluir o vinho é alguém com quem vale a pena conversar.

Heródoto se afastou para conversar com um grupo de homens grisalhos, e Kassandra de repente sentiu as paredes da mansão se fechando em volta dela. Cada um dos homens ali era intimidador. Vividos e exalando experiência. Ela se sentiu como uma menina, deslocada. Que tolice, pensar que poderia conseguir informações desses tipos arrogantes. Alguns a olhavam de cima, desviando os olhos quando ela fazia contato visual. Kassandra respirou fundo e entrou no mar de desconhecidos.

Ele a viu chegar à medida que o crepúsculo deixava Atenas sob um véu escuro. O maldito historiador a acompanhava. Que maravilhosa e inesperada mudança de rumo, ele matutou, passando o dedo pelo contorno de sua máscara. Agora ele não teria que caçá-la pelas ruas nojentas da cidade. Agora poderia lidar com ela — e com o maldito historiador — bem ali, na mansão de Péricles. Ele estalou os dedos e as quatro sombras se posicionaram rapidamente.

Kassandra viu um sujeito baixo, com nariz achatado, barba escura e incrivelmente peludo sorrir para ela e lhe deu as costas. Ao avistar outro, um homem com rosto aquilino — que parecia transbordar conhecimento e parecia razoavelmente confiável —, ela seguiu em sua direção.

— Vinho? — perguntou.

O homem olhou através dela, então deslizou delicada e silenciosamente pela parede até se sentar, sua cabeça se inclinando para a frente e um ronco serrilhado e abastecido pelo vinho saindo de suas narinas.

— Aparências podem enganar — disse uma voz junto a seu ombro.

Ela se assustou, se virando para não encontrar ninguém, então abaixando o olhar para ver o homem baixo, peludo e risonho de momentos atrás, que tinha agora se aproximado dela. Ele vestia um himácio — uma veste antiquada que deixava metade de seu peito nua — e caminhava com a ajuda de uma bengala. Kassandra olhou de soslaio para ele.

O sujeito sorriu, ajeitando a postura e deixando sua bengala de lado.

— Sim, sou jovem demais para precisar dessa bengala, mas gosto de brincar com as percepções das pessoas. Fazer suposições é a base da ignorância, como algemas para a mente. Quebre-as e uma estrada maravilhosa se abre: da ilusão, passando pela crença, indo além da razão... até o puro e dourado *conhecimento*. E conhecimento não é a única verdadeira mercadoria nesse mundo?

Kassandra olhou para ele sem expressão por um tempo.

— E você é? — perguntou ela, estendendo a cratera de vinho para encher sua taça.

Ele gesticulou com a cabeça para a cratera de água.

— Pergunte a qualquer um e dirão que sou Sócrates, mas um nome não lhe diz nada. Nossas ações determinam quem somos, e cada ação tem seus prazeres e seu preço. Dito isso, então, quem você alega ser?

Os olhos dela se estreitaram.

— Kass...

— Kassandra. — Ele terminou por ela. — Péricles explicou que você estaria aqui essa noite.

Kassandra viu Heródoto e Sócrates trocarem um caloroso e solene olhar de longe. Suas dúvidas diminuíram um pouco.

— E onde está Péricles?

Sócrates deu uma risada.

— Ele raramente comparece às próprias festas.

— Imagino que esteja chateado com o ostracismo de seu amigo — observou ela.

O resultado tinha sido anunciado logo antes do crepúsculo. O pobre Anaxágoras tinha sido exilado por dez anos.

Sócrates soltou mais uma risada.

— Muito pelo contrário. Ele estava cantando como uma cotovia sobre isso mais cedo.

Kassandra virou a cratera de vinho na direção da própria taça, enchendo o copo e dando um longo gole. O vinho era ácido e forte.

— Não compreendo. Por que ele desejaria que seu próprio amigo fosse exilado?

— As coisas raramente são o que parecem, Kassandra. Anaxágoras também é meu amigo. Na verdade, ele foi meu tutor, plantando as primeiras sementes de luz aqui em cima. — Ele tocou os dedos na própria têmpora e bebeu um gole de seu vinho. — Mas eu também sussurrei uma prece em agradecimento aos deuses quando o resultado foi anunciado. Compreendo sua confusão. Mas pergunte a si mesma: de que vale assistência e abrigo... em um ninho de víboras? — Ele se aproximou um pouco mais dela. — Anaxágoras corria perigo aqui. *Muito* perigo. A maior parte das pessoas neste aposento tem o mesmo problema. — Ele apontou para um sujeito alto de túnica amarela coberta de poeira branca. Ele estava empilhando ornamentos sobre uma mesa como uma torre, entusiasticamente descrevendo as proporções de sua "construção" para um círculo de pessoas que havia se formado. — Aquele ali, Fídias, é o chefe de escultura e arquitetura da cidade, o criador da grande estátua de bronze de Atena e do templo inacabado. Mas ele não está em segurança e espera ser o próximo a encontrar uma passagem segura para sair da cidade.

— Mas fugindo... de quem? — perguntou a mercenária, cautelosa.

O olhar brincalhão de Sócrates desapareceu.

— Pode escolher. Essa cidade é um ninho de cobras, Kassandra.

Quando o rosto dela ficou sério e seus olhos se tornaram atentos, Sócrates percebeu a mudança e colocou a mão sobre seu ombro, apertando.

— Mas há muita gente boa também, especialmente aqui. Olhe à sua volta; entre os inebriados você poderá ver algumas das mentes mais brilhantes de Atenas: Tucídides, um bom soldado e um líder de soldados ainda melhor... apesar de invejar Heródoto e um dia querer escrever histórias como ele. — Sócrates apontou para um homem jovem, parcialmente calvo e com um rosto sério cercado por sujeitos de aparência militar, considerando seus corpos cobertos de cicatrizes. Em seguida apontou para um trio em um debate acalorado. — Eurípides e Sófocles ali, uma dupla de amáveis bodes velhos. Mestres da tragédia poética. E Aristófanes, que adora inserir uma dose de perspicácia cômica em suas obras, e que adoraria inserir algo mais em Eurípides, aposto.

Um sujeito de rosto aflito e tufos de cabelo escuro nas laterais de uma careca passou cambaleando por Sócrates, balançando a mão com desdém.

— Sirva um pouco de vinho para ele e siga em frente — aconselhou o desconhecido a Kassandra. — Ou essa bexiga de peixe enfurecida vai começar com suas perplexidades, falando besteira, dizendo que a noite é dia e que o dia é noite. E que somos cegos por não conseguir enxergar!

— Ah, Trasímaco, meu velho parceiro de debates nos assuntos da mente — respondeu Sócrates com um tom totalmente contrastante.

Trasímaco parou e encarou Sócrates. Ele cerrou os punhos e seus lábios se moveram como se dissessem *releve essa criatura*. Ele olhou para Kassandra.

— Se você busca conhecimento, então fale com outra pessoa.

— Realmente — concordou Sócrates. — Há muitas mentes grandiosas nesse aposento. Sófocles é sábio, Eurípides é mais sábio...

— Mas, de todos os homens, Sócrates é o mais sábio! — gorjeou um homem completamente bêbado ali por perto.

O rosto de Trasímaco era uma pintura, disparando adagas incandescentes contra o bêbado distraído.

— Vamos lá, Trasímaco. Talvez *você* seja agora o mais sábio. Finalmente viu a luz naquele assunto da justiça?

Trasímaco deu um passo para longe de Sócrates como se fosse embora, mas parou, se sacudiu levemente e depois girou para encará-lo, fisgado como uma truta:

— *De novo* isso?

Kassandra disfarçou uma risada tomando outro gole de vinho.

— Nós estávamos discutindo a natureza dos governantes e a administração da justiça — explicou Sócrates a Kassandra. — Não há lugar melhor para fazer isso do que no lar de Péricles, você não concorda? Eu simplesmente perguntei ao meu amigo aqui, e vou perguntar novamente: você concorda que o ato de governar é uma arte?

Trasímaco bufou com escárnio.

— Sim, é uma arte, como todos os atos do homem são. Isso não está aberto à discussão.

— Muito bem. — Ele deixou um momento passar, o suficiente para Trasímaco baixar a guarda, então continuou: — Mas a medicina é para o bem do paciente e não do médico. Carpintaria melhora a construção, não o construtor. Então a arte de governar não é para o bem do governado em vez do governante?

Trasímaco encarou Sócrates com impaciência.

— O quê? *Não!* Você não escutou nada do que eu falei?

Sócrates rebateu a ira transbordante do homem com um plácido sorriso amarelo.

Kassandra tomou outro grande gole de vinho.

— Justiça só é boa se servir à liberdade — arriscou ela, confiante... ou talvez levemente bêbada.

— Mas a justiça não é um conjunto de regras que devemos todos obedecer? — Sócrates fez a pergunta para os dois. — Não é, por definição, *oposta* à liberdade?

Trasímaco respondeu primeiro:

— Não, porque sem regras haveria anarquia e apenas os poderosos seriam livres.

— E devemos entender isso como algo diferente do mundo em que vivemos?

— Claro que não! — gritou Trasímaco.

— Espere... O que você está tentando dizer? — perguntou Kassandra, sua mente dando voltas, agora compreendendo as frustrações de Trasímaco.

— Eu nunca *tento* dizer nada... — começou Sócrates.

— Não, ele nunca tenta — concordou Trasímaco rispidamente.

— ... Estou apenas explorando suas ideias — completou Sócrates.

Trasímaco passou os dedos pelos tufos gêmeos de cabelo e soltou um impropério leve, depois deu meia-volta e desta vez foi embora de verdade.

Sócrates riu como um menino.

— Desculpe por isso. Não consigo deixar de provocá-lo. Ele procura respostas em vez de perguntas.

— Eu também — disse Kassandra com firmeza. — Estou procurando uma mulher que fugiu de Esparta.

Sócrates olhou para um espelho de bronze polido em uma parede próxima, atraindo os olhos de Kassandra para lá também. Ela encarou o próprio reflexo.

— Lá está ela. — Ele sorriu.

— Muito perspicaz. Mas estou procurando outra mulher. Uma que fugiu há cerca de vinte anos.

— Você tem ideia de quantos desconhecidos passaram por Atenas nessa última lua, quanto mais nos últimos vinte anos?

Ela suspirou.

— Não. E nem sei se ela veio para cá.

Sócrates sacudiu a cabeça, mordendo o lábio inferior, pensativo.

— Se ela foi para o norte por terra, então sua rota teria necessitado de uma passagem pela Argólida.

O coração de Kassandra murchou. Ela nem sabia se sua mãe tinha ido a pé.

— A Argólida é vasta.

— É mesmo — concordou Sócrates. — Mas também é montanhosa e cheia de bandidos. Viajantes raramente saem da rota mais popular, uma rota que passa por Epidauro e pelo Templo de Asclépio. Os sacerdotes de lá são famosos por oferecer abrigo aos andarilhos e aos necessitados.

— Sacerdotes? Levando em conta as coisas pelas quais essa mulher passou, duvido que ela teria se dado bem com eles.

— Ah — sussurrou Sócrates —, mas há outra pessoa naquelas partes. Meu amigo Hipócrates, um médico, pratica lá. Ele não é sacerdote e tem uma boa memória para detalhes, rostos. Uma vez ele quase fez Trasímaco chorar, tamanha a sua facilidade para ridicularizar os argumentos do homem com as suas lembranças precisas. Ele mais do que qualquer um se lembrará daqueles que passaram por lá indo para o norte a partir de Esparta. Especialmente uma mulher... viajando sozinha?

Kassandra assentiu silenciosamente.

— Então vou procurar Hipócrates — disse ela, agradecida, mas também desanimada com a imprecisão da pista.

Sócrates pediu licença, citando a necessidade de usar as latrinas... apenas para seguir na direção de Trasímaco, já novamente relaxado, e recomeçar a torturá-lo com suas perguntas.

Sozinha outra vez, Kassandra andou pela multidão. O homem de rosto aquilino estava agora encharcado em seu próprio vômito, outros dois estavam bebendo direto da ânfora e outro estava discutindo com uma parede. Ela parou perto do trio que Sócrates tinha apontado mais cedo: Eurípides e Sófocles, os poetas e amantes, e Aristófanes, o espírito cômico, parado como um machado entre os dois tipos encabulados, suas gengivas balançando e os ouvintes próximos gargalhando com gosto.

— Vocês devem ter me visto fazendo minha imitação de Cléon. Eu a chamo de "O Macaco Alaranjado". Digam: o que vocês acharam?

Aqueles que estavam próximos zurravam e cacarejavam em elogios enquanto Aristófanes pulava de um pé para o outro, grunhindo e balançando os braços. Então todos ficaram em silêncio e olharam para Eurípides, que não tinha dado o seu veredito. Em vez disso, ele olhava para suas sandálias.

Aristófanes bateu firmemente com a mão no ombro de Eurípides.

— Homens bons levam vidas tranquilas, como o velho Eurípides gosta de dizer, não é mesmo, Eurípides?

Eurípides abriu a boca, mas não falou nada, apenas concordou com a cabeça timidamente.

Aristófanes continuou a tagarelar exuberantemente, traçando uma crítica elogiosa às suas próprias obras dramáticas, enquanto Sófocles se movia atrás dele, tentando fazer contato visual com seu amante. Mas Aristófanes estava determinado a ter Eurípides só para ele, ao que parecia.

— Todos os três se amam, na verdade — disse uma voz suave atrás de Kassandra.

Kassandra girou. Nada.

— Aqui embaixo — continuou a voz.

Kassandra abaixou o olhar até a altura de sua cintura. Uma menina de olhos inocentes a encarava, mordendo o lábio, rosto enrugado com culpa e uma ponta de rebeldia.

— Phoibe?

Phoibe envolveu a cintura de Kassandra com os braços.

— Eu senti tanta falta de você — gemeu ela contra a *stola* da mercenária. — Depois que você foi embora, Markos cuidou bem de mim, mas então ele descobriu sobre o olho. Ele me convenceu a emprestá-lo para que pudesse investir e me prometeu que dobraria o seu valor.

A menina suspirou.

— Phoibe, você não...

— Ele perdeu tudo.

Kassandra cerrou os dentes.

— É claro que ele perdeu.

— Ele passou muito tempo aflito. Foram só as suas novas e mais terríveis ideias de negócios que o fizeram voltar ao que ele era. Markos queria roubar um rebanho de bois da propriedade ao norte do Monte Ainos. Era um plano ridículo que envolvia eu usar uma fantasia de vaca. — Ela sacudiu a cabeça. — De qualquer forma, faz um ano que você foi embora, e eu sabia que tinha que vir procurá-la. Subi escondida a bordo de um dos barcos de suprimentos que traziam madeira para Pireu. Agora eu trabalho para Aspásia, esposa de Péricles. Sou uma criada, sim, mas pelo menos não tenho que vestir fantasia de vaca. Eu sabia que você acabaria vindo até aqui. Todos vêm, pelo que dizem. Hoje à noite, quando a vi, eu...

Ela ficou em silêncio, seus olhos se enchendo de lágrimas. Kassandra a abraçou com força, beijando o topo de sua cabeça, desfrutando do aroma familiar de seu cabelo, pisando nos poços profundos de emoção que tentavam se erguer em seu coração.

— Diga por que... por que você não voltou a Cefalônia — pediu Phoibe —, mesmo que apenas para me avisar que estava bem.

— Porque saí em uma busca que criou chifres, tentáculos e garras. — Kassandra suspirou. — Minha mãe está viva, Phoibe.

Os olhos da menina se arregalaram.

— Ela está viva? Mas você me contou...

Kassandra colocou um dedo sobre os lábios da garota. Phoibe era uma das poucas pessoas que sabiam de tudo.

— Eu lhe contei o que achei que era verdade. Eu estava enganada. Ela está viva. Onde, eu não sei. É por isso que estou aqui. Alguém aqui pode saber.

— Aspásia a ajudará — disse a menina, confiante, se ajeitando. — Todos aqui sabem de alguma coisa, mas ela sabe de quase tudo. Ela é tão brilhante e astuta quanto o próprio Péricles. Mais brilhante até, alguns dizem.

— Onde ela está? — perguntou Kassandra, não vendo nenhuma mulher presente.

— Ah, ela está aqui.

Phoibe sorriu maliciosamente.

Tucídides e seus homens militares chamaram Phoibe, balançando suas taças de vinho vazias. A menina revirou os olhos e correu para servi-los.

Kassandra foi para um canto do aposento, apoiou um ombro na beira de um portal e tentou pensar em quem abordar em seguida. De trás da porta — trancada — ressoavam vozes abafadas. Seus ouvidos se aguçaram e cada palavra parcialmente formada que ela ouvia era como uma moeda brilhante caindo em sua bolsa. *Qualquer coisa*, pediu, *até mesmo a menor pista.*

— Mais, mais. Sim... *sim!*

Um grunhido satisfeito. Um som de sucção e então um estalo, rapidamente seguido por uma arfada de deleite e um grito conjunto de prazer de um grupo de vozes. Instintivamente, Kassandra se afastou, como se a própria parede fosse parte desse encontro libidinoso. A porta chacoalhou com a força do seu movimento.

Passos, então a porta se abriu. Uma visão loura estava de pé do lado de dentro, esculpida e jovem, com uma postura orgulhosa. Ele tinha a pele pálida e olhos azuis e usava apenas um cordão de couro no pescoço e um lenço de seda translúcida em volta da cintura. *Uma postura orgulhosa em todos os sentidos*, percebeu Kassandra, inclinando a cabeça para um lado e então levantando os olhos novamente. Atrás dele, a sala brilhava com a luz de algumas lamparinas a óleo e se enevoava com a doce fumaça do incenso, o vapor de uma banheira rebaixada e o calor de corpos nus. Homens e mulheres se contorciam sobre camas e divãs, por todo o chão e debaixo da mesa. Traseiros brilhavam e peitos balançavam — tudo com os mais variados padrões, gemidos de prazer e membros entrelaçados.

— Ah, outra participante? — O homem de cabelos dourados sorriu.

— Possivelmente — respondeu Kassandra, vendo uma abertura.

— Alcibíades. Sobrinho de Péricles.

Ele se curvou, segurando e beijando a mão da mercenária, seus olhos absorvendo cada contorno de seu corpo.

— Estou procurando uma mulher — anunciou Kassandra.

O sorriso de Alcibíades se alargou e ele estendeu a mão, apontando para uma mulher voluptuosa mais velha, sentada sozinha ao lado da banheira rebaixada. A mulher olhou para Kassandra com luxúria, passando a língua sobre seus dentes perfeitos, seu cabelo preto caindo em cachos sobre seus ombros enquanto ela abria as pernas.

Kassandra arqueou uma sobrancelha.

— Não, não foi isso que eu quis dizer.

— Um homem, então? — sugeriu ele, seu lenço se erguendo na cintura.

— Depende do que esse homem pode me contar.

— Eu posso contar qualquer coisa que você quiser ouvir. Venha, venha.

Ele a convidou para o aposento. Kassandra deixou suas crateras de água e vinho no chão e entrou.

— Estou buscando uma mulher chamada...

Alcibíades ergueu uma das mãos na frente dela, como uma barreira, interrompendo sua fala e fechando a porta com um estalo. Com a outra mão, ele delineou os seios de Kassandra. Ela cerrou os punhos, sentindo o forte impulso de quebrar a mandíbula do homem como fizera com o espartano oportunista no acampamento de Stentor... mas então a mercenária viu um lampejo de oportunidade.

Ela relaxou o punho, se aproximou e plantou seus lábios contra os dele. O sujeito deu uma leve risada enquanto se beijavam, seus lábios quentes e úmidos, sua língua se aventurando na boca de Kassandra. Ele a envolveu com seus braços musculosos e ela o sentiu guiá-la na direção de um raro divã desocupado, mas então o interrompeu com a mão em seu peito largo, recuando, sabendo que tinha o peixe no anzol.

— Estou procurando uma mulher que fugiu de Esparta há muito, muito tempo — disse

Alcibíades gemeu, seu rosto ainda contorcido para mais beijos, olhos ainda parcialmente fechados. Quando percebeu que o encontro estava suspenso até que respondesse, sacudiu a cabeça como se tentasse afastar a bruma do desejo.

— Fugiu de Esparta? Ninguém *foge* de Esparta. E sozinha? — Ele soprou ar pelos lábios em uma expressão de desdém. — Mas vamos fingir que fugiu. Se viesse a Atenas sem um acompanhante homem, seria detida. Em Tebas, na Beócia, em todos os outros lugares seria a mesma coisa. Se fosse esperta, teria ido para o único lugar em que mulheres podem ser livres e independentes.

Kassandra encarou o homem, seus olhos duros exigindo o resto da resposta.

— Coríntia — disse ele. — As *Hetaerae* dos templos são o coração daquela cidade. Sim, elas se deitam com homens por dinheiro e presentes, mas apenas porque esse é o desejo dos deuses. Elas são fortes, livres... — Seus olhos ficaram distantes, seus lábios se virando para cima com alguma lembrança libidinosa. — Criativas.

Kassandra estalou os dedos algumas vezes diante dos olhos de Alcibíades, quebrando o encanto. Ele sacudiu a cabeça.

— Anthousa é aquela com quem você deve falar. Coríntia está aos seus cuidados tanto quanto Atenas está aos cuidados de Péricles... — Ele suspirou, olhando por cima do ombro de Kassandra na direção da porta. — Por enquanto, pelo menos.

Do lado de fora, ela ouviu uma voz abafada. Alguém falando em um tom tenso e assustado. *Heródoto?*

Ela se afastou do homem, intencionalmente roçando no lenço que cobria sua virilha.

— Obrigada, Alcibíades. Talvez na próxima vez que nos encontrarmos eu possa lhe mostrar uma coisinha ou outra.

Ele a olhou de cima a baixo mais uma vez com um suspiro, percebendo agora que não a conquistaria.

— Se você vir Sócrates lá fora, mande-o entrar, por favor. Estou de olho nele há muito tempo, mas ele continua se livrando das minhas garras com suas palavras. É como um gato azeitado

Kassandra saiu da sala da orgia e voltou para o *andron*. Heródoto não estava ali. Ela olhou para todas as direções. Foi então que *o* viu. *Ele*. Não era diferente dos outros em sua aparência: bem-vestido, apesar da simplicidade, com um *exomis* e sandálias de couro, conversando em voz baixa com os acompanhantes de Tucídides. Usava uma barba quadrada, seus cabelos finos, oleosos e escuros penteados para trás sem divisão. Ela não teria dado atenção a ele se não tivesse notado que um de seus olhos era mais claro que o outro... e as marcas nos dois pulsos: cicatrizes irregulares e rosadas — que tinham acabado de fechar. Sua mente foi tomada por lampejos de imagens da última reunião a que tinha comparecido — um evento muito mais sombrio — e do patife mascarado que havia cortado a própria pele na estátua da cobra para fazer uma oferenda de sangue.

Não deixe as presas secarem, vá em frente, faça uma oferenda...

Paralisada pela indecisão, ela o observou. Será que ele sabia que Kassandra estava ali? Será que ele estava ali para atacar Péricles? E quanto a Phoibe? Seus batimentos cardíacos aceleraram, como um cavalo em fuga. A mercenária recuou para um canto do aposento, servindo para si uma taça inteira de vinho de uma cratera. Deixe que eles se assustem com como eu bebo sem diluir, zombou ela internamente. *Eu preciso disso.* Kassandra ergueu a taça até os lábios, então alguém colocou a mão em seu cotovelo.

— Finja beber, mas não beba — disse uma voz delicada, porém forte. — Hermipo batizou esse vinho com veneno. Se beber, ficará inconsciente quase imediatamente. Duas coisas acontecerão depois disso. Você pode nunca acordar, e isso provavelmente seria uma bênção, ou você recuperará os sentidos em uma caverna escura em algum lugar, acorrentada, à mercê de Hermipo e sua laia.

Kassandra ficou arrepiada, mas fez o que a voz sugeriu, "sorvendo" o vinho. Os olhos de cores diferentes continuaram a cair sobre ela de relance, como um batimento cardíaco lento e constante. Quando ele a viu "beber", as covinhas sobre sua barba se aprofundaram e uma expressão de grande satisfação se espalhou por seu rosto.

Kassandra entrou atrás de uma coluna polida de mármore de veios vermelhos, se posicionando em uma colunata de sombra. Ali, escondida dos olhares do salão, ela se virou para a voz. Uma mulher com uma *stola* roxa e um peitoral dourado. Ela era mais velha do que Kassandra e muito bonita. Seu cabelo escuro formava um penteado alto sobre a cabeça, e seu rosto estava empoado e pintado. Embora seus lábios fossem marcados em ocre com um sorriso malicioso, Kassandra viu que estavam na verdade retos, sérios. Seus olhos — como poços negros — investigavam os de Kassandra, explorando a fundo.

— Aspásia? — sussurrou ela.

A mulher assentiu delicadamente.

— Phoibe me contou que você poderia precisar da minha ajuda. Bem, agora você a tem. Hermipo está aqui, então você pode ter certeza de que há mais deles. Ele logo perceberá que seu veneno não funcionou, e qualquer ardil que eles tenham como plano reserva será colocado em prática. Você precisa sair dessa casa, sair de Atenas... *agora.*

Suas palavras eram suaves e delicadas, mas ao mesmo tempo duras como o formão de um escultor batendo na pedra.

— Mas vim até aqui para conversar com essas pessoas. Estou procurando o paradeiro de minha mãe, mas até agora só juntei alguns poucos conselhos: falar com um curandeiro em Argólida e uma prostituta do templo em Coríntia. Talvez amanhã eu vá embora, mas essa noite eu preciso falar com...

Suas palavras se dissiparam quando ela viu — em um corredor escuro — duas sombras se posicionando, preenchendo aquela passagem como portas de um sepulcro.

— Morra esta noite e sua busca acaba — sussurrou Aspásia, segurando Kassandra pelo braço. — Vá com o que você tem. Descubra o que puder, então retorne em um momento mais seguro.

Kassandra olhou para o outro lado do corredor. Ali, mais duas sombras se posicionavam.

— Venha comigo — disse Aspásia, guiando a mercenária rapidamente até uma antessala e fechando a porta. Ela foi até um painel na parede e acionou a alavanca ao seu lado. O painel deslizou, revelando uma escada de pedra coberta de teias de aranha que desaparecia no leito de rocha da acrópole. — Essa passagem leva à cidade baixa. Tenho um homem esperando lá. Ele a guiará em segurança de volta até o porto de Pireu.

— Mas Heródoto...

— ... já está com meu homem.

— E Phoibe...

— Ficará segura aqui — rosnou Aspásia, empurrando Kassandra para dentro do túnel. — Agora vá para seu barco e zarpe imediatamente... *Vá!*

8

O círculo de mascarados conversava em voz baixa. A lamparina solitária no centro projetava suas sombras nas paredes da câmara: titânicas, tortas, desumanas.

— Deimos serviu o seu propósito. Ele é forte, sim, mas se debate como um touro laçado. Onde ele está agora? Ninguém o vê desde que saiu da Caverna de Gaia, quando transformou o rosto de um dos nossos em polpa.

— Ele é muito mais valioso do que o homem que matou — rebateu outro. — Ele voltará para nós quando o chamarmos.

Passos ecoaram na caverna. Eles levantaram os olhos. Suas máscaras já apresentavam sorrisos perturbadores, mas, por trás delas, cada um dos Cultistas sorria de verdade conforme o velho mensageiro entrava e se abaixava sobre um joelho, ofegante.

— Está resolvido? — sussurrou um Cultista. — Notícias de Atenas. A irmã se juntou a nós... ou está morta?

O mensageiro levantou o olhar, seus olhos arregalados e cobertos de rugas servindo como resposta.

— Ela escapou — balbuciou o velho. — Fugiu de Atenas em seu barco. Hermipo e os outros quatro que estavam lá para interceptá-la a perseguiram em duas galés atenienses, mas... — Ele parou para engolir em seco. — A galé da irmã era como um tubarão, partindo um barco no meio e ateando fogo no segundo.

O Cultista que tinha falado olhou fixamente para o velho mensageiro por algum tempo. Todas as cabeças se viraram para os espaços vazios no círculo.

— Então ela enviou cinco de nossos membros a Hades? — questionou o homem, com uma ponta de respeito.

O mensageiro assentiu.

— Todos a bordo daquelas galés pereceram.

O Cultista deu um passo à frente, balançando a cabeça em concordância e tocando com um dedo os lábios de sua máscara, pensativo.

— Você se saiu bem, velho — disse ele, segurando o queixo do mensageiro com uma das mãos. — Você fez o que lhe foi ordenado sem falhas. Posso confiar que não sussurrou qualquer palavra sobre para quem você estava trabalhando?

O velho homem balançou a cabeça orgulhosamente.

— Excelente trabalho.

O Cultista delicadamente colocou a outra mão na parte de trás da cabeça do velho, então a girou totalmente para a direita... então um pouco mais. A cabeça do mensageiro travou e ele uivou:

— O que... o que você está fazendo?

Mas as mãos do Cultista ficaram brancas, tremendo com o esforço. O velho mensageiro agarrou e tentou remover a mão do homem mascarado, mas o Cultista continuou fazendo força até que, com um estalo, a cabeça do mensageiro girou completamente. O Cultista recuou. A cabeça do outro rolou frouxamente de volta à posição original e então caiu de lado — o pescoço pendurado em um ângulo nauseante e uma ponta de vértebra partida saindo pela pele. O corpo tombou para a frente enquanto o Cultista se virava para o círculo.

— A captura da irmã foi apenas atrasada. Aonde ela está indo agora?

As terras da Argólida cintilavam no calor do verão. Todos os argivos com a cabeça no lugar estavam dentro de casa, protegidos na sombra de seus lares ou debaixo de árvores. Alguns, no entanto, não podiam se dar o luxo de deixar escapar a chance de estar naquela vasta baía, não enquanto *ele* estava ali. Um homem pequeno e careca, com um único cacho de cabelo castanho saindo da parte da frente de sua cabeça, caminhava entre as centenas de sujeitos sentados ou deitados: simples homens do campo, cabeças apoiadas em suas túnicas ou em pedras, chorando, gemendo; soldados de Esparta e de Atenas, apertando ferimentos graves, desatentos à proximidade de seus inimigos; mães segurando bebês silenciosos em seus braços, rezando, chorando. Ele puxou as dobras de sua *exomis* roxa, colocou seu cesto de vime no chão e agachou ao lado de um jovem — um aprendiz de carpinteiro, supôs, levando em consideração os cortes e os calos em suas mãos. O jovem olhava para o céu, pálido e perdido, seus lábios se movendo lentamente, tremendo. Seu rosto estava salpicado com chagas vermelhas.

— Minha mãe e meu cachorro esperam por mim na ilha de Ceos. Disseram que você me curaria — sussurrou o jovem. — Viaje até Argólida e a baía perto de Epidauro, disseram. O grande Hipócrates está lá. Ele pode curar qualquer um... trazer os mortos à vida novamente.

O rosto de Hipócrates se enrugou com um sorriso torturado. O rapaz tinha todos os sintomas.

— Durante todo o caminho até aqui, sonhei apenas com uma coisa. Voltar para eles, ter minha mãe em meus braços novamente, beijar a cabeça do meu cachorro, deixá-lo lamber meu rosto.

A visão de Hipócrates ficou turva com as lágrimas. Não havia como o rapaz voltar para casa, não naquele estágio da doença. Tudo o que o esperava era uma longa e tenebrosa caminhada até as garras do Barqueiro.

— Aqui, rapaz — disse ele, passando a mão no cabelo do garoto e levando um pequeno frasco até seus lábios. — Aqui está a cura.

O rapaz tremeu com o esforço para levantar a cabeça, então bebeu o líquido com prazer. Hipócrates permaneceu ali, acariciando a cabeça do garoto, sussurrando palavras reconfortantes para ele sobre a jornada para casa, sobre sua mãe e seu cachorro. Horas se passaram e o meimendro preto anestesiou o corpo do rapaz, aliviando seu sofrimento. Mas aquilo não era uma cura. Depois de um tempo, os olhos do garoto — transbordando de ternura — se fecharam para sempre.

O curandeiro se levantou, o peso invisível em seus ombros acrescido de mais um homem. À sua volta, dezenas o chamavam, gemendo debilmente por atenção, muitos com os mesmos sintomas do garoto. Tão poucos entre eles poderiam ser salvos, Hipócrates percebeu. *Mas tenho que tentar. Por favor*, ele se enfureceu internamente, olhando para os céus, *deixe-me encontrar uma cura.* Os deuses não responderam.

Ele se virou para uma mulher cujos ossos saltavam debaixo da pele flácida e fez menção de seguir até ela, quando uma dupla entrou em seu caminho e parou ali como um portão. Ele soube imediatamente que não eram pacientes — nem soldados destruídos pela guerra, nem camponeses acometidos pela doença estranha. Em seus olhos, ele não viu esperança de salvação, mas malícia gélida, cintilando como joias. Um deles, de cabelo na altura dos ombros contido por um arco de bronze, sorriu — a expressão completamente desalinhada com os olhos.

— Hipócrates — gorjeou. — Ficamos surpresos quando não o encontramos no santuário no interior. Não é lá que todos os curandeiros devem praticar?

— Curandeiros devem praticar onde houver doentes para curar — respondeu ele calmamente.

A dupla se olhou. Hipócrates soube naquele momento quem eram, mesmo antes de ver o vulto solitário observando de uma encosta mais adentro. Uma mulher, cabelo preto com uma mecha branca junto a uma das têmporas, sua expressão glacial.

— Por que não vem conosco, Hipócrates? — disse o segundo homem, um sujeito cuja cabeça parecia um nabo disforme. O olhar sério que ele lhe dirigiu em seguida deixou claro que aquilo não era de fato uma sugestão.

Eles o afastaram da baía, levando-o para o interior, na direção da montanha. A trilha os levou por um vale baixo, cercado por choupos e tomado pelo odor bolorento de samambaias e fungos, os sapos coaxando enquanto eles passavam. Cheio de arrogância, Hipócrates havia desprezado os avisos de Péricles sobre ir até ali sozinho. Sócrates também tinha implorado: *Leve um acompanhante!* Mas levar um único hoplita ateniense até aquele local seria alastrar a guerra até ali — Argólida, uma antiga inimiga traiçoeira de todos, empoleirada no ombro das terras espartanas e muito próxima de Atenas, do outro lado de Golfo Sarônico.

Ele viu as formas das máscaras debaixo dos mantos da dupla, e de espadas também. *Leve alguém, nem que seja um capanga contratado,* Tucídides havia implorado. Mas não, ele sabia o que estava fazendo.

— Como isso vai acabar para mim? — perguntou, incomodado com o tremor de medo em sua voz.

— Chrysis decidirá — respondeu o homem da cabeça de nabo.

— Há um ninho de vespas na montanha onde ela está esperando. Você já viu um homem morrer com as picadas de um enxame raivoso? — acrescentou o de cabelo longo. Ele riu.

Hipócrates cerrou os punhos, lutando contra seu medo descontrolado. Haveria um curto período de dor, mas depois a libertação da morte. E fim. Ou... ele olhou para seu cesto. Um frasco da cicuta estava ali, o suficiente para terminar as coisas do seu jeito. Seu coração se partiu ao levantar o frasco, quebrar o lacre de barro, levá-lo até os lábios...

E então um borrifo espesso de matéria vermelha escura o cegou.

Com um gemido, Hipócrates cambaleou para trás, o frasco e seu cesto caindo. Ele limpou a sujeira dos olhos com as mãos, percebendo que aquilo também cobria seu rosto e suas roupas. Encarou o corpo bamboleante do sujeito de cabelo comprido: o pescoço era um cotoco úmido e vermelho, e a cabeça tinha desaparecido. O homem da cabeça de nabo estava agachado como um gato, sua cabeça girando de um lado a outro até ele ver o vulto nas árvores, ouvir o som da funda e se jogar para um lado para fugir da pedra disparada em seguida.

Com um rosnado, o cabeça de nabo levantou um braço, segurando um pequeno escudo de bronze.

— Você morrerá por isso, bandido — berrou ele para a mata. Outro projétil foi arremessado, mas o cabeça de nabo foi ágil, movendo o braço para se proteger da pedra com o escudo. — Suas pedras logo acabarão e eu não vou a lugar algum!

Foi então que ela emergiu. Como uma tigresa saltando de sua toca, coberta por uma armadura de couro gasta, um arco em suas costas, a funda em uma das mãos, frouxa. Ela a soltou, desembainhou uma meia-lança estranha e adotou uma postura semelhante à do cabeça de nabo.

Kassandra observou enquanto ele a rodeava e percebeu que o homem havia sido um guerreiro antes de ser um Cultista, tão flexível quanto era feio. Ele simulou alguns socos, rindo das reações de Kassandra.

— Você? — sussurrou ele. — Bem, eu vim atrás do curandeiro, mas pode ser que eu tenha conseguido um prêmio ainda maior hoje.

— O mesmo prêmio sobre o qual Hermipo se gabou antes de seu barco se transformar em dois menores? — rebateu ela. — Antes de ele se afogar, aos berros?

— Hermipo era um imbecil. Um elefante desajeitado. Eu sou um escorpião — sibilou o Cultista, se abaixando e atacando com a lança em uma velocidade impressionante.

Kassandra, percebendo suas intenções no último momento, pôs um pé sobre uma rocha e saltou por cima do ataque. Flutuando sobre a cabeça deformada do homem, pegou a lança de Leônidas e aplicou um golpe vertical, afundando a lâmina em seu cérebro. Uma sopa espessa de sangue escuro e matéria rosada jorrou do crânio rachado, e o cabeça de nabo tombou sobre o solo do vale com um último suspiro.

Ela voltou ao chão rolando. Levantou-se para ficar de frente para o cadáver, apenas confiando que ele estava morto quando ela mesma viu a cabeça arruinada. Um som nas samambaias atrás da mercenária a fez girar para encarar o curandeiro. Ele cambaleou e fez menção de fugir.

— Pare! Sócrates me enviou — gritou ela para o homem.

Ele desacelerou e virou.

— Sócrates? Meu amigo a enviou? — começou ele, logo arregalando os olhos ao levantar a cabeça e ver o que estava atrás dela.

A cabeça de Kassandra também girou: na encosta da montanha sobre o vale, Ikaros disparou em uma investida. A mulher com a mecha branca lá em cima levantou os braços enquanto o pássaro a atacava e então fugiu.

— Chrysis?

— Você a conhece? — perguntou Hipócrates, desconfiado.

O lábio superior de Kassandra se contorceu quando ela se lembrou da Caverna de Gaia e da mascarada que rezava.

— Eu sei que ela precisa morrer. Para onde ela fugiu?

Hipócrates ergueu as duas mãos como se estivesse acalmando um cavalo fugitivo.

— Eu vou lhe dizer, mas primeiro devemos conversar. Venha.

Eles voltaram à baía e caminharam por um tempo entre os feridos e enfermos, Kassandra banhando e fazendo curativos em soldados enquanto Hipócrates lidava com os males menos óbvios. Ela cuidou de uma menina da idade de Phoibe que tinha um ferimento infeccionado na perna causado pela mordida de um animal. Kassandra fez a atadura, então segurou o braço da menina e apertou sua bochecha. A menina deu uma risadinha. A mercenária sorriu brevemente, mas então pensou em Phoibe sozinha em Atenas e sentiu uma pontada de preocupação e uma centelha em seu coração. Apagando o sorriso e aprisionando aquelas emoções — fraquezas que poderiam significar sua morte nessa missão —, ela se virou para o próximo paciente: um homem magro que gemia, sem forças e coberto de chagas. Não havia nenhum ferimento para limpar, nenhum osso quebrado em que colocar talas. Ela segurou a mão dele por algum tempo, ouvindo suas palavras fracas enquanto ele contava a ela sobre sua vida produzindo flechas. Depois de um tempo, ele caiu em um sono leve.

— Há algo estranho surgindo em Hellas — disse Hipócrates em voz baixa, enquanto passava a mão na testa do homem.

— O Culto — concordou Kassandra.

Hipócrates soltou uma risada seca.

— Algo mais. Essa doença. Nunca vi nada assim. Ela parece ter surgido em lugares apertados. Assentamentos cheios demais. E de lá foi carregada para os portos, inclusive pelos campos.

— Se houver uma cura, você a encontrará — disse Kassandra com firmeza.

— Pois sou o grande Hipócrates.

Ele suspirou.

Os dois fizeram uma pausa na luz do fim da tarde, sentados sobre um outeiro do qual podiam avistar os abatidos — espalhados pela praia como peixes trazidos pela maré. O vento do mar batia em seus rostos enquanto Hipócrates partia um pão ao meio, oferecendo a ela uma parte junto de um pedaço de carne de cordeiro gordurosa e um ovo cozido. Kassandra comeu depressa, percebendo que havia negligenciado tais necessidades básicas durante sua fuga de Atenas — comia apenas restos aqui e ali. Ela jogou um pouco da carne de cordeiro para Ikaros. Cada um comeu uma maçã, e então beberam um odre cheio de água fresca de um riacho. Hipócrates apontou na direção da pequena forma ancorada junto à costa.

— Ah, estou vendo seu barco agora. E meu amigo, Heródoto, está a bordo?

— A contra gosto. — Ela balançou a cabeça. — Meu capitão, Barnabás, fica um pouco agitado perto dele. Ele me implorou para desembarcar, mas eu não podia arriscar trazê-lo. Não sabia o que encontraria aqui.

— Você não veio até aqui para matar Chrysis, veio? — perguntou o curandeiro, seus olhos examinando os da mercenária.

— Não, mas eu vou matá-la — respondeu Kassandra. — Vim para lhe perguntar algo. Estou procurando alguém.

Os lábios de Hipócrates se ergueram em um dos cantos.

— Eu me lembro de sua mãe — disse ele.

Um arrepio percorreu a pele de Kassandra.

— Como... como você soube?

Ele ergueu o miolo de sua maçã.

— A maçã não cai longe da árvore. Eu a vi em você no momento em que emergiu daquelas árvores.

— Então ela *realmente* passou por aqui?

O olhar de Hipócrates se virou para os pés.

— Eu era jovem naquela época. Não sabia como ajudar. Eu a mandei embora. Mas sua expressão determinada ficou gravada em minha mente. Nunca me abandonou e nunca me abandonará. Myrrine era fogo na forma de mulher!

— Você sabe aonde ela foi?

Outro suspiro.

— Não sei. Mas há um homem que pode saber. — Com um movimento por cima do ombro, ele indicou com um dedo o interior. — O Templo de Asclépio, onde eu costumava praticar, não é o que já foi um dia. Os padrões deles e os meus... divergiram, digamos. Eles parecem achar que os enfermos podem ser curados simplesmente se sentando em seus templos e bibliotecas; é bom para a alma, talvez, mas não tão útil quando seu braço está pendurado. — Ele sacudiu a cabeça como se quisesse evitar uma diatribe. — Vá até lá. Fale com Dolops, o sacerdote. Ele vive perto da biblioteca. Diga a ele que eu a enviei. Ele e seus antepassados mantiveram um registro de cada alma que passou por essas terras. Myrrine esteve aqui, então seu nome estará entre eles. Seu nome, suas doenças, aonde ela foi em seguida...

Enquanto Hipócrates descrevia onde ela encontraria Dolops, Kassandra sentiu a chama bruxuleante dentro dela — só de pensar em sua mãe aquilo já se acendia. Ela aprisionou a sensação, colocando a mão no ombro de Hipócrates e se levantando.

— Obrigada.

— Vá em boa saúde, Kassandra — gritou o curandeiro, enquanto ela seguia para o interior. — E tenha cuidado. A luz está se esvaindo e...

— E o interior de Argólida não é um lugar seguro para se vagar — terminou ela por Hipócrates.

— Realmente. Mas há algo mais que eu não lhe disse. Esse Dolops... ele é filho de Chrysis.

A noite caiu conforme ela abria caminho pela mata ao som do canto de grilos, dos pios de corujas e do uivo solitário de um lobo ao longe. Ela também percebeu o rastro de um leão e ouviu o rugido rouco e profundo da fera em algum lugar próximo entre as árvores. Tomando cuidado para ficar a favor do vento em relação aos rugidos, ela abriu caminho até ver um fim para aquele matagal.

A mercenária abriu uma fenda em uma parede de samambaias para espiar o terreno do grande e desgastado santuário: mesmo coberta pelo véu da noite, a paisagem era impressionante. Três montanhas baixas se erguiam como sentinelas ao redor da área, uma sustentando o majestoso Templo de Apolo, outra o local de nascimento do próprio legendário Asclépio. Na clareira entre as montanhas estavam algumas casas de mármore, ligadas por largas avenidas e belos jardins tranquilos. Havia um longo e majestoso pórtico e, do lado de dentro, velhos sacerdotes andavam de um lado para o outro; um ginásio, um pequeno templo, uma biblioteca e o próprio *abaton* — o salão onde ficavam os doentes —, iluminado de cima por tochas que crepitavam delicadamente; um teatro na encosta do morro e uma concentração de residências simples dos sacerdotes. Um canto órfico baixo ia e vinha no ar da noite, saindo de dentro de um templo.

Kassandra entrou silenciosamente na clareira e seguiu para a casa do sacerdote perto do prédio da biblioteca. Dolops quase caiu de sua cadeira quando ela entrou. A mercenária havia imaginado que ele poderia gritar, mas o sujeito não soltou nem um pio. Em vez disso, ele a encarou, seu rosto cinzento e abatido, seus cabelos ralos desgrenhados. Olhando para o aposento à sua volta, ela notou inscrições estranhas nas paredes, pinceladas grosseiras, as mesmas palavras repetidamente: *Por que, Mãe, por quê? Deixe-os viver!* Mas nenhum sinal de Chrysis?

Ainda com uma arrepiante sensação de inquietação, ela se sentou em frente a ele e explicou por que havia aparecido ali e quem a tinha enviado. O pânico que ele sentia diminuiu um pouco, especialmente quando ouviu o nome de Hipócrates.

— Estou procurando por absolutamente qualquer pista sobre uma mulher chamada Myrrine, por favor — repetiu ela.

A garganta de Dolops inchou como se ele estivesse engolindo uma pedra. Depois de um tempo, no entanto, ele se levantou, pegou uma tocha e, sempre em silêncio, gesticulou para que ela o seguisse noite adentro. Eles chegaram à ala aberta perto do pórtico. Ali, tabuletas de pedra estavam empilhadas ou enfileiradas como hoplitas. Ela franziu a testa, aterrorizada quando ele apontou para uma. O que era aquilo? Uma lápide? Mas Dolops entregou a Kassandra sua tocha e gesticulou para que ela agachasse. De cócoras, a mercenária passou a tocha sobre a pedra. Não era uma lápide, mas o registro de um paciente — exatamente como Hipócrates havia contado. Ela examinou as palavras gravadas.

Diodoris veio até aqui na primavera com apenas um olho. À noite, enquanto dormia no abaton, os deuses vieram até ele, aplicaram unguentos em sua cavidade vazia e assim ele acordou na manhã seguinte com dois olhos saudáveis!

Ela arqueou uma sobrancelha, quase não conseguindo evitar uma gargalhada descrente. A próxima pedra dizia:

Ah! Thyson de Hermione estava cego dos dois olhos... até que o cão do templo lambeu seus órgãos e ele se regozijou, abençoado com a visão novamente.

— Órgãos? — matutou Kassandra, se perguntando a quais órgãos aquilo poderia se referir.

E assim continuavam as pedras pitorescas: homens que engoliam sanguessugas inteiras para que as criaturas comessem suas doenças internas; o homem que foi mordido por um lobo e curado pelas presas de uma víbora; o tratamento inventivo de Asclépio para edema — que envolvia arrancar a cabeça do paciente, deixar escorrer os fluidos acumulados e então colocá-la de volta no lugar.

Kassandra sentiu os olhos ficarem secos e cansados enquanto lia sobre os registros de tratamento cada vez mais ridículos. Depois de um tempo, percebeu o véu da noite se iluminar no leste. Será que ela estava lendo há tanto tempo assim? A mercenária fez menção de se levantar, mas então o lampejo de uma palavra em uma tabuleta próxima mudou tudo.

Esparta.

Ela caiu sobre os joelhos, olhos explorando a pedra. A maior parte da superfície tinha sido arranhada às pressas.

... de Esparta... veio aqui com uma criança. Buscava... piedade dos deuses.

Kassandra se ergueu.

— Quem danificou essa pedra?

O rosto de Dolops empalideceu de medo novamente, como havia acontecido quando ela entrou em seu lar.

Cansada e dolorida, Kassandra perdeu a paciência.

— Por todos os deuses, você pode simplesmente me contar? Eu viajei por toda Hellas e essa pedra parcialmente arruinada é tudo o que tenho. Por favor, me *conte*!

Os lábios dele se abriram. A respiração parou nos pulmões de Kassandra... e ela viu por que ele não falava. O cotoco retorcido e irregular em cinza e preto era tudo o que restava de sua língua. Tinha sido recente, Kassandra percebeu, considerando como as feridas de cauterização estavam frescas.

— Sinto muito, eu... eu não percebi. Olhe, eu preciso de alguma coisa, alguma coisa mais informativa que essa mensagem parcial. Por favor, me ajude.

Ele a fitou longamente, os olhos úmidos de lágrimas, então seu olhar se fixou em um ponto acima dos ombros da mercenária.

O coração de Kassandra disparou quando ela se virou. Nada. Apenas a margem sul do vale de Asclépio. Então, lá longe, muito adiante... ela viu. Um ponto de luz na escuridão da floresta.

— A resposta está lá? — perguntou.

Ele balançou a cabeça uma vez, com tristeza.

Ela virou de costas para Dolops e partiu em uma corrida acelerada. Ikaros mergulhou do telhado do pórtico, acompanhando-a. Kassandra se embrenhou entre as árvores, atravessou a vegetação rasteira e quase não piscou enquanto corria, com medo de perder de vista aquele farol estranho. Finalmente viu o que era: um pequeno santuário redondo e esquecido — dedicado ao curandeiro Apolo Maleatas. Em seu topo havia um cone de telhas vermelhas e, à sua volta, colunas cobertas de líquen e musgo, algumas inclinadas e rachadas. De dentro, ela ouviu o delicado choro de um bebê. Confusa, Kassandra se aproximou lentamente da entrada do templo e sentiu o calor da bolha alaranjada de luz de velas em sua pele enquanto passava pelo portal. Lá estava uma mulher agachada de costas para ela, o bebê chorando em seus braços, voltado para uma velha cortina e um antigo altar de pedra. Pétalas de flores estavam espalhadas no chão. Por um momento, a chama no coração de Kassandra se ergueu e tocou cada parte de seu ser. Não podia ser, podia?

— M... Mãe? — sussurrou ela.

A mulher se ergueu e virou para ela.

— Não exatamente — disse Chrysis através de uma grade de dentes e um sorriso de tubarão. Ela segurava uma adaga sobre o peito do bebê.

O coração de Kassandra congelou.

— Apesar de que eu *poderia* ser sua mãe, se você desejasse. Meu filho verdadeiro, Dolops, é um idiota. Suponho que tenha sido ele quem me traiu.

Kassandra não falou nada.

— Sua verdadeira mãe veio até aqui... imagino que você tenha descoberto isso a essa altura — continuou Chrysis.

— Com uma criança — completou Kassandra, ofegante, vendo Chrysis, a adaga e o bebê em uma luz ainda mais lúgubre agora. — O que você fez com eles? O que você *fez*?

— O bebê sobreviveu e disso você também sabe — sussurrou Chrysis, dando um passo na direção dela. — Deimos é o *meu* menino agora, apesar de alguns do meu grupo reclamarem de seu comportamento animalesco.

— E a minha mãe?

O sorriso de Chrysis se abriu mais.

— Eu ainda me lembro da noite em que ela me trouxe a minha criança. Aquela coisa triste e patética, chorando na chuva. Ah, se eu soubesse naquela época que Myrrine tinha dois filhos... mas cá está você. Minha família está completa.

Kassandra a encarou, sua cabeça abaixada como um touro, pronto para atacar.

— Onde. Está. A. Minha. Mãe?

— Eu a deixei ir. Desconsolada, ela estava, por eu não poder salvar o pequeno Alexios.

— Mas você disse... mas... você *mentiu* para ela? Você disse a ela que Alexios tinha falecido?

— Veja, ela o confiou aos meus cuidados. Alexios era uma criança notável. Os espartanos tentaram matá-lo, mas eu o salvei, o criei. Eu lhe dei proporcionei os melhores professores em arte e guerra. Ele é meu, como são todas as crianças que Hera me traz.

As veias de Kassandra foram tomadas de gelo.

— O que você é?

Chrysis deixou o bebê sobre o altar junto às velas e deu outro passo na direção de Kassandra.

— Você sabe o que eu sou. Você sabe o que meu grupo é. Agora, para o quebra-cabeças ficar completo, nós apenas precisamos que você se junte a nós como fez Deimos. Então, Kassandra... — Ela se inclinou para falar no ouvido da mercenária, a respiração quente e úmida. — Você me deixará ser sua mãe?

O corpo inteiro de Kassandra se contorceu com horror. Ela deu um empurrão em Chrysis, que se debateu e então girou sua adaga para apontar para a mercenária. Mas quando Kassandra sacou sua lança, os olhos de Chrysis se iluminaram e ela recuou. Com um rugido, ela passou um braço sobre o altar, derrubando as velas e o bebê, que agora berrava, no chão. A cortina se acendeu com uma lambida de fogo, assim como as pétalas e as samambaias secas no chão do santuário. Chrysis saiu pelos fundos, rindo.

— Você não pode me pegar, Kassandra, ou o bebê morrerá nas chamas. Você não desejaria que outro bebê se perdesse por causa de suas escolhas ruins, não é mesmo?

Kassandra ficou parada ali, dividida pelo dilema. Mas ela só precisou de um instante para saber o que era certo. O monstro, Chrysis, podia esperar. A mercenária se enfiou entre as chamas, segurando o bebê, jogando as dobras de sua *exomis* em volta do pequenino e então também saindo pela porta dos fundos. Ela tossia, engasgada e cuspindo, e caiu sobre os joelhos, coberta de fuligem, seus olhos ardendo. Chrysis já deveria estar longe, percebeu. Então, quando levantou os olhos e viu a Cultista parada a um passo de distância, de costas para ela, Kassandra congelou.

E foi então que Chrysis caiu de costas no chão, seu rosto partido com um machado de lenhador.

Dolops caminhou silenciosamente até o corpo trêmulo da mãe e arrancou o machado. Ele moveu os lábios silenciosamente, falando com ela uma última vez: *Sinto muito, mãe... Mas agora que você se foi, os jovens podem viver.*

Com seu braço livre, ele pegou o bebê que estava com Kassandra e voltou em silêncio para a mata, a caminho do Templo de Asclépio.

9

O homem mascarado cruzou a câmara apressado, sua túnica esvoaçando com os passos largos. Ele chegou ao centro do círculo e jogou o traje no chão. Todos olharam para o pedaço de pano — rasgado de forma grosseira e manchado de marrom-escuro com sangue seco.

— Chrysis foi encontrada na floresta. Os lobos arrancaram a maior parte da carne de seu corpo, então não podemos dizer como ela morreu. Os dois que estavam lá com ela, no entanto... — Ele apontou para o novo espaço vazio no círculo do Culto — ... foram vítimas de uma lança e uma funda.

— A irmã — bradaram dezenas.

— Devíamos convocar um de nossos regimentos silenciosos e enviá-lo a Argólida para caçá-la. Ela pode ser rápida e forte, mas ninguém é capaz de lutar contra mil lanças.

— Ela não está mais em Argólida — disse o homem no centro. — Seu barco permanece atracado lá, mas ela seguiu por terra, sozinha.

— Então aonde...

Ele ergueu um dedo pedindo silêncio, então caminhou até uma parte do chão onde um mosaico apresentava o mapa de Hellas. Com a ponta de seu calçado de couro macio, ele traçou uma linha: de Argólida, seguindo para norte pelo interior e até a clavícula de terra que fazia fronteira com Megaris, parando no ladrilho escuro perto da costa, sublinhado por uma palavra.

Coríntia.

Um Cultista deixou uma risada seca sair de seus lábios. Um momento depois, outros dois se juntaram, e logo todos foram arrebatados. Um deles — com o corpo de um touro e a respiração pesada de um também — caminhou até o meio e girou em seu lugar, braços abertos em um gesto glorioso.

— É lá que sua jornada termina. Está na minha hora de voltar para casa.

* * *

Kassandra sentiu seus pulmões se esforçarem mais do que o normal enquanto caminhava pelas ruas de Coríntia. A cidade estava coberta por uma bruma amarelada de fumaça do templo e poeira, e as construções excessivamente altas, de cores berrantes, assim como as mansões, se agigantavam na estrada. Ela tinha ouvido muitas coisas sobre a cidade: movimentada, aliada dos espartanos e rica. Mas hoje as ruas estavam desertas.

O mercado era apenas uma carcaça de barracas vazias, carroças abandonadas e pilhas dos famosos jarros e vasos da região — alguns de argila nua, outros entalhados com imagens pretas e alaranjadas de deuses e antigos heróis. As tabernas eram apenas um mar de bancos e cadeiras vazios. Nenhum cidadão, nenhum comerciante, nenhuma criança brincando, nenhuma das voluptuosas e sedutoras *pornai* — as prostitutas pelas quais Coríntia era conhecida — nos becos estreitos. Os degraus para o Templo de Afrodite também estavam vazios. De vez em quando, Kassandra ouvia o chiado de cortinas ou um sussurro apreensivo, sua cabeça girando para ver os rostos pálidos se escondendo. As pessoas *estavam* ali, mas escondidas. Aterrorizadas, como se temessem uma tempestade que se aproximava. *A guerra?*, se perguntou ela. A guerra ainda não havia marcado aquele lugar — Coríntia era a superpotência naval com que Esparta contava para se defender da marinha ateniense, mas até aquele ponto as muralhas altas e sujas da cidade permaneciam intactas. Ela então viu um taberneiro. Os olhos dele se arregalaram e ele se escondeu atrás de um barril. Para sua infelicidade, ele era cerca de três vezes mais gordo que o barril. Kassandra caminhou até o homem e empurrou o barril com o pé.

— Saia — exigiu.

O taberneiro corpulento se levantou, fingindo tê-la visto somente naquele momento, começando a limpar a parte de cima do barril com um pano.

— Ah, saudações. Vinho, comida?

— Anthousa — respondeu Kassandra.

O homem se encolheu e olhou para os pés, como se estivesse pensando em se esconder atrás do barril novamente.

Kassandra agarrou o homem pelo colarinho da túnica e o puxou até seus narizes se tocarem. Ele fedia a cebolas, e sua pele estava coberta de pontos pretos oleosos.

— Eu caminhei durante um dia e uma noite desde Argólida para chegar aqui. Onde está Anthousa, senhora das *Hetaerae*?

Naquele mesmo instante, Ikaros entrou pela frente aberta da taberna, pousando sobre o balcão com um guincho, andando de um lado para o outro, derrubando algumas taças vazias.

Outro gemido, e então o homem finalmente respondeu:

— As mulheres *Hetaerae* desapareceram. Abandonaram o Templo. Elas não podiam arriscar permanecer aqui.

A testa de Kassandra se franziu. As *Hetaerae* eram muito respeitadas naquela região. Cortesãs endossadas pelo Templo, abençoadas pelos deuses, altamente educadas e muitas vezes vivendo com luxo. Se iriam expulsar alguém da cidade, as *Hetaerae* certamente seriam as últimas.

— Onde? — Ela apertou o colarinho.

— Elas estão na Fonte de Pirene — respondeu ele, apontando para o sul.

— Por quê?

— Porque ele... ele deveria voltar à cidade hoje.

— Quem?

— O gigante... o Traficante. Ele comanda os negócios nas ruas onde um dia Anthousa reinava. Anthousa é fria e cruel às vezes, mas nada comparado a... *ele*. Muitos sentiram sua ira. Ele levou todas as moedas que eu tinha aqui, e eu tinha certeza de que levaria a minha cabeça também.

Os olhos dela dispararam em todas as direções. *Não me importa quem seja esse selvagem. Tenho que encontrar Anthousa.*

Ela o soltou e estalou os dedos, chamando Ikaros. O pássaro derrubou uma última taça e corajosamente virou a cabeça na direção do taberneiro. O homem se encolheu, cobrindo a cabeça e gemendo, antes de a águia saltar do balcão e levantar voo.

Kassandra saiu pelos portões da cidade. Na luz turva, pensou ter visto guardas no alto da guarita a observando com cuidado. Ou seria apenas um truque da luz? Ela não se importou muito e virou seu olhar para os despenhadeiros altos e áridos cerca de seis quilômetros para o interior e para o imponente monte rochoso que se elevava a partir deles. A velha Fonte de Pirene ficava lá em cima, se o senso de direção do taberneiro era confiável. Ela e Ikaros seguiram pelas terras planas, os primeiros ventos do outono se metendo em seu caminho, soprando terra sobre sua pele encharcada de suor enquanto eles contornavam os muitos poços de argila abertos que salpicavam a planície.

Quando chegou aos penhascos, a mercenária subiu a trilha que dava a volta no morro, sua cabeça pesada com o esforço do caminho às vezes traiçoeiro. Uma parte era uma escalada com uma queda fatal, e ela sentiu os ventos fortes se agarrando a seu corpo como se quisessem arrancá-la dos pontos tão estreitos em que se segurava. Ao chegar ao topo, Kassandra jogou uma das mãos sobre o solo plano e começou a erguer seu corpo... apenas para avistar a ponta de uma espada bem afiada.

— Mais um passo sem a minha autorização e eu vou cortá-la do pescoço à virilha — cuspiu a mulher de rosto duro.

Nos dois lados da mulher, Kassandra ouviu o ranger de arcos tensionados e viu mais duas mulheres apontando suas flechas para ela.

Kassandra se levantou lentamente, mãos abertas, palmas viradas para cima para mostrar que ela não estava segurando nenhuma arma.

A mulher virou a cabeça para a direita. Kassandra seguiu na beira do topo do platô naquela direção, guiada pela ponta da espada. Ikaros guinchava e parecia preparado para mergulhar, mas Kassandra olhou para ele e o pássaro se afastou. Ela deu uma olhada à sua volta, para o topo da montanha varrido pelo vento e salpicado com alguns poucos pinheiros e ciprestes, mas, fora isso, árido. Então seu olhar parou sobre o edifício baixo, velho e pintado de dourado perto do centro. Blocos de silhar e pilares de cariátides cercavam um pequeno espaço quadrado. Na sombra das colunas, mulheres remendavam roupas, entalhavam madeira e carregavam animais mortos em varas. Quando viram Kassandra, muitas congelaram ou recuaram. O mesmo olhar dos coríntios. Ela viu uma menina agachada ao lado de um gato, acariciando a barriga da criatura. A *stola* imunda, o cabelo desgrenhado... por um momento, ela quase se enganou e falou "Phoibe", mas a menina se virou, viu a mercenária e saiu correndo. As grades espartanas ao redor do coração de Kassandra estremeceram, seu medo por Phoibe tentando escapar mais uma vez. Ela afundou as unhas nas palmas das mãos, reprimindo aquela fraqueza.

A mulher guiou Kassandra até a construção dourada. O vento diminuiu; ela ficou na escuridão por alguns passos antes de emergir no interior do edifício: o arranjo central era um marreco notável, posicionado sobre uma bacia lisa de mármore branco como a neve. Água borbulhava por um pequeno duto natural no chão da fonte. Alguns diziam que a velha fonte havia nascido das lágrimas derramadas pela fundadora que lhe emprestou o nome; outros alegavam que ela fora criada quando o casco de Pégaso bateu no solo. Cenas das viagens de Odisseu adornavam as paredes, e algumas mulheres estavam ocupadas retocando as partes descascadas.

A guia parou Kassandra ao lado da fonte.

— Bonito, não é mesmo? Bem, o mais recente dos mercenários dele que veio até aqui em cima se afogou naquela fonte.

— Dele? Você está falando do Traficante?

— Não se faça de boba — disse a mulher, encostando a espada nas costas de Kassandra.

— Eu não conheço e não quero conhecer o Traficante. Vim para falar com Anthousa.

— Você a encontrou.

A boca de Kassandra secou.

— Eu... eu estou procurando minha mãe — disse ela, tentando se virar e olhar para Anthousa.

Outro cutucão com a ponta da espada a manteve olhando para a fonte.

— Quem a enviou? — bradou Anthousa.

— Alcibíades.

A pressão da espada diminuiu um pouco.

— Ele saiu do cio por tempo suficiente para falar? Impressionante.

— Minha mãe fugiu de Esparta há muito tempo. Ela pode ter usado o nome Myrrine.

— Myrrine?

A ponta da espada se afastou completamente agora. Kassandra ousou se virar para a pessoa que a vigiava. As feições de granito de Anthousa se abrandaram, um brilho fraco de ternura em seus olhos.

— Ela esteve aqui, não esteve?

— Sim — respondeu Anthousa em voz baixa — e partiu mais uma vez cedo demais.

Tudo mudou em um piscar de olhos, e a ponta da espada se ergueu novamente.

— Ela me ensinou a ser quem eu sou agora: forjada nas chamas, irredutível. Uma mulher de negócios. Não lido mais com emoções. Você quer saber aonde ela foi, suponho.

Kassandra balançou a cabeça positivamente.

— Então você tem que fazer algo por mim. — A mulher olhou na direção da abertura da área cercada e da mancha distante e turva que era Coríntia. — Corre um boato de que o Traficante está voltando à cidade e ao seu depósito no porto. Liberte o meu lar. Mate o Traficante.

Kassandra acompanhou o olhar distante de Anthousa.

— Farei qualquer coisa para encontrar minha mãe. Mas me diga: quem é o Traficante?

— Ele é um demônio com sede de sangue. Grande como um touro e ainda mais forte. — O rosto de Anthousa se contorceu com nojo enquanto ela falava. As mulheres perto dela se encolheram ao ouvir as palavras. — Ele já matou três das minhas meninas e mantém mais duas, Roxana e Erinna, como reféns. Você sabe o que ele faz com suas vítimas? Ele derrete sua carne, pedaço por pedaço, com um atiçador incandescente. Apenas uma das minhas meninas já escapou de seu covil.

Ela olhou para a lateral da fonte. Havia uma garota sentada ali, com a cabeça abaixada. Kassandra podia apenas distinguir a malha amorfa de cicatrizes e as duas cavidades oculares ocas.

A mente de Kassandra disparou de volta para a Caverna de Gaia — a lembrança do selvagem irritadiço que queimava os olhos de um pobre desgraçado com um ferrete incandescente. Ela percebeu que sabia exatamente quem e o que o Traficante era.

— Eu vou matá-lo, ou morrerei tentando.

Erinna levantou a mão e segurou a de Roxana. As duas se mantiveram imóveis enquanto os passos pesados se aproximavam. Elas encararam o homem magro sentado à sua frente. Ele estava tão imundo e cheio de hematomas e cicatrizes quanto as duas. Os passos eram acompanhados por uma respiração pesada. Mais altos, mais altos... e então tudo parou. A porta da cela estalou e se abriu com um gemido. As garotas se abraçaram, fechando os olhos com força, querendo fazer esses últimos momentos juntas contar, esperando as mãos carnudas do Traficante levarem uma delas embora.

Mas foi o homem quem gritou. Elas piscaram e olharam ao redor bem a tempo de ver o sujeito de barriga para baixo, arranhando o chão, apavorado, a mão oleosa do Traficante em volta de seu tornozelo, o arrastando como um brinquedo.

— Está na hora de queimar — grunhiu o brutamontes gigantesco enquanto carregava sua vítima mais recente até a câmara principal do depósito no porto.

A porta da cela se fechou com outro estalo.

— Não há mais ninguém — sussurrou Roxana, olhando para os lugares à sua volta onde outros estiveram sentados até serem carregados daquela forma. — Na próxima vez será uma de nós. Nunca veremos Anthousa novamente.

As duas tremeram de medo quando a porta da cela voltou a estalar. Elas mantiveram o olhar fixo, vendo a haste que tinha sido habilmente posicionada no mecanismo de fechadura da porta — impedindo que ela se trancasse — caindo no chão, então ficando boquiabertas com a visão da mulher parada junto à porta, coberta de proteções de couro e armas. Ela caminhou na direção das garotas e se agachou, os olhos como lascas de pedra enquanto indicava a elas que saíssem.

— Vão, mantenham-se abaixadas e sigam até a porta principal. Corram para a fonte nas montanhas.

— Você vai nos guiar?

— Não posso — respondeu a mulher. — Meu trabalho aqui não acabou.

A câmara no coração do depósito era um mundo de escuridão, o ar se distorcendo com o calor e as fagulhas alaranjadas que voavam, pesado com o fedor da fumaça. O Traficante alimentou o fogo do caldeirão e levantou um bastão de ferro de dentro dele, se deleitando com a sopa incandescente que pingava da ponta. O homem esquelético amarrado à mesa se contorcia e gritava enquanto o bastão se aproximava de seu rosto. Uma única gota de ferro derretido caiu na bochecha do homem, derreteu sua carne e abriu caminho até o osso de sua face. Os gritos se tornaram inumanos. O Traficante segurou a cabeça dele.

— Cale a boca, desgraçado! Você está fazendo minha cabeça latejar com esses seus lamentos.

— Por favor, por favor. Chega. Eu faço qualquer coisa, eu...

— Você vai me dizer onde naquelas malditas montanhas Anthousa e suas meninas estão se escondendo? — terminou o Traficante por ele.

Fez-se silêncio.

Então o homem acorrentado soluçou:

— Não posso. Essa é a única coisa que eu simplesmente não posso fazer. Nem ninguém nessa cidade. Traí-la é trair Afrodite, ofender todos os deu...

A voz dele se transformou em um grito quando o Traficante ergueu seu atiçador como uma clava... e em seguida o golpeou verticalmente, partindo as correntes do homem e jogando o atiçador no chão. Por um momento, o sujeito estava livre. Seu queixo caiu, descrente.

E então o Traficante segurou uma ponta da mesa, inclinando-a.

— Não... não... *nããããooo!*

Kassandra estava rastejando sobre o topo de uma pilha alta de sacas de grãos, observando o espetáculo macabro, quando o gigante pesado e suarento inclinou a mesa na direção do caldeirão. O homem esquelético tentou se agarrar à mesa, arranhando em vão antes de deslizar para dentro da sopa derretida com um grito mortal lancinante. O gigante observou, seu rosto alegre iluminado pelo brilho do conteúdo escaldante. Era uma benção ele usar uma máscara quando estava com o Culto, ela pensou, pois, sem ela, ele parecia um ogro — maxilar pesado sem os dentes da frente, o lábio inferior grosso e a barba escura molhados de saliva. De repente, ele virou a cabeça para a pilha de sacas. Pontadas de terror atingiram Kassandra e ela se jogou em uma pequena fenda na pilha antes que ele pudesse vê-la, caindo em um nicho profundo e escuro. Havia uma fenda nas sacas à sua frente, permitindo uma visão do caldeirão e do que estava acontecendo. Ela observou enquanto o Traficante se aproximava para atiçar o fogo mais uma vez, olhando fixamente para as costas do homem e vendo ali a oportunidade de saltar pela fenda e atacá-lo com um golpe certeiro — bem entre as omoplatas. A mercenária reposicionou a mão na lança. O grupo de bandidos parado diante dos sacos de grãos, entre ela e seu alvo, somava doze homens. Eles carregavam clavas e maças. *Eles podem ser derrubados*, ela disse a si mesma. *Não seja tola*, concluiu momentos depois.

— A diversão acabou rápido demais. Quem eu queimo agora, hein? Uma das putas? — rosnou o Traficante, logo depois pousando o olhar em um de deus homens. — Ou talvez um de vocês?

O homem soltou um ganido estridente e então apontou para um de seus comparsas, que ficou horrorizado. O Traficante o agarrou e o arrastou até o caldeirão, empurrando sua cabeça na direção da superfície, parando apenas no último momento e soltando o vigia.

— Ha ha! — rugiu ele, se divertindo com a "piada".

Kassandra observou enquanto o Traficante delegava a seus homens as tarefas para o dia seguinte: suas rondas de extorsão, a força que precisava ser mostrada àqueles que não tinham contribuído o suficiente... e outra viagem de reconhecimento até as montanhas para procurar a líder das *Hetaerae*, Anthousa. Ele gritou sem parar durante o que pareceram ser horas, e Kassandra sentiu suas pálpebras ficarem pesadas. Ela não havia dormido na noite anterior em sua pressa para chegar a Coríntia. Seus músculos estavam doloridos, e sua barriga, vazia. Ela cravou as unhas nas palmas das mãos para se manter acordada. A voz de sua mãe ecoou em sua memória: *Hesitação só apressa o túmulo. Você tem que agir; você só vai ficar mais fraca. Com ou sem doze guarda, é agora ou nunca.*

Ela se colocou em posição de largada, como uma corredora, virou o quadril algumas vezes e fixou os olhos nas costas do Traficante. Ele era o alvo. Se ela o matasse, o resto poderia dispersar. *Poderia.* A mercenária cerrou os dentes para afastar suas dúvidas, então retesou o corpo, pronta para saltar da pilha de sacas...

... quando uma lâmina gelada tocou a base de suas costas.

Ela soltou uma leve arfada.

— Não seja tola. Se você se mover, nós dois morreremos — ressoou a voz de um homem.

Ela olhou para o jovem de pele escura ali dentro também, logo atrás dela. Ele era bonito de um jeito sério, barbado com cabelo comprido. Ela notou seu manto vermelho. Não era um dos homens do Traficante.

— Sim, espartano e inimigo do Traficante, exatamente como você — sibilou ele, lendo a mente de Kassandra.

— Quem em Hades é você?

— Sou Brásidas — sussurrou ele.

Ela já tinha ouvido aquele nome — em conversas sobre guerras que entreouvira em suas viagens.

— O conselheiro, o oficial?

— Um espião, por enquanto. Quando mensageiros pararam de ir daqui para Esparta, os éforos me enviaram para ser seus olhos e ouvidos aqui, para descobrir o que está acontecendo. E descobri, realmente: aquele desgraçado gigantesco tomou a cidade para si. Anthousa era ardilosa e desprezível, mas o Traficante é um problema muito maior do que ela um dia foi. Eu ainda nem fui capaz de enviar notícias aos éforos sobre tudo isso.

— Por que não? — sibilou ela, como se fosse um éforo o censurando.

Ele franziu a testa, irritado.

— Porque estive escondido entre essas sacas por seis malditos dias... — O espião segurou a voz bem quando ela ameaçou se erguer acima de um sussurro. —Esperando pela chance de pegar esse saco de merda sozinho. Isso foi o mais próximo que cheguei até agora, então *você* aparece e arruína tudo.

Kassandra notou um cheiro leve de cogumelos vindo dele.

— Você disse que está escondido aqui há seis dias?

— Eu criei esse espaço dentro da pilha de sacas. Há um buraco no chão que eu tenho usado como minha latrina e uma bolsa com carne curada e alguns odres de água que me mantiveram saudável.

— Realmente saudável.

Ela farejou o ar novamente.

Mas ele não respondeu. Em vez disso, olhava fixamente para a lança de Leônidas, a qual havia acabado de notar.

— Imaginei pelo seu sotaque que você era da minha pátria, mas agora eu *sei* que você é... e que não é uma espartana comum.

Ele afastou a lâmina das costas de Kassandra enquanto falava aquilo.

— Não sou espartana, não mais — sussurrou ela em resposta.

O espião fez um barulho gutural de aversão.

— Como você pode dizer isso? Você sabe quantas pessoas respeitam sua família? — perguntou ele, apontando para a lança.

— Respeitavam — rebateu ela. — Minha família foi fragmentada, como minha lança, e espalhada por toda Hellas.

O olhar contemplativo de Brásidas ficou ainda mais intenso quando mordeu o lábio inferior, pensativo, então sacudiu a cabeça.

— Nunca acreditei no que disseram sobre aquela noite... no Monte Taigeto.

— Então você acredita em mim, no famoso sangue que corre em minhas veias?

Ele hesitou, para depois se endireitar.

— Sim.

— Então vamos trabalhar juntos. Nós esperamos os guardas se dispersarem, e aí atacamos. Matamos esse desgraçado.

Eles permaneceram em silêncio. Horas se passaram e assim o Traficante dispensou quase todos os seus homens, deixando apenas três ali. Com o trio restante, ele arrastou uma mesa e começou a falar sobre a abordagem que deveriam adotar para chegar às montanhas no dia seguinte.

— Por toda a extensão dos penhascos, de uma margem à outra, entendido? — perguntou ele ao homem mais próximo.

— Sim, mestre — confirmou o guarda.

— Entendido? — Ele olhou para o próximo.

— Nós encontraremos Anthousa e aquelas *Hetaerae* malditas. Elas trabalharão para você ou queimarão.

— Entendido? — perguntou ele ao terceiro.

— Será feito.

Então o Traficante ergueu os olhos na direção das sacas de grãos:

— Entendido?

Silêncio.

Kassandra sentiu um terrível nó em seu estômago.

— Eu lhe fiz uma pergunta, Brásidas. Você aprova meu plano?

Kassandra sentiu uma onda gelada percorrer sua pele. Ela e Brásidas se olharam, logo antes de as sacas que formavam um pequeno teto sobre seu pequeno esconderijo serem arrancadas, os outros nove homens do Traficante rindo para eles do alto, arcos tensionados e apontados.

— Ora, ora — rosnou o Traficante, vendo Kassandra ali dentro com Brásidas —, parece que o meu prêmio dobrou.

Os grilhões eram pesados — e fortes o suficiente para segurar um urso. O Traficante os prendeu bem, segurando firme seu último membro livre e a fixando à mesa da mesma forma que aquele outro pobre homem tinha sido preso pouco antes. O calor próximo do caldeirão ao lado da mesa tostava sua pele.

Ali perto, os homens do Traficante mantinham Brásidas ajoelhado diante de um feixe de lanças, seus punhos amarrados com uma corda.

— Você acha que eu não sabia que você estava ali dentro, Brásidas? — O Traficante riu, apontando para a pilha agora desfeita. — Eu conseguia sentir o seu cheiro. Eu conseguia ouvir você. Por que eu não mandei matá-lo antes? Bem, eu gosto de deixar minhas vítimas criarem um pouco de esperança antes de lhes dar seu terrível fim. Isso torna tudo mais angustiante para elas, entende? Eu o amarrarei pelos tornozelos e mergulharei sua cabeça nessa poça derretida esta noite. Por todos os deuses, mal posso esperar para ouvir você implorar por misericórdia — disse o Cultista, estalando os lábios e gargalhando com vontade.

Ele se virou para Kassandra, levantando o atiçador do caldeirão, sorrindo para ela.

— Para você será muito, muito mais lento. Eu sabia há muito tempo que você viria até aqui. Achei que teria que caçá-la e agarrá-la, mas não, você veio diretamente para o meu covil. Eu vou queimá-la e descascá-la até você berrar... não por misericórdia, mas com uma promessa de servir a mim e ao meu grupo.

— Vá se foder — respondeu Kassandra de forma direta.

O rosto do Traficante se fechou e ele baixou o atiçador incandescente sobre a coxa de Kassandra. A dor era indescritível. Uma agonia cortante a consumiu. Ela ouviu um grito esganiçado e mal percebeu que era dela mesma. Kassandra ouviu os grilhões batendo ainda mais enquanto seu corpo se contorcia, sentiu o cheiro terrível de sua própria carne cozinhando e o gosto do sangue quando ela mordeu a língua com força.

O depósito tremeu mais uma vez enquanto o Cultista pressionava a haste contra a mercenária, desta vez no torso. Ela sentiu a escuridão da inconsciência vindo à tona como se para salvá-la, mas sacudiu a cabeça para permanecer acordada, sabendo que, se desmaiasse, acordaria no covil do Culto, ou nunca mais. Enquanto se debatia, ela viu o Traficante tirar um espeto novo do caldeirão de metal derretido e levá-lo na direção de seu rosto. O calor fazia suas bochechas e seu nariz arderem mesmo a um palmo de distância. Quando ele levou a ponta afiada e incandescente a uma distância de um dedo de seu globo ocular, ela sentiu a superfície de seu olho enrugar, uma dor ofuscante se espalhando por sua cabeça.

— Escutem... escutem. Lá vem o estalo! — sussurrou o Traficante, exultante.

Foi então que ela teve a visão. No borrão branco do calor, ela viu algo se movendo atrás dos doze homens do Traficante. Mais dois vultos, rastejando. Erinna e Roxana. Rostos cobertos de cicatrizes e molhados de lágrimas. Ela viu quando as duas se ergueram e atacaram como leopardos, uma perfurando um guarda por trás, a outra acertando outro guarda com uma clava. Elas derrubaram mais dois dos doze antes de o restante reagir, e aquilo foi o suficiente para dar a Brásidas um suspiro de esperança. O espartano se levantou em um salto, e no mesmo movimento arrebentou as cordas que prendiam seus punhos. Logo agarrou uma lança, rasgou a garganta do guarda que a segurava e depois empurrou outro para longe com o pé.

O branco ofuscante se dissipou e o calor também, e o Traficante virou de costas para Kassandra para encarar a ameaça. Parcialmente cega, ela ouviu um ribombar de luta, ouviu o rugido do Traficante, então sentiu o baque oco de suas correntes sendo partidas.

— Levante-se — rugiu Brásidas, a arrastando para fora da mesa pelos punhos e colocando a meia-lança recuperada em sua mão.

Ela entendeu tudo imediatamente: Roxana e Erinna não tinham fugido como ela havia mandado. Em vez disso, elas lutavam com o fogo de almas injustiçadas. Seis guardas permaneciam junto ao Traficante. Kassandra saltou para golpear um no torso com sua lança, então girou para decepar a canela de outro.

— Vão — gritou ela para as meninas, apontando um dedo na direção das portas do depósito. — Voltem para Anthousa.

As duas piscaram entre as lágrimas, balançando a cabeça positivamente e finalmente fugindo, movendo os lábios para agradecer silenciosamente.

Brásidas abateu mais dois guardas antes de escorar suas costas às de Kassandra, enfrentando os últimos quatro bandidos e o enfurecido Traficante.

— Minha espada se partiu — arfou Brásidas.

— Uma arma contra cinco de nós — rosnou o Traficante. — Isso vai doer, confie em mim. — Ele indicou com um dedo a seus quatro homens: — Matem os dois.

Exatamente quando os quatro avançavam, Roxana — que corria na direção da porta principal e para a liberdade — puxou uma corda. De cima de dois dos guardas que se aproximavam, um carregamento de grãos se derramou de um silo elevado. Eles desapareceram sob o despejo brutal. Kassandra bloqueou o golpe de um da dupla restante e enfiou sua lança na barriga dele antes de se virar para encarar o último, que jogou suas armas e fugiu em disparada.

Brásidas e Kassandra então se viraram para encarar o Traficante. O brutamontes estava parado como um touro pronto para atacar, uma lança em cada mão e um olhar assassino. Kassandra encarou Brásidas, erguendo um punho com uma extensão de corrente pendurada no grilhão preso ali. Brásidas entendeu no mesmo instante, segurando a ponta solta da corrente. O Traficante investiu sobre eles e, juntos, eles correram em sua direção. Antes que o gigante pudesse golpear, eles saltaram, a corrente esticada pegando no pescoço do Traficante e o arremessando para trás. Ele cambaleou, dando dois, três, quatro passos para trás, antes de tropeçar com o calcanhar na base do caldeirão transbordante. Ele tombou para dentro da sopa derretida com um grito estrangulado que se transformou em um gemido animalesco. Aquele som e o fedor de carne chamuscada e pelos queimados tomaram a noite. A massa destruída de carne e metal derretido se ergueu duas vezes à superfície, como um homem se afogando, antes de o barulho desaparecer por completo.

Os cidadãos de Coríntia acordaram com uma mortalha escura de fumaça. Eles saíram de seus lares pela primeira vez em meses, nervosos e tímidos, depois confusos quando ouviram os rumores: o depósito do porto tinha ardido em chamas na noite anterior. E mais: todos haviam sido convocados ao teatro naquele dia. O espaço estava fechado desde que o Traficante tinha tomado as rédeas ali. Aos poucos, eles começaram a confiar nos arautos que repetiam as convocações. Ao meio-dia, o teatro estava lotado, com muitas outras pessoas nos telhados próximos e ruas mais altas, olhando para o palco.

Kassandra estava no meio do povo, exausta, seu torso e sua coxa enfaixados com ataduras de linho branco, a carne chamuscada embaixo delas tratada com um unguento refrescante. Brásidas partiu assim que o depósito foi incendiado — de volta para Esparta para levar aos dois reis a notícia de tudo o que havia acontecido. Ele apenas implorou a ela que fizesse uma coisa: *Jogue os ossos do Traficante na água. Deixe que esse seja o seu fim.*

Ela sorriu de forma seca. *Eu gosto de você, Brásidas, mas muito heroísmo é uma fraqueza. Você não conhece todo o horror do Traficante e de seu Culto.*

Bem naquele instante, um orador cruzou o palco, dizendo a todos que a cidade estava livre outra vez. Vozes se ergueram em confusão e descrença, muitos olhando à sua volta para garantir que aquilo não era uma artimanha elaborada pelo Traficante para eliminar dissidentes.

Kassandra esperou, esperou, esperou. E então...

Um chiado, uma vibração.

Milhares de pessoas arfaram ao mesmo tempo, causando um silêncio total. Todos olhavam fixamente para a mescla grotesca de homem e metal que tinha caído da verga sobre o palco. Aquela forma estranha balançou por um tempo, então desacelerou até parar, inerte.

A multidão explodiu em gritos de felicidade, choro, rezas, demonstrações de gratidão ao seu libertador desconhecido. Kassandra não sentiu um pingo de orgulho. Ela notou um vulto se movendo pela multidão em sua direção.

— Sua mãe partiu daqui no *Canto da Sereia* — disse Anthousa —, um barco pintado como uma chama viva. Ela viajou para as Cíclades.

10

O homem mascarado jogou no chão um atiçador de ferro frio e envergado.

— O Traficante fracassou.

Todos os outros na câmara escura encararam a barra de ferro.

— Ele era o mais forte do nosso círculo — ousou dizer um deles.

— O mais forte de braço, talvez, mas não de mente — rebateu outro.

— Estamos esquecendo que temos outro, mais feroz que o Traficante, com uma mente extremamente aguçada também?

— Deimos não é realmente um de nós, é? E ele é imprevisível demais. Vaga por aí como um cão raivoso, latindo e uivando.

— Exatamente — respondeu o primeiro Cultista. — Essa é a nossa oportunidade de usá-lo em toda a sua força... ou substituí-lo. Parece que a irmã recebeu informações em Coríntia. Ela passou o inverno velejando pelas Cíclades, inutilmente procurando sua mãe naquele arquipélago. Inúmeras ilhas, incontáveis cidades, confederações, piratas. Ela ainda não sabe do paradeiro de Myrrine... ou que nós a temos encurralada. Nesse momento ela está voltando a Atenas para buscar a sabedoria de Péricles e seu séquito sobre o assunto.

— Atenas? — perguntou outro, enquanto o resto ficou em silêncio.

— Sim — respondeu o primeiro. — E agora não concordamos todos que está na hora de uma mudança de guarda naquela famosa cidade?

— Sim — bradaram os outros em uníssono.

— Então vamos enviar Deimos para mudar o destino de Atenas. Enquanto estiver lá, ele pode saudar sua irmã. Ela não pode derrotá-lo. Ninguém pode. Ela se juntará a nós como sua substituta, ou soltará seu último...

Ao longo do inverno, uma nevasca silenciosa caía sobre o Egeu enquanto a *Adrestia* vasculhava as ilhas Cíclades. Foram noites tremendo em baías lúgubres, dias saudando habitantes locais — nenhum que soubesse algo sobre o paradeiro de Myrrine — e fugindo de piratas. Mas o inverno tinha acabado, e agora, em pleno verão e a caminho de Atenas, a tripulação tinha ficado chocada ao acordar e encontrar o mar coberto por um nevoeiro pesado — como uma mortalha quente e úmida. O barco acelerava e Kassandra se inclinou sobre a balaustrada para olhar para o manto cinzento, seus olhos apenas frestas.

— Não olhe por muito tempo, *misthios* — advertiu Barnabás. — Certa vez, fiquei olhando fixamente para a bruma com medo de bater em pedras. Passei três dias e três noites acordado. Não dormi nem um minuto. Então eu as vi: apoiadas nas próprias pedras que eu temia. Mas, caramba, elas eram lindas... e elas cantaram para mim. O som era doce como mel. Por muito pouco eu não perdi a cabeça e virei meu barco na direção daquelas malditas pedras... só para ouvir melhor sua doce canção e me deleitar com aquela visão...

Ele olhava para o éter de forma lânguida enquanto falava, seus olhos turvos por causa das lágrimas.

Naquele momento, Reza passou por eles.

— Ha ha... eu me lembro disso. Você quase nos jogou em cima das pedras porque dormiu!

Barnabás olhou para ele com uma expressão amarga, mas Reza já estava subindo pelo mastro.

Kassandra sorriu, então se voltou novamente para o nevoeiro. Por um instante, o cinza se abriu e eles tiveram uma breve visão da área rural de Ática. Ela olhou para aquele ponto: como antes, havia as áreas de cinzas e pedras derrubadas onde fazendas e propriedades tinham sido arrasadas... mas os campos em carmesim não estavam visíveis.

— O cerco espartano acabou — sussurrou Heródoto.

— Por enquanto — matutou Kassandra, sabendo que Stentor não cederia.

Pouco tempo depois, Reza gritou de algum lugar no alto do mastro coberto pelo nevoeiro. Barnabás repassou o aviso para o restante da tripulação e a galé sacudiu e parou.

Por um momento, Kassandra se perguntou se eles tinham acabado nas garras de um dos demônios marinhos de Barnabás, mas o nevoeiro fresco sobre suas cabeças se abriu para revelar as torres rochosas e o cais do porto de Pireu. Kassandra, Barnabás e Heródoto olharam para o outro lado do porto. Estava quase deserto no pouco que eles conseguiam ver: nada de comerciantes ocupados nem homens escravizados apressados; nenhum barulho também, fora o badalo triste de um sino distante. Havia carroças estacionadas em todos os ângulos, como se tivessem sido abandonadas às pressas. Algumas estavam tombadas de lado, o conteúdo derramado e parcialmente saqueado. Então veio o cheiro — um fedor que os atingiu como um tapa, uma catinga nociva e potente de algo em decomposição.

— Deuses! — grasnou Barnabás, colocando um trapo em cima de seu nariz e sua boca. — O que aconteceu aqui?

Kassandra desceu a prancha de desembarque e olhou para o porto à sua volta. Não havia ninguém no nevoeiro que pairava sobre eles. Ela mirou as muralhas do porto. As poucas sentinelas sobre elas também tinham trapos cobrindo seus rostos.

— Entre na cidade — ladrou um do alto para ela, apontando para o passeio público que se estendia pela faixa delimitada pelas Longas Muralhas. — Não toque em nada nem em ninguém.

A pele de Kassandra se arrepiou. *Phoibe?*, ela moveu os lábios, acometida por uma necessidade repentina de saber se Phoibe permanecia ilesa no meio daquela estranheza. As grades em volta do seu coração começaram a tremer, a chama dentro delas crescendo.

— Fique com o barco — gritou para Barnabás, que observava da balaustrada com Ikaros empoleirado ao seu lado.

Heródoto a acompanhou.

— Fiquei naquele barco tempo suficiente. Vou com você. Além do mais... algo está muito errado aqui.

— Falamos com Péricles e Aspásia e então vamos embora — concordou ela, enquanto atravessavam a neblina cinzenta pelo passeio público. No nevoeiro pesado, Kassandra achou que podia ver o contorno etéreo de vultos grandes que ocupavam as laterais da estrada adiante. Os barracos dos refugiados, supôs. Havia uma mistura estranha de sons vindo daquela direção: um zumbido de moscas e um canto melancólico. E choro também.

— Um deles tem que saber onde nas Cíclades eu deveria procurar minha mãe. Se tivesse que vasculhar cada uma daquelas ilhas, eu levaria muitos anos. Não poderia pedir a Barnabás e à sua tripulação que fizessem is...

De repente, ela ficou em silêncio e parou, assim como Heródoto. À frente, a bruma se abriu em um rodamoinho: as formas que tinha visto nas laterais da estrada não eram barracos. Aqueles abrigos em ruínas tinham desaparecido. Em seu lugar estavam pilhas enfileiradas de mortos, se estendendo até onde a bruma os deixava ver. Centenas... não, milhares de cadáveres. Alguns eram soldados, mas a maioria era de pessoas simples e animais: crianças, velhos, mães, cachorros, até cavalos. Rostos catatônicos e cinzentos, olhos enrugados ou arrancados por corvos, mandíbulas penduradas; pele ferida, parcialmente apodrecida ou coberta de chagas severas e purulentas; um amontoado de membros caídos, cabelo, pus que pingava, sangue e excrementos que escorriam. Quanto mais avançavam, mais altas ficavam essas pilhas, como montes de terra — quase tão altos quanto as próprias Longas Muralhas —, e se multiplicavam pelas laterais da estrada, até onde os olhos alcançavam. O zumbido das moscas se tornou ensurdecedor. Carcarás tinham um banquete à disposição, bicando e arrancando pedaços de carne putrefata dos cadáveres da superfície.

— Os espartanos descobriram uma forma de se infiltrar nas muralhas? — grasnou Heródoto.

— Não. — Kassandra percebeu, vendo as chagas em alguns dos mortos. — Muito pior. É a doença. Hipócrates previu isso.

Eles seguiram cuidadosamente pelo caminho, atentos a cada braço ou perna apodrecidos que por acaso estivesse esticado.

— Uma doença, sim, isso faz sentido — disse Heródoto, com tristeza. — Os espartanos não conseguiram derrubar as poderosas muralhas de Péricles. Mas essa peste veio de dentro. Gente demais amontoada em um espaço pequeno por muito tempo. Os espartanos foram embora, mas o verdadeiro inimigo agora causa o caos nas ruas.

Eles chegaram ao interior da cidade e encontraram mais montes sinistros de cadáveres em cada canto da ágora. Homens e mulheres passavam com panos em seus rostos, trazendo novos mortos para acrescentar às pilhas. O fedor ali era avassalador. Kassandra teve que puxar seu manto para cobrir o nariz e a boca, Heródoto fazia o mesmo.

Uma mulher corcunda jogou o corpo de uma jovem menina sobre a pilha e então saiu cambaleante, chorando.

Phoibe! Kassandra arfou internamente, por um momento confundindo o rosto do cadáver com aquele de sua querida amiga.

— Quantos? — perguntou Heródoto à mulher corcunda, apontando para as pilhas.

— Quase um a cada três agora repousa sobre essas torres de ossos — respondeu ela. — Sou a última da minha família... e sinto a febre crescendo dentro de mim. Pedi ao meu vizinho para me colocar sobre os montes quando minha hora chegar, mas ele também está fraco e delirando. Nossos exércitos estão enfraquecidos por essa doença e agora até mesmo os mercenários e aliados estão se recusando a vir até aqui para juntar forças. Essa praga não poupa ninguém.

Ela suspirou.

Uma tropa de cidadãos hoplitas passou correndo ali perto, cortando a praça do mercado.

— Problemas? — perguntou Kassandra à mulher.

— Sempre. Cléon está tentando usar essa peste como instrumento para tomar o morro da acrópole para si. Enquanto seu povo morre à sua volta, ele junta uma milícia e compra a lealdade de soldados locais.

A menção à acrópole levou os olhos de Kassandra e Heródoto até a colina de Pnyx, emoldurada por um facho triste de luz cinzenta que mal penetrava o nevoeiro. O poderoso Partenon e a estátua de bronze de Atena, no alto, eram contrabalançados pelas paredes inacabadas do Templo de Atena Nice. Pior, eles também viam nuvens de moscas e abutres lá em cima, pairando sobre mais montes de cadáveres. Eles desejaram sorte à mulher e subiram os degraus de pedra até o platô da acrópole, então se aproximando da mansão de Péricles.

— Nenhum guarda? — questionou Kassandra.

— Tirando os poucos no porto e um punhado patrulhando as muralhas da cidade, não vi absolutamente nenhum homem armado — concordou Heródoto.

Ainda nenhum sinal de Phoibe, Kassandra se inquietou.

Eles saíram do nevoeiro e entraram na mansão. Tudo estava tão diferente daquela noite do simpósio. O lugar não tinha vida, o ar pesado com o aroma nauseante de cera doce, que derretia em queimadores para disfarçar o fedor de morte. Seus passos ecoaram enquanto eles passavam pelo *andron* e subiam até o segundo andar. Finalmente, ouviram um sussurro de vida — mas um que era fraco e parecia desvanecer. Vinha de um quarto.

— As muralhas *deveriam* ter sido a nossa... salvação — sussurrou a voz fraca.

Kassandra observou o homem que havia acabado de falar: um saco de ossos macilento deitado sobre a cama. Névoa entrava pelas cortinas abertas da varanda e, na luz pálida, ela viu que ele tinha um tufo de cabelo fino e irregular e uma barba desgrenhada. Ela se perguntou por que Sócrates fazia companhia àquele desconhecido, por que Aspásia estava sentada com aquele homem doente, acariciando sua cabeça.

Então, de repente, como o golpe de um açougueiro, ela entendeu.

— Péricles? — chamou Kassandra.

Aspásia teve um sobressalto e Sócrates soltou um ganido. Os olhos de Péricles — saltando de seu rosto magro — se viraram para encontrar os dela e os de Heródoto.

— Ah... *Misthios*, Heródoto — balbuciou ele. — Lamento que vocês tenham que me ver assim. É uma vergonha que eu tenha sido... acometido com a enfermidade. As pessoas... me elegeram como general para liderá-las. Meu manifesto era claro: dizer às pessoas francamente o que precisava ser feito para o bem de todos, amar minha pátria e permanecer incorruptível. Eu fiz essas coisas, mas os advogados da paz passaram a me detestar. Cléon e seu partido de guerra também me abominam. E aqui estou eu... destruído e inútil. — Seu corpo se contorceu com um ataque violento de tosse. Aspásia levou um trapo até os lábios de Péricles. Quando ela o afastou, o pano estava manchado de vermelho. — A verdade está nas ruas em pilhas sinistras: Atena abandonou Atenas e a mim. Eu fracassei.

— Isso não é verdade, velho amigo — disse Sócrates calmamente. — Se um homem fica doente por causa de seus esforços para salvar algo que ama, isso é fracasso ou prova da força de seu amor?

— Quando essa maldita peste me levar, vou sentir falta das nossas conversas — falou Péricles, dando um tapinha na mão de Sócrates.

Aspásia se levantou para sair do quarto. Enquanto saía, fez contato visual com Kassandra. Entendendo o sinal, a mercenária a seguiu. Do lado de fora, no corredor, elas estavam sozinhas.

— Diga que Phoibe não foi acometida pela doença — deixou escapar Kassandra.

Aspásia colocou uma das mãos em seu ombro, reconfortando-a.

— Phoibe está bem. Ela está brincando no pátio da casa.

Kassandra sentiu uma enorme descarga de alívio correr por seu corpo, como um vento fresco.

— Que bom — disse, adotando o comportamento calmo e indiferente de uma *misthios* mais uma vez.

— Você encontrou Hipócrates? — perguntou Aspásia.

Kassandra fez que sim.

— Ele falou sobre uma cura para essa enfermidade?

A falta de resposta de Kassandra era resposta suficiente. Ela esperava ver lágrimas nos olhos de Aspásia, mas a mulher permaneceu impassível, com o olhar fixo. *Algumas pessoas aprisionam o pesar das formas mais estranhas*, pensou Kassandra.

— E quanto à sua mãe? Você a encontrou?

A pergunta surpreendeu Kassandra, que não tinha certeza se levantar a questão dos próprios problemas seria apropriado, dadas as circunstâncias. Mas a distração provavelmente era bem-vinda, percebeu.

— Não. Minha jornada até Argólida não deu em nada além de uma luta com uma vagabunda Cultista. Coríntia também, mas lá pelo menos eu encontrei uma pista sólida. Parece que minha mãe partiu de lá em um barco chamado *Canto da Sereia*, pintado como chamas. Ela seguiu para as Cíclades.

Os olhos de Aspásia se estreitaram.

— As Cíclades? Um navio pode velejar por aquele arquipélago durante anos a fio e ainda encontrar novas ilhas.

— Sim, e foi por isso que voltei até aqui como você tinha pedido. Achei que você seria capaz de ajudar a me guiar.

Aspásia sacudiu a cabeça lentamente.

— Receio que eu não consiga ajudar. Mas há uma mulher que mora na colina de Pnyx que velejou por aquela região uma época. Xenia é o nome dela. Ela pode conhecer o barco de que você fala. Vou falar com ela.

Kassandra assentiu em agradecimento. Apesar de toda a fama de Péricles, estava óbvio que Aspásia era tão sábia e astuta quanto ele. *Talvez até mais sábia*, divagou.

Passos leves ecoaram quando um servo se aproximou carregando uma bacia de água fervente e uma pilha de panos, se curvando para Aspásia e então entrando no quarto. Heródoto e Sócrates pediram licença rapidamente e saíram.

— Hora do banho? — deduziu Kassandra.

— Sim. Vou ajudar. Essa é uma das poucas coisas que posso fazer por ele. Você deveria descansar. A maior parte dos nossos trabalhadores pereceu, então a casa está um tanto abandonada, mas trate-a como se fosse sua. Pode pegar vinho e pão na despensa. Vou mandar prepararem uma refeição de verdade para hoje à noite. Você vai comer conosco, não vai?

Kassandra concordou com a cabeça. Aspásia entrou no quarto e fechou a porta com um estalo, deixando Kassandra caminhar lentamente pela mansão, atordoada. Ela encontrou um aposento vazio no andar superior e se jogou sobre um banco acolchoado lá dentro, deixando-se cair. Algum tempo se passou enquanto ela pensava em tudo o que tinha acontecido nos últimos dois anos. E então ouviu o mais doce som de risadas em algum lugar no lado de fora. Ela correu para a varanda do quarto e olhou para baixo no nevoeiro, seus olhos observando o jardim negligenciado. Phoibe corria por uma espiral de cercas-vivas.

— Phoibe!

A menina parou e olhou para Kassandra, inquieta.

— Kass?

— Espere aí — gritou ela —, espere aí!

Kassandra se virou e saiu correndo do quarto, descendo a escada e chegando ao jardim. Freando com dificuldade diante de Phoibe, ela começou a gaguejar:

— Eu... eu...

Seu coração berrava palavras de amor, mas as grades há muito fundidas da jaula espartana em volta dele as mantiveram presas ali. Seus esforços terminaram quando Phoibe se aproximou e pulou em seus braços. As duas riram e Kassandra se levantou, erguendo a menina e a girando em seus braços.

— Chara me manteve em segurança — comentou Kassandra, quando as duas se separaram, tirando a águia de madeira de sua bolsa.

— Talvez você não precise mais dela... se a sua jornada tiver acabado — disse Phoibe, esperançosa.

Kassandra acariciou o cabelo da menina afetuosamente.

— Minha jornada não acabou. — Ela viu o rosto de Phoibe desabar. — Mas não vamos pensar no futuro. Vamos brincar!

O rosto da menina se iluminou novamente.

Elas se aventuraram pelos jardins, Phoibe se escondendo na bruma e atrás das cercas-vivas, Kassandra a pegando com um rugido de leão, suas risadas compartilhadas se espalhando pela acrópole lúgubre. Quando a noite chegou, elas foram ao quarto de Péricles e fizeram uma refeição com pão, azeitonas e sargo assado, acompanhadas de Sócrates, Heródoto e Aspásia, que dava a Péricles um caldo ralo. Sob a luz de velas, Heródoto contou histórias de suas viagens com Kassandra, Phoibe aconchegada ao lado da amiga, absorvendo cada detalhe. Mais tarde, Kassandra beijou a cabeça de Phoibe enquanto elas se arrumavam para dormir em uma cama na ala dos escravizados.

— Amanhã nós podemos brincar de novo? — perguntou Phoibe, sua voz abafada pelo travesseiro. — Podemos encenar o momento em que você lutou contra o exército de ovelhas em Argólida.

Kassandra sorriu — Heródoto tinha acrescentado alguns detalhes fantásticos para manter a menina entretida. Mas o sorriso murchou e ela olhou fixamente para a escuridão. Aspásia tinha combinado de falar com sua amiga Xenia pela manhã. Com sorte, ela teria suas respostas logo depois. *Amanhã eu preciso partir.* Mas haveria tempo para alguma diversão antes de zarpar.

— Sim — respondeu ela, abraçando Phoibe com força.

— Eu amo você, Kass — sussurrou Phoibe, enquanto elas se abraçavam.

Na escuridão, os lábios de Kassandra se moveram para responder, mas as palavras permaneceram silenciadas, acorrentadas dentro dela.

Elas acordaram na manhã seguinte com um manto ainda mais espesso de nevoeiro. Depois de um café da manhã leve com iogurte e mel, Phoibe saiu para o jardim enquanto Kassandra se sentava com os outros em volta da cama de Péricles mais uma vez. Ele falou de negócios inacabados e seus amigos tentaram confortá-lo e tranquilizá-lo. Mas havia um assunto a respeito do qual ele era inflexível.

— Há algo que preciso fazer: leve-me ao templo inacabado, sim? Talvez eu possa conversar com Atena, pedir seus conselhos.

— Você não está forte o suficiente — rebateu Aspásia.

— Atena me dará forças.

Heródoto e Sócrates ajudaram Péricles a se levantar. Ele era pouco mais do que um esqueleto, seu camisolão pendurado sobre ele como uma vela e seus calçados macios grandes demais. Eles o levaram do quarto em um passo arrastado, os braços apoiados nos ombros dos amigos. Aspásia vestiu um manto e olhou nos olhos de Kassandra.

— Vou falar com Xenia. Espere por mim aqui. Se houver respostas, eu as encontrarei.

Sozinha, Kassandra se sentou e suspirou. Ela sentiu a melancolia do nevoeiro e do estado de Péricles pesar em seu coração como chumbo, afundando seu ânimo no processo. Mas então ouviu o tamborilar leve de passos do lado de fora, exatamente como tinha ouvido no dia anterior. Risos, o farfalhar das cercas-vivas e o grito de Phoibe:

— Você nunca me encontrará dessa vez, Kass.

O som foi o suficiente para partir os cordões que seguravam aqueles pesos de chumbo. O coração de Kassandra se ergueu com a promessa de outro curto período de diversão despreocupada. Ela se levantou e desceu a escada, correndo para o exterior da casa e o jardim coberto de bruma. Disparou para dentro do labirinto de cerca-viva, se abaixando e fazendo os barulhos graves de leão que tinham entretido tanto Phoibe no dia anterior. Nenhuma risada dessa vez? *Ela deve estar bem escondida,* pensou Kassandra. A mercenária continuou procurando, segurando e balançando um galho protuberante. Normalmente, isso era o suficiente para fazer Phoibe ter um ataque de riso, caindo de qualquer canto onde ela estivesse escondida. Mas... nada.

Ela viu algo adiante — a névoa se abrindo. Um vulto. Um vulto alto.

— Phoibe — gritou, se levantando, andando na direção do vulto. Mas a forma desapareceu no nevoeiro à medida que ela se aproximava.

A mercenária parou, olhando fixamente para o pequeno corpo no chão à sua frente. Tanto sangue. Ele escorria da fenda terrível no peito de Phoibe. Os olhos da menina a encaravam sem vida, uma das mãos esticada.

Kassandra caiu sobre os joelhos, sua alma se partindo ao meio, as grades em volta de seu coração envergando e se estilhaçando, o amor aprisionado dentro dela ficando cinzento, azedando, transformado em uma tristeza descontrolada.

— Não. Não. Não... não... não!

Ela passou as mãos trêmulas por cima do corpo de Phoibe como se estivesse desesperada para acariciá-la, mas com medo de tocá-la para não transformar aquela terrível visão em realidade.

— Quem fez isso com você?

Ela chorou, segurando a mão de Phoibe finalmente. O calor das lágrimas em suas bochechas parecia tão estranho: a primeira vez que tinha chorado desde a infância.

A alguns passos, o vulto alto apareceu na bruma novamente. Kassandra levantou os olhos para ver o Cultista parado ali, sua máscara sorridente a encarando. Ele segurava um machado, ainda molhado com o sangue de Phoibe. Outros dois brutamontes mascarados se ergueram de trás das cercas-vivas para flanquear o primeiro.

— Você tem uma dívida a pagar, *misthios* — guinchou a figura do centro. — Você assassinou muitos do nosso grupo e deve pagar com seu serviço... ou sua vida.

Eles caminharam na direção da mercenária com a confiança de homens que contavam a vitória como uma certeza. Ela os encarou, as lágrimas secando. Se erguendo, Kassandra disparou na direção dos três com uma chama de fúria em seu coração. Ela abriu uma das mãos com um movimento rápido, a pequena faca em sua braçadeira penetrando no buraco do olho da máscara mais à esquerda. O homem tremeu e logo caiu como uma pedra. Ela saltou para chutar o machado das mãos do assassino de Phoibe, então enfiou a lança de Leônidas em sua clavícula, afundando a lâmina com força. Ele caiu de joelhos, tendo espasmos, vomitando sangue escuro. A mercenária girou para defender o golpe de maça do terceiro com sua braçadeira, então enfiou a lança por debaixo do queixo do homem, a ponta saindo pelo topo da cabeça com um esguicho de cérebro. Ela puxou a lança de volta, empurrando o cadáver com o pé sobre as cercas-vivas, depois caiu sobre os joelhos ao lado do corpo de Phoibe mais uma vez. Ofegante, ela ergueu a garota e a segurou em seus braços. Enfiando a mão na bolsa, tirou Chara, pressionando a águia de madeira contra a palma gelada e fechando os pequenos dedos em volta dela.

— Sinto muito por não estar ao seu lado para protegê-la. — Ela inclinou a cabeça para beijar a testa da menina, então umedeceu os lábios secos e, com grande dificuldade, invocou as palavras que há muito tinha jurado nunca falar. — Eu... eu te am...

Um grito cruzou o nevoeiro soturno, interrompendo-a. Era o gorgolejo molhado de um homem sendo assassinado em algum lugar ali perto. Todos os sentidos de Kassandra se aguçaram. Ela colocou Phoibe no chão, cobrindo-a com seu manto e se levantando.

— Péricles está no templo! — sussurrou uma voz ávida.

Era a voz de um assassino. Mais Cultistas? Ela ouviu o barulho de botas. O coração de Kassandra congelou. Ela disparou abaixada pela acrópole, vendo um dos poucos hoplitas que vigiavam o lugar caído de lado, se contorcendo, suas entranhas se derramando. Então outro, a corda ainda apertada em volta de seu pescoço ferido. Ela chegou ao inacabado Templo de Atena Nice. Pela parede de silhar parcialmente construída dos fundos e os cadafalsos de madeira simples, ela viu o interior: as três paredes finalizadas, pintadas de azul, e o braseiro crepitante que mantinha o nevoeiro afastado. Sócrates e Heródoto — assim como Aspásia — estavam de pé em volta de Péricles, que por sua vez se encontrava ajoelhado. O líder ateniense levantou os olhos para a estátua da deusa — privada do ouro para financiar a guerra. Dois guardas hoplitas estavam parados do lado de dentro da porta principal do templo. Kassandra soltou um suspiro aliviado.

— *Misthios*? — perguntou Sócrates, percebendo sua presença.

Todos se viraram para olhar para ela. Kassandra entrou pela parede inacabada.

— Há assassinos à solta. Phoibe foi assassinada e...

Duas arfadas doloridas soaram na entrada principal. Todas as cabeças viraram naquela direção. Os dois hoplitas que vigiavam a entrada se contorceram, lanças entrando por suas costas e saindo pelo esterno, depois arrancadas violentamente. A dupla caiu com suspiros abafados.

E então Deimos passou por cima dos corpos para entrar no templo, cintilando em branco e dourado, seu rosto em uma expressão de malícia, girando suas lanças antes de jogá-las no chão e desembainhar sua espada curta com um chiado do ferro contra couro. Ele caminhou na direção de Péricles, a lâmina estendida como a afronta de um dedo médio, fazendo Sócrates, Heródoto e Aspásia recuarem. Um punhado de homens mascarados entrou no recinto atrás de Deimos, empunhando lanças em apoio. Deimos agachou e envolveu um braço poderoso no pescoço de Péricles. Ele ergueu os olhos para encarar Heródoto e Sócrates, depois Aspásia e finalmente Kassandra.

— Vou destruir tudo o que você criou — sussurrou ele no ouvido de Péricles, posicionando a lâmina de sua espada no pescoço do general ateniense.

— Alexios, não — bradou Kassandra, dando um passo para a frente.

O braço de Deimos se moveu bruscamente. Sangue esguichou e encharcou a roupa de Péricles. Seu corpo debilitado ficou cinza em um piscar de olhos. Deimos soltou o corpo e se levantou, sua armadura branca e dourada manchada de sangue.

Heródoto e Sócrates gritaram horrorizados. Aspásia olhava descrente.

— Agora, minha irmã, tenho que lidar com você como deveria ter feito na última vez que nos encontramos — disse Deimos. — Você tem andado ocupada desde então. Mas chegou a hora de um descanso muito, muito longo.

Ele investiu sobre ela. Sua velocidade era aterrorizante, e Kassandra só foi capaz de evitar o golpe se jogando para trás. Ela se levantou a tempo de saltar por cima de um golpe baixo de sua lâmina.

— Vão, vão! — gritou ela para Sócrates, Aspásia e Heródoto, se colocando entre eles e Deimos e os Cultistas.

Enquanto eles fugiam pelo buraco na parede inacabada do templo, ela e Deimos andavam em círculos.

— Você sempre foi a mais fraca de nós dois, irmã — rosnou ele, enquanto Kassandra tentava soltar a lança de seu cinturão. — Vai tudo acabar para você aqui.

Ele enfiou a espada entre o ombro e a base das costas de Kassandra, rasgando sua armadura e cortando seu tríceps, o braço de repente quente com o sangue. Ela berrou e cambaleou para trás, finalmente erguendo a lança.

— Você não tem como vencer — cuspiu Deimos, atacando novamente.

Ele desceu sua lâmina em uma chuva de movimentos, e tudo o que Kassandra conseguiu fazer foi se defender. Quando viu a canela do irmão, de relance, ela desferiu um golpe com a lança — um corte ali o derrubaria. Mas, como a língua de uma víbora, a espada de Deimos se abaixou para bloquear, então subiu novamente para cortar a testa de Kassandra. Seus olhos ardiam enquanto o sangue caía sobre eles. Sua força começou a diminuir à medida que a hemorragia piorava.

Kassandra sabia que Deimos tinha razão. Não havia como vencer. Ela recuou pela parede parcialmente construída, Deimos alargando o passo para acompanhá-la, então golpeou sua lança com toda a força que tinha contra uma das varas de madeira que apoiavam o cadafalso. Com um estalo de madeira e um estrondo, toda a estrutura de plataformas e escoras veio ao chão, trazendo grandes pedaços de pedra consigo. Uma poeira cinzenta se ergueu em uma nuvem ainda mais espessa do que o nevoeiro, e Kassandra ouviu o rugido de raiva de Deimos enquanto ela se virava e corria. Uma corrida em disparada pelos degraus da Pnyx, saltando de um muro alto sobre o telhado de um mercado, mergulhando na ágora coberta de cadáveres e então percorrendo toda a longa estrada até Pireu. Ela subiu a bordo da *Adrestia* com dificuldade, Heródoto a ajudando a entrar, Aspásia também ali.

— Ao mar — implorou ela a Barnabás. — *Agora!*

O barco gemeu ao se afastar do porto, impulsionado pelos remos. Enquanto a embarcação ia embora, ela viu uma rara brecha no nevoeiro, o que permitiu que tivesse um breve vislumbre da colina de Pnyx. Uma força de homens subia os degraus de mármore em marcha, um regimento em prateado e branco. Seu líder era visível mesmo a essa distância, seus cabelos cor de fogo como uma tocha.

— Um novo poder conquista Atenas? — arfou Reza, apertando os olhos para ver.

— Cléon — gemeu Heródoto, enquanto a tropa subia e se espalhava pela acrópole. — De todas as pessoas que poderiam se aproveitar da morte de Péricles, por que tinha que ser aquele macaco de olhos vermelhos sedento por guerra?

A mente de Kassandra estava em disparada com tudo o que havia acontecido. Foi quando ela percebeu um vulto sozinho no cais.

— Sócrates? — Ela se virou para Barnabás. — Temos que dar meia--volta.

— Mantenha seu curso presente, *misthios* — gritou Sócrates do porto. — Mais do que nunca, Atenas precisa de mim agora. Vou cuidar para que a jovem Phoibe seja enterrada... e tentarei o melhor que puder limitar os danos do governo de Cléon.

Kassandra o encarou por alguns instantes.

— E você deve me prometer uma coisa: fique vivo!

Ele ergueu a mão em despedida.

— O que é a vida senão uma ilusão? — respondeu ele, conciso para variar, antes de a distância e o nevoeiro a impedirem de vê-lo.

Por muito tempo, Kassandra permaneceu junto à balaustrada do barco, olhando para o éter. Só um tanto depois ela percebeu que Aspásia estava fazendo o mesmo, encarando a forma desbotada de seu antigo lar. Nenhuma lágrima, apenas uma expressão fria e solene. A jaula de pesar dentro dela era obviamente forte. Kassandra se aproximou da viúva, ensaiando palavras de conforto. Mas Aspásia falou primeiro, sem se virar para ela.

— Descobri o que você queria saber. Sei exatamente onde sua mãe está.

11

Kassandra se empoleirou ao lado de Ikaros bem em cima da verga da *Adrestia*, sua pele queimada pelo sol e seus lábios rachados. As cordas e mastros do barco rangiam e grunhiam, e o vento desgrenhava seus cabelos soltos. Um ano havia se passado desde a partida de Atenas — um ano vivendo como uma presa, a *Adrestia* como uma lebre e as galés do Culto os perseguindo como lobos. Eles tinham caçado com afinco durante meses, empurrando a *Adrestia* para o norte, para águas distantes, próximas à costa da Tessália e quase chegando ao Helesponto. Foi só quando o inverno chegou que os Cultistas perceberam que nunca poderiam ser mais rápidos do que o barco de Barnabás. Foi então que tentaram criar armadilhas e emboscadas para a *Adrestia* — uma vez quando o barco atracou para se abastecer com água potável e outra vez em um estreito apertado perto de Escópelos. As duas tentativas fracassaram. Quando chegou a primavera, sete dos barcos do Culto repousavam no fundo do mar, junto de pelo menos mais oito demônios mascarados. Agora, no auge do verão mais uma vez, parecia que eles tinham finalmente, *finalmente*, se livrado de seus perseguidores. E então seguiram para o sul novamente, para águas mais familiares. As Cíclades...

A ilha de Naxos.

Kassandra observou a ilha: um paraíso ensolarado de matas e rochas prateadas, uma pedra preciosa contra o suave mar cor de safira. Aspásia não tinha dúvidas: Myrrine tinha ido para lá ao sair de Coríntia. Kassandra esmagava cada centelha de esperança que tentava surgir. Foram muitas pistas que não deram em nada, muitas surpresas desagradáveis... e mais uma surgiu em seu campo de visão quando eles se aproximaram.

Barcos. Não, galés. Muitas delas — todas carregando velas verdes, rodeando a ilha lentamente, atentamente. Ela caminhou pela verga e desceu pelo mastro com rapidez.

— Outro bloqueio? — perguntou Reza, quando Kassandra chegou à proa ao seu lado. — Aqueles barcos são de Paros — disse ele, indicando com a cabeça a ilha vizinha, a uma pequena distância a oeste.

Paros era um forte contraste em relação à ilha de Naxos. A maior parte de suas árvores havia sido derrubada, e as montanhas nuas eram cobertas de pedreiras, enormes buracos brancos que se pareciam com marcas de mordida de um titã.

— Por que Paros estaria bloqueando Naxos? — perguntou outro tripulante. — Naxos e Paros são parte da Liga de Delos, aliadas e ambas sob a proteção de Atenas.

— O comércio de mármore criou uma rixa entre essas suas ilhas orgulhosas. — Heródoto suspirou. — Estão vendo as pedreiras? O mármore dessa região é famoso. Fídias exigiu que os materiais para as obras da acrópole fossem tirados daqui. Mas quando uma ilha abusa de seu suprimento e ele começa a acabar... — Ele apontou para os muitos buracos esbranquiçados nas montanhas sombrias de Paros e então para a abundante Naxos — ... olhos invejosos se voltam para as ilhas vizinhas.

— Bem — rosnou Barnabás —, não passei todo esse tempo fugindo daqueles malditos Cultistas e a trazendo até aqui para acabar voltando por causa de um bloqueio infeliz.

Ele olhou para Reza e os tripulantes mais próximos.

Kassandra observou enquanto eles se posicionavam, as velas eram içadas e os remos tocavam a água, o *keleustes* entoando o canto que ela ouvira pela primeira vez ao se aproximar de Mégara.

— *O-opop-O-opop-O-opop...* — berrava Barnabás, caminhando de uma ponta à outra do barco, batendo com um punho na palma da outra mão de maneira apaixonada, saliva voando.

A *Adrestia* alcançou uma velocidade incrível, borrifos de água atingindo Kassandra. A proa apontava para a galé de Paros mais próxima.

— Segurem-se em alguma coisa — gritou ela para Aspásia e Heródoto.

Eles a obedeceram, os nós dos dedos brancos com a força empregada, os olhos arregalados. E então...

Nada.

O barco sobre o qual avançavam saiu do caminho, assim como o que estava atrás dele, deixando uma abertura larga no círculo, e foi por ali que a *Adrestia* passou.

Kassandra viu um homem junto à balaustrada da galé parada coberto por uma capa branca, com cabelos louros e um rosto rechonchudo. Ele sorriu para ela enquanto o barco passava. Não era uma expressão amigável.

— Ele sabe o que é bom para ele — disse Barnabás, rindo, orgulhoso, enquanto a *Adrestia* desacelerava para a velocidade normal de remada e seguia na direção da praia.

Sem se convencer, Kassandra continuou encarando o homem por algum tempo. Quando chegaram perto da costa, ela examinou a areia. Mais adiante, avistou dois barcos do bloqueio atracando. Curiosa com a imagem, observou enquanto soldados de Paros saltavam para a água. Eles seguiram como formigas, passando pelo pórtico de mármore de um templo inacabado na baía e avançando na direção de um velho e pequeno forte de pedra sobre um cabo rochoso. Heródoto, Barnabás, Reza e os outros se juntaram para observar a ocupação daquilo que certamente era uma importante base de Naxos. De repente, o bosque de alfarrobeiras no topo da praia tremeu. Os invasores de Paros hesitaram, olhando para a mata... exatamente quando um grupo de cavaleiros de Naxos irrompeu de dentro dela. Eles estavam abaixados sobre as selas, protegidos com elmos e coletes de couro marrom, segurando longas lanças, e soltaram um grito de guerra vibrante. Havia apenas cerca de vinte deles, atacando aproximadamente cem soldados de Paros. O líder da cavalaria de Naxos era ágil e majestoso — erguia uma lança bem alto como um exemplo para o resto, o elmo de couro e uma grade de ferro cobrindo seu rosto. Esse cavaleiro se esquivou de uma lança arremessada pelo inimigo e lançou um dardo em seu pescoço. Um instante depois, a cavalaria de Naxos investiu sobre a massa de invasores de Paros. Homens gritaram e caíram e Kassandra e todos que observavam souberam que o contra-ataque da cavalaria seria vitorioso, mesmo após saíram de seu campo de visão ao se aproximarem da praia.

O mar se transformou em um turquesa pálido quando eles chegaram às águas rasas e passaram por cima de um vívido mosaico de cores no fundo do mar — um semicírculo de coral em laranja, dourado, azul--escuro e rosa.

O casco encostou na areia branca e o barco parou. Kassandra olhou para as montanhas densamente arborizadas no interior.

— Vila Fênix — disse Aspásia, localizando um assentamento no promontório.

— Vá encontrá-la — indicou Barnabás, colocando a mão no ombro de Kassandra, seus olhos molhados de lágrimas.

— Sim, *misthios*, você lutou por muito tempo para chegar tão longe — concordou Heródoto. — Não perca mais tempo.

Ela se movia como se estivesse em uma de suas missões secretas para Markos, subindo pelo morro até o interior da ilha, passando por exuberantes bosques de amoreiras e juníperos. A certa altura, Kassandra ouviu uma explosão de cascos e se escondeu nos arbustos, observando enquanto o grupo de cavaleiros da batalha na baía galopava pela trilha aberta que vinha da praia, suas armaduras reluzindo com sangue parcialmente seco. De fato, vitoriosos. Quando se aproximou da Vila Fênix, ela encontrou uma cidade sem muralhas na qual a construção era o ponto central. Na verdade, a "cidade" era quase parte da floresta — árvores e afloramentos se erguiam ao lado de casas, pontes de corda uniam partes do assentamento que ficavam do outro lado de um barranco estreito e uma cachoeira desembocava por ali, em um laguinho azul-opala. Na gloriosa luz do sol, mulheres carregavam urnas de leite de cabra, homens cuidadosamente levantavam pedaços de favos de mel de colmeias de abelhas e crianças e cachorros arrebanhavam ovelhas, cabras e vacas. A mercenária arremessou um pedaço de pau nas árvores próximas, chamando a atenção dos dois homens que vigiavam o portão principal da mansão, então entrou escondida na antiga e grandiosa propriedade e logo se viu caminhando sorrateiramente no corredor largo no andar superior. Foi então que ouviu as vozes.

— *Archon*, Paros enfraqueceu nossa frota, roubou nossas mercadorias, silenciou nossos mensageiros, capturou o Navarco Euneas. Estamos sendo estrangulados até a morte — disse um homem.

Kassandra passou a cabeça pela porta para ver a elevada e ampla câmara do conselho, com chão de madeira escura polida e tapetes antigos. Em uma das paredes, as cortinas abertas permitiam que o vento quente e a luz do sol banhassem o aposento. Uma mesa ampla ficava no centro da câmara, sobre a qual estava posicionado um mapa de couro das ilhas e dos mares próximos. Havia dois oficiais de pé, vestindo a armadura marrom manchada de sangue que a cavalaria dos vinte homens usava na batalha na praia. Ambos estavam sem seus elmos e eram desconcertantemente jovens — um parecia mais um rapaz adolescente.

— Ainda assim, nós os expulsamos hoje, *Archon* — acrescentou o mais velho dos dois oficiais —, com você cavalgando na liderança. O pequeno forte no Dedo do Barqueiro permanece nosso. Apesar do círculo de barcos de Paros, eles não têm uma base de operações em nossa costa. Desde o dia em que chegou a estas terras, expulsando o rei tirano, você tem sido o nosso escudo.

A voz do rapaz estava repleta de orgulho e veneração, e ele bateu com o punho no peito em saudação. Suas palavras eram direcionadas a um lado do aposento, o alvo fora do campo de visão de Kassandra.

— Não desanimem — respondeu a figura de sua posição encoberta. — Encontraremos uma forma de romper o cerco e alcançarmos nossa liberdade novamente.

O som da voz era como a nota de uma lira dourada, agitando milhares de lembranças no coração de Kassandra. Ela começou a tremer. Quando o *archon* surgiu em seu campo de visão, usando uma armadura igual à dos dois oficiais e segurando o elmo com o visor de grade debaixo do braço, Kassandra segurou a borda do portal, engolindo uma arfada, incapaz de piscar ou afastar os olhos.

Mãe?, ela moveu os lábios. Não havia dúvidas sobre aquilo: seu cabelo escuro com pequenos pontos grisalhos e preso em um aro trançado sobre a cabeça, olhos marcados por linhas de idade, corpo coberto por uma armadura gasta. Ela observou, entorpecida, enquanto Myrrine voltava a atenção dos dois oficiais para o mapa, dando instruções claras e firmes sobre onde os soldados da ilha deveriam ser posicionados, quais atracadouros deveriam ser vigiados e que recursos precisavam ser coletados para novos barcos, armas e armaduras.

Depois de um tempo, Myrrine dispensou os dois oficiais. Kassandra se escondeu nas sombras enquanto eles saíam do aposento, depois colocou a cabeça na entrada do cômodo mais uma vez. Sozinha, Myrrine tinha caminhado até a varanda, protegida do sol por um toldo listrado. Era isso. Esse era o momento. Kassandra entrou no aposento de forma entorpecida e seguiu até a varanda atrás de sua mãe. Então ela pisou em uma tábua que rangeu traiçoeiramente. Myrrine girou para encará-la como uma guerreira.

Seus olhos se encontraram pela primeira vez em mais de vinte e três anos. Myrrine a encarou por uma eternidade, congelada pela descrença, até que seu olhar seguiu para a cintura de Kassandra... e a lança de Leônidas.

— Como... como pode ser? — sussurrou Myrrine, soltando seu elmo.

Kassandra absorveu a visão da mulher diante dela.

— Mãe — sussurrou em resposta.

Elas se juntaram como mãos entrelaçadas e permaneceram abraçadas daquela forma pelo que pareceu uma maravilhosa eternidade. Ondas de emoção se ergueram e tombaram dentro de Kassandra. Era a primeira vez que ela abraçava outra pessoa desde que tinha segurado o corpo da pobre Phoibe, a primeira vez que tinha permitido que seu coração se enchesse dessa forma desde que ele tinha quase explodido de tristeza naquele dia.

— Como? Como pode ser? — balbuciou Myrrine. — Todas as noites, há mais de vinte e três anos, quando fecho os olhos, eu ainda a vejo caindo.

Elas se separaram só um pouco, seus narizes quase se tocando e suas faces molhadas de lágrimas.

— Tenho tanto para lhe contar, mãe. Naquela noite...

Myrrine colocou um dedo sobre os lábios da filha.

— Não. Antes eu quero apenas senti-la nos meus braços novamente — disse ela com um soluço, abraçando Kassandra com ainda mais força do que antes.

Depois de muito tempo, elas se sentaram juntas. Kassandra contou tudo a Myrrine: sobre a noite no Monte Taigeto, sobre a Cefalônia, sobre a querida Phoibe, a missão em Megaris e o confronto com Nikolaos... e a relação sinistra com o Culto desde então.

— Eles estiveram presentes durante toda a nossa vida, mãe. Foi o Culto de Cosmos, não o Oráculo, que esteve por trás da ordem maligna de arremessar Alexios da montanha naquela noite.

A expressão dura e resoluta de Myrrine lhe disse que aquilo não era uma surpresa. Foi então que ela percebeu que não havia contado tudo à mãe. A parte mais difícil ainda não tinha sido dita.

— Em Argólida, descobri um segredo sombrio — começou ela, seu corpo se retesando. — Eu sei que você visitou o santuário do curandeiro.

— Levei Alexios lá — respondeu Myrrine em voz baixa. — Ele não morreu na montanha, entende?

Kassandra sorriu com tristeza.

— Eu percebi isso. E que foi você que eu ouvi indo até o canteiro de ossos naquela noite. Eu corri quando ouvi o barulho, pensando que era alguém indo me matar. Se eu ao menos houvesse tido a coragem para esperar...

Myrrine apertou seu antebraço.

— Você está aqui, depois de tudo o que aconteceu. Você tem coragem em seus ossos, Kassandra. Talvez, se os curandeiros perto do Templo de Asclépio tivessem conseguido salvar Alexios, ele também pudesse ter crescido para ser como...

— Mãe — interrompeu Kassandra de olhos fechados, lágrimas se formando. — Alexios está vivo.

Silêncio.

— Mãe? — repetiu ela, abrindo os olhos e encontrando Myrrine estupefata, assombrada.

— Eu reconstruí minha vida das cinzas... vivi com a sombra de vocês dois em meus ombros. E agora você me diz que ele também ainda caminha pela terra?

Kassandra assentiu tristemente.

— Onde ele está? — perguntou Myrrine, abaixando a voz no último segundo, como se aquilo fosse um segredo. Seu rosto ficou ainda mais pálido e ela começou a tremer. — Eles... estão com ele, não é?

Kassandra se virou para Myrrine e elas deram as mãos.

— O Culto o usa como seu "campeão". Eles o chamam de Deimos.

— Deimos? Eles deram a meu menino o nome do Deus do Terror?

Os olhos de Myrrine serpentearam por cada pedaço da varanda.

— Mãe, ele não é o garoto que poderia ter se tornado se tivesse sido criado por você. Aquela vagabunda Cultista, Chrysis, envenenou a mente dele, o alimentou com ódio e ira.

— Então ela pagará — disse Myrrine com a voz arrastada.

— Ela já pagou. Recebeu um machado no rosto como punição.

— Bom — respondeu Myrrine, seu rosto tomado por malícia, o lábio superior se erguendo como o de um cão satisfeito por botar um rival para correr... mas logo murchando quando um choro profundo emergiu de dentro dela. — Mas o meu menino...

Kassandra a levou de volta para dentro, sussurrando palavras afetuosas em seu ouvido.

Meses se passaram. Kassandra e Myrrine comiam juntas, dormiam na mesma cama, andavam para todo lado como um par. Kassandra sentia que o que havia revelado sobre Alexios estava destroçando a consciência da mãe, mas não conseguia deixar de ficar feliz por passar aquele tempo precioso com ela. Ouviu sobre os problemas de Naxos e aconselhou quando podia. Aspásia, Barnabás, Heródoto e a tripulação foram para o vilarejo e conseguiram ser acomodados em boas casas no paraíso frondoso. Barnabás até se afeiçoou a uma mulher local, Photina, permitindo que ela tatuasse suas costas e trançasse seu cabelo. Reza e seus tripulantes mais próximos saíam para pescar com arpão todos os dias na costa, pegando sargos e fazendo gestos obscenos para o bloqueio de Paros, ou parando com a água na altura dos joelhos, rugindo e balançando os genitais para os barcos inimigos. Heródoto mergulhou em seus escritos, catalogando a flora e a fauna da maravilhosa ilha, anotando histórias dos habitantes locais e fazendo desenhos de velhas ruínas. Ikaros passava os dias voando pela floresta, encontrando belos prêmios dentro da mata densa. Aspásia, por outro lado, se fechou, passando muito tempo sozinha. Kassandra a visitava frequentemente, no entanto, apenas para se assegurar de que estava bem. Ela estava taciturna, mas nunca triste. Sempre parecia perdida em seus pensamentos, os olhos brilhantes, a mente ocupada com alguma contemplação profunda.

Um dia, Kassandra e Myrrine estavam sentadas na varanda novamente, vestindo túnicas de linho macias, olhando por cima da montanha coberta de árvores na direção da costa e das águas cintilantes, o sol banhando seus pés descalços e suas pernas, o toldo protegendo seus rostos.

Nenhuma das duas falou nada por muito tempo, e o silêncio era bom. Mas aquilo não durou.

— Nós temos que encontrá-lo, libertá-lo — disse Myrrine.

Kassandra se virou para ela.

— O que quer que Alexios tenha se tornado — continuou sua mãe —, nós temos que tentar salvá-lo.

Na verdade, Kassandra sabia que esse momento chegaria, que aquelas palavras pairavam por trás dos lábios de Myrrine e dos seus, que esses poucos meses eram apenas uma calma passageira. Ela respirou fundo, se preparando para se transformar em *misthios* mais uma vez.

— Mas... — Myrrine olhou para a costa e para o mar muito além dela. — Não há uma maldita forma de sair desta ilha.

Kassandra observou o contorno de barcos de Paros, flutuando silenciosamente ao redor como um cardume de tubarões.

— Nós entramos com bastante facilidade.

Os olhos de Myrrine ficaram sombrios.

— Eles deixam entrar, Kassandra. Mas ninguém sai. Foi por isso que vim até aqui hoje, para observar, ver se os melhores dos marinheiros que sobraram podem provar o contrário.

Kassandra seguiu com o olhar a mão esticada de Myrrine, o dedo apontando para uma galé lustrosa partindo do torreão pedregoso no Dedo do Barqueiro. O casco do barco estava decorado em amarelo, laranja e vermelho-sangue — línguas de fogo. O *Canto da Sereia*, percebeu Kassandra, vendo o maravilhoso barco no porto de Naxos. Havia um grupo de soldados com armaduras marrons a bordo.

— Você vai enviar seu melhor barco na direção deles?

— Tem que ser assim. Todos os meus outros barcos fracassaram.

A vela da embarcação inflou enquanto ela acelerava na direção do bloqueio. Myrrine se agarrou ao parapeito da varanda, arranhando a superfície enquanto assistia. A galé estava em uma velocidade excelente, indo na direção de um buraco entre dois barcos... e então as duas trirremes de Paros mais próximas manobraram, sentindo o cheiro de sangue. Elas avançaram juntas sobre o *Canto da Sereia*, uma atingindo a popa e a outra disparando uma chuva de flechas sobre a tripulação. O barco de Naxos começou a afundar pela traseira enquanto a água espumava e gorgolejava. Homens e pedaços de madeira se dispersaram do desastre, os arqueiros de Paros os atingindo com facilidade. Os sons de gritos distantes gradualmente perderam a força e cessaram.

Myrrine murchou.

— Mais cinquenta bons soldados perdidos. Homens que eu não podia me dar o luxo de perder. Sobraram menos de cem lanceiros na ilha.

Kassandra observou os soldados de Paros laçarem um inimigo que se debatia. Ela viu um vulto com uma capa branca a bordo do barco dos arqueiros e percebeu que aquele era o homem sorridente do dia em que eles haviam chegado. Ele parecia estar instruindo sua tripulação enquanto eles despiam o sobrevivente de Naxos, depois o cortavam com facas. O homem gritava, seu corpo pálido coberto de linhas vermelhas. Então eles amarraram seus tornozelos e o jogaram de volta no mar. O bloqueio continuou silenciosamente, o homem amarrado sendo arrastado atrás do barco dos arqueiros, deixando um rastro vermelho na água. Pouco tempo depois, barbatanas surgiram na superfície, e os gritos do homem se elevaram mais uma vez enquanto tubarões o despedaçavam.

— O desgraçado naquele barco, quem é ele? — perguntou Kassandra.

— O *Archon* de Paros — respondeu Myrrine de forma seca. — Silanos.

— *Silanos?*

O som daquele nome foi como um grande badalar de um sino. Ela pensou na reunião sinistra na Caverna de Gaia, as palavras do mascarado com o mesmo nome soando em sua cabeça: *Estou quase conseguindo a mãe. É nela que devemos manter nosso foco.*

Myrrine assentiu.

— Mãe, Silanos é um Cultista. — Ela segurou Myrrine pelos ombros. — Você não vê? Esse bloqueio nunca foi por causa de mármore ou dinheiro. É por *sua* causa. O Culto está caçando *você*. — Ela olhou para o mar, respirando rápido. — Nós temos que sair desta ilha.

— Você acabou de ver o que aconteceu com as últimas pessoas que tentaram — disse Myrrine. — Nossa única esperança era Euneas, meu navarco. Ele tinha uma teoria de que deveria existir uma falha no padrão do bloqueio.

— Então você deve convocá-lo — afirmou Kassandra.

— Ele desapareceu no mar, meses atrás, antes de você chegar.

— Onde?

— Em uma viagem de reconhecimento para testar sua teoria sobre a falha do bloqueio. Ele partiu para o Estreito de Paros, o canal apertado entre as ilhas.

— Ninguém encontrou os destroços ou o corpo dele?

— Nada.

Kassandra se levantou.

— Se ele é nossa única esperança, então devemos encontrá-lo.

— *Misthios*, eu realmente acho que isso é uma espécie de rebaixamento — queixou-se Barnabás enquanto remava o minúsculo esquife. Seu rosto e seus braços estavam cobertos de suor, e a parte de trás de sua túnica apresentava um círculo escuro de transpiração.

— Se você ainda tem fôlego para se lamentar, então não está se esforçando o suficiente — disse ela, ofegante, usando o outro remo.

Kassandra olhou por cima do ombro, na direção para a qual o barco a remo seguia. Lá estava, exatamente como tinham avistado da montanha no canto sul da ilha: logo depois dos sapais da costa se encontrava uma galé solitária, velas içadas. Um dos homens de Myrrine havia confirmado que aquele era o barco de Euneas.

As águas cor de turquesa em volta da embarcação batiam e cintilavam à medida que eles se aproximavam. Kassandra soltou seu remo e se levantou para ficar de frente para o barco, então gritou com as mãos curvadas em volta da boca:

— Navarco Euneas.

A galé balançou silenciosamente, sem oferecer resposta.

— Leve-nos até mais perto — pediu ela a Barnabás. — Navarco! — tentou novamente.

Ikaros guinchou, mergulhou e pousou na balaustrada do barco. Com uma agitação das asas, parecendo encolher os ombros, confirmava a suspeita de Kassandra: o barco estava abandonado. Ela subiu a bordo e confirmou mais uma vez a situação. Nenhum sinal de luta, nada de sangue, itens derrubados ou arranhões na madeira. Apenas um barco esquecido, vagando calmamente naquele halo de água entre a costa de Naxos e o bloqueio de Paros. Havia sacos de grãos, vasos de vinagre e óleo, estoques de flechas, ferramentas, tudo empilhado de forma organizada.

Ela desceu para o barco a remo novamente.

— Por que Euneas traria seu barco até aqui? Minha mãe falou que ele era um sujeito corajoso. — Seus olhos examinaram a costa de Naxos enquanto ela divagava, então se viraram para os penhascos de Paros, no lado mais afastado do estreito. — Talvez tenha chegado perto demais da ilha inimiga.

— Você pode ter razão, *misthios* — disse Barnabás, se inclinando para a frente, olhando para o topo dos penhascos. — Está vendo como o sol reflete em algo lá em cima?

Ela apertou os olhos, enxergando lampejos de metal. Armaduras? Armas? Estavam inclusive se movendo. Ela colocou a mão em volta do ouvido, virou a cabeça naquela direção e ouviu o som fraco das súplicas de um homem. Desesperado, maltrapilho.

— Durante nosso tempo em Naxos — Barnabás continuou de forma sombria —, ouvi histórias horripilantes sobre como o povo de Paros executa seus prisioneiros...

Euneas tossiu e cuspiu a terra que havia em sua boca, apenas para outra pá cheia cair sobre seu rosto coberto de bolhas causadas pelo sol. Ele contorceu seus membros já havia meses desnutridos, mas não conseguiu se mover — estava enterrado quase até o pescoço.

— Moedas, eu posso dar moedas — balbuciou ele.

Os dois soldados de Paros gargalhavam com suas tentativas contínuas de fazer um acordo para ganhar sua liberdade.

— Quanto mais rápido você morrer — disse um deles —, mais rápido Naxos cai, nós colocamos nossas mãos na vadia da sua líder... e então não haverá nada que Silanos não possa fazer. Por que trocaríamos tudo isso por um suborno mesquinho?

O segundo homem bateu com a pá em volta do pescoço de Euneas, compactando a terra ali. Em seguida, tirou a tampa de um vaso e o virou sobre a cabeça do prisioneiro. Euneas se contorceu quando um mel viscoso caiu sobre seu cabelo, descendo por seu rosto em fios espessos.

— Delícia — disse o guarda.

O segundo deles então caminhou até um pilar de terra protuberante ali perto e o chutou. Euneas encarou o pilar por um momento. Um instante depois, se viu tomado pela ansiedade com a repentina explosão de formigas pretas cintilantes que se derramavam do ninho. Elas corriam e giravam, irritadas. Os dois guardas subiram em uma pedra, rindo, e observaram conforme as formigas seguiam em bando na direção de Euneas, sob o efeito intoxicante do cheiro de mel. Ele gritou, e não conseguiu finalizar seu grito e fechar a boca a boca a tempo; as formigas corriam até ele, subiam por seu rosto, entravam em sua boca, seus ouvidos, passavam entre seus olhos, entravam por seu nariz, se emaranhavam em seu cabelo. Cada mordida era como um pequeno pingo de fogo. *Deuses, não, essa é uma forma horrível demais de morrer...*

Smash!

De repente, a fúria das mordidas desapareceu. Um fedor de vinagre subiu pelas narinas de Euneas e os cacos da ânfora quebrada deslizaram até ele, o líquido afastando as formigas como uma onda capaz de expulsar banhistas tímidos das águas rasas. Ele viu a mulher ágil caminhar até ficar na frente dele e enfrentar os guardas. Um avançou sobre ela e caiu, queixo rasgado pela estranha lança que ela carregava. O segundo caiu com um golpe poderoso na lateral da cabeça, atordoado.

Myrrine aceitou as reverências gentis dos aldeões de Naxos enquanto caminhava pelos Jardins da Fênix. O aroma de jasmim do verão, tomilho e limão se misturava no ar tórrido enquanto seu povo conversava e desfrutava das carnes de caça, das frutas e do vinho que ela havia oferecido para esse banquete. Aquilo era tudo o que podia fazer em tempos tão sombrios — para distraí-los do fato de que aquela joia de ilha era na verdade uma prisão de Silanos... e do Culto.

— Kassandra tem razão — sussurrou Aspásia, caminhando a seu lado. A bela ateniense espelhava sua expressão: um sorriso de dentes bem à mostra, desesperadamente tentando tirar a atenção dos olhos preocupados. — O Culto está aqui atrás de você. Cada dia que permanecer aqui estará em perigo... e seu povo também.

— Eu rezei ontem à noite — disse Myrrine. — Pela primeira vez em anos. Pedi aos deuses para sair deste lugar, com Kassandra a meu lado.

— Não — sussurrou Aspásia. — Você não vê? Isso tornaria as coisas mais fáceis para o Culto, pois assim você e ela estariam combinadas em um único alvo. — Ela deu o braço para Myrrine e a puxou um pouco mais para perto, agindo como se as duas fossem velhas amigas em um momento feliz de recordações de memórias compartilhadas. — Você deve fugir *comigo*.

Myrrine franziu a testa.

— Eu passei vinte e três anos sozinha, pensando que minha filha estava morta. Eu não posso, não *vou*, me separar dela novamente. — O som de taças se chocando e um coro de risadas afinadas se ergueram daqueles em volta do chafariz gorgolejante. O curtidor e sua família ergueram suas bebidas enquanto ela passava. "*Archon!*", eles a saudaram. Pessoas dispostas, otimistas e *boas*. Garras de culpa arranharam seu coração. — Falar de partir é utópico. Essas pessoas, elas precisam de mim. Eu jamais suportaria abandoná-las. Elas foram minha família durante todos esses anos.

Ouviu-se uma arfada, uma taça caiu, cabeças viraram para os portões baixos da vila.

Myrrine e Aspásia olharam naquela direção. Os dois guardas de armadura marrom que estavam ali se separaram, soltando suas lanças e ajudando o trio cambaleante que entrava. Myrrine se soltou do braço de Aspásia e correu até eles.

— Como? Onde?

Ela chorava, segurando o rosto vermelho e inchado do pobre Euneas em suas mãos enquanto Kassandra e Barnabás o colocavam sobre um banco de mármore ao lado da estátua de Apolo.

— Eu tentei... explorar os... penhascos de Paros — disse ele, ofegante. Alguns ajudantes se aproximaram e começaram a cuidar de seus ferimentos graves com panos molhados e unguentos. — Eles bateram em mim, me deixaram passando fome, me esfolaram durante meses. Eu deveria morrer hoje... minha cabeça teria toda a sua carne arrancada por formigas. Ela matou um dos meus torturadores. E o segundo...

Kassandra repousou as mãos na cintura, virando a cabeça para olhar para a região oeste da ilha e para o Estreito de Paros.

— As formigas não passaram fome.

Myrrine a segurou pelos ombros, orgulhosa e eufórica. Mas os olhos de Kassandra estavam perturbados.

— Filha?

Kassandra a levou até um lado da multidão em volta de Euneas e lhe entregou um pergaminho.

— Encontrei isso com um dos guardas.

Myrrine franziu a testa, desenrolando o documento de couro. Seus olhos se arregalaram conforme examinava o código estranho. Não era nada parecido com o léxico grego. Ela foi tomada por assombro ao perceber que já tinha visto aquilo antes.

— Língua Cultista — reconheceu. — Você tinha razão quanto a Silanos.

— Isso nunca esteve em dúvida — rebateu Kassandra. — Mas quando prendi o segundo guarda no chão, perguntei a ele de quem Silanos recebia tais ordens. Ele disse que o pergaminho veio de um dos reis.

— Não compreendo. Reis? Que reis?

Os olhos de Kassandra se ergueram para encontrar os da mãe.

— Um dos dois reis de Esparta.

Os olhos de Myrrine ficaram distantes.

— Eles tiveram os éforos sob seu controle. Agora um rei. Mas... qual deles?

Kassandra balançou a cabeça distraidamente.

— Eu mal me lembro do Rei Arquídamo. E o Rei Pausânias subiu ao poder depois daquela noite... ele é só um nome para mim. O guarda com certeza não sabia; achei que ele poderia confessar quando as formigas corressem em sua direção, mas ele disse que todos os Cultistas guardavam seu anonimato. O rei traidor tem um apelido: o Leão de Olhos Vermelhos.

Myrrine enrolou o pergaminho, fazendo as duas metades do lacre de cera vermelha se reencontrarem. Sobre o disco de cera estava estampado um rosto de leão.

— Apesar de tudo o que nos aconteceu em Esparta, não podemos permitir que o desprezível rei permaneça em seu trono — disse Myrrine com os dentes cerrados, tremendo. Então jogou as mãos para o ar, na direção da costa. — Mas não podemos sair dessa ilha.

— *Archon* — chamou Euneas, enquanto se aproximava delas, seu rosto agora uma colcha de retalhos de cremes brancos. — Kassandra me contou como as coisas estão. Mas, bem, você não deveria se desesperar, pois, logo antes de ser capturado, confirmei minhas suspeitas sobre o padrão do bloqueio de Paros. Há uma forma de sair. As probabilidades são realmente baixas, mas se sincronizarmos bem...

O curtidor, os lenhadores, os guardas, os pastores e suas famílias haviam se juntado em volta deles agora. Ela olhou nos olhos de cada um. Por fim, sorriu de forma triste.

— Não importa. Não devo ir embora dessa ilha.

— Myrrine? — arfou Aspásia.

— Mãe? — reforçou Kassandra. — A Terra Baixa está chamando. Você não está escutando? Está na hora de voltar a Esparta.

Myrrine ajeitou a postura, erguendo o queixo de forma desafiadora.

— Eu não vou fugir e deixar meu povo nas garras de Silanos. *Se* nós conseguíssemos escapar, ele acabaria descobrindo. Seriam estas pessoas que sofreriam por isso.

Kassandra olhou para Euneas e indicou Myrrine com a cabeça.

— Diga a ela.

— Dizer o que para mim?

Euneas conseguiu abrir um quase sorriso.

— Você se lembra daquela vez em que matei dois maçaricos com uma só flecha, *Archon*?

12

Silanos agarrou a beira da balaustrada do barco, seus olhos arregalados de deleite.

— Por todos os deuses, eles estão vindo até nós — gritou, animado, enquanto uma galé acelerada vinha na direção da sua embarcação na costa de Naxos. Era a *Adrestia*, o barco que tinham deixado entrar nas águas da ilha há alguns meses. Aquele com a irmã a bordo. Ele olhou fixamente para o convés do barco que se aproximava, certo de que a veria ali mais uma vez, empoleirada sobre a balaustrada e segurando uma das cordas. E será que aquela era... — A mãe também! — arfou ele.

Essa seria a maior proeza imaginável — capturar e entregar ambas no próximo encontro do Culto.

— Eles estão acelerando para velocidade de impacto — anunciou um de seus tripulantes, com uma ponta de medo na voz.

— Deixe que se aproximem — respondeu Silanos, vendo que a embarcação estava realmente acelerando em direção à lateral de seu barco, o bico de bronze cintilando na luz do sol. — E sinalize para nossos barcos nas duas pontas. Traga-os para esmagar esse barco como uma pinça.

— Será feito, *Archon* — disse o tripulante.

— A irmã e a mãe serão acorrentadas — continuou Silanos, entusiasmado, para um marujo próximo. — Quanto aos outros sobreviventes, nós os amarraremos a lingotes de chumbo e os jogaremos ao mar, nos assegurando de que a corda seja longa o suficiente para eles nadarem de volta até *quase* a superfície. Eles poderão tocar o ar com seus dedos, mas não o alcançarão com a boca. Ah, assistir a um homem se afogar é uma coisa linda. Fazê-lo se afogar tão próximo da esperança deixa tudo ainda mais belo... e para quem está se afogando, aqueles poucos batimentos cardíacos necessários para chegar à morte devem parecer uma eternidade!

Um burburinho de confusão dos marinheiros e soldados se ergueu à sua volta.

— O que houve? — gritou Silanos para a tripulação, girando.

Ele mesmo viu antes de lhe responderem. Onde estavam os barcos de frente e de trás? Atrás de seu barco, as águas estavam desertas. A embarcação que os seguia estava em algum lugar atrás do promontório de penhascos. E à frente... nada — o barco que ia na dianteira já havia contornado o litoral montanhoso ali e estava fora do campo de visão. Eles estavam sozinhos. A confiança de Silanos desmoronou como um pilar de areia molhada atingido por uma onda enquanto ele visualizava seu anel de barcos de bloqueio e então via aquele trecho da costa de Naxos como realmente era.

— Um ponto cego... — balbuciou.

Ele levantou os olhos bem quando a embarcação de Naxos que vinha em sua direção cortou as ondas em uma velocidade incrível, avançando como um machado sobre a lateral de sua nau-almirante. Ele viu os olhares maliciosos da tripulação, o velho capitão curtido pelo sol, a irmã empoleirada na balaustrada, olhando fixamente para ele, ouviu o canto frenético do *keleustes*. *O-opop-O-opop-O-opop!* Mais rápido, mais rápido e mais rápido.

— Segurem-se! — gritou um de seus tripulantes por cima do rugido da água.

O grito não ajudou Silanos. O aríete da *Adrestia* atingiu a base da nau-almirante, partindo a balaustrada. Silanos gemeu enquanto o convés se desintegrava debaixo de seus pés. Ele sacudiu os braços desenfreadamente à medida que despencava sobre o bico de bronze da *Adrestia*, sua barriga batendo na ponta afiada e seu corpo se dobrando sobre ela. Ele sentiu um estalo e uma leveza instantânea. Um momento depois, caiu nas águas frias e turbulentas. Na escuridão e em meio à tempestade de bolhas, bateu as pernas para chegar à superfície. Estranhamente, aquilo não teve nenhum efeito. Então ele notou fitas vermelhas se erguendo de baixo. Ele olhou naquela direção e viu a massa disforme de pele e intestinos — se espalhando como os tentáculos de um polvo — e a completa ausência da metade inferior de seu corpo. Perplexo, Silanos então avistou a metade que faltava perto dali: pernas se contraindo, descendo lentamente para o fundo do mar. Acima dele, as grandes sombras dos dois barcos se separaram, a *Adrestia* seguindo para o mar aberto, deixando para trás os restos destruídos de sua nau-almirante.

O Cultista sentiu um puxão forte nos farrapos de pele e intestinos e olhou para baixo para ver um cardume de peixes mastigando e arrancando a guloseima sangrenta. De repente, o entorpecimento daquilo tudo desapareceu — e ele finalmente sentiu as primeiras ondas de dor lancinante e abrasadora correndo por seu corpo dividido ao meio. Então ele percebeu que estava certo: os últimos batimentos cardíacos de um homem que está se afogando realmente parecem levar uma eternidade.

Os mascarados ficaram parados em silêncio por algum tempo, seus olhos silenciosamente contando os muitos buracos em seu círculo.

A porta da câmara escura se abriu com um estrondo, e outro Cultista mascarado entrou às pressas. Seus passos fortes e seus ombros em um movimento ofegante sugeriam que nada estava bem.

— Ela escapou. A maldita *vagabunda* escapou mais uma vez. A mãe também.

— Mas e Silanos?

— O corpo de Silanos está no fundo do mar!

Eles começaram a se agitar, em choque, antes de um deles perguntar:

— Aonde ela está indo agora?

— Para o covil de cobras — respondeu o mensageiro. — Esparta.

A descrença se transformou em um zumbido de entusiasmo.

— Então devemos informar o Leão de Olhos Vermelhos...

A *Adrestia* cortava as ondas, jogando espuma na brisa fria de outono. Reza estava pendurado na proa por uma corda amarrada em sua cintura, arrancando as lascas restantes da galé de Silanos da estrutura da embarcação e tirando os restos secos dos integrantes da tripulação inimiga que haviam padecido frente ao aríete.

Kassandra estava com Myrrine na traseira do barco, sob a sombra da cauda do escorpião. Ela sentia a tensão da mãe.

— Silanos está morto; o bloqueio de Paros vai desmoronar. Além do mais, Aspásia é sábia e forte. Ela vai cuidar do povo de Naxos lealmente.

Myrrine balançou a cabeça lentamente de uma forma que sugeria que ela não queria ser lembrada do assunto. Aspásia — uma refugiada evitando a Atenas de Cléon — tinha se oferecido para tomar seu lugar como *Archon*, supervisora de Naxos.

— Eu sempre vou me preocupar com o povo de Naxos, Kassandra, mas não é neles que estou pensando agora: é no que vem pela frente. — Ela observou o contorno crescente e escuro de terra adiante: o primeiro dos três dedos de pedra que se erguiam do litoral da Lacônia. — Os mapas dizem que estamos olhando para a Lacônia. Mas meu coração vê uma terra de fantasmas.

Kassandra sentiu um tremor forte, que vinha de seus dedos dos pés até o topo de sua cabeça. Aquilo levou seus pensamentos ao único assunto que ela e a mãe ainda não tinham discutido: a revelação de Nikolaos.

— Antes de desembarcarmos, há algo que preciso saber — disse a mercenária.

Myrrine ficou tensa.

— Quem sou eu? O homem que eu achava que era meu pai era apenas um guardião.

O lábio inferior de Myrrine tremeu. Ela tentou falar, e então começou a chorar. Kassandra a abraçou apertado e beijou sua cabeça.

— A pergunta foi feita, mas você não precisa me responder agora. Pode me contar quando for o momento certo.

Myrrine assentiu, ainda nos braços da filha.

Passos interromperam o momento.

— O litoral está bem vigiado — disse Barnabás, caminhando pelas beiradas do barco para encontrar o melhor ângulo de visão. — Estão vendo os torreões e as fogueiras nas montanhas? É melhor não ousarmos atracar perto deles: se não fizerem chover projéteis de fogo sobre nós, então os mantos vermelhos nos atacarão como fizeram com aqueles atenienses em Megaris.

— Você está me dizendo que não podemos desembarcar? — perguntou Kassandra.

Barnabás deu uma piscadela.

— Não há nada que a *Adrestia* não possa fazer.

Mais tarde naquele dia, eles contornaram o segundo dos três cabos acidentados. Uma tempestade se aproximou, sibilante e repentina, transformando o mar em um caldeirão agitado e turbulento. Heródoto passou a tarde junto à balaustrada, vomitando e pedindo misericórdia. Eles chegaram a um trecho de penhascos escuros, completamente encharcados e muito íngremes, o céu acima manchado e tomado por nuvens. As ondas batiam contra as pedras com um ruído terrível, enviando jatos de água muito alto. Não havia nenhuma torre de vigilância espartana ali. Compreensível, dado que nenhum barco poderia esperar desembarcar naquela região. Exatamente naquele lugar, porém, Barnabás deu a ordem de virar para a "praia".

— Você nos trouxe para a parte mais sombria do reino mais sombrio para desembarcar? — gritou Kassandra por cima dos ventos uivantes.

Puxando cordas enquanto seus homens remavam e Reza guiava os lemes, Barnabás riu.

— Espere... e você verá.

A *Adrestia* seguiu na direção do paredão negro. Heródoto gemeu em um tom muito agudo. Kassandra e Myrrine recuaram sobre o convés, com medo de que acabassem esmagados contra os penhascos... Até que o paredão escuro pareceu se abrir.

De repente, a tempestade ruidosa se dissipou. As cordas soltas do barco, que se debatiam, ficaram frouxas, e a embarcação, antes aos trancos, se assentou em um ritmo tranquilo. Agora ela conseguia ver: a fissura ilusória no paredão negro, pouco mais larga que o barco. Ela levava a uma enseada oval de cerca de um disparo de flecha de largura, rodeada pelos paredões escuros.

— Poucos sabem sobre essa baía — disse Barnabás, seus olhos ficando distantes, sua voz se transformando em um eco de sussurro. Ele olhou para o alto, na direção do círculo largo de céu fechado, ergueu as mãos e as separou lentamente, seu rosto tomado por uma expressão de fascínio.
— Eu gosto de chamá-la de *olho dos deuses*.

Kassandra, Myrrine e Heródoto olharam para o lugar. Reza passou por eles casualmente, enrolando uma corda solta.

— Eu a chamo de cu de Cronos.

Murchando, Barnabás mandou sua tripulação se preparar para atracar. Eles desembarcaram sobre uma longa faixa de rocha negra que servia como um porto natural. Quando escureceu, acenderam uma fogueira debaixo do abrigo de uma protuberância, enquanto a tempestade seguia forte e o mar batia nas pedras e gorgolejava na entrada da baía.

Kassandra mastigava um pedaço de pão, mergulhando o alimento em um pote de mel de Naxos de vez em quando. Barnabás e Heródoto estavam ocupados em um debate, e Kassandra ouviu partes da discussão.

— Isso é falso! — debochou Heródoto.

Barnabás, afrontado, arfou.

— Não é! Veja! — Ele levantou o medalhão na luz da fogueira, tirando-o do pescoço e o colocando debaixo do nariz de Heródoto. — Uma *verdadeira* peça da sabedoria de Pitágoras!

Kassandra agora escutava com atenção, relembrando sua conversa com Heródoto ao lado da estátua do leão em Termópilas e o assunto da lenda morta e seu conhecimento perdido.

— Você conseguiu isso em Naxos? — questionou Heródoto.

— Sim.

— Quanto o mascate cobrou de você por isso? Que preço eles cobram pela ingenuidade hoje em dia?

Barnabás se recostou, resmungando uma blasfêmia em voz baixa.

— Eu não *comprei* isso — respondeu. — Foi Photina quem me deu.

— Ah, sua amante de Naxos. — Heródoto riu.

— Sim. Foi um sinal do nosso breve amor. Pertencia ao seu marido, Meliton, antes de ele desaparecer.

As orelhas de Kassandra se levantaram, o nome provocando mais lembranças da conversa em Termópilas: *Certo verão, conheci um andarilho. Um sujeito baixo e roliço que atendia pelo nome de Meliton e que passou seus dias velejando no Egeu em um barquinho... Ele tinha naufragado quando jovem no litoral de Tera...*

Heródoto ajeitou a postura, franzindo a testa, agora segurando a peça e a examinando cuidadosamente.

Kassandra conseguiu ver o medalhão de relance: era uma lasca de pedra escura, entalhada com um símbolo estranho. Os olhos de Heródoto se ergueram da peça para encontrar os dela. Ela identificou mil perguntas no olhar dele e mais mil surgiram em seus pensamentos.

— Por quanto tempo vamos ficar aqui? — perguntou um tripulante, interrompendo o momento.

Kassandra se virou para o homem e tentou se recordar da melhor forma de como era o terreno dali até sua velha casa. Quando criança, ela havia viajado de Esparta para o litoral uma vez com Nikolaos para aprender a nadar no mar agitado. Tinha parecido uma jornada colossal na época, embora tenha levado apenas cerca de um dia.

— Nós vamos partir amanhã. Irei sozinha com minha mãe.

Heródoto, Barnabás e o resto da tripulação olharam para ela, apreensivos.

— Pelo menos permita que alguns de nós acompanhem vocês — pediu Barnabás.

— Não, devemos ser minha mãe e eu. Ninguém mais. Nós podemos ficar longe por algum tempo.

Eles haviam se acostumado com o tom de Kassandra e sabiam que não fazia sentido insistir.

— Então devemos esconder o barco enquanto você está fora — admitiu Barnabás, erguendo os olhos. — Por mais reservada que essa baía seja, os espartanos enviam patrulhas terrestres por esses penhascos de tempos em tempos. Se olharem para baixo e virem um barco aqui, eles nos massacrarão.

— Como exatamente se esconde uma galé? — perguntou Heródoto, rindo.

Barnabás ergueu suas sobrancelhas duas vezes, então fez um sinal para Reza com a cabeça. O timoneiro e mais dois tripulantes se levantaram e começaram a trabalhar. Eles abaixaram o mastro e amarraram todos os acessórios soltos. A seguir, um homem posicionou uma estaca de ferro contra o casco e Reza pegou um enorme martelo e golpeou a ponta da estaca. Um som de madeira rachando ecoou pela baía. Quando o barulho sumiu, um gorgolejo chiado ocupou seu lugar.

— Deuses! — arfou Heródoto, o pão caindo de sua boca enquanto ele observava a *Adrestia* afundar lentamente, tudo, exceto a balaustrada, submerso.

Os dois que estavam com Reza se revezaram, mergulhando nas águas com cordas. Aos poucos, a galé afundou por completo, ficando invisível na água escura.

— Eles amarram pedras ao casco, para firmar a galé no fundo da baía. As balizas ficarão preservadas lá embaixo. Ninguém a verá do alto.

E, contanto que nós fiquemos escondidos, ninguém saberá que estamos aqui. Quando precisarmos dela novamente, podemos cortar as cordas. Quando removermos os pesos, o barco subirá até a superfície, então podemos tirar a água e reparar o buraco.

Heródoto já havia apanhado sua tábua de cera, o estilete correndo sobre a superfície enquanto ele tentava registrar aquela prática estranha e intrigante. Reza e seus dois companheiros voltaram para a fogueira e se sentaram para se secar. Em seguida, abriram um vaso de vinho e logo a tripulação estava perdida em histórias vulgares de aventuras passadas, todos de bochechas coradas e aquecidos.

Kassandra se sentou com um braço em volta de Myrrine, absorvendo a imagem de seu bando heterogêneo. Quando uma lufada de vento frio penetrou na baía e tocou seu pescoço, ela ergueu os olhos para o círculo escuro de céu e para as nuvens passageiras e pensou nos dias que estavam por vir.

Elas compraram um par de capões de um estábulo messênio, pagando o dobro para comprar o silêncio do homem quando ele começou a fazer perguntas. O céu pesado agora estava limpo, e elas viajaram debaixo de um perfeito azul de inverno, trotando por montanhas rochosas, envolvidas por cobertores de lã contra o ar fresco e o obstinado vento do leste.

Depois de um tempo, as montanhas se findaram, revelando a colossal fenda adiante: a Terra Baixa — uma longa faixa de campo plano cercada pela serra do Parnon a leste... e a cordilheira do Taigeto a oeste. Kassandra sentiu suas emoções aflorarem como um mal-estar enquanto ela olhava fixamente para o cume elevado do Taigeto, ouvindo os berros e xingamentos daquela maldita noite como se fossem naquele instante. Voando sobre elas, Ikaros explodiu em uma diatribe de guinchos, todos aparentemente direcionados para a cordilheira. Apenas a mão de Myrrine em sua coxa foi capaz de espantar as lembranças terríveis.

Kassandra deixou seu olhar cair sobre a planície entre as cordilheiras, cortada por riachos e afluentes, todos alimentando a artéria prateada que era o Rio Eurotas. Dentro do manto verde-dourado de floresta espessa e de trigo oscilante estavam os pequenos vilarejos — casas de madeira e tijolo. Os cinco maiores vilarejos ficavam agrupados perto do coração da planície, brilhando com o famoso mármore de veios azuis dessa terra.

Esparta, ela moveu os lábios sem produzir sons.

Kassandra e Myrrine cavalgavam em um bom ritmo, mas ambas sentiam um aperto na barriga — nenhuma das duas podia evitar aquela relutância com a crescente proximidade de seu velho lar, de seu passado. Elas entraram na Floresta de Eurotas no meio da tarde, caindo sob as sombras de sua cobertura de oliveiras e carvalhos retorcidos. Ao redor, os galhos dourados farfalhavam e sussurravam conspiratoriamente, o vento espalhando a fofoca de sua volta. Montes de folhas caídas crepitavam e giravam enquanto a brisa as seguia e todas as áreas de sombra adiante pareciam estar mancomunadas e cheias de espiões. Mas elas continuaram em frente e não viram ninguém.

Até ouvirem o rosnado profundo e ameaçador de um lobo.

Kassandra colocou a mão sobre o peito de Myrrine, as duas parando ao mesmo tempo. Seus olhos ficaram afiados como lâminas, enxergando através da floresta sombria adiante. Movimento. Meninos. Três jovens, cabeças totalmente raspadas, nus a não ser por mantos vermelhos imundos. Eles saltavam e rolavam, evitando por pouco as presas furiosas de um imenso lobo cinzento. Não eram páreo para a criatura. Dois deles foram jogados para trás por um movimento da enorme cabeça da besta, depois o lobo saltou sobre o terceiro e o agarrou pelo pescoço.

Kassandra sentiu seu corpo descer da sela e ouviu o sussurro de Myrrine para que parasse:

— Kassandra, o que você está fazendo? Nós estamos em Esparta, esse é um território de treinamento da *Agoge*.

Mas ela continuou até chegar à beira da clareira. O lobo estava sacudindo o menino como um brinquedo. Seu rosto estava ficando sem cor; seus olhos encontraram os de Kassandra.

Ela entrou na clareira empunhando sua lança e golpeando a lateral do corpo do lobo. Assustada, a criatura ferida uivou e soltou o garoto, então se virou e fugiu. A mercenária se abaixou sobre um joelho e segurou o garoto caído. Seu pescoço estava claramente quebrado.

— Mãe? — balbuciou o garoto, suas pupilas dilatando.

— Não sou sua mãe — respondeu Kassandra, em voz baixa.

— Diga a ela que ela... deveria ter orgulho de mim. Eu enfrentei o lobo. Eu não tive medo.

Kassandra entendeu aquilo bem demais.

— Estou com tanto frio — gemeu o garoto.

Ela passou uma parte de seu manto em volta dele. Depois de algumas poucas respirações ruidosas, a luz abandonou seus olhos. Ela o colocou no chão.

Bem naquele momento, uma nova voz falou:

— O que você está fazendo aqui, desconhecida?

Ela se virou para ver um esparciata adulto com um manto vermelho, barbado e com o cabelo preso em longas cordas pretas. Seu olhar era como um bastão de cobre.

— Eu estava passando por aqui. Vi os garotos em apuros e tentei ajudar.

— Ela mente! — grunhiu um dos outros dois meninos, exultante. — Ela tentou matar o lobo e roubar a glória para si mesma.

— Você interferiu com o treinamento espartano e então mentiu a respeito disso? — perguntou o espartano adulto. — Não há mais honra no coração daquele garoto morto.

Ele fez um barulho gutural para convocar os dois sobreviventes. Um deles apanhou o corpo, ele e o outro murmurando em uníssono:

— Nunca deixe de enterrar o corpo de um camarada.

Os garotos passaram pelo mais velho, que se despediu com uma ameaça.

— Você deveria voltar para o lugar de onde veio, ou logo vai descobrir como nós espartanos somos inclementes...

Kassandra recuou pela mata até onde a mãe estava, ainda sobre seu cavalo. Myrrine olhou para ela de uma forma que a fez se sentir como se tivesse sete anos novamente.

— Você não devia ter interferido. Essas florestas são usadas para endurecer os meninos, transformá-los em homens, como você bem sabe.

— Eles não vão servir de nada para Esparta se acabarem na barriga de um lobo — rebateu ela.

— Eles não vão servir de nada para Esparta se forem fracos demais para matar um lobo! — retrucou Myrrine.

Elas cavalgaram em um silêncio constrangedor por mais uma hora. Por fim, Myrrine voltou a se manifestar.

— É esse lugar — disse ela, com um suspiro pesaroso. — O ar, o cheiro, as cores, tudo. Eu sinto a opressão, as exigências do que era ser uma espartana quando esse era o meu lar.

— Mas você estava certa. Eu não devia ter tentado salvar aquele menino — respondeu Kassandra.

— Por quê? O que você é? — perguntou Myrrine, com um suspiro cansado. — Espartana? Grega? Uma andarilha?

— Uma filha de lugar nenhum. — Kassandra terminou por ela. Ela encarou Myrrine. — Parte de mim é espartana e eu nunca poderei mudar isso. Mas e o resto de mim? Quem sou eu para negar a mim mesma sentimentos de amor, de compaixão, de pesar?

Os lábios de Myrrine se contorceram em um sorriso relutante e triste.

— Você e eu pensamos de formas parecidas. Nós deixamos nosso velho lar como espartanas — disse ela, depois de um tempo. — E retornamos como criaturas diferentes.

A dupla seguiu na cavalgada.

Finalmente, as árvores rarearam e elas chegaram a Pitana, um dos cinco vilarejos principais. A cidade onde Kassandra nasceu. Como todas as cidades espartanas, ela não tinha muros. Um dos velhos ditados de Nikolaos voltou à sua mente: *Os homens de Esparta são seus muros, a ponta de suas lanças, suas fronteiras.*

Elas saíram da floresta e chegaram a uma estrada larga e sinalizada, ladeada por casas e oficinas de paredes brancas e telhados vermelhos. Fumaça de madeira se erguia, o aroma doce misturado ao fedor acobreado da sopa negra espartana, e o tilintar do martelo de um ferreiro emprestava um ritmo ao canto baixo que saía de um pequeno templo no coração do vilarejo. Kassandra reconheceu aquilo tudo: o suporte para defumar carnes junto ao poço onde costumava brincar, o arsenal com a porta de dobradiças de bronze, a taberna com a estátua do cavalo alado sobre a verga da entrada. Tão pouco havia mudado.

Elas continuaram cavalgando, olhando para a frente, escondendo qualquer expressão, enterrando as memórias e emoções que transbordavam dentro de si. Hilotas corriam de um lado para o outro, curvados por conta do peso que carregavam, seus gorros de pele de cachorro denunciando sua posição inferior. Esparciatas de mantos vermelhos estavam sentados perto das longas e baixas casas do quartel, afiando suas lanças. Nenhum deles andava sem sua arma.

Havia uma mulher sentada na varanda de casa, moendo grãos, o vestido *peplos* escuro cobrindo do pescoço aos tornozelos, com exceção de uma fenda em uma das laterais que mostrava sua perna até o alto da coxa. Um garoto — seu filho, levando em conta suas feições — se aproximou lentamente por trás dela, esticou o braço e pegou uma das pequenas sacas de farinha da mesa ao seu lado. Ele se afastou, o rosto se abrindo em um sorriso, logo antes de a mãe se levantar e girar, tudo de uma vez, a moenda, os grãos e o trigo cru caindo por todo lado enquanto ela o agarrava pelo pescoço, erguia o garoto e lhe dava um tapa com as costas da mão no rosto. Kassandra ouviu o nariz do menino quebrar. A mãe deixou o filho cair no chão.

— Seu tolo desajeitado! Seu imbecil! Você não consegue nem roubar uma saca de farinha. Nunca será forte ou hábil o suficiente.

Enquanto o garoto recebia esse bombardeio verbal, outro — o irmão do menino, Kassandra percebeu — entrou escondido e roubou duas das sacas esparramadas de farinha, fugindo sem ser visto. Alguns dos esparciatas que observavam gargalharam baixo, batendo com as mãos nas coxas como aplauso.

A dupla chegou a uma bifurcação na estrada. O caminho da direita levava ao ponto central de mármore de Esparta — uma cidadela sem muros sobre um monte baixo onde as estradas para os cinco vilarejos mais antigos convergiam e onde os reis podiam ser encontrados... inclusive esse traiçoeiro "Leão de Olhos Vermelhos". As duas olharam, no entanto, para a esquerda, para o lar triste e esquecido nas cercanias de Pitana. Sem falar nada, elas guiaram seus cavalos naquela direção e pararam diante dos portões de ferro, há muito trancados com uma corrente. Kassandra se lembrou do início inocente daquela noite: sentada com sua mãe, Alexios e Nikolaos junto à lareira. Apesar de nunca ter ido àquela casa, Ikaros parecia sentir a tristeza de Kassandra e piava melancolicamente através dos portões e na direção da casa.

— Ela é nossa por direito. Será nossa novamente — disse Myrrine —, assim que livrarmos Esparta do rei parasita.

— Essa propriedade é de Stentor — disse uma voz atrás delas.

Kassandra girou, vendo a forma de um esparciata alto e robusto. Por um momento ela se perguntou se teria que lutar. Então viu a expressão taciturna do homem, emoldurada pelo cabelo liso na altura dos ombros.

— Brásidas? — sussurrou.

Myrrine colocou a mão sobre seu peito quando ela tentou se aproximar dele.

— Não, mãe, Brásidas é um amigo. Ele me ajudou a matar o Traficante.

A testa de Brásidas se franziu.

— Bem, eu gosto de pensar que você me ajudou a matá-lo, mas tanto faz. — Ele fez um sinal com a cabeça, indicando o casarão esquecido. — O Estado guarda a casa para Stentor. Ele está sempre afastado, na guerra, então ela tem ficado assim desde que o Lobo desapareceu.

Myrrine e Kassandra fizeram bem em não se encolherem ou se entreolharem.

— Mas eu sei quem são vocês duas. Sei que o lugar é de vocês tanto quanto é de Stentor. A questão é que não sou eu quem vocês devem convencer.

Ele disparou um olhar rápido por cima do ombro na direção da cidadela baixa de mármore.

— Nós viemos para ver os reis, de qualquer forma — disse Kassandra.

Brásidas tentou lê-la por um instante, então se curvou.

— Então talvez eu deva apresentá-los. Já faz algum tempo, afinal de contas...

A região da cidadela não era nada como a acrópole de Atenas. O monte não era mais alto do que uma casa de um andar e as inclinações eram leves, pavimentadas ou cobertas com grama e canteiros de ciprestes. Eles passaram por um ginásio aberto, onde homens nus corriam em volta de uma pista. Havia algumas mulheres nas laterais xingando os mais lentos, cuspindo sobre eles quando passavam. Quando um tropeçou e caiu, uma mulher zombou dele, pulou a cerca de madeira e arrancou as próprias roupas, então partiu em disparada. Seu rosto se contorceu com o esforço quando ela alcançou os homens, que pareciam momentaneamente envergonhados e procuraram mais velocidade em seus membros cansados. Os espectadores rugiram de felicidade, torcendo enquanto a corredora mantinha o ritmo e ameaçava a liderança. De um lado, alguns homens eram lubrificados com óleo por hilotas, enquanto uma dupla que já estava brilhando se engalfinhava em uma luta de pancrácio. Eles passaram por um teatro, os degraus de pedra pálida ocupados por esparciatas que torciam e batiam com seus punhos em aplauso enquanto um ator representava a lenda de Cadmo. O homem saltava e rolava em uma demonstração de excelência marcial em volta de três hilotas cobertos por uma fantasia de cores berrantes que deveria representar o Dragão de Tebas. De outra direção, eles ouviram o balido dolorido de uma ovelha, vindo de um outeiro próximo. Lá em cima, a ovelha soltou seu último suspiro sobre o altar para Vênus Morfo, enquanto um sacerdote manchado de sangue erguia o coração brilhante do animal para os céus e declamava alguma reza antiga.

Quando chegaram à base do monte central, eles passaram por dois jovens de cabeça raspada que batiam com seus cajados *bakteriya* em um pobre hilota caído no chão.

O estômago de Kassandra embrulhou. Os dois eram da Cripteia, ela percebeu: graduados na *Agoge*, ainda sem permissão para deixar o cabelo ou a barba crescerem, mas com permissão para aterrorizar a classe inferior dos hilotas, mantê-los em um perpétuo estado de pavor.

— Olhe nos meus olhos, cão! — gritou um bem no rosto do hilota, que já era quase uma polpa.

Outros hilotas estavam próximos, cabeças abaixadas, sem fazer nada. Quando o homem escravizado espancado ficou inconsciente, o espancador caminhou até um dos hilotas próximos e esticou a mão para ele, esperando, sem nem olhar em sua direção. O homem lhe entregou uma toalha sem hesitação. O espartano limpou o sangue de suas mãos e jogou a toalha nos pés do hilota. Por mais que o Culto fosse responsável pelas coisas terríveis que haviam acontecido em sua infância, Esparta em si era criatura cruel e inclemente, com dentes e garras vermelhos.

Enquanto subiam o monte, os três passaram por um velho santuário de silhar. Kassandra tinha quase se esquecido de sua existência, até que sentiu sua lança sussurrar para ela e viu os flashbacks de Termópilas novamente. Ela foi tomada por uma onda de empolgação ao olhar para a velha tumba e dizer em silêncio o nome legendário gravado na verga da entrada: *Leônidas*.

— Ele caminha conosco. — Myrrine a encorajou. — Sua linhagem é boa, verdadeira e forte.

Eles deixaram o túmulo para trás, e o topo da montanha apareceu em seu campo de visão, o ponto central um salão real retangular de telhado vermelho e suportado por colunas dóricas em um tom pálido de azul. Sobre o portal elevado, uma estátua de Zeus Agetor em postura de guerra os encarava à medida que se aproximavam. Um burburinho caótico abafado vinha do outro lado das portas altas. Havia dois guardas posicionados diante da entrada. Eles estavam de armadura cerimonial — o mais decorativos que os espartanos podiam ser. Usavam elmos no estilo coríntio extremamente polidos, peitorais de couro moldado, proteções de bronze em seus bíceps e boas lanças — as lâminas com o mesmo padrão da lança de Leônidas —, além de mantos vermelho-sangue. Não carregavam escudos com a letra lambda, mas completamente pretos. O *hippeis*, ela se lembrou — as poucas centenas de homens seletos que formavam a guarda real. Eles não abririam caminho para qualquer um. Kassandra viu seus olhos se moverem rapidamente nos buracos de seus elmos enquanto o trio chegava mais perto, notou seus corpos se inclinando para a frente apenas uma fração, prontos para desafiá-los.

Brásidas entrou na frente delas e esticou a mão em saudação.

— *Khaire*, eu trago amigas que buscam se aconselhar com os reis.

Os guardas esticaram suas mãos em saudação.

— *Lochagos* Brásidas! — bradaram em uníssono, e se afastaram sem perguntas.

— *Lochagos*? — sussurrou Kassandra quando as portas se abriram. — Você agora lidera um dos cinco regimentos sagrados?

— Você não é a única que andou ocupada, *misthios* — disse ele, seus lábios se curvando para cima com sutileza.

As portas se abriram e o burburinho abafado de conflito os atingiu em cheio, como o rugido de um dragão.

Centenas de homens reclamavam e empurravam, rugindo, socando o ar, saliva voando. Dois briguentos rolavam no chão, ambos segurando lanças. Por um momento, enquanto entravam, Kassandra pensou que havia sido levada a uma taberna de Cefalônia. Mas então conseguiu dar uma olhada melhor nos dois no chão: um homem jovem de boa aparência e um mais velho, com uma juba de cabelo grisalho e olhos inflamados, furiosos... *Rei Arquídamo?*

Naquele momento, os dois se separaram. Arquídamo se levantou com um salto e girou sua lança sobre a cabeça, levando a ponta habilmente para repousar sobre a garganta do homem mais jovem, ainda no chão.

— Você se rende, Pausânias? — rosnou ele, os dentes cerrados.

Pausânias, ofegante e de rosto marcado por uma malícia similar, grunhiu como um mastim irritado, então gesticulou de forma desdenhosa:

— Sim.

A lança foi recolhida, a multidão comemorou e os rostos dos dois reis mudaram. Arquídamo gargalhou animado. Pausânias segurou a mão que ele ofereceu e se levantou, sorrindo.

— O edito de Arquídamo permanece — admitiu ele. — Mandaremos um recrutamento de messênios para apoiar os esforços na Beócia.

Kassandra piscou para ter certeza do que tinha visto. Ela nunca havia colocado os pés dentro daquele lugar quando criança, mas ouvira rumores. Até mesmo ouvira um ateniense bêbado no simpósio de Péricles zombando da forma primitiva de votar dos espartanos. *Eles optam pela proposta daquele que tiver mais aplausos*, aquele velho bode tinha debochado. Se ele ao menos tivesse visto aquilo... optar pela sabedoria daquele que era melhor em agredir o outro.

A plateia ensandecida se retirou, como uma onda recuando da praia. Eles se estabeleceram em bancos enfileirados que cercavam o salão. Kassandra reconheceu o maior grupo: a Gerúsia — vinte e oito anciãos, corcundas e carecas, mas, segundo diziam, repletos de sabedoria. Quando os dois reis se sentaram em suas cadeiras no plinto no lado mais afastado do salão, a Gerúsia bateu com suas bengalas no chão em veneração. Kassandra também reconheceu um grupo menor: cinco homens com túnicas cinzentas, de pé sobre o plinto, atrás dos assentos dos reis, e que não faziam nenhum gesto de adoração. Os éforos. O coração de Kassandra se transformou em pedra ao olhar para todos eles, se lembrando daquele que se parecia com um abutre, que tinha arremessado Alexios da montanha... antes de também cair. Mas seu ódio diminuiu quando ela viu o rosto de cinco homens entre trinta e quarenta anos. Nenhum deles tinha sido parte do que acontecera naquela noite. Os éforos não eram uma força do mal. *Era o Culto*, ela lembrou a si mesma. *Sempre foi o Culto, se enfiando em cada fenda nas pedras.* Sim, os éforos não deviam adoração aos reis, mas este era seu propósito — manter os monarcas na linha. *Esparta: o cão de duas cabeças, acorrentado no pescoço por um mestre de cinco cabeças!*

— Brásidas — bradou Pausânias, abrindo os braços em saudação. — O que você nos traz hoje?

Brásidas levou Kassandra e Myrrine até o pé do plinto baixo sobre o qual os reis estavam sentados. Quando ele começou a apresentá-las, Kassandra notou que, enquanto Pausânias demonstrava avidez, Arquídamo ficou recostado em seu trono, sua juba caindo sobre os ombros, sua expressão se transformando em uma de desconfiança e desdém; aqueles olhos com veias vermelhas examinavam Kassandra e Myrrine como um açougueiro julgando um corte de carne.

— ... elas vêm reivindicar uma propriedade ancestral. Uma que está desocupada.

— Quem são elas? — perguntou Pausânias, intrigado. — Qual linhagem, qual estado?

Bem naquele instante, os olhos injetados de sangue de Arquídamo se acenderam, quando ele finalmente reconheceu Myrrine.

— Você — rugiu ele, se levantando, as pernas de seu trono arrastando na pedra. Seu olhar sério se virou para Kassandra, percebendo a semelhança, o quebra-cabeças se completando. — *E você!*

Com um rugido gutural, ele pegou sua lança e deu um salto sobre os poucos degraus na direção delas. Foi apenas a reação rápida de Pausânias que o interrompeu.

— Solte-me ou, por Zeus Agetor, eu vou furá-lo — rosnou Arquídamo.

— Não compreendo. Por que elas o irritam tanto? — questionou Pausânias.

— Porque elas são da linhagem de Leônidas... a linhagem desonrada.

O rosto de Pausânias empalideceu. Ele encarou as duas.

— O desastre de Taigeto, tantos anos atrás?

Kassandra não falou nada. A película vítrea que se ergueu sobre seus olhos era resposta suficiente.

— E elas ousam retornar — confirmou Arquídamo. — Achei que vocês duas estavam mortas, e seria melhor que estivessem mesmo.

Pausânias se colocou entre o rei malevolente e as duas mulheres.

— Ainda assim, elas vêm humildemente até nós. Brásidas se responsabiliza por elas, não?

Brásidas balançou a cabeça uma vez.

— Kassandra realizou atos heroicos e espontâneos por Esparta nesses anos de guerra. Ela me ajudou a libertar Coríntia do bandido que tinha se apoderado daquela cidade.

Pausânias se voltou novamente para Arquídamo:

— E elas são da linhagem do nosso rei mais famoso. Talvez nós não devêssemos nos voltar contra elas assim tão rápido... certo?

Ele continuou argumentando com o rei mais velho, cauteloso e respeitoso. Levou uma eternidade, os olhos de Arquídamo ainda disparando contra Kassandra e Myrrine por cima de seu ombro. Mas, finalmente, o rei mais velho recuou, caindo mais uma vez em seu trono.

— Se quiserem sua propriedade de volta — grunhiu Arquídamo —, então vocês terão que fazer algo por mim. Afastem sua desonra passada. Provem que são dignas.

Kassandra esperou, observando enquanto o fogo em seus olhos crescia, um sorriso de dentes amarelados se espalhando por seu rosto.

— Viajem para o norte na primavera, auxiliem nos esforços na Beócia, ajudem a assegurar aquela terra para Esparta.

Os observadores da Gerúsia arfaram ao ouvir a sentença — o que certamente lhes deu uma noção da dimensão da tarefa.

Pausânias se agarrou àquela lasca de acordo.

— Parece uma oferta justa, não? E enquanto vocês passam o inverno aqui, esperando a primavera, arranjarei um lugar onde podem ficar.

Ele bateu uma palma. Um hilota correu até o rei com uma tábua de cera. Pausânias murmurou algo para o escravo, que arranhou o arranjo na tábua, antes que o rei pressionasse seu anel na cera para aprovar a requisição.

Um anel gravado! A respiração de Kassandra parou e seus sentidos se aguçaram enquanto ela e Myrrine olhavam fixamente para o anel. Ele carregava um emblema de... uma lua crescente. *Nada de leão?*, ela pensou. *Então deve ser...* Seu olhar se voltou para Arquídamo, que continuava a encará-las com raiva, olhos encobertos. Ela olhou para suas mãos calejadas, uma sobre a outra, cobrindo o anel gravado.

— É uma casa pequena, mas uma que acho que vocês acharão confortável — continuou Pausânias, fechando a tábua. — E nestes meses frios, vocês podem ajudar nosso campeão, Testikles, a se preparar para as próximas Olimpíadas. Ele precisa do máximo de parceiros de treinamento que conseguir.

— Então, descendentes de Leônidas — disse Arquídamo, seu sorriso aumentando —, vocês aceitam a minha tarefa?

Ele separou as mãos e Kassandra fincou o olhar assim que o anel gravado foi exposto. Seu coração acelerou — e então ela viu que ele carregava a imagem de... um falcão em voo. *O quê? Como?*

— Algo errado? — perguntou Arquídamo, rindo.

Kassandra nunca havia tido certeza de nada em sua vida. Mas ali, naquele momento, ela sentiu uma convicção de ferro de que Arquídamo era o rei traidor — de que ela estava sendo enviada para a Beócia para morrer. Se uma armadilha esperava por ela em seu destino, então talvez ela também encontrasse as provas dos laços do rei com os Cultistas.

Kassandra sentiu a Gerúsia, os éforos e os guardas *hippeis* todos olhando fixamente para ela, esperando sua resposta.

— Farei o que foi pedido.

13

— Volte aqui — rugiu Testikles. — Passe óleo em mim!

Kassandra ergueu seu manto e o jogou por cima do corpo nu do homem.

— Passe você mesmo. Você está bêbado... e totalmente fora de forma.

Ela saiu apressada do ginásio, deixando o campeão errático rolando na terra em que ela o tinha derrotado pela terceira vez seguida em uma disputa de pancrácio. Ele era um idiota, mas Kassandra gostava dele — possivelmente porque ele era um espartano bastante não espartano, que tinha senso de humor e gostava de pregar peças... e de vinho.

Tinha sido um longo inverno, marcado por noites embriagadas de poesia épica espartana, jogos, corridas e artesanato. Ela tinha inclusive conseguido convencer Pausânias a permitir que Barnabás, Heródoto e a tripulação saíssem de sua baía escura e viessem para a cidade. Agora eles viviam como convidados do jovem rei. A área da cidadela estava coberta por uma fina camada de geada, mas as primeiras campânulas brancas começaram a brotar nos prados em volta dos templos e os pássaros cantavam nos ciprestes. A primavera estava quase chegando. No dia seguinte, ela partiria para o norte — mais uma vez em seu papel de *misthios* — para mudar o rumo da luta na distante Beócia. Uma coisa que tinha aprendido no inverno era quão estabelecidas estavam as forças espartanas e atenienses naquelas terras. Kassandra se sentiu uma tola por concordar com as exigências de Arquídamo. Algo que ela certamente não havia encontrado durante o inverno era uma prova do segredo do rei. O homem era uma cobra, disso ela tinha certeza. Mas não podia acusá-lo ou atacá-lo como Cultista até ter provas de que aquilo era verdade.

A mercenária passou por sua propriedade ainda acorrentada, então parou na pequena casa de dois quartos que elas haviam recebido de Pausânias. Lá, Kassandra se lavou e se sentou no portal de seu lar, bebendo um longo gole de água com frutas. Seu olhar se virou para Pitana — para a tumba de silhar de Leônidas. Era quase meio-dia, percebeu. Com um suspiro cansado, ela se levantou e caminhou até lá.

— Por que aqui, mãe?

Ela suspirou mais uma vez, distraidamente, se perguntando por que Myrrine tinha lhe pedido para encontrá-la na tumba quando fosse meio-dia. Brásidas e Myrrine também deixariam Esparta no dia seguinte. Eles haviam combinado de viajar para a Arcádia durante a primavera e o verão, sua mãe tendo encontrado provas que sugeriam que o *Archon* da Arcádia também era um Cultista. Se realmente fosse, então com certeza poderia ser "convencido" a entregar a identidade do rei espartano sujo.

Ela entrou na tumba antiga. Myrrine estava ajoelhada ao lado de uma arandela acesa debaixo da estátua solene e ascética do Rei Leônidas, nu a não ser por um elmo, uma lança e um escudo. Kassandra ajoelhou ao lado da mãe.

— Leônidas foi o último verdadeiro herói de Esparta — disse Myrrine. — Nós todos estaríamos sob o jugo dos persas se não fosse por sua coragem.

— O que isso tem a ver comigo e com a minha jornada para o norte, onde gregos vão matar gregos?

— Você sabe por que Leônidas foi até os Portões Quentes, apesar das probabilidades?

— Porque ele era forte, heroico, diferente de mim — rebateu Kassandra.

— Segure sua lança — disse Myrrine calmamente.

Kassandra estreitou os olhos, desconfiada, mas fez o que ela pediu.

— A última vez que alguém me pediu para fazer isso foi quando Heródoto...

Myrrine moveu a lança na direção da estátua e um raio atravessou Kassandra.

Eu estava no Salão dos Reis — mas ele parecia diferente: os velhos tronos mais brilhantes, menos gastos... e vazios.

— Esparta não entrará em guerra. A Pítia falou — gritou um homem esquelético atrás de um dos tronos.

Um éforo, percebi. Os outros quatro uivaram, de acordo. Alguns deles vestiam ou seguravam aquelas máscaras nojentas. No chão entre eles estava um velho trapo enrugado em forma de mulher, murmurando, se balançando. Ela reconheceu a túnica diáfana, os badulaques pendurados. A Pítia! Eles tinham o Oráculo a seus pés como um cão!

O vulto solitário na base da escada até o plinto dos tronos se ampliou, suas costas viradas para mim.

— Toda essa conversa sobre a Pítia! A Pítia! Bem, a Pítia diz apenas o que vocês mandam. Ela é uma marionete que vocês manipulam há muito tempo. Chegou a hora de cortar suas cordas.

— Oh, Leônidas, os dias de heróis acabaram. Você acha que seu sangue o torna especial? Se nós abríssemos suas veias, ele se derramaria no chão e desapareceria pelas rachaduras. Você não é ninguém.

Eu percebi onde estava agora, e quando.

Leônidas ergueu sua lança e a apontou para o éforo.

— Não sou nada? Desça e me enfrente. Você está mais do que convidado a descobrir.

Então o Oráculo parou de murmurar e levantou sua cabeça velha. Ela colocou a mão delicadamente na ponta da lança de Leônidas, empurrando--a para baixo.

— Por que você luta contra a certeza, Filho do Leão? Xerxes nos unirá. Ele trará Ordem ao Caos.

Meu sangue congelou. Por que o Oráculo e os éforos estavam pedindo ao Rei de Esparta e ao seu exército para obedientemente abrir caminho para Xerxes, o Rei dos Reis, o Mestre da Pérsia, e seus vastos exércitos?

O rosto do éforo se abriu em um sorriso animado.

— Está vendo? Desafie a Pítia e tudo que você representa ruirá.

Leônidas olhou fixamente para todos eles por um tempo, depois deu meia-volta.

— Prepare os homens. — bradou, enquanto se afastava do plinto. — Se Xerxes quer Esparta, então ele terá que me derrotar.

Leônidas passou por mim como um fantasma e, em um clarão branco, tudo acabou.

* * *

Kassandra se viu ajoelhada ao lado de Myrrine.

— Viu? — disse sua mãe. — Leônidas foi à guerra para salvar Esparta da Pérsia... e do Culto.

— Eles estavam aqui, enraizados nas bases de Esparta, mesmo naquele tempo?

— Mesmo naquele tempo — confirmou Myrrine. — Nosso retorno a Esparta me permitiu descobrir muitas coisas. Todas elas sombrias. Mas agora você deve ir para o norte, Kassandra. Não pense em Arquídamo ou no passado. Apenas sobreviva... e encontre a prova de que precisamos para de uma vez por todas arrancar de nossa pátria as raízes sombrias dessa erva daninha.

O som solitário dos cascos do cavalo embalaram Kassandra em nebulosos devaneios do passado — da tempestade de guerra para a qual ela havia sido arrastada nos últimos anos e de tempos mais antigos, ainda alojados em seu coração como anzóis enferrujados. De repente, a mercenária ouviu o som de muitos cascos e ergueu os olhos, assustada. Mas as montanhas da Beócia estavam desertas — apenas pedras cinzentas e arbustos verdes cintilando no calor do início do verão. Os vales à sua volta eram grandes, os cavaleiros-fantasmas meramente o eco de sua própria montaria. *Estou quase lá*, ela percebeu, olhando para o caminho à frente, que subia pelas montanhas, prateadas e magníficas contra o céu de cobalto. Ela viu Ikaros planando lá no alto, fazendo a patrulha, e sorriu. Ele estava em silêncio, o que era um bom sinal. Kassandra tirou uma maçã de seu alforje e a mastigou distraidamente, aproveitando a polpa fria e doce. Desacelerou um pouco para dar o miolo ao capão. Foi então que algo esquisito aconteceu. O eco dos cascos do animal desacelerou de uma forma estranha — como se o barulho atrás dela tivesse demorado um pouco demais para reduzir a velocidade. Suas costas, molhadas de suor, se eriçaram com uma sensação incômoda. A mercenária girou sobre a sela para olhar para trás, na direção de onde tinha vindo. Mas agora, com o capão parado, não havia outro som além do canto frenético das cigarras, o gorgolejo lúdico do córrego e a batucada oca de um pica-pau em um pinheiral.

Ela sorriu com uma confiança que não sentia e seguiu seu caminho. Todo o tempo, os ecos dos cascos soavam... errados. Durante o restante de sua jornada, ela manteve uma das mãos dentro de seu manto, sobre a haste da lança quebrada.

Mas os ecos nunca tomaram a forma de qualquer ameaça real e, no fim da tarde, ela avistou o pico prateado à frente: o Monte Hélicon. Kassandra viu um círculo de lanças sobre um platô, as sentinelas com mantos vermelhos e as tendas brancas do lado de dentro. Ela tirou a mão da lança e pegou o pergaminho de couro, então estalou a língua para virar o capão para a direita e subir em meio-galope até a entrada do acampamento. Quando os dois esparciatas que ladeavam o portão a viram, eles ergueram suas lanças e seus escudos, com um olhar mortal. Kassandra tirou o pergaminho como se fosse uma arma. Eles viram as marcas nele e a deixaram passar.

A mercenária desceu do cavalo, amarrou o bicho junto a uma calha de alimentação e seguiu a pé. Enquanto caminhava entre as tendas dos soldados, seu olhar se mantinha atento a cada detalhe, usando sua visão periférica para absorver tudo. *Basta uma pista de nada, Arquídamo. Todos saberão que você é um dos mascarados e seu reinado falso como Rei de Esparta terminará. O Culto certamente também desmoronará.* Depois de um tempo, ela chegou ao pavilhão de comando — uma tenda quase branca um pouco mais longa do que o resto, com as laterais levantadas para que os muitos hilotas e soldados pudessem entrar e sair com notícias e refrescos para abastecer o que pareciam ser conversas frenéticas. Ela viu o comandante espartano inclinado sobre uma mesa, ombros largos e cabeça abaixada, passando os olhos sobre um mapa várias e várias vezes. Os outros à sua volta grasnavam e zurravam com conselhos contraditórios. Por um instante, ela sentiu compaixão pelo líder... até que ele ergueu a cabeça.

Kassandra parou onde estava.

— Stentor?

O rosto de Stentor empalideceu, então suas bochechas ficaram vermelhas e seus lábios se tornaram finos como uma lâmina. Ele se afastou da mesa, tirou o conselheiro mais próximo de seu caminho e andou na direção da mercenária.

— Não imaginei que era você que estava no comando das...

Pow!

Os nós dos dedos de Stentor acertaram em cheio a boca de Kassandra, e um brilho branco tomou sua cabeça. Um momento depois, ela percebeu que estava caída de costas no chão, a cabeça rodando.

— *Malákas!* — gemeu ela, então seu agressor se posicionou sobre seu corpo, o rosto furioso, suas palavras arrastadas. Uma multidão havia se juntado. Imediatamente, seu atordoamento desapareceu e ela rolou para trás, segurando o pergaminho e o balançando. — Estou aqui para ajudá-lo, seu idiota!

— Não depois de Mégara. Não depois do que você fez, sua vadia assassina!

A multidão de esparciatas reunidos gritou enfurecida. O quanto Stentor havia contado a eles?

Ela levantou o pergaminho bem alto para todos poderem ver.

— O Rei Arquídamo me enviou para ajudá-los a garantir a posse dessa região.

O trovejar de vozes diminuiu, todos os olhos sobre o édito. Ofegante, Stentor voltou a embainhar sua espada, em seguida girou e saiu apressado para a margem norte do acampamento.

— Isso é o tanto que Arquídamo acredita em mim — vociferou ele, por cima do ombro. — Depositando sua confiança na *merda* de uma mercenária?

Kassandra tocou o próprio queixo — os lábios inchados e o maxilar doendo. Ela seguiu o irmão adotivo com cautela. Parou atrás dele, tendo a visão do norte: vastas planícies queimadas pelo sol e, no centro, o grande Lago Copais, alimentado pela fita verde do Rio Cefiso. As sombras rolavam sobre a terra, enquanto as nuvens leves se moviam pelo céu.

Stentor levantou a cabeça, detectando a proximidade dela.

— Os deuses estão me punindo com a sua presença.

— Se eu estivesse aqui para puni-lo, você já estaria morto — disse ela, sua paciência se deteriorando.

— O que Arquídamo espera conseguir ao enviar você, uma mera mercenária traidora, para cá?

— Fazer o que você claramente não consegue — rebateu Kassandra, incitada pela dor agora lancinante em seu queixo.

A cabeça dele virou.

— Você não faz ideia, não é mesmo? Durante quatro anos essa guerra devastou os dois lados. Você acha que sabe tudo sobre ela porque lutou em *uma* batalha conosco em Mégara?

A dor chegou ao auge, então começou a diminuir. Kassandra controlou sua raiva.

— Eu permaneci envolvida em conflitos desde aquela batalha, Stentor. Não vamos transformar cada palavra nossa em espadas. Temos um trabalho a fazer. Eu esperava encontrar mercenários e aliados nesse lugar. Não sabia que a principal força de Esparta estava aqui. Por quê? Por que a Beócia?

A cabeça de Stentor se abaixou um pouco — como quando ela estava sobre a mesa do mapa.

— Nós tínhamos Atenas — disse ele, erguendo uma das mãos e agarrando o ar, sacudindo o punho e logo o deixando cair. — Até que Cléon tomou o poder. Ele dirige Atenas com mãos de ferro. Liderou muitas invasões tolas, mas algumas foram bem-sucedidas: quando tentamos voltar a Ática, ele expulsou as nossas forças. Nós nos encontramos agora atolados nessa região, uma colcha de retalhos de aliados e inimigos convictos. Os exércitos de Atenas e seus aliados de Plateias ameaçam nos expulsar dessa região também. *Isso* seria desastroso.

— Eu farei o que puder para garantir que isso não aconteça — disse Kassandra calmamente.

Stentor permaneceu onde estava, olhando fixamente para a terra.

— A única razão para você ainda estar viva é aquele mandado que você carrega. Você não é uma aliada. Você é meramente uma arma.

— Há muito que você não sabe sobre o que aconteceu naquela noite em Mégara — começou ela.

Stentor ergueu a mão exigindo silêncio.

— Eu desvendei o mistério desde então, mercenária. Você era a filha perdida do Lobo. Veio disfarçada como mercenária... quando o tempo todo você era uma assassina.

Kassandra ousou dar um passo na direção da beira da montanha ao lado dele.

— Você não enten...

Um chiado. Stentor desembainhou parte de sua espada novamente.

— Mais uma palavra.

Ela deixou o assunto morrer.

Depois de um tempo, Stentor falou novamente:

— Nós temos apenas um *lochos* aqui. Assim como em Mégara. Os presságios eram incertos demais, então os éforos retiveram os outros quatro regimentos. As chances de vitória de Esparta nessas terras repousam nos ombros de seus aliados. Tebas. — Ele apontou para o leste, onde uma cidade de muro pálido mal podia ser vista no calor avassalador da planície. — E no sul, do outro lado do Golfo, Coríntia: eles têm uma frota pronta para desembarcar e nos apoiar, com um grande número de homens.

Kassandra contemplou a cidade de Tebas, então passou os olhos pela rota mais direta entre a cidade e o lugar onde estavam — cruzando a planície dourada. Mas seu olhar parou sobre um veio prateado que se estendia da margem sul do Lago Copais até a base leste da cordilheira do Hélicon, sobre a qual estavam. A princípio, ela achou que fosse um rio, mas logo percebeu se tratar, na verdade, de fortificações e homens. Hoplitas atenienses.

— Muito bem — zombou Stentor. — Você também está vendo. Aquela linha é como um muro entre nós e nossos aliados de Tebas, nossa única fonte de suporte de cavalaria. Pagondas e seus cavaleiros não podem viajar para se juntar a nós. Aquela faixa de aço ateniense controla a planície como a corda de um estrangulador. Eles têm suprimentos abundantes e mais homens chegando todos os dias. O exército de Atenas se avoluma como um furúnculo, alguns dizem. Cléon é negligente com seus cofres quase vazios, tão obcecado que está em aplacar a inquietação do povo com a estratégia defensiva covarde de ser predecessor.

Os olhos de Kassandra se voltaram para a ponta mais afastada da linha ateniense, onde ela tocava a margem sul do Lago Copais. Ela olhou para a margem norte no outro lado do lago. Talvez fosse possível contornar, quem sabe?

— Montanhas acidentadas e intransponíveis. — Stentor antecipou-se à sugestão. — Os cavaleiros de Tebas conhecem essa região melhor do que ninguém. Eles nem tentam levar seus maravilhosos corcéis por aquelas passagens traiçoeiras, dar a volta e nos encontrar, com medo de perderem metade deles por conta de patas quebradas. — Ele apontou para estranhas formas de X no solo diante da linha ateniense, no lado mais próximo do Monte Hélicon. Kassandra apertou os olhos por um tempo antes de entender o que era aquilo: duas dezenas de homens espartanos empalados, com braços e pernas esticados, nus, torrando no sol. — Pelos deuses, nós tentamos romper aquela barreira de lanças e esse foi o resultado.

— Então os Coríntios e seus vastos números são a chave — divagou Kassandra. — Quando desembarcarem, eles podem se lançar sobre a ponta sul daquela linha. Isso distrairia os atenienses o suficiente para permitir que seu *lochos* os ataque desse lado e Pagondas e os homens de Tebas do outro.

— Bem observado. — Os ombros de Stentor sacudiram com sua risada seca. — Mas a Beócia é famosa por suas planícies, suas florestas... e sua maldita carência de pontos de desembarque. Há apenas dois bons locais para a frota coríntia desembarcar.

Os olhos de Kassandra se fecharam.

— Os atenienses controlam os dois, certo? A frota coríntia é incapaz de desembarcar.

— Bem-vinda à minha cama de espinhos, *misthios*. Não está tão confiante agora, não é mesmo?

Kassandra passou muitas noites planejando, movendo-se pela cordilheira do Hélicon, perambulando de norte a sul tanto quanto conseguia sem deixar de permanecer invisível, observando, procurando. Finalmente, ela entendeu o que tinha que fazer e retornou à tenda de comando de Stentor.

— Você é apenas uma mercenária. O que pode fazer que meu *lochos* não poderia? — cuspiu Stentor, levantando de seu banco e bebendo um longo gole de vinho diluído.

— Me dê doze homens.

Stentor a encarou com um leve sorriso gélido.

— Por todos os deuses, não vou lhe dar nada.

— Você precisa da vitória aqui. Esparta precisa da vitória.

O sorriso de Stentor se transformou em um rosnado enquanto seus dentes rangiam e ele dava as costas para ela, caminhando em volta da mesa do mapa.

— Eu prometi à frota coríntia um sinal luminoso antes de o verão acabar. Se não receberem tal sinal, eles terão que retornar à própria cidade. Mas não podemos dar esse sinal até liberarmos um dos pontos de desembarque para eles.

— Me dê alguns homens e eu consigo.

Stentor se virou para a mercenária, sua fisionomia irritada se derretendo em um sorriso novamente. Ele estalou os dedos, fazendo algum sinal para a equipe atrás dela. Ela ouviu passos leves se aproximando.

— Mestre? — murmurou o hilota magro, seu rosto praticamente escondido atrás de cortinas de cabelo preto e de seu gorro de pele de cachorro.

— A *misthios* aqui tem um plano — disse Stentor.

Kassandra abriu a boca para contestar.

— Você deve ajudá-la em seus esforços — terminou Stentor, antes que Kassandra pudesse falar.

O lábio superior da mercenária se franziu.

— Então que seja assim — cuspiu ela, virando de costas. — Esteja pronto ao nascer do dia.

Ela e o hilota caminharam para o sul enquanto escurecia. Não pararam para dormir, apenas para se alimentar e descansar por pouco tempo, comendo lebre assada no espeto, Ikaros pegando os ossos. O hilota se apresentou como Lydos — um homem tímido e medroso de trinta anos. Kassandra tentou deixá-lo à vontade, perguntando sobre sua família, mas ele deu seus nomes e não ofereceu muito mais. O hilota tinha o hábito de prender o cabelo atrás de uma das orelhas repetidas vezes quando estava nervoso. Ela notou que uma de suas bochechas era afundada — quebrada em algum ponto do passado. Além disso, a parte de trás de suas pernas estava coberta de cicatrizes.

— Os homens da Cripteia foram cruéis com você — percebeu Kassandra, pensando nos jovens espartanos cuja função era atormentar os hilotas.

Ela cada vez mais sentia pena daquele pobre desgraçado e cada vez mais ódio pelo fato de sua pátria ser construída sobre pilares tão cruéis. Lydos se moveu de forma desconfortável, umedecendo os lábios, se recusando a olhar para ela.

— Não foram os homens da Cripteia.

— Então quem?

— O gênio do Rei Arquídamo é lendário. Ele libera sua raiva sobre nós, os hilotas. Ele mandou me chicotearem com um flagelo farpado por interrompê-lo enquanto ele estava conversando com um grupo de visitantes estranhos certa noite. Ao longo dos anos, ele quebrou minhas costelas, minha perna, meu nariz.

— Sua bochecha?

Lydos sorriu desconfortavelmente.

— Não, esse foi o Rei Pausânias. Ele é menos cruel e esse ferimento foi merecido. Eu estava servindo vinho para ele certa noite e sem querer derramei um pouco. Tentei limpar com a barra da minha túnica. Realmente tentei. Mas fiz uma bagunça maior, deixando a marca da minha mão na beira de um documento que ele estava escrevendo. Ele se levantou e me socou. Pelo menos parou por aí. Se fosse Arquídamo, eu teria apanhado até ficar irreconhecível.

Kassandra baixou a voz, como se estivesse com medo de os espiões Cultistas estarem escutando ali naquele campo aberto e deserto.

— Você falou que Arquídamo... recebeu visitantes estranhos certa noite?

Lydos franziu a testa.

— Viajantes de muito longe, estranhos para os meus olhos e ouvidos. Mas até mesmo os espartanos são estranhos para hilotas como eu. Sem querer ofender, claro.

Ela inclinou a cabeça para um lado para indicar que não tinha se ofendido.

— Esses visitantes vestiam algo esquisito... como máscaras?

O hoplita pareceu confuso.

— Máscaras? Não. Eles usavam roupas de oficiais e comerciantes.

Ela procurou outro ângulo para suas perguntas, mas não conseguiu pensar em nenhum. Uma coruja piou, quebrando sua linha de raciocínio, e ela percebeu que eles não tinham muito tempo. Seguiram para o sul, em determinado ponto avistando uma planície baixa de samambaias e um brilho de tochas na costa adiante.

— Córsia — sussurrou Kassandra. — Esse é um dos dois vilarejos portuários.

Lydos balançou a cabeça apressadamente.

— Então você se lembra de tudo o que lhe falei? — perguntou ela.

Ele balançou a cabeça de novo. Kassandra suspirou, se perguntando se aquilo era um erro, um erro que poderia significar sua morte.

— Vá — disse ela, finalmente.

Lydos amarrou sua bolsa de couro e correu para as montanhas escuras que ficavam de frente para a Córsia.

Kassandra caminhou furtivamente entre as samambaias na direção do vilarejo portuário, com Ikaros em seu ombro. A noite estava úmida e quente, e o céu, traiçoeiramente claro — a lua e as estrelas como tochas, revelando tudo em seu véu branco fantasmagórico. Ela se abaixou para pegar terra enquanto andava, passando no rosto e nos braços. Sapos coaxavam e raposas e ratos-do-mato passavam em disparada. Ela parou a um disparo de flecha de distância da Córsia. Havia centenas de hoplitas atenienses alinhados nos muros de madeira do próprio porto, e o restante da guarnição — dois regimentos atenienses, cada um com quinhentos soldados, ela contou — estava acampado dentro e ao redor das ruas do vilarejo. Kassandra compreendeu a reticência de Stentor — atacar aquele local com seus quinhentos espartanos e perder significaria a Beócia cair em mãos atenienses. A guerra poderia mudar de rumo com tal derrota. Ela ouviu os berros indecentes na taberna, fitou os arqueiros que patrulhavam os telhados em vigilância silenciosa, observando o mar, admirou as garras acidentadas de litoral que se abriam para o mar nos dois lados daquela baía curta e suave. Uma estrutura que se erguia acima de todas as outras — uma torre de madeira recém-cortada, sobre a qual o capitão dos arqueiros caminhava, seu peito nu e sua capa branca cintilando no luar. Mais ao longe, ela viu até as formas escuras da frota coríntia, iluminada por tochas. Esperando no mar em sua impotência. Os atenienses vigiavam o litoral tão bem que a flotilha não podia sonhar em chegar à praia sem perder a maior parte de seus homens no desembarque inicial.

A mercenária olhou para o coração da cidade e para a plataforma dos arqueiros mais uma vez, então para as montanhas escuras atrás dela. Na sua cabeça, ela tinha certeza de que Lydos estava nesse momento subindo os picos e fugindo para sua liberdade. *Tarde demais para me preocupar com isso.* Ela suspirou.

Virando novamente para a cidade, ela moveu um ombro, colocando Ikaros para voar, então seguiu entre as samambaias na direção dos arredores da cidade. Os guardas atenienses virados para terra eram menos numerosos, e Kassandra encontrou um dormindo. Uma entrada. Ela pulou uma cerca baixa, se esgueirando por um jardim particular, e espiou por cima de um muro pequeno, vendo a estrada principal de terra batida do vilarejo e o pé da alta torre de madeira dos arqueiros. Observou uma dupla de hoplitas atenienses que passavam, então saltou o muro, rolando para dentro de um monte alto de feno logo antes de outros dois aparecerem em seu campo de visão. Ela ouviu a conversa abafada da dupla ficar mais alta e depois desaparecer enquanto eles também passavam. Saindo de dentro da palha, Kassandra chegou à base da torre dos arqueiros. Ali, um fedor de resina empesteava o ar. Ela viu várias ânforas do produto empilhadas ao redor da base da torre. Qualquer embarcação coríntia que ousasse se aproximar seria destruída pelo fogo. Havia um dispositivo estranho também: uma viga oca e rígida, tão longa quanto um mastro, com um fole em uma ponta e um caldeirão pendurado com correntes na outra ponta. Algum tipo de máquina de guerra? Por um momento, sua mente começou a trabalhar em um novo plano...

Mas aquilo só importaria se ela fizesse o que precisava fazer ali. Kassandra voltou sua atenção do dispositivo estranho para o alto da torre. As vigas de madeira eram polidas, mas ela viu nós e cordas aqui e ali, e, assim que escolheu um caminho de escalada até o topo, ela partiu. Seus dedos doíam por conta do esforço, suas canelas queimando enquanto deslizavam sobre as cordas e a madeira. Perto do topo, ouviu os passos lentos e cuidadosos do capitão dos arqueiros e a respiração pesada de outro. Ela parou quando eles começaram a falar.

— Os coríntios vão voltar para casa no fim dessa lua. Os espartanos serão forçados a voltar para suas fazendas também, e então Tebas vai cair — divagou o capitão. — Os rumos da guerra vão mudar com os nossos esforços aqui — disse ele — e a nossa parte não será esquecida.

— Mas, capitão Nesaia, o que você fez... — começou o homem de respiração pesada. — As famílias que você matou aqui...

— Isso não foi nada além dos espólios da conquista — zombou Nesaia. — Você vai levar a culpa, se o assunto algum dia vier à tona. E você...

Kassandra saltou sobre a plataforma dos arqueiros. Os dois homens giraram para enfrentá-la.

— Fiquem tranquilos — disse. — O problema está resolvido.

Ela esticou uma das mãos, a pequena faca em sua braçadeira voando para acertar o homem da respiração pesada no pescoço, sua lança avançando para mergulhar no peito do Capitão Nesaia. Os dois caíram sem fazer barulho. Ela esperou alguns instantes para se assegurar de que ninguém no térreo tinha percebido, então começou a pensar na próxima parte do plano.

Ela não se virou para o mar, mas para o lado do vilarejo que levava ao interior. Olhou fixamente para as montanhas negras, juntou as mãos em volta da boca e produziu um som estridente como o de um pássaro. Três vezes.

E logo... nada. Apenas o tilintar continuado de cálices nas tabernas e o burburinho das risadas. Ela olhou para as montanhas. *Sua tola*, amaldiçoou a si mesma.

Kassandra viu alguns vultos se virando da paliçada no porto e apertando os olhos para a torre dos arqueiros.

— Nesaia, tudo tranquilo? — gritou um.

Kassandra congelou.

— Sim — bradou ela, em sua melhor tentativa de imitar a voz do capitão morto.

Então, para seu horror, ela viu o riacho de sangue escorrendo do corpo de Nesaia e se derramando da beira da plataforma.

— Sangue? — murmurou a voz de um guarda que passava abaixo. — Tem algo errado. Lá na torre.

Uma série de passos cambaleantes saindo da taberna mais próxima. A conversa calorosa mudou, as vozes ficando intensas.

— Nesaia? O que está acontecendo aí em cima?

Ela ouviu o arrastar de botas, sentiu a estrutura da torre balançando enquanto homens começavam a subir. Ikaros mergulhou do céu da noite para arranhá-los, mas não foi capaz de impedir sua subida.

Então a noite tremeu com o mais assustador gemido de flautas de guerra espartanas. O uivo lamentoso vinha das montanhas escuras e atravessava as samambaias, inundando as ruas da Córsia.

O som dos homens subindo e o arrastar das botas pararam. As vozes abaixo mudaram, acompanhadas por outras centenas saindo das tendas, alojamentos e tabernas.

— Os espartanos estão vindo! — rugiam. — Entrem em formação, peguem seus escudos, virem-se para a terra!

Kassandra observou dois regimentos atenienses entrarem em formação apressadamente, seguindo pelas samambaias para virar de frente para as montanhas e para o exército fantasma que se aproximava. *Obrigada, Lydos.* Ela olhou na direção da defesa do litoral, agora desfalcada da maioria de seus homens — apenas um grupo de arqueiros deixados para trás na paliçada do porto, e nenhum deles tinha braseiros ou piche por perto. Ela olhou para o jarro de piche ali no alto da torre e para o braseiro crepitante, depois para a frota coríntia no mar. *Espero que vocês estejam acordados*, pensou, então derrubou o vaso de piche com o pé. O líquido fedido e viscoso se espalhou por todo o topo da torre. Ela então foi até o braseiro. *Porque aqui está o sinal que lhes foi prometido...*

Ela chutou o braseiro, saltando da plataforma enquanto as chamas se erguiam atrás dela com um chiado. Seus olhos se arregalaram enquanto despencava sobre o monte de palha.

Muitos quilômetros ao norte, indiferente aos acontecimentos na distante cidade costeira, o *lochos* espartano de Stentor entrou em formação perto do pé do Monte Hélicon. O *lochagos* se colocou na frente deles e olhou para a planície da Beócia, manchada pela luz da alvorada, na direção da linha ateniense.

— Nós não devíamos ter abandonado o acampamento da montanha — aconselhou um oficial espartano.

Stentor, com a cabeça doendo depois de uma noite de pouco sono, mordeu o lábio para impedir sua resposta inicial.

— E ainda assim aqui estamos.

Ele tentou mais uma vez avistar um ponto fraco nas fortificações e nas tropas atenienses reunidas. Algumas delas haviam gritado e rugido quando a alvorada revelou a descida dos espartanos das montanhas: quinhentos homens enfrentando cerca de cinco mil. E se essa era a piada final da *misthios* — atraí-lo com seu *lochos* para uma posição pouco defensável como aquela?

Esteja pronto ao nascer do dia, ela havia pedido a ele enquanto partia com seu hilota. Durante algum tempo, Stentor desejou não ter sido tão teimoso a ponto de lhe dar apenas um deles.

— *Lochagos* — sussurrou o espartano ao seu lado. — Os atenienses estão se movendo, veja!

Ele viu rapidamente: a longa linha ateniense, eriçada, como se estivesse se preparando para avançar e esmagar seu regimento solitário. Desonra e infâmia o esperavam. Stentor sentiu um peso no coração.

— *Lochagos!* — gritou outro esparciata. — Veja!

O líder virou na direção da ponta sul da linha ateniense. Ali, ele viu algo estranho, etéreo. Era como se um deus tivesse agarrado a terra como um tapete e balançado, enviando uma agitação lenta e poderosa na direção norte. Poeira se ergueu. Aquela ponta da linha ateniense se tornou uma dispersão frenética de homens se virando para olhar para o sul. Se virando para enfrentar os exércitos de Coríntia, em terra, marchando.

— Ela conseguiu — rosnou ele, com inveja e satisfação. — Espartanos, *avancem!*

Sob os estandartes vermelhos de Coríntia, Kassandra marchava com o estratego aliado, Aristeu, e sua guarda especial. As divisões coríntias se moviam como uma enorme foice, avançando sobre a ponta sul da linha ateniense.

— Destruam o flanco, atropelem a linha — berrou Aristeu.

O tambor produziu um ritmo acelerado.

Kassandra empurrou seu elmo, fazendo-o deslizar de sua testa para cobrir seu rosto. Ela subiu o monte de terra mais próximo ao mesmo tempo que os guardas reais, segurando seu pique firmemente. Um comandante ateniense apontou para ela, sem dúvida para zombar, como o patife em Mégara. Ele não conseguiu dizer uma única palavra antes de a lança de Kassandra atravessar o centro do seu rosto, no entanto, arrebentando elmo, crânio e cérebro. Dezenas de ateniense caíram enquanto o avanço coríntio esmagava um carpete de mortos, tomando o monte. Olhando para oeste, Kassandra viu uma ondulação vermelha emergir do borrão de calor, vindo naquela direção a partir das montanhas mais baixas da cordilheira do Hélicon.

— Os espartanos marcham do oeste. Agora sinalize para os tebanos — gritou ela.

Trompetes retumbaram em uma melodia acelerada, assovios soaram e o imortal grito de guerra ficou cada vez mais alto à medida que primeiro os espartanos de Stentor esmagavam o lado oeste da linha ateniense tumultuada, então — do leste — um vasto destacamento prateado de cavaleiros tebanos surgia em uma explosão. Liderados pelo magnificamente armado Pagondas, eles vinham em um enorme triângulo, rostos cobertos por seus elmos de bronze e ferro de abas largas, seus grandes piques apontados para o lado leste da desordenada linha ateniense.

— *Áge! Áge! Áge!* — trinavam, levando seus corcéis para uma formação de triângulo em sincronia perfeita, depois explodindo em um ataque com força máxima.

Eles atacaram a parte central das forças atenienses com um incrível estrondo, como uma tempestade, as pontas do triângulo atingindo seu alvo com baques sucessivos de ferro sobre ferro. Sangue se ergueu sobre a frente de batalha em repentinas erupções. Membros decepados voavam, cabeças giravam e quicavam na terra e os gritos pareciam rasgar o próprio éter. Kassandra rechaçou o primeiro de um bando de atenienses que tentava retomar o monte, então se segurou atrás de seu escudo quando mais homens vieram atrás dela. Ela viu a grande linha ateniense agora se encolhendo e se debatendo, como uma cobra que havia sido mordida por cachorros em sua cauda e nas duas laterais do corpo... mas o momento de surpresa acabou — e as tropas atenienses ainda eram mais numerosas que os aliados combinados.

Um membro da guarda coríntia enfiou sua lança no peito de um ateniense, o abrindo até os pulmões. O inimigo caiu para trás, mas muito outros vinham na direção do monte.

— Protejam o estratego! — gritou o membro da guarda.

Eles se agruparam com Kassandra em volta de Aristeu, escudos entrelaçados. Os atenienses vieram sobre eles com uma floresta de lanças, seguida de uma chuva de flechas. Kassandra golpeou um na barriga com sua lança e estraçalhou o joelho de outro, mas o mundo escureceu enquanto eles a cercavam em uma onda que se avolumava. Flechas caíam sobre seu elmo; os suspiros molhados de coríntios atingidos mergulhando em mortes silenciosas à sua volta. O círculo de proteção ao rei estava ficando cada vez menor.

— Tragam o dispositivo — gritou ela no meio de tudo aquilo, sem saber se alguém a ouviria com toda aquela canção de guerra tenebrosa. — Tragam!

Um gigante ateniense partiu a cabeça do coríntio ao seu lado, então atravessou o guarda-costas pessoal do estratego. Kassandra entrou no lugar do homem, soltando sua arma de hoplita e sacando a meia-lança de Leônidas. O gigante ateniense a atacou. Ela bloqueou a tentativa, mas sentiu todo o seu corpo tremer, tamanha a força do golpe. Mais dois vinham pelos lados. Não havia tempo suficiente para reagir. E então... o mais colossal dos rugidos.

Ele veio com uma bofetada forte de calor e um repentino rebuliço no ar à sua frente. Ela gritou, de tão intenso que era o calor, fazendo sua pele arder, queimando seus olhos. O cheiro também — o fedor de carne queimada e cabelos chamuscados. Como se o sol tivesse caído no solo e explodido na planície, uma parede alaranjada se ergueu atrás dos atenienses que lutavam contra ela. O mais afastado desabou, berrando, suas costas em chamas. Atrás dele, outras centenas tombaram, rolando de um lado para o outro como tochas humanas. Quase todos os outros próximos largaram suas armas e escudos e fugiram das chamas. O gigante diante dela, abandonado pelos dois nas laterais, sentiu então a ponta da lança do estratego coríntio atravessando sua garganta.

Kassandra lutou para respirar no meio do caos sufocante de fumaça preta que se espalhava sobre a terra. Ela viu o enorme cano de cobre rígido na traseira de uma carroça e os três coríntios operando o fole de couro em uma das pontas. A cada compressão forçada do fole, uma grande lufada de ar saía pelo outro lado do cano, oferecendo uma nova onda de ira para o pequeno caldeirão de fogo alimentado pela resina que estava pendurado ali, enviando uma nova explosão de chamas sobre os soldados atenienses. Tinha sido sua sugestão pegar o dispositivo no porto e levá-lo para lá. *Atos terríveis para um bem maior*, ela se reconfortou.

Os atenienses estavam já em fuga completa antes de o sol chegar a seu ápice. Os cavaleiros tebanos os perseguiram, atravessando com suas lanças os mais imprudentes deles. Arqueiros coríntios também os acompanharam, fazendo chover flechas sobre a retirada. O dia foi vencido.

Kassandra enfiou a meia-lança no monte de terra. Ikaros desceu para repousar em seu ombro. Os poucos guardas reais coríntios que sobraram tiraram o estratego da pior parte da carnificina.

— Não vou me esquecer do que você fez pelo meu exército, *misthios*, ou pelo que fez pela minha cidade no passado — gritou ele para Kassandra.

Passou-se algum tempo, as animadas canções de vitória preenchendo a planície da Beócia, junto ao zumbido de moscas e os guinchos de corvos. O fedor de morte e homens queimados nunca a abandonaria, Kassandra percebeu. Mas o dia havia acabado. Ela prendeu sua lança ao cinturão e desceu o monte cambaleando, sua pele escurecida por conta da fumaça, da terra e do sangue seco. A mercenária viu então a imagem mais patética: Lydos, o hilota que tinha tornado tudo aquilo possível. Ele estava esperando por Kassandra, cheio de medo, às margens da batalha. Segurava uma bacia de água e um frasco de óleo — uma oferta para lavá-la. A mercenária se aproximou.

— Você já fez o suficiente por hoje. Deuses, eu diria que você fez o suficiente até para conseguir sua liberdade.

Ele tremeu ainda no lugar.

— Eu... eu não ousaria sonhar com algo assim — disse ele, prendendo o cabelo atrás da orelha, ansioso.

Ela apertou um dos ombros do hilota.

— Vou cuidar para que sua parte na salvação dessa terra não seja menosprezada, Lydos.

Dando as costas para ele, Kassandra olhou para o outro lado do campo de batalha e para as muitas pequenas estelas de vitória se formando ao longo da linha ateniense destruída. Ela ouviu um grito gutural de muitas vozes espartanas juntas.

— *Arru!*

Então viu os soldados com mantos vermelhos, lanças erguidas em saudação ao seu comandante. Logo encontrou Stentor, uma máscara de sangue em seu rosto como uma guirlanda de vitória. Ele caminhava com pressa em sua direção.

— Você liderou o *lochos* bem. A vitória é de Esparta. A vitória é sua — disse ela, enquanto o *lochagos* se aproximava.

Mas ele manteve aquele passo urgente, indo diretamente até a mercenária.

— E agora que a vitória do Rei Arquídamo está assegurada, posso finalmente lidar com meu verdadeiro inimigo...

Ela viu a lança de Stentor surgir como uma cobra armando o bote, lambendo o ar. Kassandra saltou para longe da arma.

— Você está louco?

— Nunca tive os pensamentos tão claros — bradou ele, mexendo os braços no ar enquanto Ikaros tentava atacá-lo. — Você morrerá pelo que roubou de mim em Mégara.

— Não tem que ser dessa forma — rebateu ela, a voz rouca, se esquivando dos golpes enquanto Stentor a circundava.

— Não, não precisava. As coisas teriam sido muito diferentes se você não tivesse entrado na guerra. *Arruinado* a guerra. Assassinado meu pai, sua *maldita* assassina.

— Eu fiz o que tinha que fazer — rosnou ela, sacando sua lança.

— E eu farei o mesmo — gritou Stentor.

Seu corpo se retesou como um leão prestes a atacar... e então ele murchou, recuando um passo, dois, o rosto transtornado, olhos fixos em um ponto atrás do ombro de Kassandra.

A mercenária girou, vendo um vulto caminhar pelos feridos e as nuvens de fumaça. Vestindo uma túnica marrom simples, ele não parecia um espartano nem um ateniense ou qualquer outra coisa além de um homem simples de Hellas.

— Ela não tem nada pelo que responder, Stentor — disse Nikolaos, decidido.

A pele de Kassandra se arrepiou com um calafrio quando ele passou por ela, lhe oferecendo um aceno de cabeça sugestivo. Naquele momento, ela percebeu que de fato *tinha* sido seguida por todo o seu tempo na Beócia. O Lobo havia observado cada passo seu.

— Pai? Eu... eu pensei que você estava morto — balbuciou Stentor.

— Eu estive morto para a guerra, por um tempo — respondeu ele. — Quando Kassandra me confrontou em Mégara, eu soube que não podia liderar homens com tamanha... vergonha em minhas costas. Também sabia que você estava pronto para assumir o manto da liderança. Eu não queria deixá-lo sem dar adeus, mas sabia que, se fosse até você naquela noite, eu não seria capaz de ir embora.

— Ela o matou, nos penhascos — gaguejou Stentor.

— Ela poderia ter me matado. Alguns poderiam dizer que ela deveria ter me matado. Mas ela não me matou. Ela levou o meu elmo para reivindicar sua recompensa, mas me deixou lá, chorando. Suas palavras, tão verdadeiras quanto a luz de Apolo, cortaram mais fundo que qualquer lâmina. Eu morri mil vezes enquanto caminhava pelas terras por um tempo. Finalmente, fiz as pazes com meu passado. Depois, voltei para o seu lado: por quase dois verões tenho observado você e suas forças. Fiz o possível para desviar espiões inimigos e deixar pistas sobre os melhores caminhos a seguir.

Kassandra prendeu a lança em seu cinturão. Ela encarou Stentor, não sentindo nem uma ponta de honradez.

— Mas a verdade é que você não precisava da minha ajuda. Você será um general melhor do que eu, filho — disse Nikolaos, se aproximando de Stentor.

O *lochagos* saudou o pai de forma breve e viril.

Um pai volta dos mortos para receber uma saudação militar gélida de seu filho, pensou Kassandra. *A casca de ferro de um espartano é realmente grossa e fria.*

Mas Nikolaos respondeu abrindo os braços.

O rosto de Stentor despencou. Sua lança caiu de sua mão e ele se lançou no abraço de Nikolaos. Os dois permaneceram abraçados daquela forma por uma eternidade, os guerreiros observando.

Kassandra sentiu seu coração inflar com uma tristeza afetuosa. *A chama cintila, bem no fundo da casca de ferro*, ela percebeu. *Isso era tudo o que eu sempre quis para mim. Amor. Entre pai e filha. Mãe e irmão. Agora, Stentor, o presente é seu. Desfrute de cada momento.*

Depois de um tempo, o *lochagos* soltou um som abafado de choro e um riacho de lágrimas desceu por suas bochechas. Por um momento, ele abriu um olho ameaçador para encarar todos que assistiam àquilo e secou as lágrimas, insistindo que era apenas a fumaça irritando seus olhos.

O lábio superior de Kassandra se contorceu em um breve e irônico sorriso. Com isso, ela deu as costas aos dois e saiu andando do campo de batalha, Ikaros planando ao seu lado.

14

Ela cavalgou de volta para Esparta enquanto o verão se transformava em outono, as palavras de despedida de Nikolaos em seus ouvidos o tempo todo: *Tenha cuidado. Eu um dia a adverti sobre cobras na grama, mas é muito, muito pior que isso. Algo terrível paira sobre a Terra Baixa. Eu não vi quando estava no exército e na agonia da guerra, mas, de fora, vi suficientemente bem — como uma sombra escura se alastrando.*

Ela sabia o que ele queria dizer. Mesmo para alguém sem total ciência do Culto de Cosmos, havia algo de errado no ar de Esparta — uma sensação de iminente desastre. Kassandra fechou um pouco mais seu manto e seguiu cavalgando. Nikolaos ouvira enquanto ela explicava que Myrrine ainda estava viva, como ele imaginava, e agora de volta à sua pátria. Ele havia ficado em silêncio por algum tempo depois de ouvir isso, então falou, baixinho:

— Talvez chegue um dia em que eu possa me sentar com ela novamente, compartilhar uma refeição e beber um pouco de vinho.

A expressão triste em seus olhos sugeria que aquilo seria um sonho e nada mais.

A mercenária seguiu pela margem oeste do Eurotas, passando pelo Templo de Licurgo e pela ponte Babyx. Onde as árvores se afastavam à frente, ela os viu: sua nova família esperando para saudá-la. Myrrine estava ali com Barnabás, Brásidas e Heródoto. O mensageiro que ela havia contratado para ir na frente tinha levado a notícia para eles. Os olhos de sua mãe estavam molhados de lágrimas. Heródoto e Brásidas sorriam como tios orgulhosos. Barnabás choramingava como uma galinha velha.

Lembranças do reencontro de Nikolaos e Stentor relancearam em sua mente enquanto ela apeava do cavalo e se jogava nos braços de Myrrine. Ela absorveu o cheiro caloroso de pétalas de flores de sua mãe e sentiu o abraço de urso desajeitado de Barnabás envolvendo as duas. Eles se separaram depois de um tempo, Kassandra e Myrrine adotando posturas eretas e orgulhosas como se de repente conscientes dos arredores espartanos.

Naquela noite, Barnabás caiu em um sono de roncar no canto da pequena moradia na vila de Pitana enquanto Brásidas afiava sua lança, sentado no portal. Heródoto se ocupou fazendo um desenho de Ikaros, que havia se ajeitado em um ninho sobre o beiral acima da porta. Myrrine e Kassandra — depois de um mergulho revigorante no Eurotas e de terem se limpado com o estrígil — ficaram sentadas em volta da lareira enroladas em cobertores de lã recém-lavados, bebendo canecas de sopa negra quente. Ela contou à mãe tudo sobre a Beócia e sobre o reaparecimento de Nikolaos.

— Eu nunca contei a você que o poupei. Não sabia se você me perdoaria por isso.

Myrrine serviu mais sopa para as duas, dividindo um segundo pãozinho com a filha.

— Uma vez você me contou sobre a chama dentro de você, Kass — disse ela em voz baixa. — Eu lhe disse para escondê-la, para mantê-la em segredo. E eu estava errada — continuou, delicadamente. — Nós somos espartanas... mas somos mais que isso.

Ela segurou a mão de Kassandra, que abriu um sorriso e bebeu a sopa quente, o sabor forte e caloroso.

— Mas eu não saí para encontrar Nikolaos. Sobre o rei Cultista, o Leão de Olhos Vermelhos, não descobri nada. Nenhuma pista, nenhum cochicho. — Ela olhou para as chamas e baixou a voz para um sussurro. — Devo comparecer ao Salão dos Reis amanhã, para detalhar meus esforços na Beócia. Planejei usar esse momento para expor Arquídamo... mas ele cobriu suas pegadas muito bem.

— Também não descobri nada — disse Myrrine. — Arcádia é uma terra estranha, e fiquei feliz de ter a companhia de Brásidas. Ele e eu usamos nossas lanças mais de uma vez.

Kassandra viu as cicatrizes recentes nas mãos de sua mãe.

— O *Archon* Lagos era, como temi, um *deles*. — Ela deixou de lado sua caneca de sopa como se de repente tivesse perdido o apetite. — Ele tinha uma tropa de mascarados com ele. Brásidas e seus guardas escolhidos a dedo lutaram como leões para matá-los. Por fim, encurralei Lagos no chão de seu palácio, com uma ponta de lança em seu pescoço. Ele achou que era invencível: como se o seu maldito Culto fosse surgir para salvá-lo. Então eu lhe disse quem eu era, quem a minha filha era. Sua confiança despencou como uma pedra. Um dia houve quarenta e dois deles — disse ela, apertando o joelho de Kassandra — e agora restam apenas seis. Essencialmente graças a você.

— Mas um desses seis está sentado no trono de Esparta — replicou Kassandra, sem demonstrar emoção.

— Tentei fazê-lo confessar a identidade do rei traidor. — Myrrine suspirou. — Antes de cortá-lo, ele gemeu e suplicou. Mesmo assim eu não consegui nada. Nada além de outro pergaminho. — Ela encolheu os ombros, tirando de dentro de seu cobertor um pergaminho esfarrapado. — Mais uma vez, do Leão de Olhos Vermelhos.

Kassandra o levou até a luz da lareira, observando a mesma marca de cabeça de leão fixada no documento de Paros. Ela desenrolou o pergaminho e examinou a escrita Cultista, sem entender nada — assim como aconteceu com o outro documento. Pior, aquele pergaminho estava manchado, parte do texto obscurecida por... A respiração parou em sua garganta. Compreensão surgiu dentro dela. Kassandra mal ouviu o som de sua caneca de sopa caindo no chão, ou de Barnabás acordando, assustado, ou de Brásidas deixando cair sua lança agora afiada, ou de sua mãe a sacudindo.

— Kassandra, o que houve? O que houve?

A conversa da Gerúsia preenchia o Salão dos Reis enquanto dois esparciatas berravam e apresentavam seus argumentos: um homem alegava que o bosque de oliveiras nas partes mais baixas do Taigeto era seu por ele ter cuidado da propriedade; o outro insistia que o terreno era dele por direito de nascença. A dupla gritou até seus rostos ficarem vermelhos e foi só quando aquele alegando direito inato produziu a mais alta aclamação que o assunto foi considerado encerrado. Os dois foram levados para fora pelas pontas de lança dos guardas *hippeis*. Todos os olhos então se fixaram sobre o trio que aguardava o julgamento.

Kassandra deu um passo à frente e contemplou os dois reis e cinco éforos.

— Ah — resmungou Arquídamo —, ouvi dizer que a Beócia foi assegurada. Você não morreu na luta, então?

A Gerúsia explodiu em risos secos.

Kassandra o encarou. O cabelo e a barba desgrenhados, seus olhos injetados de sangue, a aparência desagradável e ameaçadora.

— Você tem a gratidão de Esparta — murmurou Arquídamo, finalmente.

— E sua propriedade — acrescentou o Rei Pausânias rapidamente. — Vou cuidar para que as correntes sejam removidas e o local seja limpo para vocês voltarem para lá.

Dois guardas *hippeis* se moveram como se para acompanhar Kassandra para fora da câmara, mas ela não se moveu.

— Há mais alguma coisa? — cuspiu Arquídamo.

— Minha família foi traída — disse ela. Uma arfada se ergueu na Gerúsia. — *Esparta* foi traída. Nós viemos expor o traidor.

Arquídamo a encarou por algum tempo.

— Ah, é mesmo? E quem é esse traidor? Qual foi o seu crime?

Ele rugiu com risadas, balançando para a frente e para trás em seu trono para invocar mais risos da Gerúsia também.

— Na ilha de Paros, encontrei provas de que um dos reis de Esparta está aliado não ao estado nem aos deuses... mas ao Culto de Cosmos. Ele é conhecido como o Leão de Olhos Vermelhos.

Kassandra ouviu o salão ficar silencioso, tão silencioso que uma pena caindo no chão seria como a batida de um tambor de guerra.

As pálpebras de Arquídamo se fecharam um pouco, seu olhar ficando sombrio.

— Essa é uma acusação séria, desonrada descendente de Leônidas — rosnou ele. — É melhor você ter provas disso, se quiser manter sua cabeça.

Ela jogou para ele o pergaminho tomado dos Cultistas em Paros. O rosto de Arquídamo empalideceu e seus olhos injetados de sangue ficaram ainda mais vermelhos.

— São realmente os sinais do Culto. Ainda assim, isso não prova nada.

— Sozinho, ele não tem valor — concordou Myrrine, dando um passo à frente até ficar ao lado da filha. — Mas eu viajei para a Arcádia.

Lá, fiz outro traidor confirmar que *realmente* há um Cultista no trono de Esparta. Obtive outro pergaminho com o mesmo lacre de cabeça de leão.

Ela ergueu o documento conseguido na Arcádia e o sacudiu.

Arquídamo tremeu de raiva.

— Você é cega? — Ele esticou sua mão carnuda, o anel de falcão refletindo a luz, então apontou para a mão de Pausânias e para o selo de lua crescente. — Não há nenhum "Leão de Olhos Vermelhos" nestes tronos! — sibilou, levantando um dedo para os guardas *hippeis*, que posicionaram suas lanças atrás das duas, prontos para atravessá-las, e aguardaram o dedo de Arquídamo descer. — Eu devia ter feito isso no momento em que entraram aqui pela primeira vez.

— Espere! *Espere!* — gritou Kassandra, arremessando o documento da Arcádia para Arquídamo. — Olhe para esse segundo documento.

Ele o pegou, hesitando, prestes a dar a ordem... então desenrolando o pergaminho.

— Está vendo a mancha estranha, em forma de mão? — perguntou Kassandra. — Na Beócia, fui auxiliada por um hilota que derramou o vinho que manchou esse couro, cuja mão criou essa marca...

Os olhos injetados de sangue de Arquídamo desceram para a mancha escura no documento. A cor que havia restado em seu rosto desapareceu.

— ... quando o documento estava sendo escrito pelo Rei Pausânias.

Todos os olhos se viraram para o rei mais jovem.

— Mostre-me seus selos secundários — disse Arquídamo, com uma voz lenta e baixa.

— Que loucura é essa? — Pausânias riu. — Mande matá-las e acabe logo com isso.

Arquídamo encarou o comonarca, então saltou de seu trono e o agarrou pelo colarinho, levantando-o do trono como um brinquedo. Ele segurou a pequena corrente de prata em volta do pescoço de Pausânias e a partiu, puxando-a para fora da túnica do rei mais jovem e a erguendo.

Cada alma no Salão dos Reis olhou fixamente, perplexa, para o anel de sinete de cabeça de leão na corrente.

— Você? — rosnou Arquídamo.

— Sempre foi ele, meu rei — disse Kassandra, calma. — Se escondendo atrás de uma aparência de racionalidade. Mascarado à luz do dia, assim como se mascara nos salões escuros onde ele e a sua laia se encontram.

Com um arrastar de bancos e pés, cada um dos membros da Gerúsia se levantou. Em um movimento silencioso e solene, eles caminharam lentamente na direção dos dois reis. Arquídamo colocou Pausânias no chão. O rei mais jovem se virou para os anciãos, em seguida recuou na direção dos éforos, que bloquearam qualquer saída por aquele caminho.

— Vocês não compreendem. Ela mente! — reagiu ele, se virando para ver o círculo de rostos vingativos à sua volta.

— A prova não mente — disse um velho suavemente, tirando uma clava de seu cinturão.

— O Estado e os deuses exigem que os Reis de Esparta não sejam feridos — berrou Pausânias, ofegante, enquanto o círculo à sua volta se fechava.

— Ah, os deuses entenderão — disse um dos éforos, esticando uma corda fina entre as mãos.

Arquídamo, no fundo do círculo, se virou para o trio formado por Kassandra, Myrrine e Brásidas.

— Deixem-nos. Os assuntos do passado estão agora resolvidos. O traidor não será mais um problema.

Kassandra sentiu um calafrio de piedade por Pausânias — apesar de tudo — enquanto eles saíam do salão. Quando pisaram do lado de fora, ouviram o mais assustador dos gritos vindo de dentro, antes de o *hippeis* fechar a porta com um estrondo sepulcral.

Por quase todo aquele tempo, ela havia tido tanta certeza de que Arquídamo era o traidor. A avidez não espartana de Pausânias em ajudá-las deveria realmente ter sido um aviso, percebeu. Das brumas da memória, ela se lembrou da frase irônica de Sócrates:

As coisas raramente são o que parecem, Kassandra.

15

Kassandra estava pendurada sobre a proa da *Adrestia*, observando as ondas, os golfinhos saltando ao lado do barco na espuma do Egeu e Ikaros acompanhando a velocidade da embarcação. Sua mente varria o outono, o inverno e a primavera desde que Esparta se livrara de seu rei venenoso.

Ela havia passado os meses de outono e os de neve se exercitando com Testikles no ginásio, correndo volta após volta em meio a temporais. Barnabás e Reza também ajudaram com o que podiam, construindo um monte de neve íngreme para que ele subisse e descesse correndo. Mas um dia eles não conseguiram encontrá-lo. Só quando ouviram uma canção abafada e embriagada vindo de dentro do monte é que descobriram onde ele estava. Eles cavaram a neve de um lado para encontrá-lo em uma espécie de caverna de gelo — na verdade, apenas um buraco em que tinha se enfiado. Ele estava completamente bêbado, abraçado a um odre de vinho como se fosse um bebê.

— Para ensinar jovens espartanos a nunca beber vinho puro, eles forçam hilotas a ficar bêbados assim para fazerem papel de bobos — explicou Kassandra a Barnabás, enquanto eles puxavam o campeão pelos tornozelos até a nevasca silenciosa. — Claramente, Testikles faltou a essa aula.

Quando Testikles ficou sóbrio, Reza se ofereceu como companheiro de treinamento para o pancrácio. Testikles mostrou lampejos de genialidade, saltando, chutando, agarrando e arremessando o timoneiro no solo. Reza se levantou novamente, atordoado, e a dupla se encarou em uma pose de boxeadores, punhos erguidos e prontos. Heródoto, observando de perto, cantava com entusiasmo:

Ele vai com fúria impaciente,
Pé a pé, até seu oponente.
Para um espartano, esse é o louvor final,
E ele será alçado à glória imortal.

Testikles virou a cabeça para ele, seu couro cabeludo se arrepiando.

— Hã?

— É um poema — respondeu Heródoto, com um suspiro. — Um famoso poema espartano.

O punho de Reza girou e acertou o queixo do distraído Testikles. Ele caiu como uma pedra, então acordou, exigindo vinho puro para curar a dor de cabeça. Todos gemeram.

As noites congelantes eram passadas na sala da lareira da propriedade, Myrrine e Kassandra falando sobre o passado e da estranha calmaria na guerra. Nenhuma notícia de novas batalhas. Nenhum sinal de Deimos. Talvez aquilo se devesse à Olimpíada de verão que se aproximava e à trégua que todos em Hellas juraram obedecer enquanto os jogos aconteciam. Para Kassandra aquilo se parecia com aquele momento na montanha, logo antes de Alexios cair. Uma bolha estranha e expressiva de descanso... mas algo que ela sabia que não poderia durar.

Quando a primavera chegou, surgiram notícias de que um grande bando de hilotas havia matado seus mestres e fugido de terras espartanas, seguindo para oeste. Um mensageiro trouxe a informação de que eles tinham buscado refúgio na ilha de Esfactéria, próxima à costa. E pior, eles tinham roubado armas e mantimentos. A audácia dos hilotas fugitivos era uma perigosa afronta ao estado espartano; como um fio sendo puxado da barra de uma túnica, aquilo tinha que ser interrompido, ou então toda a peça desfiaria. Em uma reunião colérica, os éforos declararam que um *lochos* inteiro seria despachado sob o comando de Brásidas — rapidamente se tornando um herói de Esparta — para rastrear e capturar os fugitivos.

Enquanto os regimentos espartanos marchavam para lidar com isso, a *Adrestia* zarpou, quase despercebida, contornando o Peloponeso na direção de Élida, levando Testikles para a concentração olímpica. Heródoto registrava cada passo da viagem do campeão, enquanto Barnabás agia como um menino, transbordando de animação com os muitos eventos que o grande Testikles certamente venceria. No fim, o único troféu que ele assegurou foi o título não oficial de "Maior Idiota de Toda Hellas". Aconteceu apenas um dia antes de chegarem ao destino dos jogos, quando o atleta bêbado acordou com uma necessidade ardente de ser lubrificado antes de eles atracarem. Reza e Barnabás de repente encontraram tarefas urgentes para cumprir no alto do mastro do barco, enquanto Heródoto tinha desaparecido na cabine, se trancando lá dentro. Então Testikles havia pedido a Kassandra, com um sorriso torto se abrindo em seu rosto.

— Você passa óleo em mim?

— Passe você mesmo.

— Mas existem certas regiões que eu não consigo alcançar. — A outra parte do sorriso se ergueu. — Vamos lá!

Ele riu, abrindo bem os braços... então se jogando sobre Kassandra.

Ela agilmente saiu de sua frente, nunca esperando, nem por um instante, que aquilo pudesse dar tão terrivelmente errado. O tolo tropeçou em um rolo de corda e caiu para fora do barco. O grande barulho e a coluna de água que se ergueu levaram todos à beira da embarcação.

Barnabás segurou o rolo de corda, pronto para jogá-la para o campeão.

— Testikles? — gritou ele para o rastro do barco.

Nada.

— Testikles? — gritou ele novamente, olhando para a frente.

Nada.

Então, a ponta de uma barbatana preta apareceu na superfície, próximo à ponta do barco, antes de submergir novamente. Todos olharam fixamente, perplexos, enquanto a água silenciosamente se manchava de vermelho. Algumas bolhas de ar se ergueram, então a tanga imunda de Testikles flutuou até a superfície.

Barnabás, desolado por seu herói, caiu sobre os joelhos, mãos esticadas para as ondas.

— *Testikleees!* — gritou, com um gemido rouco e interminável.

Depois daquilo, os jogos de verão tinham sido um borrão: dias explicando aos oficiais que Esparta não tinha um candidato, antes de a atitude desdenhosa e debochada que eles apresentaram instigar Kassandra a competir no lugar de Testikles. No pancrácio, ela superou cada homem que enfrentou e ficou com a coroa de oliveira. Na corrida, foi veloz como um cervo, perdendo apenas para Alcibíades — que parecia ansioso demais para celebrar com ela de sua forma favorita. No disco, ela arremessou bem, quebrando o recorde espartano vigente, mas perdeu para um ilhéu com os ombros de um urso.

— Rá... rá!

Uivos marciais a arrastaram de suas lembranças para o presente.

Ela virou de costas para a balaustrada do barco para encontrar Barnabás reencenando a vitória no pancrácio, soltando socos no ar. Heródoto estava de pé sobre uma pilha de sacas de grãos, narrando de forma entusiasmada.

— E então ela o agarrou pela cintura. E o jogou no chão.

Barnabás repetia cada passo e Ikaros guinchava da verga do barco como um espectador animado.

Kassandra havia dado sua coroa de oliveira ao capitão, e ele a usara noite e dia desde que saíram de Élida. A mercenária se perguntou se alguém em Esparta a apreciaria tanto quanto ele. *Esparta*. Para variar, ela pensou em sua pátria sem os ferrões do ódio. Kassandra olhou para o litoral à frente, o porto de Trinisa surgindo em seu campo de visão. Esquifes e balsas salpicavam as águas calmas perto daquele belo trecho litorâneo de Esparta, homens mergulhando das pequenas embarcações e voltando à superfície com braços cheios de conchas de oliva porphyria, seus corpos manchados com a famosa tinta roxa do crustáceo. Ela virou os olhos para a terra e sentiu seu coração ansiar por sua mãe, seu lar.

Ao ver Myrrine no píer, seu ânimo melhorou imediatamente. Mas quando chegaram perto o suficiente para ver a expressão em seus olhos, Kassandra sentiu a estranha bolha de euforia estourar, como uma ânfora que ia ao chão.

— O que houve? — perguntou, descendo apressadamente do barco para o píer.

Em volta das duas, soldados gritavam com urgência, furiosos, aflitos.

Myrrine levou algum tempo para se recompor e evitar as lágrimas que se juntavam em seus olhos.

— Brásidas e seus homens chegaram em Esfactéria e descobriram que os hilotas armados não eram a maior ameaça. Regimentos atenienses já estavam lá.

— Uma armadilha?

— Parece que sim. Mas Brásidas conseguiu perceber a cilada antes de ser tarde demais. Durante todo o verão, ele e seus homens lutaram para permanecer na ilha: barcos penando e dando voltas para bloquear as baías estreitas, discussões na ilha e na costa de Pilos, tréguas conturbadas e conversas que resultaram, todas as vezes, em trocas de ofensas e então mais uma vez em batalhas. A ilha está vermelha de sangue. Brásidas está encurralado lá, mas, com seu regimento puro-sangue, ele não será facilmente derrotado. No entanto, corre a notícia de que Cléon enviou reforços atenienses para esmagar a brigada espartana e se apoderar da ilha. Kassandra...

Kassandra viu algo nos olhos da mãe e soube o que ela estava prestes a dizer.

— Deimos viaja com os reforços.

Myrrine concordou com a cabeça e a levou ao peito de Kassandra. Elas se abraçaram daquela forma por algum tempo, o sol se pondo, os dias de paz no passado. A mercenária ouvia os gritos frenéticos dos soldados. Eles estavam enviando os esquifes de pesca para encontrar e convocar as poucas galés da limitada marinha espartana de volta àquele porto. Os éforos tinham se recusado a enviar outro precioso *lochos* para apoiar Brásidas, temendo que sua pátria ficasse desprotegida. Em vez disso, um bando de aliados de Tégea estava sendo convocado. Mil homens que poderiam salvar o regimento espartano encurralado na ilha.

Myrrine levantou a cabeça e sacudiu Kassandra.

— Eu sei no que você está pensando. E sei que não há como impedi-la. Se Deimos viaja apoiando Atenas, então o Culto quer que Atenas vença, que massacre os espartanos em Esfactéria. Não podemos deixar que isso aconteça. Vá, faça o que você deve fazer. Apenas lhe peço isto: traga meu menino de volta para mim.

Guerra desonesta não era a forma como os espartanos agiam. Nem era a forma como qualquer soldado de Hellas agia. Mas a grande guerra tinha distorcido as regras de combate. As falanges já não se alinhavam contra as inimigas em um honroso embate de aço. Essa era uma nova era de cercos astuciosos — túneis por baixo das muralhas da cidade e contramedidas para arruinar aqueles túneis e sufocar os inimigos que cavavam —, de dispositivos poderosos, como o grande lança-chamas, de enganações, de mentiras, de desespero. Juramentos perderam seu significado e se tornaram ferramentas de trapaça. Toda Hellas se transformou em um canteiro retorcido de bestas de olhos vermelhos. E era assim na ilha de Esfactéria.

Corpos rígidos e contorcidos de espartanos, hilotas e atenienses jaziam sobre a terra, sem ser enterrados. Os homens do *lochos* espartano de Brásidas eram como leões, enfraquecidos todos os dias, mas nunca derrotados, enquanto as galés atenienses iam até a praia a cada lua, lotadas de novos soldados. Apenas nos últimos dias do verão — quando Brásidas e seus homens haviam sido empurrados para a península estreita no norte da ilha — chegaram os primeiros barcos de auxílio a Esparta. Dez trirremes, transbordando de soldados de Tégea. A *Adrestia* as liderava.

Era noite quando eles chegaram, um vento abafado e fedorento vindo da direção da ilha. Kassandra agachou na proa, Ikaros em seu ombro, os dois examinando a ilha de mata fechada e o brilho esquisito ao longo de sua longa costa.

— Por que essa ilha brilha? Não há nenhum vilarejo ali... apenas um forte espartano.

Barnabás assumiu uma expressão de assombro.

— Infelizmente, *misthios*, receio que os atenienses tenham aprendido muito com sua derrota na Beócia.

Kassandra piscou para umedecer os olhos secos e então viu: o brilho era, na verdade, uma chama furiosa. A floresta de pinheiros e oliveiras crepitava e rugia com uma chama alaranjada. Quanto mais perto eles chegavam, mais ela via: flechas de fogo cruzavam o céu da noite como penas de fênix. Os projéteis chiavam e sibilavam, infinitos, incontáveis, saindo do litoral norte da ilha e caindo sobre uma pequena área no interior — já em chamas. Também havia canos de chamas, soprando grandes nuvens alaranjadas.

— São como os portões de Hades — sussurrou Barnabás.

Ela ouviu o gemido distante e desamparado das flautas espartanas e reconheceu a canção — um chamado para um último embate, exatamente como ela tinha ouvido naquela visão dos Portões Quentes.

— Temos que ser ágeis — disse Kassandra à tripulação.

— Não podemos nos aproximar diretamente — respondeu Barnabás. — As praias estão cheias de homens de Cléon. Mas podemos chegar perto. Segure firme, *misthios*.

Enquanto ele contornava, Kassandra agarrou uma corda e se preparou. A *Adrestia* virou para perto do centro da ilha e então seguiu em velocidade para o norte, paralela à costa — perigosamente próxima das águas rasas, mas usando os penhascos que se projetavam como uma cortina para as áreas costeiras tomadas pelos atenienses. A galé disparou por dentro de um arco natural de pedra, e então os penhascos se abriram para revelar os esforços atenienses em uma baía: algumas centenas de arqueiros e uma falange de cerca de quinhentos hoplitas posicionados ali. Havia apenas uma fração da força ateniense em volta do litoral norte.

A *Adrestia* atracou na baía de seixos exatamente quando os atenienses destacados ali notaram a presença da embarcação, as outras nove galés chegando para desembarcar ao seu lado.

— Ocupem a praia! — uivou Kassandra, saltando para a baía.

O taxiarco ateniense tomou um susto, vendo o inimigo desembarcar. Ele berrou para seus homens, que viraram suas flechas em chamas para a flotilha de apoio. Uma tempestade de flechas acesas veio na direção do mar. Kassandra levantou seu escudo enquanto se movia, os homens de Tégea se posicionando ao seu lado. Eles eram corajosos e leais, ela sabia, mas havia algo faltando: eles não eram esparciatas. A aura de invencibilidade que tinha sentido ao lutar ao lado dos homens de Stentor estava ausente. Cabia a ela inspirá-los.

As flechas batiam nos escudos e caíam ao redor deles. Alguns soldados de Tégea foram pegos, tremendo e agarrando os projéteis que atravessavam suas gargantas. Um deles correu, como uma tocha humana, de volta para as águas rasas. O soldado que estava ao seu lado levou uma flechada no olho e caiu como uma saca de areia molhada.

— Ergam as lanças! — bradou Kassandra, uma flecha ricocheteando em seu elmo. — Andem, em ritmo.

Ela sentiu os soldados de Tégea encontrarem coragem em suas palavras firmes e fortes. Eles marcharam com ela em uma sincronia acelerada. Os atenienses mantiveram sua posição por algum tempo. Então ela viu um deles recuar. Um momento depois, os arqueiros começaram a fugir para as árvores, cientes de que não poderiam sonhar em enfrentar Kassandra e os hoplitas recém-chegados. Agora apenas os quinhentos lanceiros atenienses enfrentavam os mil homens de Tégea.

— Avancem! — gritou o taxiarco.

Eles diminuíram a distância em momentos, e as duas forças se encontraram com um tinido de lanças e escudos, se juntando ao caos dos gritos do interior e de toda a costa. Kassandra espetou sua lança no ombro de um homem, deixando-o de joelhos, em seguida puxando a lança e a usando para arrancar o escudo de outro.

— Acabe com ele! — berrou ela para o soldado ao seu lado, que obedientemente enfiou a própria lança na barriga do hoplita ateniense.

Os inimigos caíam aos montes, e Kassandra sentia seus corpos sendo triturados sob seus pés enquanto ela liderava o avanço, empurrando os atenienses de volta para a mata. Depois de um tempo, os atenienses dispersaram, em pânico, mais da metade deles mortos, o restante fugindo. Era como se grandes portas — ou os Portões de Hades — se abrissem diante de Kassandra à medida que o caminho para a floresta em chamas se apresentava. Ela gritou para seus soldados de Tégea, incitando-os a subir a montanha pelo emaranhado de arbustos e o solo esburacado. Ela viu silhuetas saltando e girando entre as árvores naquele caos flamejante, centelhas voando como chuva. Espartanos lutavam como lobos, alguns com o cabelo queimado, outros com a pele chamuscada. Um homem lutava com metade de seu rosto coberto de bolhas e queimaduras purulentas. Os atenienses que tinham seguido para o interior os cercavam como chacais — os números eram impossíveis. Mas quando Kassandra viu Brásidas, logo acima, ela soube que não podia desistir. O general espartano deu meia-volta para perfurar um campeão ateniense, depois acertou a cabeça de outro com um golpe ágil de sua lança antes de enfiá-la com força na barriga de um terceiro.

— *Misthios*! — berrou ele ao ver a amiga, seu rosto preto de sangue, seu sorriso selvagem, olhos arregalados.

— Mantenham sua posição — gritou ela para Brásidas. — Vamos abrir um caminho para o litoral para vo...

Foi então que o fogo se abriu como uma cortina. Atrás de Brásidas, uma sombra caminhava, cabeça abaixada. Por um instante, ela achou que era um avatar de Ares... e então o vulto ergueu a cabeça. *Deimos?*

— Brásidas, atrás de você! — bradou ela, correndo na direção dele com todas as suas forças.

A fisionomia selvagem e confiante de Brásidas desapareceu quando ele virou para trás. A lança de Deimos brilhou como um raio, e o escudo de Brásidas amassou com a potência do golpe. Com um giro hábil, Deimos desceu a lança com força. Brásidas ergueu a própria lança para bloquear o golpe, mas foi lento demais. Na fumaça passageira, Kassandra viu os dois vultos tremendo... então Brásidas tombando para um lado. Seu corpo rolou pelo morro sobre um carpete de urze flamejante.

Kassandra cambaleou até parar, seus pés onde Brásidas estava havia um instante, Deimos diante dela. Seu irmão inclinou a cabeça para um lado e para o outro, como um predador observando uma presa estranha. Sua armadura branca e dourada estava manchada de fumaça preta e coberta de sangue. Seu rosto era demoníaco, iluminado de baixo pelas chamas. Um lampejo de loucura tomou sua expressão e ele saltou sobre ela.

Kassandra ergueu o escudo para se defender do golpe. A espada de Deimos acertou em cheio, atravessando o revestimento de cobre e quebrando a madeira abaixo. Ela se livrou do escudo destruído. A lança de Deimos avançou novamente. Kassandra se esquivou e contra-atacou. Centelhas voavam enquanto eles desferiam golpe atrás de golpe até que, exausta, a mercenária segurou o ataque seguinte de Deimos com a ponta de sua lança de Leônidas. Os dois fizeram força, tremendo, disputando a supremacia. Em volta deles, velhas árvores rangiam e caíam em grandes lufadas de fogo e fumaça. Quando Kassandra virou a lança de seu irmão levemente para um lado, ela viu o olhar confiante de Deimos vacilar por um instante. Mas aquilo foi como um combustível para sua loucura e, com um rugido, ele empurrou de volta, jogando a lança da irmã para o lado oposto. Ela rolou para fugir do golpe e se levantou, recuando.

— Você veio aqui para morrer? — cuspiu Deimos, andando em sua direção, lança apontada para Kassandra.

Ela sentiu seus calcanhares tocarem a borda de uma pequena colina e parou.

— Não torne isso tão fácil para mim — rosnou ele. — Pelo menos lute.

— Eu vim aqui para levá-lo para casa.

Kassandra captou aquilo novamente: a centelha de incerteza em seu rosto.

— É isso mesmo. Mamãe quer que você venha para casa... para Esparta.

Ela viu uma névoa cobrir os olhos de seu irmão, como se as palavras o tivessem jogado em um passado distante. Mas então aquilo se dissipou e seus lábios se contorceram em um sorriso desdenhoso.

— Você não entende — disse ele, apontando um dedo para a terra ardente, movendo a mão na direção da jaula flamejante de árvores. — Lutar é minha profissão, os campos de batalha são minhas propriedades. Eu vivo apenas para arrancar a cabeça dos meus inimigos. Esse *é* o meu lar... e o seu túmulo.

Ela viu o corpo dele se retesar, viu Deimos se jogar sobre ela, sentiu seus próprios joelhos dobrarem enquanto ela agachava. A mercenária se esquivou do ataque do irmão e girou a lança, a parte achatada o acertando na têmpora. Atordoado, ele cambaleou para trás e então caiu.

Ela se aproximou, descendo sobre um joelho, e o segurou em seus braços. Quando tocou o peito do irmão, os batimentos cardíacos dele disparavam sob a palma de sua mão.

— E agora vou levá-lo para casa... para nossa mã...

Suas palavras terminaram com um gemido terrível vindo de cima. Ela ergueu os olhos bem a tempo de ver um enorme pinheiro rugindo em um mar de chamas, descendo sobre ela e Deimos como o machado de um carrasco.

Escuridão.

16

A escuridão durou uma eternidade. Até que Kassandra acordou com o estalo de um chicote farpado.

— Levante, *vagabunda*! Se você tem condições de murmurar enquanto dorme, então tem condições de andar sozinha.

Sua cabeça doía e ela tinha a sensação de que não bebia água fazia um ano. A mercenária sentiu seu corpo ser levantado de uma espécie de maca, mas não conseguia abrir os olhos. Uma náusea pesada se ergueu de sua barriga e ela desejou se deitar novamente, mas cordas foram passadas em volta de seus punhos, então apertadas com força, e Kassandra foi arrastada em um estado atordoado. Ela abriu um olho: viu a luz do dia ofuscante no que parecia ser o interior da Arcádia — queimado pelo frio, as florestas douradas. Uma grande serpente de soldados atenienses marchava por quilômetros à sua frente, junto com um comboio de carroças e um bando de mulas. Era a uma dessas bestas de carga que seus punhos estavam amarrados. Ela notou muitos outros prisioneiros espartanos amarrados da mesma forma. Eles vestiam trapos e tinham cicatrizes grossas e marcas de queimaduras, seus cabelos imundos e desgrenhados.

— Sim, vagabunda, vocês perderam — cacarejou o feitor ateniense desdentado.

Ela mal havia olhado para ele quando o homem bateu com o chicote em suas costas. Kassandra ouviu apenas um zumbido em seus ouvidos, sentiu sua mandíbula se abrir em um grito mudo e um de seus joelhos tocou o solo, antes de o feitor segurá-la pelo cabelo e levantá-la.

— Se você cair de novo, vou arrancar suas pernas e deixá-la para os lobos.

Ao seu lado, ela viu um dos soldados de Tégea caminhando, amarrado como ela.

— Nós chegamos perto de salvar os homens encurralados — sussurrou ele. — Se tivéssemos chegado um pouco mais cedo, poderíamos ter conseguido. Mas a ilha era uma armadilha mortal naquela noite. Aqueles que não foram capturados foram deixados para morrer queimados. Foi uma derrota vergonhosa para Esparta, e uma que vai ecoar por toda Hellas. Onde homens um dia temiam até mesmo falar dos espartanos, agora eles vão rir e zombar deles. — Ele soltou um longo e exausto suspiro. — O pior é que Esparta ofereceu paz em troca da nossa libertação.

Ele apontou para toda a coluna de prisioneiros.

— Paz? — sussurrou Kassandra. — Então por que estamos indo para o norte, *para longe* de Esparta?

— Porque Atenas rejeitou a proposta. Dizem que Cléon levou o povo ao frenesi, convencendo todos de que agora era a hora de se aproveitar da vantagem, abandonar os últimos vestígios da estratégia defensiva de Péricles e esmagar Esparta debaixo de seus calcanhares como insetos.

Ela fechou os olhos. O Culto teve a vitória ateniense que queria. Eles mais uma vez estavam no controle da guerra... do mundo.

— Você e seus homens lutaram bem — disse ela ao soldado de Tégea. — Seus esforços não serão esquecidos.

— Lembranças não vão alimentar minha mulher e minhas três filhas — replicou ele, baixinho.

Eles seguiram em silêncio. Kassandra ouvia o grito familiar de uma águia às vezes e sabia que Ikaros a estava acompanhado e vigiando. *Mantenha distância, velho amigo,* pensou. *Não é seguro.*

Depois de um mês de marcha — o exército ateniense e o comboio de prisioneiros acampando com impunidade em territórios aliados de Esparta no caminho —, eles voltaram à Ática, pisando sobre a geada de outono para cruzar os portões de Atenas sob uma chuva de pétalas e cantoria. Agora ela compreendia toda a magnitude da derrota em Esfactéria.

Pelas ruas, escudos espartanos eram exibidos como troféus. Os escudos perdidos dos mortos e capturados em Esfactéria — exibidos ali diante dos próprios prisioneiros. A vergonha definitiva para os famosos guerreiros da Terra Baixa. Também havia escudos dos soldados de Tégea ali, e o homem ao lado de Kassandra suspirou, desesperançado, quando percebeu.

— Infâmia eterna — sussurrou ele.

Os chicotes estalavam à medida que eles eram levados pelas ruas da cidade. A podridão da peste havia muito tinha sido erradicada, Kassandra percebeu, vendo multidões onde os cadáveres empilhados um dia estiveram. Vegetais podres choviam sobre eles junto com cachoeiras de cuspe e torrentes de vaias e xingamentos. Enquanto caminhavam pela ágora, uma mulher saiu correndo de sua casa e jogou um balde ainda quente de excremento sobre Kassandra e aqueles que estavam perto dela.

Na boca da ágora, onde as Longas Muralhas levavam à costa e ao porto de Pireu, tripulantes de embarcações esperavam e recebiam grupos de prisioneiros de Tégea.

— Eles vão nos levar para as colônias — disse o soldado de Tégea. — Para nos fazer trabalhar como cães nos campos escaldantes, com os tornozelos acorrentados. Ou para viver nos poços mais escuros das minas de prata, onde homens ficam cegos e a maioria se mata depois de alguns anos.

A mercenária observou enquanto o homem era arrastado com outros cinquenta prisioneiros e levado como uma mula na direção do porto. Lentamente, as muitas centenas de prisioneiros foram levadas. Os feitores então se aproximaram dela e do pequeno grupo de espartanos que sobraram. O feitor que antes havia falado com ela lhe apontou um dedo imundo.

— Você... eu tenho um belo destino guardado para você. Cada dia será pior que o anterior — disse ele, entusiasmado.

Mas a mão de alguém pousou sobre seu ombro.

— Parem. Os esparciatas puro-sangue devem ser mantidos aqui como prisioneiros. Como garantia contra um ataque espartano à cidade. Eles serão alojados nas moendas de trigo e lá vão trabalhar até seus dedos ficarem em carne viva. Mas esta aqui? Ela vem comigo.

— Sim, General — concordou o feitor, recuando e se curvando subservientemente.

Kassandra sentiu uma repentina esperança... até se virar.

Cléon sorriu para ela, suas mechas ruivas penteadas para trás e sua barba modelada em uma ponta. Seu rosto se contorcia com malícia, e ela viu uma forma debaixo de seu manto. A forma de uma máscara.

— Você é um deles?

— O mais sombrio de todos — sussurrou ele.

Dois pares de mãos de guardas a seguraram pelos ombros e uma lâmina afiada foi encostada na base de suas costas. Determinados, eles a levaram para longe da rota do porto e na direção do outro lado da ágora. Kassandra olhou para a cadeia escura e triste.

Para onde os homens são enviados para serem esquecidos, sussurrou Heródoto em sua memória.

— Não — gritou ela, lutando sem forças. — *Não!*

Meses se passaram naquela jaula de pedra. Ela não conseguia ver nada do exterior — apenas o retângulo de luz do sol que entrava pela minúscula grade do teto da cadeia e se movia sobre o chão em um ritmo agonizante. Kassandra olhava por horas para o portão de barras de ferro da cela, observando o feno sobre o chão do corredor. De vez em quando, uma brisa entrava pela porta de fora, balançando delicadamente os fios de feno pelo chão. Movimento. Alguma coisa.

Os sons de vida eram um tormento ainda maior, o agito da ágora diminuindo no inverno, então crescendo com o calor quando chegava a primavera e depois o verão. Passavam-se dias abafados em que ela não via nada, ninguém, apenas a abertura diária de uma portinhola de madeira na porta de fora e aquela mão imunda colocando um pote de mingau de trigo ralo e um único copo de água suja no chão do corredor, perto o suficiente para ela alcançar do portão de sua cela.

Cléon não havia explicado nada quando a jogara ali. Ele não precisou. Ela descobriu no momento em que ouviu a tranca clicar e as correntes serem posicionadas. Ela deveria ser uma reserva, nada mais. Uma substituta para o caso de o Culto precisar de um novo campeão. Mas por que o Culto precisaria mudar qualquer coisa? Eles tinham o mundo praticamente na palma da mão. Mas o que havia sobrado do Culto? Agora não eram apenas Cléon e um punhado de outros? Ela tinha perdido a conta do número daqueles desgraçados mascarados que ela e Myrrine haviam matado nos últimos anos, mas, dos quarenta e dois na Caverna de Gaia naquele dia, quase todos tinham sido assassinados.

Eles a assombravam à noite, quando Atenas ficava silenciosa. Ela sonhava com seus rostos mascarados, de pé em volta de sua cama de feno imunda, olhando para ela, aqueles sorrisos perversos inabaláveis. Durante o dia, ela tentava manter a mente distante pulando para segurar as barras de ferro da grade do teto, então se erguendo e abaixando, várias e várias vezes, observando rapidamente as nuvens que se moviam no céu acima. Seus ombros, suas costas e seus braços permaneceram fortes e grossos graças a isso, mas ela sentia falta de correr — disparar pelo campo, sentir o vento em seu rosto, sentir o cheiro dos prados do verão... qualquer coisa diferente do fedor de merda da ágora naquela mesma época.

Acordar no meio da noite e ouvir um novo prisioneiro sendo arrastado para a cela adjacente foi como um raio de luz do sol. A parede de pedra significava que ela não podia ver nada dele, mas Kassandra absorvia o som de cada palavra como se toda sílaba fosse um tesouro.

— Diga-me onde você encontrou. *Onde?* — rugiu um guarda que não podia ser visto, enfatizando sua última palavra com o que soou como um tapa com as costas da mão na boca do novo prisioneiro.

O som de dentes caindo e se espalhando pelo solo foi seguido por um lamento fraco:

— Eu... eu não sei. Eu tinha naufragado, então estava perdido. Como posso lhe dizer se não sei?

— Bom, vamos dar uma boa surra em você todos os dias até se lembrar — rebateu um segundo guarda.

Quando os guardas saíram, Kassandra sussurrou para o companheiro:

— Quem é você?

— Por favor, não fale comigo. Se eles ouvirem, virão aqui bater em mim.

— Por quê?

— Porque eles gostam disso. E para me fazer soltar um segredo que eu não posso lhes dar.

— Eles não vão nos ouvir falar. À noite, os guardas ficam mais perto da ponta da ágora onde estão as tabernas.

Silêncio por algum tempo, então:

— Eu... eu encontrei algo que eles estão procurando — disse o homem.

— Eles... você quer dizer o Culto?

Ele pareceu reticente.

— Sim, os mascarados — murmurou. — Os guardas atenienses agem segundo suas ordens.

— Por que você não diz a eles o que querem saber?

— Porque, se eles encontrarem as marcas, então o mundo arderá. — Ele segurou sua última palavra. — Já falei demais.

O homem ficou em silêncio pelo resto daquela noite. Dias se passaram, e cada um deles começava com o prisioneiro sendo espancado pelos guardas. Quando os homens saíam, Kassandra tentava consolá-lo com uma conversa simples, mas ele estava sempre ocupado demais murmurando para si mesmo, cantarolando sem parar.

No dia seguinte, Kassandra ouviu os guardas o espancando novamente.

— Coloque seus segredos para fora, seu animal — zombavam eles, enquanto quebravam os dedos do prisioneiro um a um. Kassandra abraçou os joelhos junto ao peito e fechou os olhos, desejando que aquilo acabasse para o pobre homem o mais rápido possível. Enquanto os guardas saíam, um deles gritou: — Serão os dedos do pé amanhã.

O homem murmurou em voz baixa para si mesmo:

— Querida Photina, rezo para que você esteja bem, que Deméter abençoe os solos de Naxos para mantê-la alimentada, que Ariadne abençoe as parreiras... Querida Photina, como sinto falta do seu toque... Doce Photina, já se passaram anos desde a última vez em que estivemos juntos, mas...

Os olhos de Kassandra se abriram, a ficha caindo.

— Sua esposa é Photina de Naxos? — perguntou, pensando no amor fugaz de Barnabás na ilha.

Silêncio.

— E você é Meliton, o marinheiro.

Outro silêncio curto, então:

— Os guardas lhe disseram isso, não disseram? Eles estão lhe pagando para me interrogar agora?

— Você falou com Heródoto certa vez — continuou ela. — Contou a ele sobre quando naufragou em Tera... sobre as marcas lá, o conhecimento perdido de Pitágo...

— *Shhh!* — O homem sibilou. — Muito bem, nós podemos conversar, mas prometa que você não falará o nome dele em voz alta. Isso seria a morte para nós dois.

Eles conversaram o dia inteiro até a noite, Meliton relatando a história de Tera, elogiando Heródoto e reforçando os temores do historiador quanto à sabedoria perdida ser encontrada pelo Culto. Naquela noite, quando os dois adormeceram, o novo amigo de Kassandra foi tirado dela.

Os guardas entraram na cela adjacente na escuridão. Ela ouviu Meliton gemer, ouviu os guardas batendo nele, então ouviu o estalo de uma bota pisando e quebrando seu crânio, o som molhado de seu cérebro se derramando e finalmente o chiado de suas pernas roçando o chão enquanto os guardas arrastavam seu cadáver destruído para o lado de fora.

Isolamento, mais uma vez.

Enquanto as estações passavam, pelo calor e pelo frio, ela começou a ver as sombras mascaradas novamente. Em seus sonhos, como antes, mas dessa vez enquanto estava acordada também. Assim como Deimos. Eles ficavam parados olhando fixamente para ela da beira do seu campo de visão enquanto ela repetia milhares de abdominais, saltos, agachamentos e exercícios de equilíbrio. De vez em quando, Kassandra imaginava estar segurando a lança de Leônidas em sua mão e golpeava o ar, atravessando os fantasmas imaginários com sua arma de mentira, dispersando todos. Isso se tornou um hábito, tanto que ela começou a rir quando os via, guinchando de felicidade quando os fazia desaparecer.

Certa manhã, Kassandra acordou com o som de arranhões. Um rato, pensou. Não, o som vinha de cima. Ela apertou os olhos na direção do pequeno retângulo de luz na grade acima de sua cabeça, vendo uma massa com penas se movendo ali no alto. Por um momento, seu coração congelou. *Ikaros?* Mas com um chacoalhar das asas e antes que ela pudesse ter certeza de que era ele, o pássaro foi embora e um pequeno objeto caiu em sua testa. Kassandra soltou um gemido, então pegou o pequeno disco de barro enquanto ele quicava. Seus olhos varreram repetidamente a superfície do disco e as palavras gravadas ali. *Esteja pronta*, estava escrito. Ela olhou para a grade novamente. *Para quê?*

A marcha infinita do tempo seguiu, as visões mascaradas a provocando. Um dia, a visão de Deimos apareceu, sozinha no portão da cela. Ela fingiu não notar sua presença durante algum tempo, então se levantou com um salto e mirou sua lança imaginária no peito de Deimos.

Ele não desapareceu.

— Irmã — disse ele.

A palavra ecoou pela cadeia como um toque de tambor.

Ela lutou para recuperar o equilíbrio, ainda naquela pose de batalha simulada. Aquelas eram as primeiras palavras que escutava em muito tempo. Ele estava usando sua túnica branca, mas desta vez não estava de armadura.

— Tive dificuldades em compreender o que você estava tentando fazer em Esfactéria — disse ele.

— A última coisa de que me lembro — respondeu ela, a própria voz soando estranha depois de tanto tempo sem falar — foi de tentar salvá-lo.

— A última coisa de que *eu* me lembro foi a sua lança me deixar inconsciente — rebateu ele imediatamente. — Não seria a primeira vez que você teria me deixado para morrer.

— Então foi isso que o Culto lhe disse?

— Isso é o que eu *sei*.

Kassandra soltou uma risada fria.

— E o que acontece agora? Você veio aqui para rasgar minha garganta?

— Eu poderia, quando quisesse. Agora mesmo, inclusive — disse ele.

Kassandra sentiu uma profunda resignação, um desejo de que ele fizesse o que estava ameaçando. Mas então notou que o irmão olhava por cima do ombro, uma inquietação em seus olhos, como se conferisse se ninguém mais estava na cadeia com ele.

— Mas antes disso... — Ele ergueu uma das mãos e segurou uma das barras da grade. Em seguida, colocou o rosto em um vão. — Conte-me o que você sabe.

— Achei que os Cultistas lhe contavam tudo. Parece que você está do lado deles, mas eles não estão do seu. Você sabe que é por isso que eles me mantêm aqui, não sabe? Como reserva.

A boca de Deimos se contorceu em uma careta e ele sacudiu as grades, fazendo barulho.

— Você acha que eu sou substituível? Apenas um fantoche? O Culto não é nada sem mim.

— Eles também lhe disseram isso? — perguntou ela, calma.

Os olhos de Deimos foram de um lado ao outro.

— Não me teste, minha irmã. Talvez eu devesse *mesmo* matá-la neste instante. Para estragar a sua teoria, para mostrar que você não é nada.

— Então abra o portão, venha, faça isso — provocou, seu coração entrando no ritmo enquanto ela se perguntava se suas pernas ainda teriam a agilidade de que poderiam precisar para fugir dali.

A raiva de Deimos diminuiu.

— Primeiro, você vai me contar sua versão deturpada da verdade. Por que eu fui abandonado naquela noite na montanha?

Os planos de fuga de Kassandra vacilaram então. Tudo o que ela sempre quis desde aquela noite era uma chance para explicar. Seus pensamentos começaram a galopar como um bando de corcéis tessálios, mas ela puxou as rédeas invisíveis, desacelerando, respirando fundo, se lembrando de sua discussão com Sócrates. A melhor forma de ganhar um debate era delicadamente guiar um oponente à conclusão, usando perguntas simples e raciocínio básico como remos. Ela ajoelhou no chão da cela, gesticulando para que Deimos fizesse o mesmo no outro lado do portão.

— De que você se lembra daquela noite? — perguntou ela. — Não estou falando das memórias que o artefato lhe mostrou. De que *você* se lembra?

Deimos deslizou pelo portão para se sentar também, uma das mãos enrolando o cabelo.

— Mamãe, papai... você. Observando, todos vocês, enquanto um velho me levantava.

— Um velho?

A testa dele se enrugou.

— Um... éforo.

— Sim, isso mesmo.

— Por quê? Eu não era aleijado ou doente, era?

— Não. Mas você foi beijado pelos lábios envenenados do Oráculo.

Os olhos de Deimos miraram o horizonte.

— E você sabe quem fornece ao Oráculo as suas palavras.

Ele balançou a cabeça devagar, em silêncio, olhando fixamente para o vazio.

— Um bebê com um destino tão terrível que foi arremessado de um penhasco. Que tipo de profecia levaria a isso?

— O Oráculo disse que você traria a ruína de Esparta se vivesse. Esperar o resultado era um risco grande demais. Quando você sobreviveu, o Culto tomou você para eles. Eles o transformaram em um campeão... uma arma.

— Eu mesmo me fiz — rosnou ele, seus olhos se erguendo para encará-la como um cão raivoso.

— Você fez o que de você mesmo? Era isso o que queria ser?

— O Culto acha que eu sou um *deus*. Eles me veneram!

— É mesmo? — perguntou Kassandra, sem hesitação.

Deimos se levantou novamente, seu peito se erguendo e abaixando. Ele começou a andar de um lado para outro diante do portão da cela.

— *Malákas!* — praguejou. — E seus ossos são feitos de ouro, não é mesmo? Rá! Eles arremessaram a criança errada! Não... Eu fui *salvo* naquela noite, arrancado de você e da minha maldita família.

— Você se lembra da última vez que me viu naquela noite? — perguntou Kassandra.

Deimos desacelerou.

— Eu me lembro de... um olhar. Um último olhar.

— Sim, foi quando eu corri para a beira da montanha. Quando eu tentei salvá-lo, segurá-lo. — A cabeça de Kassandra se inclinou enquanto o choro tentava crescer em seu peito. — Eu fracassei. Matei um éforo em vez de salvar você. Também fui arremessada da montanha como punição. Minha vida também terminou ali.

— A heroína trágica — rosnou Deimos, gesticulando com a mão, mas incapaz de encarar Kassandra.

— Ninguém além do Culto tem culpa, Deimos. Mesmo nosso pai, levado pela obrigação e cego pelo orgulho espartano, foi vítima deles naquela noite. Levei mais de vinte anos para compreender o dilema dele naquele momento. Se não tivesse feito o que o Oráculo determinou, nós todos teríamos sido desonrados.

— Desonrados? — rebateu Deimos. — E isso teria sido pior do que a posição em que nos encontramos agora?

— Mamãe foi atrás de você também — disse Kassandra.

Deimos parou.

— O quê?

— Ela desceu até o canteiro de ossos para encontrá-lo. E ela o encontrou.

Deimos a encarou.

— Ela fugiu de Esparta e o levou a uma curandeira. Mas aquela curandeira era Chrysis, a Cultista, que mentiu para mamãe, disse a ela que você havia morrido. — Kassandra apoiou as duas mãos nas barras da cela. — Você não está vendo? Você está sendo usado. Você não estaria aqui comigo se achasse que eles estão lhe contando toda a verdade. — Ela apontou para a porta de fora da cadeia. — Isso é o que o Culto faz. Eles se aproveitam do poder enquanto ele é útil. Eles fizeram isso com você. Eles fizeram o mesmo com Atenas. Um dia fizeram o mesmo com Esparta, plantando um dos seus entre os éforos e mesmo entre os reis. Quando uma pessoa ou mesmo um estado deixa de ser útil, ele é descartado, destruído.

— Cléon tem o poder em Atenas agora. Ele não vai abrir mão disso. E ele não seria tão tolo a ponto de subestimar minha participação na conquista desse prêmio. — Deimos segurou as barras como Kassandra, seu nariz tocando o dela. — O Culto nunca vai me controlar — continuou ele, irritado. — Estou vencendo essa guerra para eles.

Kassandra olhou em seus olhos.

— A que custo... Alexios?

Deimos estremeceu.

— O que for necessário — sussurrou ele. — Não é esse o seu mantra, *misthios*?

Os dois se olharam por uma eternidade.

O ranger da porta de fora arrancou ambos de seu momento.

Cléon entrou e olhou para Kassandra de cima a baixo, como se ela fosse um retalho de carne de cachorro. Deimos se afastou das barras como se tivesse sido flagrado em um ato criminoso.

— Estávamos procurando por você, Deimos — disse Cléon. — Interessante eu encontrá-lo... aqui.

— Eu vim para... não é nada.

Ele sacudiu a cabeça, sem encarar o olhar cortante de Cléon.

— Você veio aqui para matá-la? — conjecturou Cléon, arqueando uma sobrancelha. — Essa não é uma ação para você tomar, *menino*. Saia. Agora!

Ele estalou os dedos, apontando para a porta.

— Não sou seu fantoche — gritou Deimos, encarando Cléon — e você não é meu mestre.

Cléon sustentou o olhar de Deimos. Um sorriso forçado se abriu em seu rosto.

— Claro, campeão — disse ele, seu tom abrandando. — Eu apenas me preocupo com o seu bem-estar.

Deimos deu de ombros.

— Faça o que quiser com ela — sibilou, se virando para ir embora.

Enquanto se virava, ele olhou nos olhos de Kassandra uma última vez antes de partir, saindo da cadeia.

Cléon a contemplava agora, mãos cruzadas sobre seu cinturão como um homem guloso que acabou de se deliciar com uma porção dupla de comida. Ela notou o aroma nauseante de cera doce emanando de suas mechas ruivas cuidadosamente penteadas e de sua barba pontuda, e também notou que ele usava uma das túnicas de Péricles.

— Nada cai melhor do que as roupas de um homem morto — disse ela, sem expressão.

Cléon riu.

— A estratégia de Péricles deixou Atenas à beira de um desastre.

— Então você mandou matá-lo.

— Você não consegue encontrar a gema perfeita sem quebrar alguns dos ovos da codorna. Ele não era a pessoa certa para nós. Matar Péricles e depois tomar Esfactéria foi apenas o começo. Desde então, colecionei vitória atrás de vitória em minha brilhante reputação. A ilha neutra de Milos rejeitou nossa oferta para colocá-los sob a asa de Atenas. Então nós esmagamos sua cidade e tomamos a ilha para nós. O povo de Egina ousou se aliar aos espartanos e nós os massacramos completamente. A ilha espartana de Citera caiu perante nós logo depois. Minha lenda cresce. Eu posso fazer *qualquer coisa*.

— Como elevar os impostos a níveis impeditivos? Ou levar jovens soldados atenienses para a morte? Ouvi a fofoca de transeuntes sobre uma derrota esmagadora em Délio. Quantos caíram lá? — Ela sorriu com desdém. — Tenho sentido a mudança de tom ao longo do meu tempo aqui dentro. Os aplausos e as canções do início ficaram amargos e roucos. As pessoas agora resmungam de sua busca cega pela conquista e defendem tréguas e armistícios. Você não é mais o herói com o qual um dia foi confundido e...

— E meu próximo passo será o melhor de todos — interrompeu ele. — Há rebeldes na ilha de Lesbos, na cidade de Mitilene. Dizem por aí que eles começaram a dialogar com os espartanos, visando desertar para a Liga do Peloponeso.

— O que você fez? — perguntou Kassandra, notando a malícia nos olhos de Cléon.

— Eu? Eu não fiz nada. — Ele riu. — Os votos foram contados e a frota zarpou. Os soldados e cidadãos de Mitilene terão dificuldades em se revoltar quando estiverem todos mortos!

— Outra atrocidade? Quando zombavam de você, costumavam chamá-lo de macaco berrador. Achei que fosse porque você era espalhafatoso e repugnante. Bem, você é, mas agora eu sei que isso é exatamente o que você é por dentro também. Você arranha cada coceira, pinta por cima de cada rachadura, corta cada corda para se agarrar ao poder a qualquer custo. Isso é a definição da tirania. Péricles não buscava aplacar os impulsos animais das massas, mas guiá-las a formas melhores de pensar, de compreender a democracia e a razão.

— Democracia? — Ele sorriu. — Bem, apenas um homem se senta naquela tão cobiçada mesa agora. E esse homem... sou eu. Mas, bem, agora preciso ir embora. Conflitos explodem no norte, perto de Anfípolis. Os espartanos simplesmente não entendem quando foram derrotados. Neste momento, tentam assegurar o norte para eles. Querem roubar o ouro, a prata e as boas madeiras daquelas terras. Sinto cheiro de mais um triunfo no futuro próximo. Quando eu os tiver esmagado, os portões para o norte e para a Trácia estarão sob o meu controle. Você sabe o que está lá em cima, não sabe?

Kassandra sentiu um calafrio correr por seu corpo.

— O Rei Sitalces um dia prometeu seu vasto exército trácio à causa Cultista: cem mil lanças e cinquenta mil cavalos. Guerreiros ferozes e brutos. Sitalces já morreu, mas seu exército de bárbaros ainda resiste. Eles atenderão ao meu chamado e cairão sobre toda Hellas para dominá-la. Uma era de ordem e controle nos espera.

Kassandra olhou fixamente para ele, seu coração se despedaçando.

Cléon estalou os dedos.

— Vitória do Culto, Kassandra. Derrota sua. Você perdeu no momento em que rejeitou a chance de se juntar a nós. E agora... tudo acaba para você.

Ele foi embora e dois guardas entraram, armados com machados, expressão séria. Eles trancaram o portão da cela atrás deles. Um dos dois girava o machado e sorria.

— Ele nos disse para fazer doer. — O guarda olhou para o outro. — Arranque os pés dela.

O outro girou o machado contra os tornozelos de Kassandra. Ela sentiu o instinto tomar conta e deu um pulo, segurando a grade no teto. O machado passou pelo espaço onde suas pernas estavam. Ela deu um coice forte no topo do crânio do primeiro homem. Um estalo de vértebras ecoou dentro da cela e ele tombou no solo. Kassandra desceu e pegou o machado do homem morto, golpeando lateralmente para defender o ataque do outro antes de empurrá-lo contra a parede, girar sobre seu calcanhar e cravar a lâmina do machado em seu rosto sorridente, dividindo sua cabeça a partir da região do lábio superior. A metade de cima do rosto repousava sobre o machado cravado na parede e o resto do corpo deslizou para o solo com um rastro de sangue molhado e escuro.

Tremendo, Kassandra se virou para o primeiro a cair, tirando as chaves de seu cinturão. Ela destrancou a porta da cela, já sentindo o doce sabor da liberdade, quase lá. Até que ouviu um som alto de mais pés de aproximando. Aquela luta frenética levara quase toda a energia acumulada em seu corpo malnutrido. Chega... chega.

— *Atacar!* — rugiu uma voz familiar.

Dois vultos entraram correndo na cadeia e pararam imediatamente, um de costas para o outro. Um estava armado com uma pá e o outro com uma vassoura. Os dois pareciam um pouco confusos e então cabisbaixos quando a viram parada junto à porta aberta da cela.

O coração de Kassandra se encheu de alegria.

— Barnabás? Sócrates?

— *Misthios!* — gemeu Barnabás, deixando cair sua "pá de guerra" e a tomando em um abraço apertado.

Sócrates olhou para os dois guardas trucidados.

— Você me pediu para ficar vivo. — Ele ergueu os braços como um campeão olímpico. — E aqui estou.

— Ouvimos rumores de que você estava aqui — disse Barnabás, ofegante. — Não tínhamos certeza. Nós enviamos Ikaros para você saber que deveria...

— ... estar pronta. — Kassandra terminou por ele. Ela ficou atenta ao ouvir o barulho de pés se movendo. — E devemos continuar atentos. Logo sentirão falta desses dois guardas. Mas onde podemos nos esconder? Essa cidade é de Cléon.

— Está tudo sob controle — garantiu Sócrates. — Venha, nós vamos pegar os becos e o túnel escondido até a antiga casa de Péricles. Ela está abandonada desde sua morte. Lá nós planejaremos nosso próximo passo. A esperança não está perdida, mas está se esvaindo... rápido.

No calor de meio-dia do abrasador verão ateniense, Kassandra estava parada na varanda da antiga casa de Péricles, girando a meia-lança em uma das mãos em delicadas repetições de velhos movimentos de treinamento de combate. A sensação de ter a lança em seu poder novamente era boa. Heródoto a tinha recuperado das cinzas de Esfactéria. Barnabás também havia trazido sua melhor armadura de couro — a casca de uma guerreira. Ela girou a lança mais uma vez e então a prendeu em seu cinturão, se sentindo forte. Muitos dias de repouso, bom pão, mel e nozes recarregaram seu corpo mais uma vez.

Ikaros planou para repousar na balaustrada e ela se aproximou para acariciá-lo, beijando sua cabeça. Ele era um pássaro velho agora, ela percebeu com tristeza. Olhou para o calor prateado do leste, observando a frota ateniense zarpar, velas inflando enquanto mais de trinta embarcações seguiam para o norte na direção da distante Anfípolis. Cléon havia partido para reivindicar sua glória. Mas a cidade ainda era dele e do Culto. Ou, mais precisamente, segundo as notícias recentes de Sócrates — de que mais quatro membros do Culto tinham sido mortos ao longo de sua permanência na cadeia —, poderia ser apenas Cléon, se ele fosse o último deles.

O último e o mais sombrio, ele tinha dito.

Atrás dela, vozes se erguiam e despareciam enquanto os sobreviventes do séquito de Péricles discutiam sobre essa verdade soturna. Kassandra arrancou uma uva de uma videira pendurada na treliça da varanda e a colocou na boca. A explosão de suco fresco não foi capaz de adoçar a cena enquanto ela se virava para olhar para eles. Sócrates, o sempre seminu Alcibíades, Heródoto, Aristófanes, Eurípides, Sófocles e Hipócrates estavam de pé em volta da mesa de planejamento empoeirada do falecido líder, seus rostos arruinados pelo cansaço e pela indecisão.

— Chame Tucídides — insistiu Heródoto. — Há barcos e regimentos que são leais a ele. Eles farão oposição a Cléon.

— Não é o suficiente. — Heródoto suspirou. — E ele padece no exílio, longe daqui, por causa de sua parte na queda original de Anfípolis das mãos atenienses.

— Nós estamos aqui, no coração pulsante de Atenas. Ela precisa de nós agora — disse Hipócrates, batendo com a mão na mesa.

— O que você sugere? — debochou Sócrates. — Que formemos uma brigada armada com pás e vassouras e tomemos o controle? Nós pareceríamos ridículos. E pior, isso nos transformaria em tiranos.

— Cléon conseguiu o poder pela força. Esse é o jeito dele — argumentou Aristófanes. — Mas há outras formas, mais refinadas e duradouras, de ganhar o coração e a mente do povo de Atenas.

— Ele vai sugerir uma peça — disse Sófocles, suas pálpebras se fechando com irritação. — E, deixe-me adivinhar: só *ele* é suficientemente astucioso para compor tal obra.

Aristófanes lhe lançou um olhar azedo.

— Que nada. Vou deixar que você segure minha tábua e busque bebidas para mim.

Sófocles explodiu de raiva. Sócrates se afastou da mesa com um suspiro, apenas para trombar com Alcibíades, que de forma prestativa se ofereceu para massagear seus ombros e aliviar seu estresse... então começou a mordiscar sua orelha. Quando Sócrates o afastou, irritado, Alcibíades ergueu as mãos inocentemente.

— O quê? O propósito de um amante não é exalar amor?

Sócrates se derreteu em uma gargalhada gutural.

— Então você *tem* me escutado. Talvez seja, sim, mas não agora — disse ele, apontando para a mesa.

Kassandra observava, desejando que aquelas mentes brilhantes produzissem algum plano precioso. Dias se passaram sem resolução. Em um deles, Barnabás parou ao seu lado.

— Também estou sentindo, *misthios*. Uma coceira que não pode ser aliviada se ficarmos parados aqui.

Ela se virou para ele.

— Mesmo depois de todos os conflitos em que você se meteu comigo, ainda assim deseja viajar para Anfípolis?

— Eles não lhe disseram, não é? Sobre a guarnição espartana lá.

Kassandra franziu a testa.

— Há milhares de esparciatas lá, pelo que ouvi — disse ela. — Cléon juntará nove mil de seus próprios homens no caminho. Ele terá uma batalha difícil em suas mãos. Não tomará a passagem para o norte facilmente.

Ela pensou novamente em Cléon contando vantagem sobre a horda trácia além daqueles portões e fez uma oração silenciosa em apoio aos espartanos.

Barnabás sacudiu a cabeça.

— Há pouco mais de cem esparciatas lá, e alguns hoplitas aliados.

— O quê?

— Desde o desastre em Esfactéria, os éforos se recusam a permitir que os regimentos de puro-sangue marchem para a guerra. Para defender Anfípolis, eles enviaram apenas um grupo de esparciatas e preencheram as fileiras com massas de hilotas.

— Hilotas? — Kassandra arfou. Eles eram efetivos como apoio nas batalhas e como carregadores. Mas formar um exército quase inteiramente com eles era loucura. — Que os deuses estejam com eles. Quem os lidera?

— O General Brásidas — respondeu Barnabás.

Kassandra o encarou.

— Ele também foi resgatado das cinzas de Esfactéria. Durante todo esse tempo em que você esteve encarcerada, ele liderou seu exército de hilotas pelo norte, buscando aliados, procurando rachaduras no império de ferro de Cléon.

Ela ouviu o grupo do lado de dentro recitando as falas da peça que eles tinham escrito nos últimos dias. Eurípedes estava de pé sobre um caixote, fazendo o papel de Péricles, majestoso, solene, franco. Aristófanes entrou na cena, saltitando, sacudindo suas mãos como se estivesse colhendo flores. Ele então guinchou como um porco torturado:

— Não, me escutem, *me escutem*! Vejam, tem uma caverna escura ali. Venham comigo, vamos pular cegamente lá dentro.

Alcibíades gargalhou enquanto virava um odre de vinho. Heródoto aplaudiu. Sófocles estava exultante, batendo na tábua, lendo o roteiro enquanto os dois representavam.

— A assembleia se reúne amanhã — disse Sócrates, indo para o lado de Kassandra. — Essa peça mostrará ao povo como Cléon é cínico e que ele não é nenhum campeão ou herói. Sua reputação ficará em frangalhos.

Ela notou seu olhar de lado repousando sobre ela. Sócrates arqueou uma sobrancelha e sorriu.

— Posso ver palavras queimando atrás de seus lábios. Diga o que está sentindo.

— Destruir a reputação dele não é o suficiente — disse ela. — Não podemos simplesmente feri-lo, porque ele tem os meios para produzir uma vingança terrível. Temos que destruí-lo completamente.

— Exatamente — respondeu Sócrates, seu sorriso sumindo.

— Então a minha parte nesse assunto será no palco da batalha — disse ela, ajeitando a postura e olhando para Barnabás.

— A *Adrestia* está sempre pronta. Esperamos seu comando, como sempre, *misthios*.

Barnabás se curvou afetuosamente.

17

Um vento quente despenteava o cabelo de Brásidas enquanto ele repousava um pé sobre o parapeito esbranquiçado pelo sol no sul de Anfípolis, olhando para a grama ressecada do lado de fora. O Rio Struma se dividia em volta das muralhas ao norte da cidade e um morro ficava a um disparo de flecha ao sul. Na manhã anterior, o morro estava agradável e silencioso, nada mais. Mais tarde, os barcos de Cléon chegaram ao porto de Eion, um pequeno cais controlado por Atenas onde o Struma desaguava no Egeu. Agora, o morro estava coberto com o prateado, o branco e o azul dos hoplitas atenienses de primeira linha. Milhares e milhares deles. Cavaleiros blindados e um mar de aliados também. Entoavam canções de coragem, zombando da derrota espartana em Esfactéria. O refrão era infinito, humilhante.

— Eles são muitos — disse Clearidas, seu braço direito.

Brásidas viu com o canto do olho o amontoado de homens do lado de dentro das muralhas de Anfípolis: o exército que tinham concedido a ele para tomar e manter aquela vital cidade do norte. Os cento e cinquenta esparciatas estavam parados como estátuas perto do portão abaixo. Mas e o resto? Os hilotas tinham sido úteis na campanha no norte — guardando suas posições e atacando com bravura —, mas nunca contra um inimigo como aquele. Eles usavam seus gorros de pele de cachorro no lugar de elmos e capas marrons puídas em vez das vermelhas dos espartanos. Brásidas olhou para o norte, do outro lado do Rio Struma, não vendo nada além de uma faixa deformada de calor. Os trácios estavam em algum lugar lá fora. Que os deuses tenham piedade de Hellas se o desgraçado de cabelos ruivos naquela montanha tomar essa terra e abrir as portas para eles. Mas o perigo mais sombrio estava com Cléon naquele morro. A besta que quase o matara em Esfactéria.

Deimos. O terror invencível.

— O que vamos fazer? — perguntou Clearidas. — Temos poucos grãos, e Cléon sabe disso.

— O que podemos fazer? — rebateu Brásidas. — Em uma das raras ocasiões em que os atenienses ousam nos enfrentar no campo, não temos os meios para combatê-los. Eu valorizo cada hilota em minhas fileiras tanto quanto qualquer um dos esparciatas... mas eles serão massacrados se nós enfrentarmos aqueles soldados de elite atenienses na planície em uma batalha campal. Nossa única opção é esperar e rezar para que a deusa Tique nos favoreça.

Clearidas o deixou e foi em direção aos homens, para falar com eles e encorajá-los. Brásidas encarou o enorme exército do lado de fora da cidade e sentiu a mais não espartana das emoções.

Medo.

O sol queimava a nuca de Cléon e a sela havia deixado sua bunda dormente. Mas ele não se atreveria a desmontar e ficar no chão, no mesmo nível dos miseráveis à sua volta — no mesmo nível de Deimos. Ele olhou para o campeão, parado ali perto no cume do morro. *Eu não preciso de você, seu cão*, refletiu. Por todo o caminho até ali, nas galés, os soldados aplaudiam toda vez que Deimos saía da cabine. No porto de Eion, eles haviam cantado canções sobre seus atos heroicos em Esfactéria. Mas a maioria se encolhia quando ele passava. *Medo e respeito, aquela gloriosa combinação*, pensou Cléon, irritado, a mão debaixo de seu manto se fechando futilmente em um punho cerrado e sacudindo. *Bem, quando for a hora da batalha, talvez você encontre a maior das honras* — ele sorriu, a mão fechada parando sobre a parte de cima de seu arco —, *lutar como um herói... e morrer no conflito.*

Bem naquele momento, uma explosão de risos veio do outro lado do morro. Atrás de suas tropas enfileiradas na dianteira, os hoplitas aliados de Córcira tinham abaixado suas lanças e escudos e estavam bebendo água e partilhando pão. Um soldado caminhava de forma espalhafatosa em círculos em volta de outro.

— Olhe para mim! Olhe para *mim*! — gorjeava o soldado que estava andando.

Mais risadas. Dedos quentes de desgraça subiam pelo pescoço de Cléon. *A peça... a maldita peça!* Rumores sobre os acontecimentos em Atenas haviam alcançado a tropa naquela manhã em Eion. Ele tinha ouvido sussurros, visto os rostos vermelhos de tanto rir de homens rapidamente se esconderem do seu. Um mensageiro confirmou: em sua ausência, os ratos órfãos de Péricles tinham saído de seus buracos e espalhado uma praga de mentiras sobre ele para o povo. *Bem*, pensou Cléon, fervendo de raiva, *vou mandar instruções para meus amigos poderosos de lá e eles vão...* A linha de pensamento se interrompeu quando ele se recordou da última reunião do Culto. Ele e um vulto mascarado. O resto? Todos mortos. *Quando eu retornar, mandarei pendurar esses ratos nas muralhas da cidade pelos tornozelos. Os corvos vão arrancar seus olhos.*

Os atores estavam com a corda toda agora. Seu peito ardia de raiva, mas aquele não era o momento para lidar com eles, na frente do restante do exército. Eles respeitariam a punição, sim, mas não a morte horrível que guardava para os ofensores. O tirano pensou em seus cachorros em Eion e olhou para o sul, na direção do pequeno porto. Aqueles cães fariam um banquete com os corpos abertos dos atores enquanto eles ainda respiravam.

— General? — chamou um dos taxiarcos atenienses, arrancando Cléon de seus pensamentos sombrios. — O que você acha? Atacamos as muralhas da cidade?

Cléon olhou para Anfípolis e para o vulto solitário de Brásidas observando do topo das muralhas da cidade. Alguns de seus oficiais tinham alegado que os hoplitas atenienses estavam ficando inquietos e sussurrando que, depois de tantos anos maldizendo a estratégia conservadora de Péricles, agora o grande Cléon estava com medo de atacar nada mais do que um bando de hilotas. Um pico quente de orgulho o atravessou e ele se preparou para segurar sua espada, se imaginando erguendo a arma e bradando a ordem de avanço — um momento heroico sobre o qual falariam para sempre, esmagando a fofoca irritante da peça...

— Porque não tenho tanta certeza de que deveríamos fazer isso — acrescentou o taxiarco. — Está vendo as árvores além da cidade? Eles podem ter cavaleiros lá. Você se lembra da carnificina que os cavaleiros de Tebas causaram na Beócia? Se uma força assim cair sobre nós aqui...

Cléon sentiu seu estômago embrulhar e um ronco alto de aflição saiu de seu abdômen. Ele não ouviu muito mais dos conselhos do taxiarco.

— Envie batedores para fazer o reconhecimento da floresta. Estabeleça um posto de vigia lá. O exército voltará a Eion.

Resmungos e arfadas de frustração se ergueram nas fileiras atenienses. A nuca de Cléon queimava com indignação.

— Voltaremos amanhã — gritou ele. — Até lá, os espartanos terão sofrido mais um dia com pouco pão e um pavor crescente. Amanhã, nós desfilaremos com suas cabeças em nossas lanças. Amanhã... para a *vitória*!

O discurso gerou alguns aplausos, mas as ordens gritadas pelos muitos oficiais rapidamente encobriram a celebração, enquanto eles orientavam que seus regimentos virassem e descessem a inclinação sul do morro. Uma trovoada de botas se ergueu do topo do morro enquanto o exército ateniense se movia, virando as costas para a cidade de Anfípolis, levantando uma espessa nuvem de poeira. Cléon viu os aliados de Córcira formando a ala esquerda da força que se deslocava. Em teoria, eles deveriam estar liderando a marcha de volta a Eion. Mas se mexiam de forma lenta, se arrastando, fora de posição — alguns ainda estavam pegando seus elmos e suas lanças, colocando rolhas em seus odres. Sua fúria cresceu como uma explosão de bronze derretido.

— Andem! — rugiu Cléon, incitando seu cavalo para disparar na direção deles, sacando um bastão de madeira para atingir os mais lentos na parte de trás da cabeça.

Brásidas sentiu o vento quente parar naquele momento.

— Eles estão recuando? — sussurrou para si mesmo.

Pela luz do sol obscurecida pela poeira ele viu a manobra atrapalhada. Memórias da infância na *Agoge* explodiram em sua mente: dos táticos ensinando a ele e aos outros meninos como identificar um ponto fraco na força inimiga. *Retaguardas e flancos*, o velho especialista grisalho tinha insistido com ele, arrumando as linhas de seixos polidos sobre o chão de terra para demonstrar. Seu pescoço se esticou e um calafrio subiu da base de sua coluna até o topo de sua cabeça.

— Espartanos — bradou para os cento e cinquenta abaixo. — Estejam prontos.

Eles se retesaram, segurando suas lanças no alto.

— *Arru!*

— A vergonha de Esfactéria queimou em meu coração por tempo demais. Não aconteceu o mesmo com vocês? — rugiu ele, enquanto descia apressadamente os degraus da muralha para ficar diante de seus homens.

Eles concordaram ruidosamente, batendo suas lanças em seus escudos.

Brásidas se virou para a massa de hilotas, liderada por Clearidas:

— E vocês, bravos guerreiros, joguem fora seus gorros de pele de cachorro, peguem suas lanças e se preparem para marchar conosco... até a *eternidade*!

A *Adrestia* flutuou até as areias da baía junto à boca do Rio Struma, parando com um solavanco violento. Kassandra saltou para a areia áspera. O silêncio reinava. Até ela ouvir um som distante, carregado pela brisa quente: um gemido grave de madeira. Portões se abrindo e o rugido colossal de homens. Ela olhou para a cordilheira longa e baixa acima — uma parede verde entre ela e a fonte do som. A mercenária subiu o monte correndo, escorregando nos seixos, sua pele colando por causa do suor. Ikaros circulava e guinchava loucamente, já lá no alto e vendo tudo. Quando chegou ao cume da montanha, Kassandra parou, cambaleante, atingida por uma lufada quente de vento e congelada pela visão adiante.

Um morro redondo dominava a planície. Nas inclinações do sul, o exército ateniense estava espalhado em uma formação perigosamente frouxa. Contornando em velocidade o distante lado leste do morro estava uma pequenina formação de espartanos com mantos vermelhos, e Kassandra soube imediatamente quem os liderava. Mas a pequena força espartana não era nada comparada ao exército ateniense.

O que você está fazendo, Brásidas?, ela moveu os lábios sem produzir som. *Você sabe que não pode vencer essa luta.*

Mas quando aqueles cento e cinquenta bateram de frente com a esquerda despreparada dos atenienses, eles penetraram fundo e sem piedade. Com um estrondo de escudos e o tinido de lanças, uma grande gritaria e o som de corpos quebrados, os espartanos de Brásidas devastaram a esquerda de Atenas, atingindo o centro também. Era como aquela visão dos Portões Quentes: Brásidas saltava e girava entre os inimigos, ele e seus camaradas os partindo ao meio aos montes, mas Kassandra sabia que ele não podia vencer, por uma simples carência de homens. Quando os trompetes atenienses soaram, ela viu o lado direito da armada de Cléon virar para apoiar a esquerda atordoada e sentiu uma grande tristeza crescer dentro dela, ciente de que aquele era o fim de Brásidas.

Mas então novas flautas espartanas soaram nas encostas do lado oeste da montanha, que estava nas sombras. Da névoa, uma grande onda de hilotas armados surgiu. Kassandra tremeu com o grito de guerra hilota enquanto eles disparavam ao redor da encosta e atingiam a retaguarda desprotegida da massa ateniense.

A encosta se transformou em um tumulto de clarões prateados e borrifos vermelhos. Kassandra viu Brásidas agora no meio da multidão, os melhores hoplitas atenienses se juntando ao seu redor, o próprio Cléon berrando e os instigando, exigindo a cabeça de Brásidas. A visão dos Portões Quentes martelou na mente da mercenária, a queda do herói espartano. *Não, não dessa vez.*

Kassandra correu morro abaixo, saltou sobre um córrego e acelerou até as margens da batalha. Ela se esquivou de uma lança ateniense, deslizando pela terra molhada de sangue e dando um pulo, empurrando para o lado um soldado de Córcira que tentou atacá-la. Não havia nenhum inimigo no campo além de Cléon.

Uma cabeça de boca aberta atravessando seu caminho, quicando, e um banho de sangue quente e entranhas atingiu suas costas enquanto ela corria. Finalmente Kassandra chegou ao centro do conflito. Campeões atenienses atacavam Brásidas. Ela agarrou um inimigo pelo ombro, girando o sujeito para que ele ficasse de frente para ela e então enfiando a lança de Leônidas debaixo de suas costelas. Um segundo golpeou sua lança contra a barriga de Kassandra, rasgando sua pele e cobrindo suas coxas de sangue. Ela desviou do golpe seguinte e então arrancou sua mão. Agora Brásidas se aproveitava de momentânea mudança de maré para dar uma cabeçada em um terceiro campeão ateniense, depois abrir um quarto do rosto à virilha. Com o rosto respingado de sangue, Brásidas balançava, tremendo, olhos e dentes brancos em um sorriso maníaco de batalha. Ele ergueu sua lança para saudar Kassandra.

— Eu sabia que a veria novamente! E você chegou na hora perf...

Ele sofreu um espasmo e logo a ponta de uma lança atravessou seu peito com uma mancha vermelha.

— Não! — gritou Kassandra, esticando o braço.

A lança se ergueu, levantando Brásidas como a presa de um pescador. O general se contorceu, vomitando sangue. Deimos segurava a lança como um estandarte, seus músculos se inchando com o esforço, antes de ele colocar Brásidas no chão.

Deimos a encarou.

— Então Cléon não foi capaz de organizar a sua execução? — cuspiu. — Talvez ele devesse ter deixado por minha conta, afinal.

Com isso, ele voou sobre Kassandra, desembainhando sua espada e investindo contra o pescoço da irmã. Ela recuou e levantou sua lança para defender o golpe. Pressionadas uma contra a outra, as duas lâminas tremiam loucamente, exatamente como em Esfactéria, e os dois rugiam com o esforço, a batalha se desenrolando em volta deles.

— É isso, irmã — disse Deimos com a voz esganiçada, sua espada gradualmente empurrando a arma de Kassandra contra o pescoço dela. — Um de nós tem que morrer.

Ela sentiu um tremor de força e empurrou sua lança contra a lâmina de Deimos. Como em uma queda de braço em que o jogo vira, ela cresceu enquanto ele se encolhia, a lâmina dele começando a deslizar, a ponta da lança de Kassandra agora se aproximando do pescoço de seu irmão. A confiança de Deimos começou a desmoronar. Ela viu seus olhos se arregalarem. Lá estava ela novamente: no precipício, com a chance de salvar seu irmão ou deixá-lo morrer. E então ele teve uma convulsão repentina, com um grito angustiante.

Deimos caiu. Kassandra recuou, olhando fixamente para sua lança. Será que ela havia feito aquilo? Não, sua lâmina não tinha tocado nele, não havia nenhum sangue fresco sobre ela. Como, então? Quem? Então Kassandra viu a flecha se projetando nas costas de Deimos, viu o irmão cair sobre os joelhos e deslizar para um lado. A batalha engoliu seu corpo em um frenesi de homens lutando, membros decepados e lanças girando. Os olhos de Kassandra traçaram o caminho que a flecha tinha feito — até uma pequena protuberância rochosa atrás do irmão. Ali em cima estava Cléon, a corda de seu arco ainda vibrando, seu rosto tomado por descrença. Seus lábios tremeram, se abrindo em um sorriso alucinado e passageiro de triunfo, e então ele rapidamente preparou outra flecha. Mas antes que Cléon pudesse disparar, Kassandra se lançou sobre ele.

— Merda! — guinchou o tirano, soltando a flecha, seus braços ficando emaranhados no arco.

Enquanto ela avançava com a lança na direção do peito de Cléon, ele se jogou para um lado, se livrando do arco e assim partindo em uma corrida desenfreada pelo meio da batalha. Kassandra correu atrás dele, lutando contra um mar de lanças que rangiam, apenas para atravessar o caos e manter Cléon à vista. Flechas zumbiam e pedras arremessadas passavam sobre sua cabeça conforme ela saltava sobre os feridos que gemiam e pisava em poças de sangue, vômito e entranhas.

Foi só quando ela chegou às margens da batalha que a atividade começou a diminuir. Depois de um tempo, o burburinho da guerra era apenas um zumbido atrás de Kassandra. Tudo o que importava era o desgraçado que corria e se debatia à sua frente. Ele tropeçou e rolou, seu manto azul voando e estalando em seu rastro. Ela correu como um cervo, sentindo as solas dos pés tocarem a terra batida, depois a areia molhada. O choque das ondas a cercava enquanto ela perseguia Cléon pela praia. Torrões de areia molhada voavam atrás dele, depois borrifos de espuma, conforme ele entrava nas águas rasas. Cléon caminhou até a água chegar à altura de seu peito, e foi quando parou, arfando, ofegante, a cabeça se voltando para Kassandra e então para o mar em movimentos rápidos. Seu rosto estava branco como a lua.

— Eu... eu não sei nadar — choramingou.

Silenciosamente, Kassandra caminhou até ele. Ele ergueu sua espada. Ela segurou seu punho e o torceu até ele soltar a arma, em seguida o segurou pela gola de sua túnica, arrastando o homem de volta para onde a água batia em seus tornozelos. Ali, Kassandra o colocou de joelhos. Cléon começou a gemer e suplicar. Ela não ouviu nenhuma palavra. Colocando a mão na parte de trás da cabeça dele, ela o empurrou para baixo, enfiando seu rosto na areia. Os braços e as pernas de Cléon se debateram e gritos abafados sacudiram a areia. Finalmente, ele ficou imóvel.

Kassandra desabou, respirando com dificuldade. O último e mais perigoso membro do Culto estava morto. Atrás dela, Kassandra ouviu o gemido das flautas espartanas, o grito solene de vitória.

— *Arru!* — berravam, lanças erguidas, formando um círculo em volta do corpo de seu líder adorado. Brásidas estava morto, mas, contra todas as probabilidades, Anfípolis fora salva, assim como o norte.

De dentro da roupa de Cléon, algo flutuou para as ondas. Uma máscara, Kassandra percebeu, marcada na testa pelo golpe de uma espada. Ikaros veio e pousou no ombro da *misthios* enquanto ela observava o objeto flutuar pela costa. A águia guinchou para o pedaço de detrito que se afastava.

— Sim — concordou Kassandra, acariciando as penas de Ikaros. — Acabou.

18

Falaram que Brásidas morreu com a canção do triunfo espartano em seus ouvidos. Falaram que morreu com um sorriso melancólico. Poucos tinham realmente visto seu fim na ponta da lança de Deimos. Conforme a *Adrestia* se afastava da baía de Anfípolis, Kassandra olhava para o interior da cidade, brilhando em vermelho no sol poente, salpicado com piras funerárias e montes de espólios. O morro sobre o qual a batalha havia mudado de rumo não tinha mais corpos agora, mas os mortos jamais seriam esquecidos. E mais: em Brásidas, Esparta tinha um novo herói. Já se falava de seu exército poliglota como "Os Brasideanos". Mesmo agora, aqueles espartanos e hilotas estavam acampados juntos — pela primeira vez sem divisões de classes e partilhando a conquista fraternalmente.

Apesar da vitória, a viagem para o sul foi sombria, com Barnabás e sua tripulação desanimados, passando as noites bebendo em silêncio e conversando sobre suas aventuras com Kassandra. Eles pararam em Atenas, onde um novo general tinha sido eleito. Nícias, apoiado por Sócrates e o grupo que tinha se agarrado aos princípios de Péricles nos dias mais sombrios do regime de Cléon, tinha inclusive começado diálogo com Esparta. Um tratado de paz estava próximo, alguns diziam — uma promessa de cinquenta anos de harmonia. Parecia apropriado, Kassandra pensou. Tanto Esparta quanto Atenas haviam sido arrasadas por aquela guerra. Nenhum dos lados ganhara nada além de um exército de viúvas e órfãos. A mercenária passou uma lua em Atenas, sentada junto aos túmulos de Phoibe e Péricles em silêncio antes de zarpar de novo, para casa.

Eles chegaram a Esparta no começo de agosto. Barnabás caminhava ao lado do cavalo de Kassandra enquanto ela seguia para o norte do porto de Trinisa, na direção da Terra Baixa, em uma manhã clara do fim do verão. Tanto tempo havia se passado desde o desastre em Esfactéria, desde que ela tinha visto a mãe pela última vez. A sensação era a mesma daquele momento ao se aproximar de Naxos, anos atrás. Será que sua mãe ao menos sabia que ela ainda estava viva? Será que ainda estava bem? O coração da mercenária disparou quando ela entrou nos vilarejos espartanos. Hilotas pararam o que estavam fazendo para encará-la.

— A *misthios* — sussurrou um deles.

— A heroína da Beócia — disse outro.

— É ela? Ela, que lutou ao lado de Brásidas em Anfípolis e assegurou o norte?

O mesmo aconteceu com esparciatas, que zurravam e simulavam lutas no ginásio. Eles olharam para ela e ficaram em silêncio. Observaram-na com carrancas maldosas, como sempre. Então, ao mesmo tempo, começaram a erguer suas lanças. Por um momento, Kassandra achou que queriam atacá-la, mas suas lanças continuaram a se erguer, uma por uma, apontando para o céu em saudação. Juntos, eles soltaram um grito que penetrou em sua alma:

— *Arru!*

Atrás deles, a mercenária viu os portões da casa de sua família se abrirem com um rangido. Myrrine passou pela fenda, uma das mãos sobre o peito, como se quisesse controlar seu coração. Kassandra desceu de seu cavalo, cambaleou na direção da mãe e caiu em seus braços.

Elas passavam a maior parte das noites sentadas em volta da lareira, bebendo vinho diluído, comendo azeitonas e bolo de cevada. Kassandra levou muitas noites para explicar tudo: o desastre em Esfactéria, as longas e desesperadoras luas na cadeia ateniense e o dia em que tudo mudou. Liberdade, a peça e então a jornada para o norte até Anfípolis.

— Notícias sobre o que aconteceu lá chegaram a essas partes na última lua — disse Myrrine, bebendo seu vinho. — Falaram de um grande número de mortes, mas uma vitória gloriosa. E da queda de Brásidas.

— Ele foi um exemplo para todos nós — disse Kassandra. — Os éforos lhe ofereceram trapos para a missão, e ele salvou o norte de Cléon. Ouvi dizer que pretendem erigir um cenotáfio para ele, perto do túmulo de Leônidas. Uma companhia apropriada.

— Chorei quando soube de sua morte. Mas então ouvi as pessoas falando de outro alguém que estava presente na batalha. Uma mercenária.

Na mesma hora senti uma enorme esperança em meu coração de que, de alguma forma, *de alguma forma*, era você. Desde aquele momento em que a mandei para Esfactéria, não soube de nada, apenas histórias sobre cadáveres chamuscados naquela ilha queimada. Mas nunca me permiti verdadeiramente acreditar que era você em Anfípolis. Às vezes eu rezava para que não fosse... porque disseram que Deimos estava lá também.

Uma pedra se ergueu na garganta de Kassandra.

— Ele estava.

Myrrine levantou os olhos do fogo devagar, seu rosto parcialmente iluminado, olhos turvos.

— Sim, então os sussurros sobre ter sido ele quem matou Brásidas também devem ser verdadeiros.

— Você... você me pediu para trazê-lo de volta para casa — sussurrou Kassandra. — Não fui capaz.

Myrrine pareceu se fechar então, seu olhar se voltando para o fogo, fixo, perdido.

— Eu tentei, mãe. Mas Cléon de Atenas o matou por inveja.

Depois de um tempo, Myrrine balançou a cabeça.

— Então mais um de nossa linhagem se vai — disse em voz baixa. Ela se levantou, indo se sentar ao lado de Kassandra, passando o braço sobre seus ombros. — Sobraram tão poucos de nós — continuou ela, passando os dedos nos cabelos soltos da filha, olhando em seus olhos. — Sinto que deveria responder a pergunta que você me fez muito tempo atrás.

— Não entendi.

— Seu pai, Kassandra. Seu *verdadeiro* pai.

Myrrine inclinou a cabeça, levando os lábios até o ouvido de Kassandra. O nome que ela sussurrou ecoou pelo corpo da mercenária. Era como um sino badalando dentro dela. Agora ela compreendia...

Meses se passaram, e o outono trouxe consigo vendavais e tempestades. Certa manhã, Kassandra acordou no conforto aquecido de sua cama, com a mente fresca e o corpo finalmente livre das dores e incômodos que a perseguiram por anos. Ela viu o céu soturno no lado de fora, emoldurando o cume do Monte Taigeto. Talvez fosse a proximidade do sono, ou o tom exato das nuvens, mas algo tocou seu coração naquele momento, invocando as lembranças daquela noite de sua infância. Pela primeira vez, ela deixou a lembrança se desenrolar sem medo. Desde seu retorno a Esparta, ela havia visitado cada uma das cinco aldeias antigas, tinha participado de banquetes e noites de poesia, treinado no ginásio e nadado nas águas revigorantes do Rio Eurotas no nascer de quase todos os dias. Naquela manhã, ela tinha planejado levar Ikaros para caçar na floresta, mas percebeu, então, que havia um lugar que ainda não tinha visitado.

Ela foi sozinha, sem contar à mãe ou a Barnabás. Partiu levando apenas um odre e um pedaço de queijo, respirando fundo para limpar a mente, o ar fresco e com cheiro de pinho e terra úmida. Subindo o morro, Kassandra tirou sua famosa meia-lança do cinturão e tentou usá-la como bengala. Sorriu tristemente, percebendo como a arma era inapropriada para aquele propósito e como ela era pequena tanto tempo atrás. Enquanto subia a trilha da montanha, Kassandra imaginava os fantasmas daquele tempo perdido caminhando à sua frente: os malditos éforos e sacerdotes. Nikolaos, sua mãe. E, em seus braços... o pequeno Alexios.

As lágrimas fizeram com que seus olhos ardessem e ela não ouviu os gritos de Ikaros, que voava à frente. Quando chegou ao platô, olhou para o altar triste e desgastado pelo tempo onde tudo tinha acontecido. Por um momento, parecia que toda a sua tristeza estava prestes a crescer e crescer até explodir. Ela quase deixou aquilo acontecer. Apenas uma coisa a impediu.

O outro vulto parado ali.

Ele estava de pé, de costas para ela, olhando para o abismo.

— A... Alexios? — gaguejou Kassandra.

Os gritos de advertência de Ikaros ficaram muito claros, a águia dando voltas e guinchando acima.

Alexios não respondeu.

— Mas você caiu, em Anfípolis.

Ela olhou para os ombros nus de seu irmão, vendo a marca inchada da cicatriz recente de um ferimento causado por uma flecha, parcialmente escondida por seus longos cachos escuros.

— A ferida é apenas decorativa. — Ele se virou para ela, seu rosto impassível. — Estou esperando aqui em cima desde a última lua. Sabia que você acabaria vindo até aqui.

Havia uma dureza terrível em seu olhar. E Kassandra percebeu que o irmão não olhava para ela, mas para alguém mais atrás.

— Meu cordeirinho, meu menino — disse Myrrine, caminhando até ficar ao lado de Kassandra.

— Mãe? — sussurrou a mercenária. — Você me seguiu?

— A montanha atraiu todos nós até aqui — respondeu Myrrine, colocando a mão delicadamente no ombro de Kassandra ao passar por ela. — Você prometeu trazê-lo para casa, Kassandra, e você trouxe.

Kassandra segurou o punho da mãe, impedindo seu avanço.

— Não é seguro, mãe.

Mas os olhos de Myrrine transbordavam com lágrimas, e ela estendeu a mão na direção do filho.

A testa de Alexios franziu e ele virou o rosto.

— No fim do mundo, uma mãe tenta se conectar com seu filho. Comovente.

— Alexios, por favor — choramingou Myrrine.

— Você usa esse nome como se ele significasse algo para mim — rosnou ele.

— Esse é o nome que seu pai e eu lhe demos.

O rosto dele se contraiu, virando para um lado para contemplá-la com desconfiança.

— Isso foi antes de vocês me trazerem até aqui em cima para morrer?

Myrrine colocou a mão sobre o peito.

— Foi o Culto que trouxe todos nós até aqui naquela noite. Eu fiz tudo que pude para salvá-lo.

Alexios cerrou os punhos e estremeceu onde estava. Kassandra viu o fogo crescer dentro dele.

— Alexios, acabou: a guerra, o Culto. Deixe que as nuvens deles se dissipem da sua mente. Lembre-se de quem você é.

Ele sacudiu a cabeça muito lentamente.

— O Culto buscava trazer ordem para o mundo. *Eu* era o escolhido deles, e agora *eu* serei o responsável por trazer a ordem.

— Nós temos o mesmo sangue, Alexios — tentou Kassandra. — Tudo o que eu sempre quis foi a minha família. Eu sinto isso em você também.

A cabeça de Alexios se abaixou. Ele ficou em silêncio por um tempo.

— Certa vez, quando eu era um menino sob os cuidados de Chrysis, encontrei um filhote de leão preso em uma rede. Meu amigo tentou libertá-lo... e foi então que eu ouvi o rosnado letal da mãe do leão. — Sua cabeça começou a se erguer novamente. — Vi a leoa destroçar meu amigo. No mundo das feras, a família protege os mais jovens.

A cabeça de Alexios se ergueu completamente, seus olhos escuros e molhados por conta da emoção.

— Eu o amava, Alexios. — Myrrine soluçou. Seu rosto se contorceu por um momento, como se ela estivesse discutindo consigo mesma. — Que se danem os costumes espartanos, eu o *amava*... e ainda o amo.

Lentamente, Alexios esticou a mão até a bainha em seu ombro e começou a sacar sua espada.

— Meu nome é Deimos. Aquele que você ama está morto. Meu destino está claro e você não ficará no meu caminho.

Ele se aproximou de Myrrine e desembainhou a espada completamente com um movimento brusco.

Clang! A lança de Kassandra defendeu o golpe do irmão, salvando a mãe. Myrrine não se encolheu — a lâmina dele a um dedo de distância de sua cabeça —, mas seu rosto estava coberto de lágrimas frescas.

— Alexios, não! — gritou Kassandra.

Saliva voou por entre seus dentes enquanto ele tentava forçar sua lâmina contra a mãe.

Kassandra berrou e juntou toda a sua força, empurrando o irmão para trás e então apontando a lança para ele.

— Não quero lutar com você.

— Eu lhe disse em Anfípolis, minha irmã. Um de nós tem que morrer — disse ele, as palavras se arrastando, então saltou sobre ela.

As lâminas se chocaram em uma chuva de faíscas. O terrível som do aço se ergueu na montanha.

— Não, *não!* — gritou Myrrine, recuando e caindo sobre os joelhos.

Deimos lançou uma sequência de golpes, atingindo os braços de Kassandra, ferindo sua testa, quase a empurrando do precipício e, se não fosse pelo pensamento rápido para levantar uma nuvem de poeira com o pé, ele a teria atravessado com sua lâmina. As nuvens furiosas se juntavam e ribombavam acima deles, e Kassandra sentiu um enorme ódio surgir dentro dela. A chuva caía enquanto ela batia repetidamente na espada de seu irmão, via seu olhar demoníaco desmoronar, via sua espada se soltar de sua mão e cair no abismo, via o irmão cair no chão, mãos erguidas como um escudo, sentia seu braço que segurava a lança se retesar, então todo o seu corpo se agitar ao se preparar para o golpe.

A ponta da lança parou bem em frente ao peito de seu irmão.

Os dois estavam ofegantes, se encarando, ela o cercando, o mantendo à beira da morte. O céu rugiu com um trovão nascente.

Myrrine se arrastou até eles, segurando os cabelos de Kassandra.

— Por favor, não.

— Eu fiz coisas terríveis — sussurrou Deimos. — Minha irmã, poderia ter sido tão diferente.

Kassandra sentiu aquela centelha calorosa de chama dentro de seu coração.

— Ainda pode ser, meu irmão.

Ele sacudiu a cabeça.

— Eu lhe disse que um de nós tem que morrer aqui. Ninguém jamais teve força suficiente para me superar... até que lutei contra você em Esfactéria. Estávamos no mesmo nível. E em Anfípolis. Se Cléon não tivesse me derrubado, você teria me derrotado.

— Não importa — replicou ela. — Pense no que pode vir para nós no futuro. Uma família, como deveríamos ser.

Eles compartilharam um olhar então — exatamente como naquele momento de sua infância, quando Kassandra quase o pegou. Uma lágrima escorreu pela bochecha de Alexios, se misturando à chuva.

— Não posso ser o que você quer que eu seja. — A cabeça dele sacudia lentamente, seus lábios tremendo. — O mal está muito enraizado.

Kassandra viu a mão dele se mover na direção da borda de sua greva, viu Deimos sacar a faca escondida ali, viu enquanto avançava contra o pescoço de Myrrine. O tempo desacelerou. Kassandra sentiu um espasmo tomar seu corpo, então enfiou a lança de Leônidas com força no peito de Alexios. A faca caiu de sua mão e ele olhou fixamente para o céu com um último suspiro longo e lento.

Myrrine soltou um gemido melancólico e Kassandra chorou com vontade por muito tempo. Os trovões roncavam acima, e apenas quando o som desapareceu é que o choro de Myrrine se silenciou.

— Eu tentei salvá-lo, mãe — balbuciou Kassandra, enquanto a chuva começava a diminuir.

— Eu vi o que aconteceu — choramingou Myrrine. — Ele está livre agora.

Elas se abraçaram e abraçaram o corpo de Alexios por horas. Depois de um tempo, as nuvens se abriram e feixes de luz alaranjada profunda se estenderam sobre o cume do Monte Taigeto.

Epílogo

Caminhei pela escuridão e não tive medo. Eu era uma espartana, uma misthios, uma heroína de guerra. Meus passos soavam tão solitários naquele lugar velho e escuro. Enquanto eu penetrava cada vez mais no subsolo, o calor de verão atrás de mim diminuía. Golpeei um gancho de pedra para acender minha tocha e passei pelas câmaras escavadas na rocha, agora vazias. As correntes ainda estavam ali, assim como as manchas de sangue há muito secas das vítimas do Traficante. Passei pelo salão esquecido com a estátua sinistra da cobra. A calha debaixo de suas presas há muito tempo tinha ficado sem sangue, e assim a cobra morreria de fome. O altar onde eu me encontrei pela primeira vez com aquela alma deturpada, Chrysis, agora padecia sob uma camada espessa de poeira. Continuei andando.

Parte de mim sonhava, como uma criança, que eu poderia encontrar meu irmão no fundo daquelas cavernas, exatamente como eu o tinha encontrado naquela noite quando o Culto se reuniu ali. Mas a lembrança de ter partido seu coração com minha lança ainda estava muito próxima e fresca. Quase um ano havia se passado desde a morte dele. Nós o enterramos e choramos. Ninguém tinha esperado que qualquer outra pessoa comparecesse à cerimônia, mas quando Nikolaos e Stentor apareceram para assistir de longe, eu lhes ofereci um olhar solene, convidando os dois a se aproximar. Naquela noite, nós jantamos na velha propriedade da família. Foi desesperadamente constrangedor em alguns momentos. Quando Nikolaos, em uma ponta da mesa, pediu uma taça de vinho, minha mãe, na outra ponta, serviu... então ela mesma bebeu tudo em um gole só, e a seguir continuou a comer. Stentor riu, entretido, antes de disfarçar com uma tosse. Aqueles ferimentos não cicatrizaram com o banquete e provavelmente nunca cicatrizariam. Mas havia uma compreensão agora — o ódio do passado estava enterrado, o Culto com ele.

Foi com a bênção de minha mãe que eu parti mais uma vez na primavera seguinte, uma última jornada que eu sabia que não podia evitar.

Enquanto a Adrestia *cortava os mares, Barnabás e Heródoto estavam inseparáveis, relembrando as histórias de nossas aventuras, o capitão atuando e exagerando sobre os acontecimentos no convés, enquanto Heródoto manejava seu estilete com uma velocidade de pica-pau para registrar tudo, a ponta da língua para fora em sinal de concentração.*

Nós chegamos à ilha destruída de Tera em um dia sereno — o mar como uma seda azul-petróleo, nem uma lufada de vento no ar. Heródoto se ofereceu para me acompanhar até as montanhas escuras. Mas eu recusei. Aquela era uma jornada que eu tinha que fazer sozinha — bem, com Ikaros em meu ombro. Contornei aquela casca de rocha curva e árida — há muito destruída por um vulcão — me perguntando se as alegações de Meliton sobre as marcas elaboradas no alto das rochas tinham sido um blefe, uma gozação. O que havia naquela ilha abandonada a não ser cinza e pedra?

Caminhei até o cume. Passei dias vasculhando a terra irregular. Certa vez, cheguei a uma simples parede rochosa — nua aos olhos. Foi só quando passei a mão pela superfície para me equilibrar que senti os entalhes finos. Quando recuei, vi as inscrições estranhas — reveladas pela menor menção de sombra. Fiquei lá durante dias, explorando, lendo os símbolos repetidamente, examinando aquilo na esperança de que eles pudessem se acender, como fizeram com Meliton. Certa noite, eles se acenderam. Uma parte da rocha recuou para revelar um portão escondido para dentro da montanha. Eu entrei — e foi lá que o encontrei. Meu verdadeiro pai.

A lenda, Pitágoras.

Vivo, cerca de sessenta anos depois que a maior parte das pessoas achava que ele havia morrido — muitos, muitos anos mais velho do que homens ordinários viviam. Seus olhos brilhavam, sua mente em perfeito estado. Suas palavras mudavam tudo. Ele me mostrou coisas que eu sabia que nunca poderia explicar a outra alma... a não ser, talvez, Barnabás. A ilha de Tera era uma casca esmagada, sim, mas, além daquele portal de pedra, maravilhas douradas existiam. As marcas estranhas eram apenas o começo. Ele me deu um velho cajado — uma peça bonita que oferecia uma sensação estranha ao toque, exatamente como minha lança — e me mostrou muitas outras maravilhas. Mas, como se a tragédia tivesse me seguido até ali, passei apenas alguns dias em sua companhia. O brilho nos olhos de Pitágoras começou a se esvair, seu modo de andar se tornou claudicante e sua respiração ficou curta. Ele explicou que isso acontecera porque deveria ser assim, que o cajado tinha lhe concedido anos adicionais e que agora eu deveria ser a portadora. Foi no terceiro dia que acordei para ouvi-lo respirar com dificuldade e então vi que seus lábios estavam azuis. Tentei ajudá-lo, devolver o cajado para ele, mas ele recusou e insistiu que aquela era a sua hora. Ele morreu em meus braços, exatamente como Alexios.

Queimei seu corpo em uma pira como ele insistiu que eu fizesse e observei enquanto a fumaça levava seu espírito embora. Depois daquilo, quebrei a pedra em volta do portão escondido, fazendo o penhasco deslizar e enterrar a entrada para sempre. Novamente, meu pai tinha insistido que eu fizesse aquilo, e eu sabia o motivo. Pois os poucos dias dentro daquele lugar tinham me mostrado que nem tudo nesse mundo era realmente o que parecia — exatamente como Sócrates havia insistido. Mas existiam ainda tantos segredos, tantas perguntas sem respostas. Com suas últimas palavras, ele me disse que nós conversaríamos novamente. E foi assim que eu soube que tinha que voltar à Caverna de Gaia.

Meus passos ecoavam como batidas de asas de pombas perturbadas enquanto eu entrava na enorme caverna e voltava os olhos para o círculo de pedra polida e o plinto com veios vermelhos no centro. Nenhum Cultista, nada de Deimos... Alexios. Senti um nó na garganta, dolorosamente triste por tudo o que eu havia perdido. Então virei meus olhos para a pirâmide coberta de poeira sobre o plinto e senti meu coração começar a ganhar altura.

Eu me aproximei, enchi os pulmões de ar e soprei a poeira sobre a pirâmide. Seu brilho dourado voltou e eu senti aquele zumbido grave se espalhar pela caverna, vi o brilho estranho vindo de dentro da peça.

E então ela falou comigo.

— Aproxime-se — disse.

Meu coração congelou. A voz... era a voz de minha mãe. Esse era um segredo que meu pai tinha me revelado: "Os artefatos daqueles que vieram antes são encantados... mas traiçoeiros. Eles procuram dentro de você, sabem quem você é, o que você ama, o que teme. Eles contorcem seu coração, moldam sua alma, embaçam sua mente. Tenha cuidado, Kassandra".

Estiquei o braço, minha mão pairando sobre a pirâmide, sentindo o calor que emanava dela.

— Toque em mim — suplicou.

Molhei os lábios, separei os pés como se estivesse pronta para entrar em batalha e então posicionei a palma da mão sobre a superfície lisa. Foi como se eu tivesse sido atingida na cabeça por um pedregulho. Luzes brancas, clarões dourados, uma ária de uma canção aguda. Algo me segurou, me balançou, me contorceu. Era como se mãos enormes me prendessem, então batessem no meu espírito como um ferreiro tentando moldar uma lâmina. Essa força invisível estava tentando roubar minha própria essência de mim... ou me matar. Senti um grito se erguer em meu peito.

Em seguida, uma força como uma tempestade dura me atingiu, e a energia perversa foi embora. Eu me senti segura então, naquele estranho submundo de luz suave, onde eu não tinha peso nem forma. Ouvi outra voz:

— Você testemunhou integralmente o que esse artefato e os outros como ele podem fazer com os homens — disse Pitágoras.

— Pai? — balbuciei.

— A voz que você ouviu a convocando não era de sua mãe. Mas esse sou eu, disso você pode ter certeza. Eu lhe disse que nós conversaríamos novamente.

— Como... como pode ser? Eu coloquei seu corpo na pira.

— Caronte, o Barqueiro, está me esperando para atravessar o Estige. Meu vínculo com o artefato é a única coisa que mantém minha alma na margem dos vivos, mas esse vínculo está acabando. Então devo lhe contar a verdade sobre a pirâmide antes que seja tarde demais. Ela foi criada por aqueles que vieram antes com a intenção de ver através das teias do tempo. Passado, presente e as coisas ainda por vir...

— É por isso que o Culto venerava tanto a pirâmide — disse, de repente percebendo. — Ela é uma chave para o controle e a ordem.

— Eles nunca compreenderam. — Pitágoras suspirou. — Muitas décadas atrás, um grupo de pessoas se juntou para sustentar uma teoria que eles acreditavam que podia trazer estabilidade para o mundo. Que tudo funcionava em partes iguais, ordem e desordem. Disciplina e autonomia. Controle e liberdade. Como um conjunto de balanças em perfeita harmonia.

A luz suave ao redor se deformou para criar uma imagem turva de um encontro. Entre os que se reuniam, vi um jovem Pitágoras, guiando, ensinando. Muitos assentiam e alguns debatiam. Então vi outros, no fundo, cochichando entre si.

— Mas algumas pessoas desse grupo não puderam resistir à tentação do poder ilimitado. Eles caíram nos braços do caos... e o Culto de Cosmos nasceu.

Imagens piscavam na luz suave: dos vilões mascarados se reunindo, cantando, do desenrolar de seus esquemas perversos — exércitos morrendo desnecessariamente, cidadãos massacrados, homens inocentes executados... e uma criança sendo arremessada de uma montanha.

— Eles abusaram de seu poder, colocando o mundo grego em guerra eterna. — As imagens cessaram abruptamente. — Uma guerra que você estava destinada a interromper.

Senti meu coração baquear.

— Eu? E... Alexios?

— Sim, mas o Culto levou seu irmão e o transformou em um deles. Sangue mortal corre em suas veias, Kassandra, mas também corre o elixir carmesim dos anciãos. Leônidas era dessa linhagem. Eu também, assim como sua mãe. Foi por isso que ela e eu nos juntamos. Ao fazer isso, ela pode ter traído o espartano, Nikolaos, mas...

— Mas é melhor do que trair o mundo com o Culto — terminei por ele.

— Sim. Você foi caçada, assim como eu, sua mãe e seu irmão, porque nós éramos as chaves para verdadeiramente controlar esses artefatos. A pirâmide só fala com aqueles que carregam o sangue de seus criadores. É por isso que o Culto precisava de Deimos, mesmo quando eles perceberam que não eram capazes de controlar sua natureza caótica.

— Mas agora o Culto acabou. Eu destruí todos eles. Eu consegui — disse.

O rosto de Pitágoras murchou.

— Eu gostaria de lhe dizer que é verdade, Kassandra. No entanto, ao destruir o Culto, você desequilibrou a balança. O mundo só pode conhecer a harmonia se houver equilíbrio. Você não percebe? Essa é a única lição que eu deveria ter passado adiante antes de morrer: ao destruir o Culto, você apenas limpou a terra para que uma erva daninha mais sombria e mais forte se erga. O equilíbrio precisa ser restaurado.

Um calafrio correu por mim.

— Como posso restaurar esse equilíbrio? Por onde... por onde eu começo?

— O cajado é a chave. Ele lhe concederá a dádiva do tempo. Tempo é tudo. Com ele você pode...

Ele ficou em silêncio.

— Pai?

— Não... é tarde demais — disse ele, sua voz tensa. — A erva daninha sombria já criou raízes.

— Eu não compreendo.

— Você deve ir embora, Kassandra, agora!

— Pai? — gritei.

Mas, com um chiado, as visões desapareceram. Eu me vi na silenciosa e deserta Caverna de Gaia mais uma vez. A pirâmide estava fria e muda agora. Ouvi minha respiração rápida desacelerar e senti meu coração entrar em um ritmo constante novamente.

— Você também viu aquilo? — Uma voz ecoou pela caverna. — Foi lindo, não foi?

Então vi a mão pálida repousando sobre a outra face da pirâmide, o braço se esticando de uma poça de sombra. Dedos mortos rastejaram sobre minha pele.

— Quem está aí?

Ela se aproximou, saindo das sombras como uma criatura emergindo de um sonho.

— Aspásia?

— Você está surpresa por me ver? — perguntou ela.

Não respondi — meu comportamento certamente era resposta suficiente. Olhei para ela: bela, elegante, coberta por uma stola branca. E então meus olhos repousaram sobre a forma por baixo de sua vestimenta. Uma máscara de teatro horrível com nariz torto e um sorriso sinistro. Aspásia deu um passo à frente e levantou a máscara. Eu a encarei.

— Como? Por quê? — gaguejei.

— O Culto acabou, Kassandra — disse ela, deixando a máscara cair no chão. Aspásia pisou no objeto com sua sandália, partindo a máscara ao meio. — Desempenhei meu papel como integrante deles, mas apenas em prol dos meus próprios planos.

— Que são?

— Você ouviu a lenda falando, não ouviu? Da necessidade de trazer uma nova ordem ao mundo.

— Não sei o que você viu ou escutou, Aspásia, mas isso não foi o que meu pai disse. Ele me mostrou que os extremos de ordem ou caos não são a resposta, que o equilíbrio é crucial.

— Pitágoras não era forte o bastante para trazer a verdadeira ordem ao mundo — continuou Aspásia, como se Kassandra não tivesse falado nada —, nem o Culto. Você foi uma aliada útil para tirá-los do tabuleiro desse grande jogo.

— Mas... você deixou que eles matassem Péricles.

— Eu teria impedido se pudesse — disse ela, seu rosto impassível. — Mas você estava lá naquele dia. Você viu o que aconteceu. Deimos e seus homens teriam massacrado todos nós se eu tivesse tentado intervir. De qualquer forma, Péricles teria ficado contente em morrer pelo fim do Culto.

Silêncio.

— E agora? — perguntei, temendo a resposta.

— Agora, o sonho — respondeu Aspásia.

Eu não conseguia desviar meus olhos dos dela — que cintilavam como cristais de gelo.

— O sonho de toda Hellas como uma república. Chega de cidades--estados em disputa. Um fim para as ideologias concorrentes de democracia e oligarquia. Nada mais de azul e vermelho. Nada mais de ligas rebeldes. Um reino, controlado completamente por um verdadeiro líder: um rei-filósofo para guiar todos nós. Um timoneiro que trará ordem para o mundo. Será um processo demorado, como o crescimento de uma nova floresta semeada em um manto de cinzas... depois que o fogo arder.

— Cinzas? Fogo? Aspásia... Hellas está em paz — falei.

— Essa farsa de acordo? Vou cuidar para que não dure — sussurrou ela. — Em que forja a não ser a guerra podemos esperar moldar o sonho?

Seu rosto se contorceu com emoção: os traços de um sorriso frio. Ela voltou para as sombras e suas próximas palavras vieram da escuridão.

Instintivamente, eu a segui, mas não encontrei nada naquelas sombras.

— O sonho de uma ordem verdadeira, completa e imaculada... — sussurrou Aspásia de algum lugar, as palavras sibilantes se dissipando com um eco.

Então ouvi passos distantes em fuga. Ela havia partido.

Sozinha, minha mente balançava como um barco em uma tempestade, minha mão coçando para arrancar a lança de Leônidas de meu cinturão. Para seguir e desafiar Aspásia. E então o quê? Derrubá-la e alimentar o desejo de vingança de seus lacaios? Depois de tudo o que havia acontecido, de tudo pelo que eu havia passado, percebi que não havia chegado ao fim.

Estava apenas começando.

Lista de personagens

Alcibíades: Astuto e hedonista, protegido de Péricles, o homem mais poderoso de Atenas.

Alexios: Irmão mais novo de Kassandra; foi arremessado do Monte Taigeto quando bebê após uma profecia nefasta do Oráculo de Delfos.

Anthousa: A mais antiga *Hetaerae* no Templo de Afrodite em Coríntia.

Aristeu: O estratego coríntio.

Aristófanes: Talvez o mais famoso dramaturgo cômico de Atenas.

Arquídamo: O mais velho dos dois reis de Esparta.

Aspásia: Uma pensadora e oradora brilhante; parceira de Péricles, líder de Atenas, Aspásia desfruta de um lugar no centro da vibrante comunidade intelectual de Atenas.

Barnabás: Amigo leal de Kassandra, um marinheiro viajado e mercenário aposentado com grande paixão por histórias absurdas.

Brásidas: Um dos melhores e mais corajosos generais de Esparta, Brásidas foi também um estadista bem-sucedido com o nobre objetivo de ajudar a acabar com a guerra.

Chrysis: Sacerdotisa Cultista que criou Deimos para se tornar uma arma do Culto de Cosmos.

Deimos: Criado dentro do Culto de Cosmos para se tornar seu herói e campeão, Deimos é uma verdadeira arma brutal cujos poderes extraordinários lhe concedem uma reputação temível.

Diona: Uma cultista de Citera.

Dolops: Filho de Chrysis e sacerdote no Templo de Asclépio.

Elpenor: Um rico e poderoso negociante de Kirra.

Erinna: Uma das *Hetaerae* de Anthousa.

Euneas: Navarco da frota de Naxos.

Eurípides: Famoso poeta trágico ateniense.

Hermipo: Um dramaturgo e poeta... com conexões sombrias.

Heródoto: "O pai da História"; um cronista de fatos e eventos — e também um ótimo contador de histórias — que decide acompanhar Kassandra em sua jornada.

Hipócrates: Considerado por muitos o pai da medicina moderna, Hipócrates é famoso por suas importantes e duradouras contribuições para a área.

Hyrkanos: Um mercenário a serviço de Atenas operando em Megaris.

Ikaros: O companheiro mais leal de Kassandra desde que ele era um filhote de águia.

Kassandra: Uma *misthios* calejada e formidável.

Cléon: O rival de Péricles. Decidido e sedento por poder, acredita que Atenas precisa adotar uma postura agressiva na guerra.

Leônidas: O lendário rei de Esparta e avô de Kassandra, mais conhecido por liderar seus trezentos guerreiros na Batalha das Termópilas.

Lydos: Um hilota a serviço dos dois reis de Esparta.

Markos: Um "negociante" suspeito de Cefalônia.

Myrrine: Mãe de Kassandra, uma espartana impetuosa.

Nikolaos: Pai de Kassandra, um general impetuoso e impiedoso, inabalavelmente leal a Esparta.

O Ciclope: Poderoso tirano criminoso de Cefalônia.

O Traficante: Um Cultista que lidera o mercado de negócios clandestinos, temido por seus métodos de tortura.

Oráculo de Delfos: O Oráculo, consultado tanto por plebeus quanto pelas pessoas mais poderosas da Grécia, oferece profecias e visões que podem mudar os rumos da história.

Pausânias: O mais jovem dos dois reis de Esparta.

Péricles: O líder eleito de Atenas.

Phoibe: Uma jovem órfã ateniense adotada por Kassandra.

Pitágoras: Lendário filósofo, teórico político e matemático.

Roxana: Uma das *Hetaerae* de Anthousa.

Silanos: Um Cultista que alcançou o poder em Paros graças às suas grandes habilidades navais e a seus apoiadores abastados.

Sócrates: Famoso filósofo ateniense apadrinhado pela elite intelectual de Atenas.

Sófocles: Famoso dramaturgo ateniense.

Stentor: Filho adotivo de Nikolaos e oficial espartano de grande reputação.

Testikles: O talentoso e inebriado campeão de pancrácio de Esparta.

Trasímaco: Parceiro de debates intelectuais de Sócrates.

Tucídides: Um dos principais generais de Atenas durante a Guerra do Peloponeso e um dos primeiros historiadores a registrar um relato objetivo da luta.

Agradecimentos

Muito obrigado a Caroline, Anthony, Anouk, Melissa, Aymar, Clémence, Stéphanie-Anne, Jonathan, Miranda, Sara, Bob Schwager e a todos na Ubisoft e na Penguin por essa oportunidade de mergulhar no mundo de Assassin's Creed. Foi uma jornada extremamente gratificante, e seus conselhos magistrais e apoio ao longo do caminho foram enormemente estimados. Muito obrigado também a meu agente, James Wills, da Watson, Little Ltd., por ajudar a tornar essa aventura uma realidade.

Agradecimentos especiais

Yves Guillemot
Laurent Detoc
Alain Corre
Geoffroy Sardin
Yannis Mallat
Thierry Dansereau
Jonathan Dumont
Melissa MacCoubrey
Susan Patrick
Stéphanie-Anne Ruatta
Etienne Allonier
Elena Rhodes
Aymar Azaïzia
Anouk Bachman
Antoine Ceszynski
Maxime Durand
Sarah Buzby
Clémence Deleuze
Julien Fabre
Caroline Lamache
Anthony Marcantonio
François Tallec
Salambo Vende
Elsa Fournier
Virginie Gringarten
Marc Muraccini
Cécile Russeil
Michael Beadle
Dominic DiSanti

Kimberly Kaspar
Heather Haefner
Joanie Simms
Aaron Dean
Tom Curtis
Annette Dana
Grace Orlady
Stephanie Pecaoco
Sain Sain Thao
Giancarlo Varanini
Morgane Frommherz
Valentin Hopfner
Valentin Meyer
Aline Piner
Clement Prevosto
Joel Richardson
Elizabeth Cockeram
Thomas Colgan
Miranda Hill

Este livro foi composto na tipologia Minion Pro,
em corpo 11,5/15,55, e impresso em papel off-white,
no Sistema Cameron da Divisão Gráfica
da Distribuidora Record.